한국 근대 극장예술과 취미 담론

저자

문경연(文京連, Moon Kyoung-Yeon)은 경희대 국문과를 졸업한 뒤 동 대학원에서 박사학위를 받았다. 경희대학교 연구박사, 한양여자대학 전임연구원을 거쳐, 현재 경희대·서울과학기술대·경희사이버대 등에서 강의하고 있다. 역서로『포스트콜로니얼 드라마』,『演技된 근대』,『취미의 탄생』이 있고, 공역으로『좌담회로 읽는 국민문학』이, 공저에는『신여성—매체로 본 근대여성풍속사』,『한국 현대연극 100년』,『토털 스노브』등이 있다. 최근 논문에「일제 말기 국민연극의 기호학적 고찰」,「1930년대 말 '新協'의 〈춘향전〉공연관련 좌담회 연구」,「일제 말기 부여 표상과 정치의 미학화」,「1930년대 한일역사극의 담론지형 고찰」등이 있다. 2011년 '한국문학이론과 비평학회'에서 최우수논문상을 수상했다. 식민지 근대의 극장예술과 문화 번역을 연구하고 있으며, 최근에는 해방 이후 문화연구로 관심을 확장하는 중이다.

한국 근대 극장예술과 취미 담론

초판 인쇄 2012년 12월 15일 **초판 발행** 2012년 12월 25일
지은이 문경연 **펴낸이** 박성모 **펴낸곳** 소명출판 **출판등록** 제13-522호
주소 서울시 서초구 서초동 1621-18 란빌딩 1층
전화 02-585-7840 **팩스** 02-585-7848 **전자우편** somyong@korea.com **홈페이지** www.somyong.co.kr

値 22,000원 ⓒ 문경연, 2012
ISBN 978-89-5626-807-1 93810

한국 근대 극장예술과 취미 담론

Modern Korean Theatrical Arts and the Discourse of 'Chwimi(趣味)'

문경연

소명출판

근대의 취미, 개인의 소우주

> 자신의 취향은 ― 취향이 없는 사람은 없습니다 ―
> 동일한 취향과 접촉하기 때문에 함양되는 것이고,
> 또한 이질적인 취향과 만나서 계발되는 것이며, 또는
> 높은 취향에 매료되기 때문에 향상심이 생기는 것입니다.
> 따라서 세상 운명의 7할 이상이 이 취향의 발달로 인한
> 것이기 때문에, 이 취향이 고립되어 말라죽게 된다면
> 세계의 진보는 멈추어 버릴 것입니다.
> 멈추지 않는 부분은 기계와 마찬가지로 진행될 뿐입니다.
> ― 나츠메 소세키의 『문학예술론』 중에서

한 해가 종착역을 향해 가고 있는 시점이다. 2012년의 한국을 기억하고 기록하는 방식은 여러 가지일 터이지만, 문화의 장에서는 김기덕 감독의 제69회 베니스 국제영화제 황금사자상 수상과 대중가수 싸이의 전 세계적인 활약을 빼놓기는 어려울 것 같다. 이 둘은 한국 영화와 대중음악 분야의 '문화사적 사건'이었으며 문화적 흐름에 변곡점이 되는 계기

였기 때문이다. 그런데 공교롭게도 둘 모두 주류적인 문화 코드, 기존의 통념과는 거리가 먼 '낯선 취향'에 근거하여 창작된 대중예술작품들이다. 그것이 작가주의로 혹은 대중주의로 차이나게 명명되고는 있지만, 사회적 기대치와 통념을 벗어난 독특한 문화 상품이며 소수적 정서와 취향을 일관되게 고집하는 창작자의 입장이 반영되어 있다. 또 김기덕과 싸이가 비주류적 취향을 결집하는 힘은 팬덤의 규모과 비례하지 않으며, 싸이의 경우처럼 SNS 환경과 조우하면서 전 지구적인 규모로 확장되기도 하지만 말이다. 그렇다면 지금 나의, 당신의 취향은 어디쯤에 위치하고 있을까.

취향 혹은 취미는 오늘날 개인을 설명하는 가장 깊숙한(?) 개념 중의 하나이다. 인간이라면 취향이 없을 수가 없고, 오래 전부터 우리는 어떤 류의 취미들을 가지고 있었던 것 같다. 그런데 '취미(趣味)' 그 자체에 대해 물음표를 던지고 보면 이 개념의 외연과 내포가 만만치 않다는 것을 바로 알 수 있다. 취미와 조합해서 지시할 수 있는 인간의 정서적 상태나 활동은 무한대라고 할 수 있다. 여기에 몰취미, 무취미, 악취미까지 개입하면 여간 난감한 것이 아니다. '취미(趣味)'는 대상의 특질을 포착하고 즐길 수 있는 '심미적 능력'이나 '관심이 쏠리는 경향'을 의미하는 '취향(趣向)'으로 대체되기도 하고, '기호(嗜好)'나 '흥미(興味)'라는 말과 호환되기도 한다. 미적 대상과 예술을 충분히 즐길 수 있는 미적 감응력(美的感應力)으로서의 취미(taste)는 특정 대상을 소비하고 즐기는 구체적인 행위(hobby)의 의미로 수렴되기도 한다. 그래서 개인, 문화 주체, 대중문화의 생산-소비 메커니즘 등을 규명하려면 '취미'라는 터널을 피할 수 없다는 생각에 이르게 된다.

이 책은 한국의 근대적 개념어로서의 '취미(趣味)'에 대한 질문에서 비롯되었다. 오래된 질문을 촉발한 '취미'를 처음 '발견'한 것은, 1909년 11월 26일자『대한매일신보』의 '원각사' 기사에서였다. 당시 관객들에게 신파극을 보면 "民智啓發上의 大趣味"를 얻을 것이라고 소구하는 기사 문구는 당연하면서도 영 어색했다. 그건 아마도 극장을 둘러싼 다음과 같은 콘텍스트가 머릿속에 가득 차 있을 때였기 때문인 것 같다.

1902년 한성(서울)에 최초의 근대식 건축극장인 '협률사'가 등장한다. 극장(劇場)이라는 낯선 공간, 무대와 객석이 구분·배치된 이 실내극장 안에서 과거의 우리는 새로운 '구경하기'의 방식을 처음으로 경험했다. "훤화(喧譁)와 주담(酒談)과 흡연(吸煙)은 금단(禁斷)"(『황성신문』, 1902.12.4)한다고 했으니 떠들어서도 안 되었고, 술과 담배도 금하는 상황에서 '예의 바르게' 연희물들을 관람해야 했다. 마당이나 장터의 너른 곳에서 소란스럽고 흥겹게 각종 연희물들을 향유하던 오래된 관습과는 영판 다른 방식이었을 것이다. 새로운 극장 규율을 몸에 익히기까지는 상당한 시간이 필요했고, 그래서 꽤 오랫동안 조선의 관객들은 다소 소란스럽고 어수선한 분위기에서 극장구경을 할 수 밖에 없었다. 하지만 과거와 달리 계층에 따라 다른 장르, 다른 유형의 공연물들을 즐기는 것이 아니라, 정해진 입장료만 낼 수 있다면 계급과 신분, 남녀노소를 막론하고 구경꾼으로 환대해 주었기에 극장은 새 세상(新天地)이라는 환영을 불러일으키기에 충분했다. 남사당의 공연, 소리꾼의 창, 궁중 무희의 춤 등을 막론하고 연일 극장은 '만원사례'였다.

그런데 불행히도 새로운 문화사적 사건이었던 협률사 공연은 당시 개화 지식인들과 여론의 전면적 비판을 받았다. '근대'의 기치 아래 전통 연희의 봉건적 구습과 악폐가 비난의 대상이 되었고, 국권상실의 위급한 정세에 사치와 유흥을 조장한다는 풍속의 문제가 대두된 것이다. 결국 협률사 혁파(革罷)로 일단락되었지만, 이미 조선인들이 열광하기 시작한 극장과 공연문화가 소거될 수는 없었다. 오히려 '협률사 혁파론'을 통해 비로소 한국 사회의 공론장에 '극장'이 출현했고, 혁파의 현실적 좌절을 통해 연극(장)의 사회적 기능에 대한 인식이 생겨나게 되었다.

이후에 사설극장과 원각사의 공연물, 그리고 신파극이 연극개량담론과 풍속담론의 공격을 우회하는 방식으로 내건 연극의 미덕이 "民智啓發上의 大趣味"(「원각사 고백(告白)」, 『대한매일신보』, 1909.11.26), "관람자의 취미(趣味)를 돕는"(『매일신보』, 1912.4.2) 것, "취미(趣味)와 실익(實益)"(『매일신보』, 1914.1.13)이었다. 1900년대에 '음부탕자(淫婦蕩子)'로 비난받던 관객들은, 1910년대가 되면서 '진보한 세인(世人)', '고상한' 관객 등으로 격상되었다. 일본연극이 모범으로 설정되었고, 일본 신파극이 신극(新劇) 혹은 개량연극으로 내세워졌다. 1900년대에 민족주의적 언론매체와 개화 지식인들의 계몽담론 안에서 비판 대상으로 일관했던 연극의 사회적 위상과 관객의 위상이 1910년을 전후하여 미묘하게 변하기 시작한 것이다. 그 안에서 새롭게 발화된 개념이 바로 **'취미**(趣味)'였다. 1910년대에 '극장가기', '연극구경하기'라는 문화 행위는 관객에게 취미를 부여하고 관객의 취미를 함양하는 행위로 재정립되었다. 연극 관객들의 경험을 지각하고 판단하는 용어로 '취미(趣味)'가 활용된 것이다.

이 오래된 풍경 혹은 새로운 욕망은 한국 근대연극을 공부하는 내내, 모든 발상의 시발점이었고 한국 근대극장을 둘러싼 사회문화적 맥락들을 재구(再構) 해보고 싶다는 학문적 목표를 품게 했다. 1920년대의 '극장취미'와 '독서취미'는 취미 소유자의 정체성과 개성을 어떻게 증명해 주는가, '신극취향'과 '신파취미'를 가르는 미디어의 기표는 어떤 효과를 내는가, 근대적 개인을 형성하고 근대 주체를 구성하는데 있어 '취미'를 향유하는 개인이 극장이라는 장(場)에서 어떤 식으로 상상하고 계몽·교육되었는가, 우리의 근대가 식민지라는 이중의 자장에서 형성되었음을 주지한다면 제국과 통치자는 '취미'와 어떤 관련이 있는가, 근대 이전의 취미는 누구의 무엇이었을까, 학교와 교육의 장에서 취미는 어떻게 주입되었는가, 그렇다면 '취미'는 근대적 제도라고 할 만한가 등의 다소 구체적인 질문들로 재정비되면서, 박사논문 「한국 근대 초기 공연문화의 취미(趣味)담론 연구」(2008)가 집필되었다.

학위논문을 이 책으로 발간하기까지 4년이 걸렸다. 오랫동안 붙들고 있었던 논문이었지만 역시 끝까지 성에 차지 않았고 심사를 거치면서 논문의 균형상 따로 떼놓았던 집필 부분을 다시 채워 넣고 싶은 욕심에, 상당 부분을 보완해서 발간하고자 했던 애초의 목표는 어디로 간 것인지. 부끄럽게도 이 책에서는 거친 논증의 과정들을 다듬는 것으로 보완 작업을 마무리했음을 밝혀둔다. 박사 졸업 이후에 주력했던 일제 말기 연극장과 공연에 대한 일련의 연구들은, 이 책과는 별개로 출간할 계획이다. 그리고 근대 한국에서 취미가 대중문화의 장에서 자본주의의 유행·풍속으로만 정립된 것이 아니었으며, 사사화(私事化)된 영역이라 할 '감각'이나 '개성'으로서의 취미가 일상을 규정하는 하나의 제도로 정착하는 데는, 학교 교육의 영향력이 컸음을 논증하는데 근거가 된 자료들을 '부록'으로 첨부하였다. 당시『수신(修身)』교과서의 '취미' 항목과 '학적부(學籍簿)'라는 공적 기록 안에 학생 개인의 이력과 특징을 표상하는 항목으로 규정되었음을 확인할 수 있는 자료들이다.

이 글의 앞머리에서 논문을 구상하고 집필하던 시기의 고민과 생각들을 꺼내 놓은 것이 꽤 멋진 머리글을 쓰는 것과 거리가 멀다는 것을 잘 알면서도 방향을 틀지 못했다. 다시 시작하려고 하는 "문화와 취미의 만남"에 대한 연구, 일제 말기와 해방을 거쳐 대한민국이라는 민족국가의 자장하에서 형성된 한국인의 감성·취미 연구를 위한 개인적인 기억의 소환이자 자기성찰 쯤 이었다고 해두고 싶다.

어리숙한 제자가 흔들리지 않고 연구자의 길을 갈 수 있도록 늘 힘이 되어 주신 지도교수 김종회 선생님과 한국 근대연극과 대중문화를 연구하는데 노둣돌이 되어 주신 이미원 선생님을 비롯한 여러 선생님들께 감사를 드린다. 함께 지난 3년을 고투했던 '한국 역사극의 역사' 프로젝트팀 선생님들과, 또 한 번 공부하는 이유가 사람에 있음을 느끼게 해주신 '성스다모 역사드라마 세미나'팀 선생님들께도 이 자리를 빌려 감사를 표한다. 매번 부끄러운 결과물을 세상에 내놓을 수 있게 용기를 주시는 소명출판의 박성모 사장님과 공홍 부장님께도 감사하다. 부족한 책을 '연세근대한국학총서'로 선정해주신 김영민 선생님께도 진심으로 감사의 마음을 전하고 싶다. 부모님과 남편, 은결이, 은율이에 대한 미안함과 무한한 고마움은 …… 말줄임표 안에 넣어 두어야겠다.

2012년 12월
문경연

차례

제1장 서론

극장의 출현과 '취미'라는 기표

1. 문제제기

　본고는 근대적 '개인'이 창출되는 다양한 과정들 가운데, 공연문화의 장(場)에서 문화-주체(cultural subject)에 대한 의식이 형성되었던 새로운 문화적 현상에 주목하고자 한다. 본 연구는 '극장'이야말로, 근대인으로 호명(呼名)된 20세기 초반의 한국인들이 문화 경험을 통해 '개인'이라는 자신들의 정체성을 형성해 나간, 실제적이고도 상징적인 공간이라는 전제에서부터 시작한다. 이때의 정체성은 '문명인(文明人)'이라는 시대적 정체성이기도 하고, 제국의 '신민(臣民)'이라는 정치적 정체성이기도 하며, '관객'이라는 문화적 · 심미적 정체성이기도 하다.

　1902년 한국 최초의 근대식 실내 건축극장인 '협률사'의 등장 이후, 극장(劇場)과 연극(演劇)을 경험한 관객들은 무대와 객석으로 배치된 극장

구조와 시선을 하나로 수렴하는 무대 위의 공연물을 즐기면서 근대적 시각문화를 체득할 수 있었다. 연희의 내용을 차치하고라도, 근대적 공간으로서의 극장은 대중의 시선을 하나로 모으고 사회의 이념을 학습하는 장이었으며, 지각방식을 일원화하는 학교의 역할을 했다. 원각사(圓覺社)와 사설극장(私設劇場)의 관객들은 연극, 활동사진, 환등회를 관람하면서 한정된 실내 공간에서 집단적 감흥을 경험했다.

1910년대는 '신파극의 시대'라 명명될 만큼 신파극이 흥행하고 극장문화가 확산된 시기였다. 신파극의 대중 흡인력은 아주 강력했기에, 동시대인들은 신분 계층을 막론하고 극장으로 몰려들었다. 이 시기 신문매체의 연예란(演藝欄)은 신파극 관련 기사로 도배되다시피 했다. 당시 극장공간에 운집한 경성 사람들은 익명의 다수 대중을 구성하는 경험을 하게 된다. 연극이 담지하고 있는 사상과 이념의 근대적 자극 못지않게, '극장가기'라는 문화적 실천은 근대적 문화 공간에서 '국민'이라는 상상적 공동체의 집합적 군집(群集)을 체험하게 해주었다. 이러한 1910년대 신파극의 관극경험과 관객구성의 체험은 1920년대 이후 동시대 군중들을 대중문화의 소비주체(消費主體)로 전면 등장하는 밑거름이 되었다. 1912년부터 14년 사이에 기치를 올리며 문화계를 장악하다가 15년 이후 그 기세가 누그러졌던 신파극은, 1920년대 내내 대중연극계에서 꾸준히 명맥을 이어갔다.

1920년대를 통과하면서 한국의 대중문화는 식민지적 자본주의의 토대 위에 막강한 위세를 떨쳤다. 영화와 유행가 등이 확고한 소비시장을 형성했고, 그 한가운데에 대중연극이 다시 한 번 문화의 중심으로 대두한다. 1930년대가 되면 '동양극장 신드롬'이라고 할 만한 사회적 현상이 출현했고, 대중연극계는 성황을 이루었다.

이상과 같은 한국 근대 공연문화의 형성과 대중연극의 출현 맥락에는, 새로운 문화 장르의 등장과 그것의 유행, 소비라는 자본주의적 상품

시장의 논리만으로는 설명되지 않는 특수성이 있다. 전 세계적인 제국주의의 질서 구도에 노출되자마자 일본의 식민지가 되었고, 그 안에서 정신적이고 물질적인 근대성을 지향해야 했던 1900년대 이후 한국의 상황이 바로 그것이다.

1900년대 새로운 문화적 사건이었던 협률사 공연은 당시 개화 지식인들과 여론의 전면적 비판을 받았다. 전통연희의 봉건적 구습과 악폐가 비난의 대상이 되었고, 국권상실의 위급한 정세에 사치와 유흥을 조장한다는 풍속의 문제가 대두되었다. 결국 협률사 혁파(革罷)로 일단락되었지만, 이미 당대인들이 열광하기 시작한 극장과 공연문화가 일시에 소거될 수는 없었다. '협률사 혁파론'을 통해 비로소 한국 사회의 공론장에 '극장'이 출현했고, 혁파의 현실적 좌절을 통해 연극(場)의 사회적 기능에 대한 인식이 생겨나게 되었다. 이후에 사설극장과 원각사의 공연물, 그리고 신파극이 연극개량담론과 풍속담론의 공격을 우회하는 방식으로 내건 연극의 미덕은 "民智啓發上의 大趣味",[1] "관람자의 취미(趣味)를 돕는"[2] 것, "취미(趣味)와 실익(實益)"[3]이었다. 1900년대에 "음부탕자(淫婦蕩子)"[4]로 비난받던 관객들은, 1910년대가 되면서 '진보한 세인',[4] '고상한' 관객 등으로 격상되었다. 일본연극이 모범으로 설정되었고, 일본 신파극이 신극(新劇) 혹은 개량연극으로 내세워졌다. 1900년대에 민족주의적 언론매체와 개화 지식인들의 계몽담론 안에서 지속적으로 비판받았던 연극의 사회적 위상과 관객의 위상이 1910년을 전후하여 미묘하게 변하기 시작한 것이다. 그 안에서 새롭게 발화된 개념이 바로 '취미(趣味)'였다. 새롭게 등장한 '극장가기', '연극구경하기'라는 문화 행위가 관객에게 취미를 부여하고 관객의 취미를 함양하는 행위로 재정립되

---

1   「원각사 고백(告白)」, 『대한매일신보』, 1909.11.26.
2   『매일신보』, 1912.4.2.
3   『매일신보』, 1914.1.13.
4   『매일신보』, 1912.2.16.

었다. 연극 관객들의 경험을 지각하고 판단하는 용어로 '취미(趣味)'가 활용된 것이다.

본고는 이런 미묘한 언표상의 변화와 신파극의 대두에 일단 주목하고자 한다. '취미(趣味)'라는 기표가 근대적 언설로 출현하고 그것이 근대 대중문화의 장(場)에서 하나의 개념과 제도로 정착해가는 과정을 추적함으로써, 한국 근대의 공연문화적 실천 기제를 조명할 수 있으리라고 본다. 한국에서 '취미(趣味)'라는 개념어가 출현한 것은 1900년을 전후한 때였다. 이 시기는 대한제국의 근대 국민국가 담론이 형성되던 때이기도 했다. 전통적으로 유교 지식인과 상류층이 소유했던 '아치(雅致)'나 '치(致)' 혹은 '풍류(風流)'와 같은 미학 용어가 있었지만, 근대 계몽의 시대를 맞이하면서 이들 언어는 새로운 존재 가능성을 모색할 수밖에 없었다. 조선시대까지 예술적인 취(趣)가 제한된 계층만 향유할 수 있는 고급한 취향 문화였다면, 근대 이후 그것들은 원칙적으로 모든 계층에게 개방되면서 대중적 문화 양식으로 재구성되었다. 신분제가 무너지고 근대적 정치·경제 구조로 편입하면서, 문화의 소비양식 또한 달라진 것이다. 서구에서도 '취미(taste)'라는 근대적 문화실천의 개념과 제도가 등장하는 시기는, 근대 국민국가가 성립되는 시기와 맞물린다.

본 연구자는 한국 근대에 '취미(趣味)'가 '근대적 개인'으로서의 존재감과 정체성을 구축하는데 중요한 하나의 표상이 되었다고 본다. 1920년대를 경유하면서 '취미'라는 문화실천은 근대적 도시생활을 바탕으로 새롭게 부각된 근대인의 공적 사회생활과 사교의 필수조건이 되어갔다. 특히 한일합방과 3·1운동의 실패라는 역사적 사건을 경유하면서 근대 국민국가 형성이라는 근대적 기획에 실패한 한국인에게 '국가'라는 거대 담론 안에서 '개인'으로서의 자기-정립은 불가능했다. 전(前)시기인 개화기의 '개인'담론은 반드시 국가와 사회를 전제로 한 것이었다. 그러나 제국의 식민지가 된 1910년 이후 한국인의 개인성 구축은 비정치적인 부문, 일상의 장으로 축소될 수밖에 없었다.

1910년대 이후 식민지 조선인은 국민(國民)이 아닌 제국의 신민(臣民)인 한에서 '개인'으로 주체화될 수 있었다. 일제는 조선인들을 '문명사회의 일분자(文明社會의 一分子)'라며 추상적이고 모호한 방식으로 호명했고, 제국의 신민에 합당한 문명인이 될 것을 요구했다. 조선인들을 정치적인 장에서 배제하고, 문화의 장(場)에서 주체로 호출하며 자본주의적 대중문화의 소비자가 되게 했다. 물론 문화는 지배권력의 통치 전략과 계획대로만 작동하지는 않는다. 하지만 일본은 조선을 '취미화(趣味化)'하고 식민지인들을 '취미의 주체'로 허명(虛名)하고자 했다. 1915년 조선물산공진회를 기폭제 삼아 박람회와 박물관의 관람객으로, 관앵회(觀櫻會)와 야시(夜市)의 구경꾼으로, 동물원과 극장의 관객으로 불러내며 '취미'와 '유희'를 즐기라고 권유했다. 제국의 취미를 훈련하고 교육했으며, 공통취미를 소유한 자와 그렇지 않은 자들을 구별하는 담론을 생산했다. 신문과 잡지에 실린 당대 명망가와 지도층에 대한 기사에는 반드시 그 사람의 취미가 소개되었고, 결혼과 연애의 조건 중에 하나로 '취미가 풍부한 자', '취미가 같은 사람'이 선호되었다. 당대인들이 의식적·무의식적 영향관계 안에서 취미의 주체로 형성된 데는 기본적으로 근대 자본주의의 대중문화가 놓여있었다. 그리고 거기에 일본 제국주의의 식민통치 전략이 결합되었다. 이러한 근대 '취미(趣味)'담론의 전개 과정에서 기원의 지점에 놓인 것이 바로 근대적 실내 건축공간인 '극장'의 출현이었고, 취미가 사회적으로 제도화되는 과정에서 가장 구체적이고도 선명하게 구성된 문화장르가 바로 연극이었다.

1900년대에 '취미(趣味)'는 일개인이 근대인이자 문명인임을 증명하는 중요한 기호(記號)였다. 개화기 한국에서 가장 초월적인 힘을 발휘했던 것은 '문명'과 '계몽'담론으로, 그 안에서 '취미'는 '문명', '문명을 담지(擔

持)하고 있는 자질', '근대적 앎에 대한 흥미' 등의 의미로 사용되었다. '취미(趣味)와 실익(實益)'은 1900년대 극장과 신연극이 내건 최상의 미덕이자 가치였다. 1910년대 신파극이 확산되는 시기에 극단들은 '진실훈 신연극의 취미',[5] '우리 됴션에서는 가장 처음되는 취미잇는 것'[6]이라는 수사(修辭) 등을 통해 대중을 동원했다.

한편에서는 근대 교육과 관련한 취미교육론이 담론적 지류(支流)를 형성하고 있었다. 당시 언론과 매체는 대중문화적 취미와 취미교육을 확산시켰다. 미적 대상과 예술을 충분히 즐길 수 있는 미적 감응력(美的 感應力)으로서의 취미(taste)는 시간이 흐르면서 특정 대상을 소비하고 즐기는 구체적인 행위(hobby)의 의미로 수렴되어 갔다. 1920년대 이후 근대문예이론과 서구연극이론을 섭렵한 연극 지식인들이 등장하면서 연극취미는 근대극을 지향하는 지식인의 고급취미와 대중들의 저속한 취미 사이에서 분화되었다. 신극(서구 근대극)-대중극을 둘러싼 다양한 연극비평 담론 안에서 지식인 중심의 신극취향과 대중 중심의 신파 취미가 형성되었다. 1920~1930년대의 프롤레타리아 연극논쟁과 순수연극(서구 근대극)-흥행극(대중극) 논쟁도 분화된 대중의 취미와 오락을 논하는 연극대중화론이었다.

1920년대 이후 '취미'는 '문명', '교양', '정신적 개조'라는 1900년대 초기의 시대적 사명을 탈각해가고 있었다. 1930년대에 더욱 본격화된 조선의 자본주의 시장에서 문화상품이 된 '취미'는, 오늘날과 같이 소비와 구체적 실천을 통해 획득할 수 있는 '오락'과 '여가'의 의미로 수렴되었다. 근대의 '취미(趣味)' 개념은 '문화'의 대두와 결부되어 전파되었고, 대중문화와 제국의 통치 전략 안에서 '제도'로 자리 잡았다. 본고는 근대 초기(1900~1920년대)의 문화적 상황을 대상으로 해서, 근대에 출현한 '취

---

5   『매일신보』, 1914. 2. 24.
6   『매일신보』, 1919. 12. 25.

미'가 1900년대 이후 변화된 시대적 요청과 대중의 문화적 욕망에 조응하면서 근대 공연문화와 대중연극을 작동시킨 동력이었음을 밝혀내고자 한다.

2. 연구사 검토

개화기부터 해방 이전까지 한국 근대 극예술을 연구함에 있어, 그동안 학계는 중요한 선행 업적들을 축적해왔다. 이두현의 『한국신극사연구』와 『한국연극사』,[7] 유민영의 『한국현대희곡사』, 『한국극장사』, 『개화기연극사회사』, 『한국 근대연극사』, 『한국 근대극장 변천사』[8] 등은 한국 근대 연극사의 계보를 추적하고 연극사를 실증적으로 재구성함으로써, 이 분야 연구의 토대를 마련했다. 이 후 한국 근대연극의 근대성 문제를 양식과 장르 안에서 연구하는 후속세대의 연구가 최근까지 이어지면서 상당한 연구가 축적되었다.[9] 그 대부분은 작가와 작품을 중심으로 한 실증적인 연구, 개별 작품과 시대상황 연구, 예술사조와 양식 연구 등 원론적이고 일차적인 연구에 해당한다. 즉 문학 텍스트 자체에 충

---

7   이두현, 『한국 신극사 연구』, 서울대 출판부, 1966; 『한국연극사』, 민중서관, 1973.
8   유민영, 『한국 현대희곡사』, 홍성사, 1982; 『한국 극장사』, 한길사, 1982; 『개화기 연극사회사』, 새문사, 1987; 『한국 근대극장 변천사』, 태학사, 1988; 『한국 근대연극사』, 단국대 출판부, 1996.
9   김방옥, 『한국 사실주의 희곡 연구』, 동양공연예술연구소, 1989; 이미원, 『한국 근대극 연구』, 현대미학사, 1994; 김미도, 「한국 근대극의 재조명」, 현대미학사, 1995; 이승희, 『한국 사실주의희곡 연구』, 성균관대 박사논문, 2000; 양승국, 『한국 신연극 연구』, 연극과인간, 2001; 박명진, 『한국희곡의 근대성과 탈식민성』, 연극과인간, 2001; 김소은, 「한국 근대연극과 희곡의 형성과정 및 배경 연구」, 숙명여대 박사논문, 2002; 김기란, 「한국 근대계몽기 신연극 형성과정 연구─연극성을 중심으로」, 연세대 박사논문, 2004.

실해서 작품의 독자적인 미학 원리를 분석하고 비평하는 연구방법에 기반 한 것이었다.

본고는 선행 연구자들의 연구를 기반으로 한국 연극과 공연문화의 연구 범위와 시각을 문학의 장에서 문화의 장으로 확대하고자 한다. 문학과 예술이 생산적인 의미를 확보하고 실천적 효과를 내는 데에는, 수용자와의 상호관계를 비롯하여 당대의 사회적 맥락과 사회 전반의 정신사적 흐름, 정치경제적 상황과 문화의 변동 등이 지대한 영향을 끼치기 때문이다. 인문사회과학 전반에서 문화주의적 패러다임이 하나의 강력한 조류를 형성한지도 상당한 시간이 흘렀다. 실제로 문학의 장(literary field)은 사회적 '제도'로 작동하면서, '문학' 영역 바깥의 다양하고 이질적인 담론들과 결합하여 문화의 장(cultural field)을 형성한다. 때문에 최근에는 국문학 관련 연구자들이 기존 순수문학의 자리를 독점하고 있던 순문예 소설, 시, 비평 연구를 넘어서 대중문학, 유성기음반, 영화소설, 라디오방송극 등으로까지 연구의 범위를 넓혀가고 있다. 한국의 극장예술과 공연문화를 연구하는 데도 이런 문화론적인 시각과 연구방법들이 시도되어야 할 것이다. 특히 연극에서 영화, 방송극, TV 드라마 등으로 장르를 넘나드는 장르교섭과 혼종이 두드러지고 있는 현대의 문화적 상황을 감안할 때, 한국 근대 연극이 근대 대중문화와 어떤 역학관계를 맺으며 형성되어왔는지 그 관계성을 밝혀내는 것은 중요한 연구 과제라 하겠다. 1920~1930년대 동인지문학과 당대 문화의 관련성 연구, 근대 문학과 도시문화의 연구 등 소설과 시, 비평 분야에서는 상당한 연구 성과들이 축적되었지만,[10] 한국 연극과 극장예술에 대한 본격적인 문화사적 연구는 미흡한 것이 사실이다. 연구의 대상과 범위, 방법론 등이 문

---

10 최혜실, 『한국 모더니즘 소설 연구』, 민지사, 1992; 서준섭, 『한국모더니즘문학연구』, 일지사, 1995; 김춘식, 『미적 근대성과 동인지 문학』, 소명출판, 2003; 이성욱, 『한국 근대문학과 도시문화』, 문화과학사, 2004.

화연구의 그것으로 확장될 때, 연극장과 공연문화에 대한 시각의 확장
이 가능해질 것으로 본다.

　본 연구의 중심어인 근대적 '취미(趣味)'와 관련한 직접적인 선행논문
으로, 근대적 취미 형성과 한국 근대문화 / 근대문학의 영향관계에 주목
한 연구들은 다음과 같다.

　한국 근대문학의 문화사적 연구의 한 사례가 되어준 천정환은 한국
근대소설의 발전과 분화의 과정이 대중독자의 출현과 대중문화의 발전
을 전제로 해서 진행되었고 그 과정에서 근대적 독서와 책읽기의 문화
가 형성되었음을 밝혀낸 바 있다.[11] 그는 문학작품을 고고한 해석학적
대상이 아니라 시장과 제도, 미디어와 관련된 문화 현상으로 다룸으로
써, 문학 연구에서 배제되었던 '대중'과 대중적 문화실천의 의미에 주목
했다. 1920~1930년대에 독서가 근대적인 의미를 획득하는 과정에는
'오락과 교양'이라는 복합적인 의미가 작용하고 있었음을 밝히고, 식민
지시기 도시 중간층 문화의 '독서취미'를 통해 당대 독자들의 소설 수용
감각을 살폈다.

　이현진은 『근대 취미와 한국 근대소설 관련 양상 연구』[12]에서 1910년
대 중반 일본 유학생 신지식층 남성을 중심으로 한 한국의 신문학운동
과 근대 취미 형성의 연관성을 고찰하였다. 그는 "취미란 용어는 원래
조선시대에 존재하지 않았으며, 서구의 taste와 hobby가 일본을 통해 조
선으로 전해질 때 유입 및 정착된 것으로 보인다. 특히 일본에서는 taste
를 한자어 취미(趣味)로 전역하여 상용화하였는데, 이것이 일상화되어
사용된 시기는 1906년 『슈미[趣味]』라는 문예잡지가 간행되던 시기라고

11　천정환, 「한국 근대소설 독자와 소설 수용양상에 대한 연구」, 서울대 박사논문, 2002; 『근
　　대의 책읽기』, 푸른역사, 2003.
12　이현진, 「근대 취미와 한국 근대소설 관련 양상 연구」, 경기대 박사논문, 2005.

주장했다. 현재 한국의 잡지 자료에서 '취미'라는 용어가 확인되는 것은 1908년 최남선이 발간한 잡지 『소년』"[13]이라고 서술하고 있는데, 이는 재고가 요구되는 대목이다. 한편 한국 근대 '취미' 개념의 기원과 전개과 정을 논함에 있어 일본적 상황에 과도하게 의지하고 있고, '취미'라는 개념어의 최초 출현을 잡지 『소년』으로 삼고 있는데, 이 역시 재고가 필요하다. '취미'는 1906년도 『대한자강회월보』와 『태극학보』를 필두로 매체에서 이미 빈번하게 사용되었기 때문이다. 본 연구자가 확인한바 '취미'의 가장 이른 용례는 『황성신문』 1899년 7월 7일자 「논설」[14]로까지 거슬러 올라간다. 1904년 12월 31일자 『대한매일신보』 「논설 : 일진회」에서 일진회의 관광 문제를 언급하는 중에도 '취미'라는 용어의 사용이 확인되고, 1905년 『황성신문』[15] 「광고」에서도 '취미'가 사용되었다. 1906년 이후로는 학회지들에 실린 각종 논문과 기사에서 '취미' 라는 언표를 자주 발견할 수 있다. 1906년의 『대한자강회월보』와 『태극학보』, 1907년 『서우』, 『대한유학생회학보』, 1908년 『대한협회회보』, 『기호흥학회월보』, 『대한학회월보』, 그리고 1909년 『대한흥학보』 등이 그것이다.

천정환은 「근대적 대중문화의 발전과 취미」[16]에서 근대 초기의 한국

---

13 위의 글, 17면.
14 「논설」, 『황성신문』, 1899.7.7.
   "大抵 人이 世間에 處함이 生涯를 求함은 賢愚貴賤이 一般이라 故로 士農工商이 各其 職分이 有ㅎ야 其 力으로 食ㅎ며 其 力으로 衣ㅎ니 然則 雖亭祿 千鐘에 日食萬錢ㅎ던 宰相이라도 其 位를 辭ㅎ면 其 職業이 無한則 반다시 江湖에 處ㅎ던지 山林에 隱ㅎ야 漁利를 取ㅎ며 耕業을 資ㅎ야 生涯의 方을 求ㅎ는 것이 國家의 臣民된 任責이오 湖山 에 居生한 本分이니라. 世人이 張志和를 謂ㅎ되 桃花流水에 魚를 釣홈이 趣味를 取홈 이오 生利를 取홈은 아니라ㅎ되 或 日 人이 衣食이 無ㅎ면 趣味도 不知ㅎ느니 張志和 는 江湖의 隱者라 衣食이 自足ㅎ기 不能ㅎ야 一日의 釣利가 一日의 生涯를 求ㅎ얏기 에 靑笠綠衰로 斜風細雨에 不須歸ㅎ얏느니라."
15 「광고 : 讀習日語雜誌 - 多趣味富實益」, 『황성신문』, 1905.6.28.
16 천정환, 「근대적 대중문화의 발전과 취미」, 『민족문학사연구』 30, 민족문학사연구소, 2006, 227~265면.

에서 '취미'라는 가치가 인식되고 '취미'라는 새로운 문화적 실천이 근대적 대중지성과 대중문화의 형태로 발전해온 과정을 밝히고 있다. 그는 취미(趣味)라는 개념어가 "문학이나 사회, 국가, 교양, 연애 등의 말처럼 근대의 새로운 사회문화적 정황을 지시하기 위해 내포가 채워진 새로운 개념"[17]이었다고 주장한다. 그는 개념어의 생성과 확산이 문화의 변화를 반영한다는 입장에서 1900~1920년대의 취미담론을 추적했고, 취미가 근대적 주체성을 구현하는 기제임을 고찰하였다. 천정환은 당시 취미(趣味) 개념의 다양한 의미층위들을 분별해내고 '사람의 성향이나 취향이라는 의미로 사용되는 용례의 경우 조선시대부터 사용된 '취미(臭味)'로부터 어의를 물려받은 것이라고 해석했다. 그리고 이현진의 주장을 반박하면서 취미(趣味) 개념이 당대 일본의 영향과는 무관했다고 보았다. 한국 근대의 '취미' 형성 배경을 조선 후기의 문화적 실천으로까지 확대하고, 1900년대 이래 1920년대까지의 취미담론을 추적함으로써 '취미'라는 말의 '새로운' 정치·문화적 의미를 구성해 낸 것은 이 논문의 의의라고 할 것이다. 다만 주된 논의가 1900년대의 계몽담론과 1920년대 개조담론 속의 '취미'에 집중되어 있어, 1910년대의 문화상황이 공백으로 남아있는 한계를 지녔다. 박소현은 「제국의 취미 : 이왕가박물관과 일본의 박물관 정책에 대해」[18]에서 1907년 이왕가박물관의 설립 당시부터의 궁의 급격한 위상 변화가 '취미'라는 용어와 어떻게 맞물려 진행되었는지를 연구하였다. 순종의 "새로운 생활에 취미를 느낄 수 있도록"한다는 설립취지를 발단삼아, '취미'라는 용어로 집약되는 서구의 심미적 개념과 실천들이 이왕가박물관을 통해 어떻게 식민지 지배의 기술로 활용되었는지를 밝혔다. 박소현에 의하면 취미는 '문명화된 상태로

---

17 위의 글, 228면.
18 박소현, 「제국의 취미 : 이왕가박물관과 일본의 박물관 정책에 대해」, 『미술사논단』, 한국미술연구소, 2004.

서의 취미'였으며 취미 제공자는 제국 일본이었고, 이왕가박물관 건립은 '취미'의 체계를 동반한 제국의 시선 하에 작동된 지배술이었다.

이경돈은 「『별건곤』과 근대 취미독물」[19]에서 '취미와 상식'을 제창하며 창간된 잡지 『별건곤』이 1920년대 취미독물의 제도화와 밀접한 관계가 있다고 보고, 한국 근대문학의 범주가 형성되던 이 시기에 문학과 소설에서 배제된 제3의 문학을 소급해냈다. 전대에 잡문이나 함량미달의 유사-문학으로 간주되던 글쓰기의 위상을 복권하고, 그러한 문학의 보충적 지위를 확보한 '취미독물'이 잡지 『별건곤』과 1920년대 이래 대중문화의 취미 영역에 자리하게 되었다고 보았다. 이경돈은 후속 연구 「'취미'라는 사적 취향과 문화주체 '대중'」[20]을 통해 근대 취미론에 대한 연구를 확장시켰다. 그는 '지극히 사적이며 자의적'이라 여겨지는 '취향, 기호의 유도(誘導)를 통해 '대중'이라는 집단적 정체성을 창출하고 지배적인 기술로 활용되는' 취미제도의 확산이 1926년을 전후한 시기에 집중되어 있다고 보았다. 1926년은 라디오방송이라는 전파미디어가 탄생한 해인데, 전파미디어가 '불특정 전체로서의 평균적인 인간 집단'을 상상할 수 있게 해주었다는 것이다. 이경돈은 이 연구논문에서 취미를 '근대적 제도'로 전제하면서 그 구체적인 범주를 밝히지 않고 논의를 전개하였다. 다만 영문표기에서 있어 취미는 'hobby'로, 취향은 taste로 표기했기 때문에, 여기서 말하는 근대적 취미는 구체적인 '활동'을 수반하는 문화실천으로 보아야 할 것이다.

이상의 취미론들은 소논문의 성격상, 일정 시기에 특정 장르를 대상으로 연구한 것이기에 한국 근대의 취미 형성과정을 관통하는 의미망을

---

19 이경돈, 「『별건곤』과 근대 취미독물」, 『대동문화연구』, 성균관대 대동문화연구소, 2004.
20 이경돈, 「'취미'라는 사적 취향과 문화주체 '대중'」, 『대동문화연구』, 성균관대 대동문화연구소, 2007.

찾아내는 데까지는 이르지 못했다. 이상의 논문 외에 본 연구의 시각을 세우는데 기저가 된 선행업적으로 유선영[21]의 논문을 들 수 있다. 그는 전통문화가 대중문화로 대체되거나 주변화되는 과정을 연구하면서, 그 중심적인 동력으로 작용한 것이 바로 '근대성'이라고 보았다. 전통문화에서 통속문화로 그리고 대중문화로 이행되는 과정을 분석하면서 그 동인을 근대성으로 설정한 것이다. 근대성으로의 변화는 표층에서 일어나는 변화이며, 그것은 전통이라는 토대 위에서 토착화된 것이기 때문에 "표층과 심층영역은 별개의 것이 아니며 (…중략…) 표층영역에서의 변화가 사회구성원들에 의해 경험, 지각됨에 따라 점차 심층구조 자체를 변화시켜 간다고 본다. 즉 근대화가 진행됨에 따라 심층구조도 근대성을 내재하게 되고 결국은 이러한 사회 구조 속에서 대중문화가 지배적으로 된다고 보는 것이다."[22] 본고는 대중문화양식과 대중매체가 사회경제적, 제도적 요인들과 같은 수준에서 사회구성원의 근대성을 심화하며, 사회 전체는 근대화 과정의 산물(구성물)이라는 유선영의 입장에 동의하면서, 연구를 진행하고자 한다.

이상에서 보듯이 한국 '근대 공연문화'의 형성과정을 밝히고자 하는 학문적 노력 안에서 '취미'라는 근대적 '제도'에 관한 연구는 아직 시도된 바가 없다. 근대적 개인을 형성하고 근대 주체를 구성하는데 있어, '취미'를 향유하는 개인이 극장이라는 장(場)에서 어떤 식으로 상상하고 계몽, 교육되었는지를 연구하는 것은 한국 근대 공연문화 연구의 질적 보완을 가져다 줄 것이다.

---

21 유선영, 「한국 대중문화의 근대적 구성과정에 대한 연구―조선 후기에서 일제시대까지를 중심으로」, 고려대 박사논문, 1993.
22 위의 글, 3면.

3. 연구방법 및 범위

본고는 한국 근대문화에서 '취미'의 개념이 정착되고 그것이 하나의 제도로 정립되어 가는 과정을 밝히고, 1900~1920년대 '극장'을 중심으로 한 공연문화가 '취미'담론과 결합하면서 시기별로 어떤 특징적인 문화현상을 가능하게 했는지 고찰하고자 한다. 1900년대의 연극개량담론을 필두로 세상에 존재를 드러낸 한국 근대 대중연극이 '취미'담론과 봉합되면서 근대성과 식민성의 논리 하에 형성되는 과정을 추적하려는 것이다.

본 연구는 20세기 초반부터 1920년대까지 한국 공연문화의 형성에서, 당대의 대중들이 '극장취미', '활동사진취미', '유행가취미' 등을 의식·무의식적으로 주입받고 향유하는 과정을 통해 근대적 '문화주체'로 상상되고 구성되었다는 가설에서 출발한다. 그 가설을 검증하고 확인하는 작업이 연구과정이 될 것이다. 1930년대가 되면 이미 본격적인 자본주의적 시장논리가 한국 근대 대중문화의 작동 기저가 된다. 그리고 '취미'의 사회적 의미가 확립된다. 이 시기에 '취미'는 오늘날과 같이 분화되고 속화된 소비 대상이자 상품이 되었고, 각종 공연과 연극은 고급문화와 하위문화의 양극단과 그 사이에서 재편된 사회적 위상을 갖게 되었다. 때문에 본고에서는 근대적 취미의 탄생과 근대 공연문화의 출현이 한국 근대의 개인주체가 형성되는 과정에 미친 영향을 비교적 선명하게 재구(再構)할 수 있는 1920년대까지를 연구시기로 삼을 것이다.

현대 문화에서 사용되는 '취미(趣味)'라는 개념은 실제로 너무나 다양한 대상을 지시하면서 다양한 활동적 용어들과 연접되어 있다. 그 대부분은 '노동'이나 '직업' 이외의 영역에서 개인이 쉬거나 즐길 수 있는 '오락(娛樂)', '여기(餘技)'의 뜻으로 쓰인다. 영화취미, 문학취미, 바둑취미, 그림취미 등에서부터 '커피에 남다른 취미가 있다', '여행에 취미가 있다', '가사일에 취미가 있다', 혹은 엽기취미, 전원취미, 이국적 취미 등에 이르기까지 실제로 취미와 조합해서 지시할 수 있는 인간의 정서적 상태나 활동은 무한대라고 할 수 있다. '취미(趣味)'는 또 대상의 특질을 포착하고 즐길 수 있는 '심미적 능력'이나 '관심이 쏠리는 경향'을 의미하는 '취향(趣向)'으로 대체되기도 하고, '기호(嗜好)'나 '흥미(興味)'라는 말과 호환되기도 한다.

근대 공연문화와 취미담론의 관계를 연구하기 위해서는 '취미'라는 개념어의 근대적 등장과 그것의 의미변화 양상, 사회-제도화의 과정 등을 먼저 살펴야 할 것이다. 근대 한국에서 '취미'라는 용어가 처음 등장하고 그것이 일상적인 차원에서 빌화되기 시작한 때를 밝히고, '취미'가 근대 한국의 문화적 상황을 지시해주는 개념[23]으로 정착하기까지의 과정을 살피기 위해, 우선 근대 신문과 잡지, 학회지 등 각종 매체들을 통해 '취미'가 등장하는 장면을 포착할 것이다.

다른 한편으로, 다양한 문화장치 중에서 1900년대의 '극장'이 '새로운 연극'이라는 이름으로 대중을 호출하는데 '취미'개념을 활용한 것에 주목하고, 대중연극의 생산-소비 메커니즘과 다양한 대중문화로의 분화과정을 밝혀낼 것이다. 이것을 위해 1900~1920년대까지의 한국 근대 공연예술과 대중문화 담론을 추출하는 데 1차 자료가 되어 줄, 각종 신문과 잡지 매체, 관보와 총독부 자료, 당대 구술 자료와 연구서 등을 연구 대상으로 삼고자 한다. 근대 '취미(趣味)'의 개념이 ① '문명'과 '지식'이라는 시대적 요구에서부터 ② 서구의 심미적 개념(taste의 번역어)이나 ③

---

23 국문학 및 역사학, 사회학 관련 연구자들의 개념연구가 축적되어 있다. 박명규, 「한말 '사회'개념의 수용과 그 의미체계」, 『사회와역사』 51, 한국사회사학회. 2001; 박주원, 「근대적 '개인' '사회' 개념의 형성과 변화」, 『역사비평』 67, 역사비평사, 207~238면, 2004; 류준필, 「'문명' '문화' 관념의 형성과 '국문학'의 발생」, 『민족문학사연구』 18, 민족문학사연구소, 2001, 6~40면; 김동식, 「1900~1910년 신문 잡지에 등장하는 '문학'의 용례에 대하여」, 『미학예술학연구』, 한국미학예술학회, 2004, 49~74면.

개인의 기호에 따른 오락 취미(hobby) 등으로 분화되는 과정을, 당대 매체 기사와 소설, 수필 등 풍속사적 자료를 통해 재구할 것이다. 특히 1910년대 이후 일본의 연극과 일정 정도 시간차를 두고 동시적으로 진행되었던 신파극, 각종 서구 연극론과 공연, 근대 취미교육 등에 대한 비교·고찰을 위해 일본 문헌과 자료들을 연구범위 안에 포함하고자 한다.

본고는 다음의 연구방법을 통해 진행된다.

첫째, 근대적 개념어인 '취미(趣味)'와 취미에서 파생된 용어들의 용례를 살핌으로써, 개념이 형성되고 전유되는 과정을 밝힌다. 시대와 맥락을 초월하여 지속적인 영향력을 가진 불변하는 상수(常數)로서의 '취미'가 아니라, 특정한 역사적 맥락에서 어떤 주체가 어떤 의도를 가지고 어떻게 사용하는지에 따라 변화되는, '취미'개념의 이데올로기적 사용과 의미를 '개념사'[24]적 방법론을 통해 추적할 것이다.

둘째, 한국 근대 공연예술이 취미담론과 조응하면서 문화적 제도로 작동하게 되는 근대 문화형성의 장을 고찰한다. 이것은 제국의 통치 전

---

24 나인호, 「레이먼드 윌리엄스의 'keyword'연구와 개념사」, 『역사학연구』 29, 호남사학회, 2007, 458~459면. 최근 신문화사의 새로운 경향 중 하나는 개념사 연구는 기존의 이념사나 관념사를 비판하는 입장을 취한다. 라인하르트 코젤렉(Reinhart Koselleck), 존 포콕(John Pockock), 퀜틴 스키너(Quentin Skinner) 등이 개념사 연구를 주도하고 있다. 언어를 사회적 제도나 문화의 한 부분으로 다루려는 신문화사 연구의 흐름과 동향은 Peter Burk · Roy Porter, *The Social History of Language*, Cambridge *et.al*, 1987과 피터 버크, 조한욱 역, 『문화사란 무엇인가』, 길, 2004를 통해 알아볼 수 있다. 개념사 연구는 다음과 같은 논문을 참고하였다. 최정운, 「서구 권력의 도입」, 『세계정치』 24, 서울대 국제문제연구소, 2002; 김석근, 「19세기 말 'individual(개인)'개념의 수용과정에 대하여」, 『세계정치』 24, 서울대 국제문제연구소, 2002; 하영선, 「문명의 국제정치학 : 근대 한국의 문명 개념 도입사」, 『세계정치』 24, 서울대 국제문제연구소, 2002; 나인호, 「독일 개념사와 새로운 역사학」, 『역사학보』 174, 역사학회, 2002; 이황직, 「한국사회의 가족주의 : 개념 설정 및 개념사 연구」, 『사회이론』, 한국사회이론학회, 2002; 하영선, 「역사, 사상, 이론과 동아시아 : 변화하는 세계와 개념사」, 『세계정치』 25, 서울대 국제문제연구소, 2004.

략으로서의 문화정책과 자본주의적 상품 시장의 질서, 교육제도와 같은 사회적 제(諸)제도 안에서 형성된 또 하나의 제도를 연구하는 문화제도 사연구의 입장과 같다. 한편 현실에서의 취미는 근대적 인간관계와 근대적 삶을 주조해내고, 일상의 차원에서 선택, 소비되면서 의미화가 가능해지기 때문에 일상사, 풍속사도 참조하고자 한다.

셋째, 근대 한국의 문화적 조건, 공연 장르의 형성, 대중문화의 제도적 정착 등과 관련한 제반 상황은 일본의 내부조건, 제국의 통치전략과 밀접한 관계를 맺으며 형성되었다. 특히 이 시기의 극장은 일제가 설치한 근대적 공적 영역과 제도에 식민지 조선인이 어떻게 적응하는가의 문제와도 관련되어 있다. 때문에 취미제도, 취미교육, 공연문화의 정착, 제도와 연극의 문제 등을 고찰함에 있어 일본과 한국의 경우를 비교·고찰할 것이다.

이상의 방법론을 통해 진행될 본 연구에서 기대할 수 있는 효과는 다음과 같다. 먼저, 공연문화와 연극관련 연구에 풍속·문화연구의 방법론을 적용함으로써 연구시각의 다양성을 확보할 수 있다. 작품 중심의 문학연구가 지닌 한계가, 동시대의 제도와 심성을 구축하는 문화론의 자장에서 일정 정도 보완될 수 있을 것이다. 두 번째 효과는 근대 공연문화의 장에서 근대적 '취미'를 향유하는 문화주체를 어떤 식으로 상상하고 계몽, 교육하였는지를 연구함으로써, 비정치적 일상의 영역에서 근대 '개인'이 구성되는 맥락을 밝혀낼 수 있을 것이다. 특히 한국 근대 공연문화와 연극의 형성과정을 밝히고자 하는 다양한 학문적 시도 안에서, '취미(趣味)'라는 근대적 '제도'에 관한 연구는 아직 시도된 바가 없다. 본 연구는 문학연구와 문화연구의 방법론을 교차하며 한국 근대 공연예술과 근대적 취미(趣味)제도가 성립되는 과정을 연구한 하나의 사례가 될 것이다. 근대 대중의 등장과 '취미'라는 근대적 제도에 대한 연구는 차후에 문학과 영상예술, 나아가 취미를 만들어내는 각종 미디어에 대한 연구 등으로 확장될 수 있을 것이다.

제2장 근대 취미담론의 형성과 전개

1. 서구 '취미(taste)' 담론과 일본 '취미(趣味)' 담론의 형성과 전개

1) 서구 계몽주의와 근대 '취미(taste)' 담론

19세기의 유럽은 귀족이나 부르주아 중심의 사회에서 벗어나 새롭게 '대중'사회로 나아가고 있었다. '근대'는 민중의 계몽을 통한 사회·문화의 진보를 목표로 했고, 대중사회의 도래는 그러한 '근대' 프로젝트의 하나로 귀결되었다.[1]

17~18세기 서구의 시대정신인 '계몽주의'는 "중세 봉건 체제를 극복하는 과정에서 성립된 하나의 세계관인 동시에 그러한 세계관을 창출할

---

1   西村清和, 『現代アートの哲學』, 産業圖書, 1995, 8면.

만한 객관적인 역사적 조건이 반영"[2]된 정신운동이었다. 이 시기에 신(神)중심 세계관은 인간이성 중심의 세계관으로, 봉건제 생산 양식은 자본주의 생산양식으로, 궁정귀족 중심의 정치형태는 시민 중심의 정치형태로, 귀족의 예절 규범을 중시하는 풍토는 개인의 취미를 옹호하는 풍토로 바뀌었다.[3] 진보적인 시민계층이 전개시킨 이 계몽주의 운동은 시민의 경제활동이 증가하고 그에 따라 사회계층이 분화되면서 가능해진 결과였다. 중세 후기 이래 근대 초반에 걸쳐 '시민'은 신분적 의미를 벗어던지고 법적인 지위를 가진 '도시민'이라는 새로운 사회적 의미를 획득했다. 그들은 자영업을 할 수 있고, 도시의 자치행정에 참여할 수 있으며, 납세의 의무와 함께 재판권을 행사할 수 있는 등의 권리를 지녔다는 점에서 귀족, 농촌의 거주자들, 다수의 도시 하층민들과 구별되었다. 물론 서구라 해도 프랑스, 영국과 독일의 시민계층 형성 배경은 다르고 그 양상도 단일하지는 않았다.

독일의 경우, 시민계층은 18세기 말까지 실제적인 면에서 자의식을 형성하지 못했고, 계층적 이해를 기반으로 하는 정치·경제적 힘도 갖추지 못했다.[4] 대신 이들은 문화와 철학이라는 비실제적인 영역에서 토대를 확고하게 다져나갔다. 예술은 더 이상 귀족만의 전유물이 아니었다. 시민계층은 예술의 생산과 소비의 주체로 등장했으며, 문학과 예술의 영역에서 선취한 미학적 주도권을 철학으로 명시했다. 인간의 자립적인 이성과 그것을 실천할 수 있는 자율적인 주체에 대한 강조는 계몽주의 사상의 핵심이 되었다. 칸트로 대표되는 계몽철학이 바로 그것이

---

2   염무웅, 『독일문학사조사』, 서울대 출판부, 1989, 116면.
3   김연순, 「18세기 독일 계몽주의의 문학사회 고찰」, 『首善論集』 17, 성균관대 출판부, 1992, 122면.
4   위의 글, 128면.

다. 계몽철학은 정신적인 성숙과 능동적인 실천을 통해서 시민계층이 사회를 자기화하려는 신념에 근거하고 있다. 시민계층의 합리주의 사상은 점차 지식인들의 인식과 체험으로부터 시민계층 일반의 공통된 세계관이자 그들의 집단적 생활태도가 되었다.

시민계층은 궁정 문화의 '데코럼(예절, decorum)'에 대립해서, 그들의 예술 활동을 정당화시켜주는 미학의 근거로 인간의 주관성에 의한 '취미(Geschmack)'를 내세웠다. 즉 시민계층은 고대 수사학에서 '취미'와 유사한 개념으로 사용된 'indicium, gustus'에 기반한 중세적 '예절(decorum)'을 거부하는 대신, '주관적 판단'에 근거한 '취미(Geschmack)'를 통해 시민 문화 형성의 토대를 이루었다. 미(美)의 판단기준이 과거의 원칙에서 당대 예술 감상자들의 감정으로 바뀌면서, 시민계층은 미적 판단 주체로 등장할 수 있게 된 것이다. 근대 서구 미학은 '미(美)'가 '취미'라는 말과 관련되면서 출현한 사건이었다.[5]

18세기에 '취미(趣味)'는 인간이 예술작품을 그에 걸맞게 향유할 수 있는 미적 능력을 의미했다.[6] '취미'라는 용어는 스페인, 프랑스, 영국 등을 거치며 그 의미가 다양하게 변주되었다. 원래 '미각(味覺)'을 뜻하는 이 말은, 17세기 중반 스페인에서는 자발적이고 직감적으로 곧바로 행동을 선택하는 것, 진(眞)의 가치를 간파할 수 있는 일종의 판단능력의 의미로 사용되었다. 즉, '취미'란 "완성된 인간의 덕(德)을 의미하는 사회·도덕적인 개념"이었다. 그런데 이 개념이 프랑스 도덕주의자들에게 전해지면서, 사교생활 안에서의 어떤 미적인 부분을 가리키는 것으로 의미가 변화되었다. 프랑스인들은 좋은 취미를 몸에 익힌 섬세하고 고상한 교양인을 이상적인 인간으로 설정하고, 그런 사람들을 '신사(gentle man, honnête homme)'라고 불렀다. 이러한 프랑스식 취미 개념은 18세기에 영국 도덕철

---

5   뤽 페리, 방미경 역, 『미학적 인간』, 고려원, 1995, 28면.
6   西村清和, 『現代アートの哲學』, 産業圖書, 1995, 25면.

학에 전해지면서 또 한 차례 의미 변화를 겪었다. 즉 인간은 선(善)을 직감적으로 판정하는 선천적 능력인 '도덕 감각(moral sense)'을 지닌 동시에, "미(美)를 직감적으로 판단하고 향유할 수 있는 감각(sense)", 즉 '취미(taste)'도 선천적으로 가지고 태어난다는 논의가 진행된 것이다. 이런 사유를 단적으로 드러낸 철학자가 바로 칸트(Immanuel Kant)였다. 그는 인간의 고유한 "미적 판단 능력"을 '취미'에 두고 논의를 전개했다. 칸트의 사상은 작품을 통해 표현된 정신의 내실(內實)을 미(美)뿐만 아니라 진리(眞理)와 선(善)이라는 이념적 가치에서 판단하는 독일 낭만파나 관념론의 예술철학, 그리고 미학의 기반이 되었다.

칸트는 『판단력비판』에서 미(美)를 판단하는 능력으로서 '취미(taste)'를 규정하였다. 그는 어떤 대상의 미추(美醜)를 판별하는 심미적 상태는 오직 주관에 따르는 것이라고 보았다.[7] 하지만 취미판단이 주관적 독단이 되어서는 안 되고 모든 사람이 동의할만한 보편성에 근거해야 한다고 했다. 즉 '심미적인 공통감각'을 전제로 한 보편타당성을 획득해야 하는 것이다. 이때의 공통감각이란, 인간이면 누구나 선험적으로 '미'를 전유할 수 있는데 특권층이 아닌 보편적 이해에 근거해 그 타당성을 갖게 되는 감각[8]을 말한다. 시민 개인의 감성에 근거한 '취미판단'은 장차 문화를 주도해가는 시민계층의 일관된 미학론의 핵심을 이루면서 당시 비평의 척도를 마련하였고 미적 자율성을 기반으로 한 고전주의 문학을 꽃피우게 했다.[9]

18세기가 되면 문자 해독률이 높아져 독자층이 증가했으며, 서적 시장도 상업화되어 근대 비평이 형성되기 시작한다. 이 시기 계몽주의 문학자들은 훌륭한 대중취미를 형성하고자 했다. 계몽주의 이성을 척도

---

7   임마누엘 칸트, 이석윤 역, 『판단력비판』, 박영사, 2005, 57면.
8   위의 책, 100~101면.
9   김연순, 앞의 글, 138면.

로 삼은 독일 비평가 고트쉐트(Johann Cristoph Gottsched)는 그의 저서 『비평적 문예를 위한 시도』(1730)에서 '비평가란 자유로운 예술규범을 철학적으로 통찰하는 학자이며, 미(美)와 관련된 모든 대가의 작품이나 예술작품의 잘못에 대해 '이성적'으로 검토하고 올바르게 평가할 수 있는 자(者)'라고 규정했다. 그는 작가의 훌륭한 취미를 통해 독자들의 취미를 교화하고자 했다. "우매한 대중은 사물을 우상화하여 왜곡 판단하기 마련이므로, 작가는 그의 국가, 그의 궁정 및 도시의 취미를 순화시켜야한다"[10]고 주장했다. 이때의 취미판단은 전대(前代)의 귀족취향에서는 벗어났지만 일반대중의 기호에 접목되는 것은 아니었고, 소수 교양층에 한정된 것이었다.

이성일변도를 주장하는 고트쉐트와 달리, 정서적인 것, 감동의 문제, 상상력, 독창적인 이미지와 언어를 강조한 비평가 그룹도 등장했다. 그러한 이론적 논의를 진보적 시민계층의 이해수준에 입각해서 전문적인 비평을 시도한 사람은 레싱(G. E. Lessing)이다.[11] 레싱에 의해 문예재판관이던 비평가는 교양을 갖춘 비전문가들과 전문적 미학 사이의 매개자가 되었고, "취미의 일반화를 위한 중개인"[12]이 되었다. 레싱에 따르면 예술가가 창조한 작품의 가치를 올바르게 판단할 수 있는 능력으로서의 취미(taste)는 예술가의 것이 아니다. 천재적인 예술가는 한계를 가진 한 인간에 불과하다. 일반적으로 인간에게 있어 취미의 도야는 바람직한 인간으로 고양시켜주는 자기형성의 과정이다. 레싱에 따르면 작품을 매개로 해서 예술가와 향유자 사이에 정신적인 교감이 가능한 이유는 예술가가 누구인지 또는 그 취미가 무엇인지에 달려있지 않다. 미적 교감과 취미는 인간의 보편성에 근거하고 있기 때문이다.[13]

---

10 위의 글, 140면.
11 프리츠 마르티니, 황형수 역, 『독일문학사』, 을유문화사, 1989, 222면.
12 김연순, 앞의 글, 142면.
13 윤도중, 「레싱 : 문학을 통한 계몽―희곡」, 『뷔히너와 현대문학』 23, 한국뷔히너학회,

근대 '예술'이라고 하는 행위는 각각 개별적으로 자립하고 있는 정신이, 자립하는 존재인 작품을 매개로 해서 서로 마주 보는 것이다. 그리고 인간정신의 보편성에 기대어 대화하고 교감하고 공감하면서, "예술가(정신 = 천재), 작품(정신의 표현), 향유자(정신 = 취미)가 삼항 관계를 이루는 미적 커뮤니케이션"[14]이 형성된다. 18세기 유럽에서 작품을 매개로 한 이런 순수한 미적 커뮤니케이션이 이루어지기에 적합한 장소는 살롱이었다. 살롱을 중심으로 개최되는 미술전(美術展)과 근대 미술관은 미적 커뮤니케이션이 이루어지기에 가장 좋은 장소였다. 1792년 프랑스 혁명 후 의회가 루브르 궁전을 미술관으로 만들어 일반에게 공개하기로 결정한 것을 시작으로, 미술관은 근대 제도(制度)로 확립된다. 그것은 일반 민중을 대상으로 미적인 능력의 도야를 통해 인간정신의 보편성을 고양시킨다는 계몽 프로젝트의 상징적 사건이었다. 하지만 여기서 발견할 수 있는 일종의 미적 휴머니즘은 미적인 근대 엘리트주의를 매개로 한다는 점에서 현재적 상황과 무관하지 않다.[15]

앞서 말한 독일의 계몽주의 문예비평가 레싱(G. E. Lessing)은 근대 독일에서 시민 일반에게 도덕을 교화하고 취미를 고양하는데 '연극'이 가장 효과적이라고 판단했다.[16] 연극의 '직접성'과 '공공성'이 시민 교화에 적합하다고 본 그는, 시민적 차원의 국민극장을 주장하였다. 계몽주의자들은 유일한 '공공의 장'이던 연극무대를 '교육의 장'으로 인식했다. 그들은 무대를 통해 자신들의 계층적 이해를 표현하고자 했다. 정치문제를 직접적으로 무대에 올릴 수 없는 상황이었기 때문에, 계몽주의자들은 연극 안에서 기존의 도덕성을 비판함으로써 시민도덕의 교화를 꾀하

2004, 48~72면; 이순예, 「계몽주의 작가 레싱」, 『독어교육』 20, 한국독어독문교육학회, 2000, 507~547면.

14 西村淸和, 『現代アートの哲學』, 産業圖書, 1995, 25면.
15 위의 책, 25~27면.
16 프리츠 마르티니, 황형수 역, 『독일문학사』, 을유문화사, 1989, 222면.

고 정치비판을 수행했다. 국가의 공적 영역에 대립하는 시민의 사적영역을 통해 시민계층의 가치와 삶을 반영한 것이다. 레싱은 "작가는 관중에게 깊이 각인될 도덕적이고 교훈적 명제를 선택"하고 "어떤 명제의 진리가 해명될 어떤 이야기를 생각해"내야한다고 주장한다. "역사에서 이와 유사한 일을 당한 유명한 사람들을 찾아내어 자신의 이야기에 등장하는 인물들의 이름으로 차용"한 후, "등장인물들에게 명망을 부여"해서 에피소드를 짜야한다는 것이다.[17] 즉 작가는 자신의 작품을 통해 의도적으로 관객에게 도덕적인 영향을 주어야하고 동시에 '좋은 취미(good taste)'를 발전시켜야 한다는 것이었다.[18] '국민극장'의 이념을 주장한 쉴레겔(Johann Elias Schlegel)은 독일의 풍토, 국민의 습성, 국가의 형태 등과 관련을 맺으면서 '연극장'이 형성되어야 하는데, 그때의 극장이야말로 국민극장일 수 있다고 보았다. 이것이 레싱의 국민극장론으로 이어졌는데, 독일의 민족성에 합당한 연극무대를 만들려는 의도에서 비롯된 것이었다. 국민극장을 통한 시민계층의 계몽이라는 목표는 현실적으로 실현되지 못했지만, 극장을 통한 정치, 도덕적 계몽의 가능성을 열어놓을 수 있었다.[19]

이상에서 보았듯이 서양 근대의 문화를 떠받쳐온 것은 교양주의이며, 이러한 취미 = 교양의 발로로 '예술'개념이 자리매김하였다. 다시 말하자면 '좋은 취미'와 '악취미'가 엄중히 구별된 것은 '고귀하고 아름다운 예술'개념이 확립된 17~18세기라고 할 수 있다. '좋은 취미'는 도시에 거주하는 신흥 부르주아 계급과 엘리트 계급이 소유한 고급문화의 규범이다. 그들이 이상(理想)으로 간주한 신사숙녀들의 규범, 즉 그들이 생각한 보편적 인간성의 규범이기도 하다. 반면 이것과 상대되는 '평민의 저

---

17 K. 로트만, 이동승 역, 『독일문학사』, 탐구당, 1990, 61면.
18 윤도중, 앞의 글.
19 김연순, 앞의 글, 145~146면.

속한(vulgar)' 취미, 즉 '악취미'는 인간성이라는 가치의 근간과 관련된 결함을 나타내는 것으로, 미적인 비난임과 동시에 혹은 그 이상으로 도덕적이고 계층적인 비난의 말이 되었다.[20] 이러한 구별이 현대 대중사회에 와서 해체된 것은 당연한 수순이었다.

'좋은 취미'를 주제로 한 이론화 작업은 18세기 말에 하나의 전환점을 맞는다. 1757년에 볼테르가 집필한 『백과전서』 7권의 '취미(taste)' 항목은 예전부터 내려온 미(美)에 대한 고전적 규범의 절대성과 그것에 근거한 작품의 객관적 재단(裁斷)으로서 취미에 접근하고 있다. 그러나 같은 항목을 집필한 몽테스키외나 달랑베르는 오히려 취미를 '개개의 대상이 인간에게 제공하는 쾌락의 정도(程度)를 민감하게 받아들이고 일순간에 발견하는' 개개인의 주관적인 능력으로 보았다.[21] 주목해야 할 점은 이렇듯 새로운 취미개념이 간과하기 어려운 취미의 모순을 첨예화할 수 있다는 점이다. 만일 취미를 "개개인이 쾌(快)를 감지하는 능력"이라고 한다면 각자 그들 자신만의 취미가 있다는 말이 되며, 나아가 취미에 대해서는 왈가왈부할 수 없다는 오래 된 통념[22]을 받아들일 수밖에 없게 된다. 하지만 만일 그렇게 된다면 취미가 하나의 판단으로서의 어떤 보편성을 요구할 수 없게 되고 비평이 설 자리를 잃게 된다. 이런 난관에 직면한 몽테스키외와 달랑베르가 준비한 탈출구는, 개개인에게는 의식되지 않고 직접 드러나지는 않지만 사람으로 태어난 이상 자연본성에 맞는 공통의 소질이 있다는 인식이었다. 하지만 이들은, 개인적 취미처럼 보이는 것도 사실은 인간의 보편성에 기초한 절대적 취미라고 말함으로써 결국에는 다시 고전주의적 규범으로 돌아가고 말았다.

---

20 西村清和, 앞의 책, 129면.
21 위의 책, 130면.
22 취미에 대한 개인적 쾌감과 보편적인 규범 사이의 논리적 난점을 칸트는 '취미의 이율배반'이라고 지적한다.

사실 여기서 '개인 = 인간성'이란 소수 교양층과 엘리트들의 경우이며, 평민이나 대중은 인간 이하 내지는 인간 이전의 존재였다. 평민이나 대중을 '좋은 취미'의 수준으로 끌어올리는 것, 다시 말해 본래 인간의 수준으로 끌어올리는 일이 미적 근대의 프로젝트이자 미적 휴머니즘의 기본 동기였다.

그러나 오늘날의 사회는 일정 수준의 교육과 정보를 공유하는 지식정보사회이다. 문화적으로는 누구든지 대중에 속하게 되는 오늘날의 상황에서, 개인의 취미를 더 이상 보편적인 인간성에 근거 지을 수는 없게 되었다. 대중사회에서 취미 판단이라는 행위는 현재적 경험에 수반되는 형태로 새롭게 다시 해석해야 한다. 서구 유럽에서 계급과 문화적 실천의 관계망을 연구한 부르디외(Pierre Bourdieu)는 앞선 칸트 미학론의 중요 전제인 취미(taste)의 일치성을 비판하면서 현대 사회를 분석했다.[23] 인간의 문화적 욕구와 일상에서의 매너의 획득이나 취미의 개발, 특정한 문화적 취향(taste)이나 미의식은 개인의 본성이기보다는 사회가 양산한 '계급의 지표'라는 것이다. 그는 취미가 미적 대상에 대한 순수한 판단이 아니라, 역사적인 산물이면서 교육에 의해 재생산되는 계급의 지표라고 주장한다. 부르디외는 특정한 계급의 문화양식이 결국 학력자본, 경제자본, 문화자본의 축적과 상속을 통해 끊임없이 재생산되는 과정을 연구하였다. 그 과정에서 취향이 문화적 구별 짓기를 실행하는 사회적 기능을 하고 있음을 밝혔다. 사회적 경쟁에서 도구로 사용할 수 있는 문화적 자본에 교양과 취미가 포함된다는 것이다. 부르디외에 의하면 다양한 문화의 장에서는 위계적으로 구조화된 세력 간의 투쟁, 즉 정통을 방어하려는 힘과 그에 대한 전복의 전략들이 충돌한다. 그 안에서 상류 계급은 하위 계급의 문화에 대해 자신들만의 고유성과 우월성을

---

23 피에르 부르디외, 최종철 역, 『구별짓기 : 문화와 취향의 사회학』 상, 새물결, 1996, 10∼42면.

확보하는 문화적 구별짓기를 행함으로써 스스로의 정체성을 확보하려 하고, 그 아래의 계급은 부단한 상승지향의 문화적 실천을 시도한다는 것이다.

2) 일본 메이지 문화개량운동과 근대 '취미(趣味)'담론

일본에서 '취미(趣味)'라는 용어가 빈번하게 쓰이기 시작한 것은 메이지 40(1900)년대이다. 자본주의 경제가 정착하고 도시형 소비문화가 등장하면서 사람들의 일상생활 속에 '취미(趣味)'라는 개념이 자주 사용되기 시작한 것이다.[24] 메이지 37(1904)년에 출간된 사전에는 아직 '취미'항목이 수록되지 않았고, 전통적인 개념인 '오모무키(趣, おもむき)'만 실려 있음을 확인할 수 있다.[25] 일본에서 '취미(趣味)'의 언어적 용법이 마련되고 사전적 개념으로 수록된 것은 다이쇼 10(1921)년이다. 『言訓』에 실린 '취미'항목을 찾아보면 "① 인간의 감흥을 야기할 수 있는 것, 흥미, 오모무키(おもむき). ② 영어 taste, 미를 감상하는 능력. ③ 어떤 물건에 대해 흥미를 느끼는 것"[26]으로 정의되어 있다.

1921년까지 일본에서 '취미(趣味)'는 다양한 용법으로 활용되며 언어적 실험을 거쳤다. 서구어 taste의 번역어로 쓰이기도 했고 중국과의 영향관계를 보여주는 개념으로도 사용되었다. 츠보우치 쇼요[坪內逍遙]는

---

24 神野由紀, 『趣味の誕生』, 勁草書房, 2000, 6면. 이하 일본의 근대 '취미'에 대한 서술은, 많은 부분 진노 유키[神野由紀]의 저작 『취미의 탄생(趣味の誕生)』에 빚지고 있다.

25 위의 책, 7면. 그 사전적 의미는 "① 오모무키[趣]가 있는 것, ② 마음, 의미, 취의(趣意), 의취(意趣), ③ 사물에 있는 좋은 상태, 맛, 아취(雅趣)"였다. 「おもむき(趣)」, 『言海』, 明治37, 神野由紀, 『趣味の誕生』, 勁草書房, 2000, 7면에서 재인용. 이때의 '오모무키[趣]' 개념과 미의식은 조선시대 우리의 '致', '雅致(雅趣)'와 크게 다르지 않다. '취(趣)'가 한자어 문화권인 중국과 일본, 조선에서 공유한 미적 개념의 하나였음을 추론할 수 있다.

26 「趣味」, 『言訓』, 大正10(1912), 神野由紀, 『趣味の誕生』, 勁草書房, 2000, 7면에서 재인용.

1900년대 초반 일본에서 사용된 '취미'라는 용어가 칼라일이 말하는 'taste'의 번역어임을 밝혀놓았다.[27] 츠보우치에 의하면, 칼라일은 "진정으로 높고 큰 것을 감지하는 것", "어디에서 어떠한 형태로 보이는지를 묻는 것이 아니라, 아름다운 것, 질서 있는 것, 선한 것을 감지하고 사랑하고 공경하는 마음의 작용"을 'taste'라고 했다. 이것을 받아들여 당시 일본에서는 'taste'를 '취미성(趣味性)'으로 번역하거나, '기호(嗜好)', '풍상(風尙)', '감상력', '완상성(翫賞性)'이라고 번역하고 있다는 것이다.[28] 또 "일본에서 말하는 소위 아치[雅致], 풍류(風流), 청신하고 담백하다는 느낌은 아마도 서양의 취미사(趣味史)에는 없을 것"[29]이라며 일본 취미의 미적 정서가 서양과 다르다는 것을 강조하기도 했다.[30]

근대 일본에서 '취미'라는 말이 쓰인 용례를 추적하다보면, 1908년에 발표된 글에서 초창기의 용례를 발견할 수 있다. 이시이 겐도[石井研堂]의 『메이지 사물기원[明治事物起原]』[31]에 「취미라는 숙어(趣味の熟字)」라는 제목의 짧은 글이 실려 있다. 여기서 이시이 겐도는 메이지 6(1873)년에 간행되었던 미츠쿠리 린쇼[箕作麟祥]의 『권선훈몽(勸善訓蒙)』 제8장 「취미」항을 소개하고 있는데 그 내용은 다음과 같다.

본심(本心)이 옳고 그름(正邪)을 구별하는 이치(有理)의 감(感)인 것과 같이, 취미(趣味)는 아름다움과 추함(美醜)을 분별하는 감(感)이다. 하지만 취미력(趣味力)은 독자적으로 행위의 미추(美醜)만을 관장하는 것이 아니라, 평상시 자연

---

27 坪內逍遙, 「趣味」, 『趣味』 1(1), 彩雲閣, 明治39(1906).6, 1면.
28 위의 글, 1면.
29 위의 글, 3면.
30 조선시대에 근대적 '취미'의 개념과 유사한 전통 미학적 용어로 풍상, 풍류, 아치, 치(致) 등이 사용되었던 것을 상기할 때, 조선과 일본이 한자문화권 내에서 미적 태도와 개념을 공유했음을 알 수 있다.
31 石井研堂, 「趣味の熟語」, 『明治事物起原』, 楠南堂, 明治41(1908).

상의 사물에서부터 사람의 지혜심 또는 선한 마음에서 발현하는 각각의 일에 이르기까지 셀 수 없이 많은 것에 관여한다. (…중략…)

취미력(趣味力)이 본심(本心)과 마찬가지로 우리의 마음을 발동시킨다고 하더라도, 그 발동시키는 방법은 기존의 것과 다르다. 본심은 우리의 마음을 발동시키고 그렇게 해서 아름다움을 사랑하게 하며, 우리들에게 그 의무를 생각하면서 행동하게 한다. 반면 취미력은 우리를 오호! 아름답구나! 하고 감탄하게 만든다. 그런고로 본심의 주안점이 진리를 행함에 있다고 하면, 취미력의 주안점은 아름다움을 즐기도록 하는데 있다.[32]

보다시피 메이지 초기 사람인 미츠쿠리 린쇼는 이미 1873년에 '취미(趣味)'의 본질을 비교적 명료하게 설명해 놓았다. 그러나 그 용어가 현실적인 용법과 발화의 기회를 얻기까지는 20년 이상의 시간이 더 필요했다.

메이지 22(1899)년에 영국에서 유학하고 있던 오자키 유키오(尾崎行雄)는 『취미교육』이라는 글을 통해 "여학교에서 시가화악(詩歌畵樂)의 형식을 가르치는 것보다 오히려 그 취미(趣味)를 이해하여 체득하는데 진력을 다할 필요가 있다. 그 취미만 체득한다면 시화서정(詩畵書情)이 풍부해져서 시가를 짓거나 그림을 그리는 능력은 저절로 가능해진다"[33]고 말했다. 취미는 예술양식을 배움으로써 얻어지는 것이 아니며, 그 형식이 담고 있는 정신과 내용을 이해하는 것이 우선이라고 보았던 것이다. 영국에서 공부하던 유키오가 영국의 취미론과 취미교육론에 영향을 받았을 것임을 추측할 수 있다. 또 메이지 22(1899)년 5월 『여학잡지(女學雜誌)』 제169호에 「일본인의 취미」라는 제목의 글이 개제되었다. 이 글에서는 "시골뜨기가 빨간 것을 좋아하고 도시 사람이 수수한 옷을 좋아하는 것"

---

32 石井研堂, 『明治事物起原』, 楠南堂, 明治41. 본고는 『明治文化全集 別卷 明治事物起原』, 日本評論社, 昭和44, 115면, 「趣味の熟字」를 텍스트로 했음.

33 神野由紀, 앞의 책, 7면.

을 "취미의 상이함(달리 말하면 취미의 젊고 늙음(老幼)) 때문"이라고 서술한 바 있다. 그런데 한편으로는 서구 번역어가 아닌, 중국 한자어 '趣味'에서 단어의 기원을 설명하는 사람들도 있었다. 그들은 원래 예전부터 이 말이 중국에서 사용된 한자제어[熟字]였다면서 "『수심제발(水心題跋)』의 "怪偉伏 二 平易之中 一 趣味在 二 言語之外"[34]라는 문장에서 쓰였던 것처럼 '흥취(興趣)'의 의미로 사용된 말"로 받아들였다고 한다. 진노 유키가 볼 때, 흥취(興趣)의 의미로 쓰이는 취미(趣味)는 "아름다운 것을 좋아하는 것(愛美)에만 한정된 것이 아니"기 때문에, 현대 일본에서 흔히 사용하는 고서수집취미, 당구취미, 등산취미 등의 단어가 이상할 것이 없다고 말한다.[35]

그런데 서구어 taste의 번역어로 사용되었던 일본어 '취미'는 메이지 40년대가 되면서 하나의 '유행어'가 되었다. 그 현상을 두고 니시모토 스이인[西本翠蔭]은 이렇게 말한 바 있다.

얼마 전까지도 취미라는 단어가 그다지 발견되지 않았으나, 최근에는 신문잡지 등에서 매우 많이 사용되는 것 같다. 지금까지는 취미라 하면 그저 일부 호사가가 입에 담는 말이었다. 그러나 이제는 음악취미라든가 만담취미라든가, 이 꽃은 취미가 있다든가 하는 식으로 여기저기에 착 들러붙게 되었다. 생각해보면 모든 사람들이 취미라는 말의 가치

---

34 『水心集』에서 '취미'가 사용된 구체적인 부분을 찾아보면 다음과 같다. "跋劉克遜詩 著作正字及退翁兄弟道誼文學皆賢卿大夫天下高譽之不以詩名也克莊始創爲詩字一偶對一聯必警切深穩人人詠重克遜繼出與克莊相上下然其閒淡寂寞獨自成家怪偉伏平易之中趣味在言語之外兩謝二陸不足多也自有生人而能言之類詩其首矣古今之體不同其詩一也孔子誨人詩無庸自作必取中於古畏其志之流不矩於敎也後人詩必自作作必奇妙殊衆使憂其材之鄙不矩於敎也水爲沅湘不專以淸必達於海王爲珪璋不專以好必薦於郊廟二君知此則詩雖極工而敎自行上規父祖下率諸季德藝兼成而家益大矣方左鉞其友也當亦以是語之."
35 神野由紀, 앞의 책, 8~9면.

를 알고 이를 극구 찬양한 결과이다.[36]

메이지 40년대에 일반인들의 대화 속에서 유행처럼 사용되던 '취미' 개념의 사회적 파장력을 보여주는 대표적인 사례는, 메이지 39(1906)년에 『와세다문학早稻田文學』의 자매지로 창간된 잡지 『취미(趣味、しゅみ)』였다. 1905년 4월 13일 『요미우리신문讀賣新聞』에는 "와세다에서 『취미(趣味)』라는 새로운 잡지를 발행한다"는 최초의 『취미』 관련 기사가 실렸다.[37] 같은 달 25일에는 "월간잡지 『취미(趣味)』 와세다 문예협회에 관계하는 여러 사람들이 발기하여 새로운 잡지를 발행하고 문예(文藝), 미술(美術), 연예(演藝) 등을 논할 것이다"라는 꽤나 구체적인 정보가 실렸다. 그리고 『와세다문학』 1905년 5월호에는 "『와세다문학』을 언니라고 한다면 이 잡지는 동생과 같은 관계로, 새로운 일본 문명에 수반되는 신문예의 흥행을 요구하고 더불어 구문예의 보존에도 힘을 쏟을 목적"으로 만들 계획이라는 기사가 수록되었다.[38]

이 시기 '취미'라는 말이 사용된 배경에는 일본 근대문예의 새로운 동향이 가로 놓여있었다. 자연주의 문학운동이 활발하던 당시 일본의 작가들은 '자연의 말을 감지할 수 있는 능력'이라는 의미로 사용된 'taste'를 '취미(趣味)'로 번역해서 사용하였다.[39] 진노 유키는 일본어 '취미'가 'taste' 의 번역어로 활용된 정황을 여러 자료를 통해 구체적으로 보여준다. 그는 또한 문단에서 쓰이던 '취미'가 전체 사회 영역으로 확대된 배경에 근대적 소비사회의 성숙이 있다는 사실에 주목했다.

일본 '취미' 계몽운동의 동력을 제공했던 잡지 『취미(趣味)』는 근대연

---

36 西本翠蔭, 「趣味教育」, 『趣味』 1(3), 易風社, 明治39(1906).8, 24면.
37 越智治雄, 「趣味」, 『文學』, 昭和30(1956).12, 96면.
38 위의 글, 96~97면.
39 神野由紀, 앞의 책, 10면.

극 연구자인 츠보우치 쇼요[坪內逍遙]가 주재한 잡지이면서, 쇼요의 문화 개량운동과 연극개량운동과도 밀접한 관련을 맺고 있는 매체였다. 1906 년 6월에 창간되어 1914년 1월에 종간된 『취미』는 메이지 말기 문화개 량운동의 중심에 있었다. 당시 러일전쟁 직후의 일본에서는, 메이지의 '문명개화'가 물질적인 유신을 이루어냈지만 국민 전체의 정신구조까지 변화하지는 못했다는 반성이 일고 있었다. 정치, 경제, 사회의 모든 면 에 걸쳐 새로운 '문화'를 만들려는 움직임, '정신적 유신'을 향한 운동들 이 생겨났다.[40] 이 정신적 유신을 민간 차원에서 실행했던 사람이 츠보 우치 쇼요[坪內逍遙]였다. 쇼요의 문화개량운동의 목표는 "'고급'문화의 보급과 '저급'문화의 향상"이었는데 "그 양자의 중간에 있는 문화를 '취 미'라 불렀다. 그것은 순수한 문학이나 예술보다는 통속적이면서도, 민 중적인 오락보다는 수준이 높은 것"[41]이었다. 쇼요는 고급취미를 가정 내에 보급하는 가정문화운동을 통해 중간문화를 창출할 수 있다고 보 고, 가정을 대상으로 한 취미계몽잡지와 같은 읽을거리를 만들고자 했 다. 이것은 쇼요 개인의 의지라기보다 당시의 사회적 분위기가 쇼요로 하여금 이런 일을 도모하게 했다고 보아야 할 것이다. 『취미(趣味)』의 창 간호 권두에 실린 취지서는 다음과 같다.

하나. 지금 우리나라는 외부의 세계열강을 놀라게 하면서 동양의 맹주(盟 主)가 되어가는 중이나 문예계의 상황을 보면 여전히 옛날 그대로이고, 신일본 을 대표할 만한 신문예는 아직 생겨나지 않아서 일본의 문예가 점차 쇠퇴하고 있으니, 우리 취미계(趣味界)는 지금 진흥의 위급(危急)과 보존의 위급을 동시 에 해결해야 하는 지점에 놓였다. 이 점이 본지를 창간해서 이 두 가지 방면에 힘을 쏟아야 하는 이유이다. 『취미』는 우선 음악, 연극, 화술, 회화, 건축, 정원,

---

40 南博, 社會心理研究所 編, 『大正文化』, 勁草書房, 昭和40(1966), 48면.
41 위의 책, 51면.

장식, 유희, 유행 등에 대한 세상의 지도자가 되고, 이상적인 독물(讀物)과 오락을 가정에 제공함으로써 20세기 일본에 공헌할 것임을 기한다.[42]

『취미』는 '취미의 진흥과 보급'을 목적으로 발간되었다. "정치상, 사회상의 개혁, 즉 물질적인 유신은 어느 정도 끝났고, 이제 정신상의 유신을 향해 종교, 도덕, 문학, 예술을 일괄한 풍속상의 대동요가 시작되었기 때문에, 이에 한층 더 주의가 필요하다"[43]고 본 지식인들은, 일부 상층계급의 사람들뿐만 아니라 취미와는 무관했던 사람들에게도 취미를 교육할 필요가 있음을 느꼈다. '취미'가 사회의 질서를 유지하기 위한 일종의 '도덕적 가치관'으로 요청된 것이다.

『취미』의 지면 구성은 매 시기마다 조금씩 변화했고, 1910년 1차 『취미』가 종간하고 2년 후인 1912년에 복간된 잡지의 성격은 편집자가 바뀔 때마다 달라졌다. 그러나 창간호 이후 문화개량운동과 "가정에 취미문화를 보급"하려는 기획은 지속적으로 관철되었다. 『취미』의 창간호 지면구성을 잠깐 살펴보면, '본란(本欄)', '명가담(名家談)', '입문서(手ほどき)', '신작(新作)', '잡보(雜報)' 등의 항목으로 구성되어 있다. '본란'의 집필자는 츠보우치 쇼요, 니시모토 스이인, 코다 로한, 토기 뎃데키, 우스다 진운 등 와세다 계열의 자연주의 작가와 평론가들이었다. 이들이 주로 취미에 대한 논설을 담당했다. 이들 필진들의 취미 관련 논설이 『취미』

---

42 「趣旨」, 『趣味』 1(1), 彩雲閣, 明治39(1906).6. "一 今や我が國は外、世界列強を震駭して東洋の盟主たり然るに内、文藝界の狀態を見れば尚依然として舊時の儘なり新日本を代表すべき新文藝は未だ興らずして日本の文藝は漸漸將に廢れんとし我が趣味界は今や振興の急と保存の急と並び至るものといはざるべからずこれ吾人が本誌を發行して此の兩方面に力を致さんと欲する所以なり卽ち 『趣味』は先づ主として音樂、演劇、話術、繪畫、建築、庭園、裝飾、遊戲、流行等に關して一世の指導者となり兼ねて理想的讀物と娛樂と家庭に供し以て二十世紀の我が國家に貢獻する所あらんことを期す。"

43 위의 글, 3면.

2호부터 '취미(趣味)'라는 잡지편제 하에 한데 묶여 잡지를 장식했다.[44]

니시모토 스이인(西本翠蔭)은 『취미』에 게재된 대표적인 논설 중의 하나인 「취미교육(趣味教育)」에서 취미(趣味)를 '인격의 발현'으로 보고, 당대의 학교 교육과 윤리 교육, 근대적 직업 활동과 휴식의 측면 등 다각도에서 취미(趣味)의 중요성을 피력하고 있다. 일단 그는 취미와 시대, 취미와 개인과의 관계를 설명하면서 취미교육의 중요성을 역설했다. 취미는 "각 사람마다 다른 것으로 개인적인 색깔을 띠고 있고, 인격과 밀접한 관계"를 가지고 있다는 것이다. 스이인에 따르면 취미는 "인격의 발현에 다름 아니기" 때문에 "취미가 어떤 것인지 알면 그 사람의 인격을 상상할"수 있다. 그는 '인격과 취미'가 나무의 '뿌리와 가지' 같은 관계라서, 인격이 더 근본적인 것이고 취미는 인격에서 생겨난 지엽적인 것이지만 "취미를 어떻게 교육하느냐에 따라 인격도 변화시킬 수 있다"고 보았다. 또한 취미는 시대사조와도 밀접한 관계가 있고 후대에도 영향을 끼치기 때문에, "취미를 고상하게 지도하는 일은 한 시대를 교육하고 발달하는 중요한 일"[45]이라며 '취미교육'을 강조했다. 그리고 당대의 학교 교육이 "모두 지적(知的)인 것에 경도되어 있"음을 비판했다. 스이인은 "고등교육 이상의 교과서에 서양 소설이나 각본이 수록되어 있어도, 그 진수를 감상할 수 있는 학생은 거의 없다고 해도 과언이 아니며, 모두들 이론만 달달 외우고 있다. 이것은 3격이고 저것은 4격이라든지, 또는 이 전치사의 사용은 어떠어떠한 것이라든지, 모두 이런 것만 중요하게 생각하고 공부하기 때문에 그 작품의 진가를 맛보지 못하"[46]는 현실을 개탄했다. 이를 타개하기 위해서는 먼저 교육에 종사하는 사람들이 먼저 취미를 가져야만 "인격을 고양시키고 (…중략…) 훌륭하고 완비된

---

44 尾形國治, 「解說」, 『趣味』 全5卷 完全復刊, 不二出版, 昭和61(1986), 5～6면.

45 西本翠蔭, 「趣味教育」, 『趣味』 1(3), 易風社, 明治39(1906).8, 24면.

46 위의 글, 26면.

인물을 양성"[47]한다는 학교교육의 목적을 이룰 수 있다고 주장했다.[48]

한편 스이인의 취미교육은 전통적으로 강조되었던 '윤리교육'과도 결합되었다. 즉 "(교육을 함에 있어-필자) 엄격한 윤리교육도 필요하지만, 부드럽고 유약한 부분이나 흥미있는 측면의 교육"도 반드시 필요한데, 이때 취미가 효력을 발휘한다는 주장이었다. 인간은 휴식이라는 소극적인 태도에서 한 발 나아가 오락을 추구할 필요가 있는데, 이때의 "오락은 바로 취미에서 나오는 것"이라고 보았다. "이 취미는 그저 유희적이고 한가로운 놀이거리처럼 보이지만 윤리처럼 부자연스럽게 강요된 것과 취미가 합쳐지면, 즉 딱딱한 것 위에 부드럽고 아름다운 옷을 입히면" 인간은 "더욱 완전한 곳을 향해 나아갈"수 있다는 논지였다.[49] 이러한 스이인의 취미교육론이 근대적인 이유는 능력중시, 활동만능주의, 노동과 직업 우선주의라는 가치 추종으로 인해 근대적인 정신병에 노출된 청년들을 구제할 수 있는 하나의 방책으로 제시되었기 때문이다.

오늘날의 청년들에게 안위를 주고 오락을 제공하는 일은 극히 드물다. 게다가 점점 생존경쟁이 격렬해지고 있기 때문에, 정신을 과도하게 사용해야만 하는 지경이다. 오늘날의 학생들 중 거의 절반 정도가 신경쇠약 기미가 있다고 한다. 인생의 의미가 무엇인지 고뇌하는 사람이 많은 것도 사실이지만, 다른 한편으로는 오락이나 위로를 구할 데가 없다는 것도 그 원인이다. 종교에 매달리려고 해도 일반 청년이 기댈 곳은 별로 없는 듯하고, 많은 사람들에게 마음의 안위를 충족시켜줄 수 있는 위대한 철학이 지금 우리나라에 나타날 가능성도 거의 없는 것 같다. 그 외에 평온함을 찾고 위안을 얻을 수 있는 것은 거의

---

47 위의 글, 25면.
48 西本翠蔭의「趣味敎育」과 거의 동일한 논리와 주장을, 1920년대 조선의 교과서와 교사 지침서에서 발견할 수 있다. 구체적인 내용은 Ⅳ-1-1에서 서술할 것이다.
49 西本翠蔭, 앞의 글, 26~27면.

전무(全無)하다고 할 수 있다. 이런 시대에, 오늘날의 청년들은 모두 취미를 찾고 그 안에서 쉬는 것 외에는 달리 쉴 장소가 없을 것이다. 오히려 취미가 적극적으로 길을 이끌어 줄지도 모른다. 거대한 의문에 대해서 해결책을 줄 수는 없다고 하더라도, 피로에 안식을 주고 고민에 위안을 주는 것만은 확실하다. (…중략…) 또 취미가 어느 정도 상승점에 도달하면 이상(理想)의 방향을 암시해 줄 수도 있다.[50]

위의 논리에 따르면, 취미(趣味)는 일차적으로 인간의 인격을 발현하고 향상시켜주는 정신작용이다. 그리고 현실의 물질만능주의를 보완해 정신적 풍요를 제공하면서, 생존경쟁사회에서 고통 받는 근대인들에게 위안을 준다. 더욱이 그것이 고양되면 이상(理想)을 제시할 수도 있다. 이런 맥락 하에 취미가 교육대상으로 시급하게 요청되었던 것이다. 다만 메이지 말기라는 변혁기의 일본적 상황에서 새로운 취미는 "소위 하이카라취미나 옛날취미, 시골취미와 에도취미가 잘 융화하여 만들어질" 것으로 기대되었다.[51]

일본 근대문학자 우에다 빈[上田敏]은 니시모토 스시인[西本翠蔭]과 같은 입장에서 취미를 '인격'과 동의어로 보았다. 그는 인간을 인간답게 완비시켜주는 것은 단순한 도덕만이 아니라 아름다운 것을 사랑하는 성질이라고 주장했다. 그리고 도덕과 아름다움을 사랑하는 성질을 모두 포함해서 인격이라고 부른다면, 취미는 곧 인격이라고 할 수 있다는 논의를 폈다.[52] 그리고 1900년대 말 일본의 문예도덕이 납득할 수 없는 위기 상

---

50 위의 글, 28면.
51 일본의 경우 메이지 말기에 요청된 새로운 취미 안에 전통취미나 에도취미가 접합되기도 했다. 1900~1910년대 한국에서 정신적 유신(維新)과 풍속개량의 하나로 언급된 '취미(趣味)'가 전통적인 풍류와 분명한 선을 그으면서 제시되었던 것과는 다른 양상이라고 하겠다. 한국의 경우는 다음 장에서 기술할 것이다.
52 上田敏, 「趣味と道德と社會」, 『趣味』 4(2), 明治42(1909).2, 易風社, 11면.

황에 처한 이유로 '일반적인 취미의 혼란'[53]을 들었다. 그에 따르면 메이지 유신 이후 동등한 일본국민이라는 관념이 생겨나면서 대세(大勢)를 이루는 취미가 생겨났고, 다른 한쪽에서는 서구의 문물이 급격하게 들어오면서 서양적 취미가 만들어졌다. 이것은 과거에 "하나의 계급에만 한정되어 있던 문명이, 위에서부터 일본 대중에게로 확산된 결과"[54]로, 그 과정에서 일본의 '자존(自尊) 관념'이 사라지고 도덕적 혼란이 초래됐다는 것이다. 우에다 빈은 '교육'을 통해 자존관념을 불어 넣는 것이 취미계의 혼란을 해결할 수 있는 방법이라고 보았다.

"취미 전반을 교육한다"는 잡지 『취미』의 일관된 기조 아래 취미를 가정에 제공하려고 했을 때, 그것이 어떤 형식이었는지는 『취미』의 기사를 통해 확인해볼 수 있다. 문학, 연극에 관한 취미교육이 핵심을 이루었던 것은 분명하지만, 그 외에도 일상생활 전반에 '취미'를 침투시키겠다는 취지를 기사 편제에서 확인할 수 있다. 그 대표적인 예가 오락(hobby)으로의 각종 취미를 소개하고 있는 란이다.[55] 잡지에는 매회 각계 저명인사의 취미를 소개하는 코너가 마련되었고, 특히 메이지 40(1907)년 6월호부터는 「여러 가지 취미」라는 특집이 자주 등장했다. 거기서 소개된 것으로는 「성냥의 상표」[56](야나기타 쿠니오[柳田國男]),[57] 「술잔 수집 취미[酒杯]」(타야마 카타이[田山花袋]),[58] 「옛날화폐 수집 취미[古錢 趣味]」(모리타 호우탄[守田寶丹]),[59] 「여행 취미[旅行癖]」(이치카와 사단지[市川左團次])[60] 등이 있다.[61] 이상의 특집들

---

53 위의 글, 13면.
54 위의 글, 14면.
55 위의 글, 26면.
56 이 글은 성냥갑 수집취미에 대한 에세이이다.
57 『趣味』2(6), 易風社, 明治40(1907).6.
58 위의 책.
59 『趣味』2(7), 易風社, 明治40(1907).7.
60 『趣味』2(11), 易風社, 明治40(1907).11.
61 神野由紀, 앞의 글, 26면에서 재인용.

은 "좋은 취미(taste), 세련된 취미에 근거한 오락(hobby)을 가지는 것" 자체가 인격 형성을 실현하는 수단이라고 독자들을 설득했다.

한편 사람들이 지녀야 할 '좋은 취미'로 일본인의 감성에 맞게 서양의 문화를 흡수, 소화하여 독자적인 새로운 문화를 탄생하는 것이 강조되면서, 화양절충(和洋折衷)의 새로운 풍속 스타일을 만들고자 하는 시도도 적지 않았다.[62]

진노 유키[神野由紀]에 의하면, 일본인의 취미문제 안에 등장하기 시작한 주거 관련 테마는 메이지 초기의 서구화 현상과 말기의 문화 사이에 존재하는 근본적 차이를 보여준다. 토가와 슈고츠는 일본풍과 서양풍이 혼합된 화양취미(和洋趣味)라는 새로운 단계에 도달했던 메이지 말기를 이렇게 평가했다. "일본처럼 신기한 문화 상황에 놓인 곳은 흔치 않다. (…중략…) 입는 옷도 일본풍과 서양풍의 양쪽을 다 가지고 있고, 먹는 것도 화양(和洋)의 양쪽을 다 가지고 있다. 주거도 화양절충식이고, 물건들 뿐 아니라 문자도 화양절충이고, 학문도 화양절충식이며, 사상도 그렇다. 게다가 더욱 불가사의한 것은 도덕(道德)도 화양의 양쪽 모습을 다 가지고 있다는데 있다." 그에 따르면 "회화(繪畵)에 화양의 두 양식이 있고, 주거에도 화양의 두 양식이 있는 것에 대해서는 아무도 그것을 이상하게 생각하지 않고 당연한 것으로 간주한"다. 그러면서도 사람들은 "화양이 절충된 도덕"에만 유독 놀라워하거나 이상하게 여기고 심지

---

62 나카무라 후세츠[中村不折], 「일본옷의 개량(日本服裝の改良)」, 『趣味』1(4), 易風社, 明治39(1906).4; 후지오카 토호[藤岡東圃], 「장식의 취미(裝飾の趣味)」, 『趣味』2(2), 易風社, 明治40(1907).2; 후지이 켄지로[藤井健次郎], 「일본의 실내장식과 서양의 실내장식 (日本の裝飾と西洋の室內裝飾)」, 『趣味』2(11), 易風社, 明治40(1907).11; 골든부인(ゴルドン婦人), 「일본남녀의 복장(日本男女の服裝)」, 『趣味』3(3), 易風社, 明治41(1908).3; 사지 지츠넨[佐治實然], 「이상적인 가옥건축(我理想の家庭建築)」, 『趣味』3(4), 易風社, 明治41(1908).4; 카지타 한코[梶田半古], 「우리나라의 풍속(我國の風俗)」, 『趣味』4(3), 易風社, 明治42(1909).3; 카라자와 베니유키[唐澤紅雪], 「일본복장연구회(日本服裝研究會)」, 『趣味』5(4), 易風社, 明治43(1910).4; 토가와 슈고츠[戶川秋骨], 「화양취미잡감(和洋趣味雜感)」, 『趣味』6(5), 趣味社, 大正1(1912).11.

어 분개한다. 슈고츠가 볼 때는 주거양식이 화양절충이기 때문에 일본의 가정도덕이 화양절충식이 되어가는 것은 당연했다. 그렇기 때문에 "좋은지 나쁜지는 차치하고, 시대의 흐름과 문화의 대세는 어디까지나 서양의 것을 동화시켜서 소화"[63]하는 것에 있다고 보았다.

실제로 서양적인 것은 당시 일본인의 일상 속에 착실하게 흘러 들어가고 있었고, 그때 나타난 것이 화양절충(和洋折衷)의 취미(趣味)였던 것이다. 그런데 과자, 과일, 꽃, 상점 등 일상적이고 물질적인 층위에서는 화양절충이 쉽게 진행되지만, 회화나 연극 등 예술 분야에서는 절충의 문제가 훨씬 복잡했다. 예술은 끝까지 양풍취미와 섞일 수 없는 일본 고유의 취미가 있기 때문이었다.[64] 특히 메이지 말기에 주장된 취미(趣味)가 화양절충 스타일로 수렴해 간 양태는 백화점 등 소비의 장에서 두드러졌다. 진노 유키는 사람들의 생활이 새로운 단계에 들어선 것을 보여주는 것의 하나로, 이렇게 새로운 스타일 창출을 향한 움직임이 역사적으로 중요한 사건이었다고 주장한다.[65] 사회심리학자 미나미 히로시[南博]는 『취미』의 취미계몽운동이 메이지 말기의 다양한 문화개량운동에 호응했던 것이라고 보았다.[66] 그에 따르면 쇼요가 추진했던 연극개량, 제국극장 건립(1906), 미츠코시백화점의 출현이라는 동시대의 사건들을 포함해서, 모든 생활영역에서 다양한 개량운동이 진행되었다. 그것은 메이지 초기의 물질적 문명개화와는 다른 방식의 새로운 생활양식의 창출 노력이었다.

지금까지 고찰한 서양 'taste'의 일본적 유입, 일본어 '취미(趣味, しゅみ)' 개념의 형성과정, 메이지 말기에 전일본적으로 실시된 위로부터의 취미

---

63 戶川秋骨, 「和洋趣味雜感」, 『趣味』 6(4), 趣味社, 大正1(1912).10, 25면.
64 神野由紀, 앞의 책, 28면.
65 위의 책, 29면.
66 南博, 앞의 책, 48~59면.

개량운동, 그리고 다이쇼 초기에 민간에서 시도된 취미개량운동 등은 약간의 시차를 두고 식민지 조선에 영향을 미쳤다.[67] 19세기 후반 이래로 일본과 한국의 역학관계상 한국의 새로운 사상과 개념은 일본으로부터 직접적인 영향을 받을 수밖에 없는 사회·문화적 구조 안에 놓여있었다. 우선 메이지 말기에 획정(劃定)된 일본의 '취미(趣味)'라는 개념이 근대 한국에 영향을 주었음을 추론할 수 있는 한 사례로 다음의 기사를 들 수 있다.

광고 : 讀習 日語雜誌. 본 잡지는 다취미부실익(多趣味富實益)하야 일어독습 최량(最良) 사우(師友)요 축차(逐次) 매호를 헌상(獻上) 황실하는 광영을 몽유(蒙有)한 자이라 경향 제유(諸儒)가 무불상찬(無不賞讚)하오니 일어학습에 유지 제씨는 특위애독(特爲愛讀)하심을 복망하오. 제3호부터는 발매일을 재정하야 매월 5일로 하오. 경성학당 내 일어잡지사.[68]

1905년 6월 28일자 『황성신문』에 실린 광고인데, 광고주는 '일어잡지사'였다. 일어독학 서적인 『독습일어잡지』를 광고하는 문안 가운데 "다취미부실익(多趣味富實益)"이라는 일본어식 문구가 눈에 띈다. 일본이 '취미(趣味)와 실익(實益)'을 강조한 것은 메이지 말기 문화개량운동이 진행되던 시기부터였다. 앞서 기술한 대로 츠보우치 쇼요 등의 문화개량운동 이후 각종 잡지에는 '취미(趣味)와 실익(實益)'을 강조하는 기사들이 기획되었다. 그리고 이 시기 일본에서 생산되거나 유입된 각종 상품들이

---

67 중국 역시 서구 taste의 영향을 받아서 근대 초기에 취미(趣味)를 강조하였다. 중국의 근대 계몽사상가 양계초는 중국 근대의 취미론을 펼치면서, '취미'라는 말이 'taste'의 번역어임을 밝혀놓았다. "취미교육이라는 이 용어는 내가 창조한 것이 아니라, 근대 구미 교육계에서 일찍 유행하던 말이다. 그들은 취미를 수단으로 삼고 있었지만, 나는 한 걸음 더 나아가서 취미를 목적으로 삼을 생각이다." 「趣味敎育與敎育趣味」, 『飮氷室文集』 38, 이상우, 「양계초의 취미론—생활의 예술화를 위하여」, 『미학』 37, 한국미학회. 2004, 4면에서 재인용.

68 『황성신문』, 1905.6.28·6.29·7.1.

조선의 매체에 광고될 때 사용된 '취미와 실익'은, 이후 조선어 어법에
정착하게 되었다. '취미와 실익'은 각종 서적이나 잡지, 공연물과 활동사
진 등 근대 매체와 각종 '신(新)'문물 광고에 자주 등장하면서 중요한 가
치이자 관용구로 자리매김했다.[69]

1908년 3월 21일자 통감부문서(統監府文書)에는 「한어신문발생계획에
관한 건(韓語新聞發行計劃ニ關スル件—諸第四◯號)」[70]이 실려 있다. 발송인은
블라디보스톡 영사 노무라(在浦潮 領事 野村基信)였다. 그 내용을 보면 블라
디보스톡 재류 한인들이 『해조신문(海潮新聞)』[71]이라는 신문발행을 기획

---

69 ①『청춘』창간호, 1914.10, "古本 춘향젼" 광고 "今에 그 內容을 約記ᄒᆞ건데 開卷 第一
에 白頭山 以下 八域名勝을 周遊吟賞호 滿五面長歌ᄂᆞ 趣味津津호 중에 歷史地理의
要職을 得홀것이오 (…중략…) 舊社會事物의 展覽場과 如ᄒᆞ니 系統的으로 一讀ᄒᆞ면
趣味가 異常호 一編情史오 부분적으로 各讀ᄒᆞ면 實益이 雙호 百科事彙라."
②『매일신보』, 1914.1.13. "革新團, 演興社에서 公演 '鬼娘毒婦姦計' 십륙세에 소년
녀ᄌᆞ가 악의로 간부를 부동ᄒᆞ야 신랑을 밤에 목을 미여 죽이려 ᄒᆞ다가 발현되야 일쟝
풍파가 이러는 사실을 본단에서 일신 기량ᄒᆞ야 풍속샹 모범이 되도록 취미 실익을 겸ᄒᆞ
야 홍힝ᄒᆞ오니 속속 러님ᄒᆞ심을 망홈"
③『신문계』, 「편집실에서」 3(1), 1915.1, 126면. "본호ᄂᆞ 대대적 개혁을 ᄒᆞ야 或實益도
取ᄒᆞ고 或趣味도 取ᄒᆞ며 或實益과趣味가 겸호 문제로 면목을 일신케ᄒᆞ고져ᄋᆞ야 繼續
ᄒᆞ던 寓意談 百丈紅 등의 십수건을 停止ᄒᆞ고 일층신신호 재료를 채집ᄒᆞ엿ᄉᆞ오며 본호
에 대호 부록은 신년 일월에 적당호 趣味를 助長도 하고"
④「발간의 사」, 『태서문예신보』 1, 1918.9, 1면. "본보ᄂᆞ 태셔의 유명한 쇼셜, 시됴, 가곡,
음악, 미술, 각본 등 일(반) 문예에 관한 기사를 문학대가의 붓으로 즉접 본문으로붓터 충
싱하게 번역하야 발행할 목젹이온자 다년 경영 ᄒᆞ든 바이 오날에 데일호 발간을 보게 되
엇습니다. 편즙상 불츙분한 점이 만사오나 강호제위의 이독ᄒᆞ여 주심을 짜라 일반 기자
들은 붓을 더욱이 가다듬어 취미와 실익을 도모ᄒᆞ기에 일층 로력을 다ᄒᆞ겟습니다."
70 국사편찬위원회 편, 『統監府文書』 5, 2000; 국사편찬위원회 홈페이지. http://www.hist
ory.go.kr/front/dirservice/dirFrameSet.jsp. "韓語新聞發行計劃ニ關スル件—諸第四◯
號 : 當地在留韓人中ニ新聞紙發行ノ企劃ヲ爲シ排日主義ヲ鼓吹セント努メ居ル趣豫
テ聞及候ニ付內々探索致居候處頃日別紙趣意書ノ通リ海朝新聞ヲ發行シ一般韓國民
ノ智識ヲ增進シ國權ノ恢復ヲ謀リ獨立ノ實ヲ擧クルコト本國及列國ノ狀態ヲ普ク報
道スルコト官廳ノ達示・法制・學術・農工商業等ニ關スル新事實ヲ譯拔スルコト, 趣
味アル談話ヲ掲載スルコト等ノ主義方針ヲ發表シ廣ク韓 人中ニ購讀者ヲ募集シツツ
アリト而シテ一方ニハ新聞社ニ充ツル爲メ家屋ヲ建築ス輪轉機一臺ヲ据付ケ韓人ノ
技師一名ヲ雇入レ目下發刊ノ準備中 (…중략…) 更ニ探知ヲ遂ケ御通知及フヘク候モ
右不取敢御參考迄申進候 敬具. 明治四十一年二月二十一日 在浦潮 領事 野村基信."

하고 있다는 상황보고이다. 내용을 보면 우선 신문발행취지서 내용이
실려 있고, 신문발행 허가를 엄중히 할 필요가 있다는 영사의 의견과 더
불어 이 건(件)을 다시 한 번 탐지(探知)해 달라는 요청을 하고 있다. 이 문
서에는 별지(別紙)로 해조신문 발행자 측에서 제출한 발행취지서[72]가 첨
부되어 있다. 첨부 문서에서 주목되는 부분은 한국어취의서를 일본인
이 일본어로 번역해서 보고하면서 '취미(趣味)'라는 용어를 채택한 대목
이다. 조선인 발행자가 "국문과 국어와 자미잇는 이약이로 알기쉽도록
발간홈"이라고 쓴 부분을, 일본인 총영사는 "취미있는 이야기를 게재할
것(趣味アル談話ヲ揭載スルコト)"이라고 축약해서 보고했다. '자미'는 당시
매체에서 '滋味'로 표기되던 단어로 지금 현재 우리에게는 '재미'라는 단
어로 남았다. 조선어 '자미'를 일본식 조어(造語) '취미'로 번역한 것이다.
이것은 '재미'와 '취미'가 호환 가능한 의미를 가진 단어로 쓰이는 현상의
한 사례이기도 하고, 이후 일본적 개념어로서의 '취미(趣味)'의 유입을 보
여주는 것이기도 하다.

실제로 이 시기에 다수의 서구 근대어를 번역하여 주변 동아시아 국
가에 전파한 쪽은 일본이었다.[73] 특히 메이지 말기 일본의 취미담론은

---

71 블라디보스톡에서 1908년 2월 26일 최봉준과 정순만이 주동이 되어 일간으로 창간한
　　신문. 학문과 지식을 넓히고, 실업의 흥왕을 권장하며, 국민정신을 배양하고 국권회복
　　을 주장하는 것을 창간 취지로 삼았다.

72

海朝新聞刊行趣旨書(別紙) 츄지서

사람마다 자긔심듕에 싱각ᄒ기를 보고 듯지안이ᄒ야도 사람이면 사람의 직책을 다ᄒᄂᆫ줄로알아도
결단코 그러치 안이홀것이 있으니 보고듯ᄂᆫ것이 업스면 이세상 만물듕에 사람이 가장 귀ᄒ다닐으
지못홀지니 (…중략…) 남갓치 시세성복을 눌어 남의 문명을 불어워ᄒ지안이ᄒ면 본샤도 신문을
설치ᄒ 본의를 일우고 구람ᄒ시ᄂᆫ 첨군자도 효력이 젹지안이홀이니 남녀로쇼간에 본신문을 바다
보시고 귀를 기울여 날마다 시소식을 드르시기 간절히 바라는바이로소이다.
一. 신문일홈은 히죠신문이라홈
一. 일반국민의 보통지식을 발달ᄒ며 국권을 회복ᄒ야 독립을 완젼케ᄒ기로 목뎍홈
一. 복국과 열국의 소문을 너리탐지ᄒ야 날마다 발간홈
一. 정치와 법률과 혹문과 상업과 공업과농업의 신문ᄌ를 날마다 번역게재홈
一. 국문과 국어와 자미잇ᄂᆫ 이약이로 알기쉽도록 발간홈
一. 실업상진보의 기타죠흔수업에 발달을 위ᄒ야 광고를 청ᄒᄂᆫ일이 잇스면 상의게재홈

73 야나부 아키라, 서혜영 역, 『번역어 성립사정』, 일빛, 2003.

재한(在韓) 일본인을 대상으로 조선에서 발행한 신문과 잡지에도 지속적으로 게재되면서 '취미(趣味)'를 유포했다. 1908년부터 경성에서 발간된 일본어 잡지 『조선(朝鮮)』을 비롯하여 그 후신인 『조선급만주(朝鮮及滿洲)』 등에서 다이쇼 문화주의를 배경으로 한 일본 근대어 '취미(趣味)'를 발견하는 것은 어렵지 않다.[74] 이런 매체들을 통해 일본어 '취미'의 개념과 사상의 영향을 받았을 것임은 분명하다. 문명의 대리자인 제국 일본은 식민지 조선의 '무취미(無趣味)'를 교정하려는 입장에서 근대적 취미론을 조선에 설파했다. 1900년대 개화기 한국에서는 자생적 필연성에 근거한 본격 취미론이 등장하지는 않았지만, 문명, 계몽, 근대적 지식과 연동(連動)하는 개념으로 '취미(趣味)'라는 개념이 발화되기 시작했다. 20세기가 되면서 한국 사회에 '취미'라는 개념이 새롭게 등장한 것인데, '취미'개념의 등장과 국내외적 영향관계는 다음 장에서 상술하기로 한다.

2. 한국 근대 취미담론의 기원과 형성

1) 근대 취미담론의 전사(前史) : 18세기 신지식인층의 문화를 중심으로

조선시대에 '취미(趣味)'는 오늘날과 같이 일상적으로 사용되는 말이 아니었다. 오히려 '취(趣)'와 '미(味)'는 개별적으로 사용되는 동양의 미학 용어였다.[75] 조선시대에 '취미'가 사용되는 용례와 의미를 파악하기 위

---

74 일본 취미론의 번역 유입, 새한(在韓) 일본인 대상의 취미 보급, 조선인 대상의 근대적 취미론 보급 등을 보여주는 구체적 양상과 영향관계는 III-2-2에서 살펴볼 것이다.
75 장파, 유중하 외역, 『동양과 서양 그리고 미학』, 푸른숲, 1999.

해 『조선왕조실록』[76]의 원문을 검색하면 6개 정도의 예가 발견될 뿐이다. 또 현대어로 번역된 『조선왕조실록』국역판에서 검색된 '취미(趣味)'의 경우 당시 원문에서는 '臭味', '致', '趣', '味', '嗜'로 표기된 단어였음을 확인할 수 있다. 『조선왕조실록』에서 '臭味'는 '趣味'보다 훨씬 많은 50회 이상의 용례를 찾을 수 있다. 조선시대에 趣味는 거의 사용되지 않았고, 臭味가 오히려 자주 사용되는 말이었던 셈이다.

'趣味'가 사용된 글을 찾아보면, "명류(名流)는 취미가 같지 않다",[77] "취사(取捨)를 할 때는 관리들의 취미에 따를 (것)",[78] "서늘한 계절 고요한 밤에는 그 취미가 더욱 심원하고",[79] "(두 재상이) 서로 언의(言議)와 취미가 같지 않다",[80] "역적과는 취미가 같지 않다",[81] "성기(聲氣)와 취미(趣味)는 전혀 상관없다"[82]등의 구문에서 사용되고 있다. 실록 원문의 전후 맥락을 살펴보면 '기호(嗜好)', '의향', '분위기', '가치관' 등의 의미로 사용되고 있음을 알 수 있다. '기호(嗜好)'나 '좋아하는 것'을 뜻하는 용례의 경우는 근대어 '취미'와 동일한 의미에서 사용된 것이지만, 사람의 '가치관'이나 '의향'과 같이 광의의 정신적인 부분을 지칭하는 개념으로 쓰이기도 했다. 한편 『조선왕조실록』에서 50회 이상 용례가 발견되는 '臭味'는 앞서 제시한 '趣味'와 유사한 의미로 가장 많이 사용되었다. 다만 '성색취미(聲色臭味)'[83]라는 숙어로 자주 사용되고 있음이 확인되는데, 이때 臭味는 부

---

76 조선왕조실록(http://sillok.history.go.kr)의 자료를 활용하였다. 『조선왕조실록』을 통해 '취미' 개념의 활용양상을 확인한 결과가 조선시대의 '취미'를 완전하게 보여주는 것은 아니다. 다만 국가의 방대한 공식기록인 왕조실록이라는 점을 감안한다면 이 텍스트가 언어사용의 대표성을 띠기에 큰 무리는 없을 것이다.

77 『효종실록』, 즉위(1649).9.13.

78 『효종실록』, 효종3(1652).4.27.

79 『현종실록』, 현종6(1665).9.24.

80 『영조실록』, 영조26(1750).8.11.

81 『영조실록』, 영조31(1755).5.25.

82 『순조실록』, 순조1(1801).1.23.

83 『숙종보궐정오실록』, 숙종32(1706).3.3; 『영조실록』, 영조9(1733).8.2; 『순조실록』, 순조1(1801).5.11; 『순조실록』, 순조1(1801).6.10.

정적인 의미이거나 臭味의 주체를 비난하는 경우였다. '성색취미(聲色臭味)'는 전통적으로 '근골기운(筋骨氣韻)'과 대비적으로 쓰이는 사자성어로, 정신적인 부분을 의미하는 '근골기운'과 달리, 소리나 색, 냄새나 맛과 같은 감각적인 부분을 지칭하는 말이었다. 구체적으로는 주로 여색과 음주에 몰두하는 것을 의미했다. 『조선왕조실록』외에 18세기 문헌에서 찾은 '趣味'는 '수석취미(水石趣味)'[84]나 '유객취미(遊客趣味)'[85]로 쓰였는데, 자연에서 즐기는 '풍류'를 의미하는 것이었다.

근대 '취미(趣味)'와 비슷한 전근대(前近代)의 미학적(美學的) 개념어로 '풍류(風流)'를 꼽을 수 있다. '풍류'는 노장과 도가 사상을 기본으로 하는 동양 미학의 기초 개념으로 한국·중국·일본의 미의식의 근원에 자리한다.[86] 조선조 각종 문헌과 기록에 드러난 '풍류'의 쓰임을 종합해보면 그 의미를 다섯 가지로 분류할 수 있다.[87]

① 신라 화랑도적 의미에 근간한 풍류개념

② 경치 좋은 곳에서 연회의 자리를 베풀고 노는 것

③ 예술 또는 예술적 소양에 관계된 것을 나타내는 표현

④ 사람의 인품(성격, 교양, 태도, 외모, 풍채 등)이나 사물의 상태가 빼어난

---

84 「稀年錄-中」, 『樊巖先生集卷之十八』. "曾在明德山也. 貞敬權夫人. 爲製鶴氅衣. 以佐水石趣味. 蓋知我有考槃永矢之意也. 未十年. 夫人死. 余亦入相府. 簪纓絆身. 鶴氅有亡. 未暇念也. 屬上飭朝紳. 服朝服. 必以白衫承其內. 公卿侍從無素具. 頗窘速. 余念鶴氅制同白衫. 斯可以用. 於是命家人窮索塵篋. 鶴氅宛爾在矣. 遂庸以成朝儀. 使夫人有知. 能不笑我東山遠志化爲小草也歟. 一愧一愴. 摩挲以吟."

85 「自青川入華陽」, 『性潭先生集卷之一』. "詩自青川入華陽. 路過桃源里. 村人膾魚烹狗. 以待于川邊. 極助遊客趣味. 半酣成吟. 以記卽事."

86 한국과 중국, 일본에서 정의하는 '풍류'의 사전적 의미는 다음과 같다. **한국(우리말큰사전)**: '속된 일을 떠나 풍치있고 멋스럽게 노는 일' / **중국(중문대사전)**: 風化流行(풍속이 교화되어 아래로 흐르는 것) / **일본(일본국어대사전『言泉』, 小學館)**: 기품이 있고 우아한 모습, 세속으로부터 떠나 취미(趣味)있는 곳에서 노니는 것. 신은경, 『풍류: 동아시아 미학의 근원』, 보고사, 2003, 21면에서 재인용.

87 위의 책, 52면.

것을 형용하는 표현

⑤ 남녀 간의 정사(情事)를 나타내는 말

'풍류(風流)'는 지금의 '취미(趣味)'처럼 단일하게 정의할 수 없는 다양한 의미망을 가진 용어였다. 이 중에서 조선시대에 가장 일반적으로 사용된 풍류개념은 ②의 경우였다. 종교성, 예술성, 유희성을 모두 포괄하는 풍류개념은 시간이 흐르면서 도(道)나 형이상학적 요소가 약화되었고, 예술이나 놀이적 개념이 부각되었다. 한중일 삼국 모두에서 풍류는 "예술적으로 혹은 미적으로 노는 것"[88]으로 규정된다. 어느 나라에서건 풍류는 애초에 부(富)와 일정 정도의 신분, 지위를 갖춘 계층의 정신적 여유를 바탕으로 한 '귀족취미'에서 비롯되었다. 놀이라고 하는 것이 일상의 실용적 목적성과는 거리가 있음을 감안할 때, 일상적 삶에 구애될 필요가 없는 상류층이야말로 미적인 것을 추구하고 향유할 지반을 확보하고 있었기 때문이다.[89]

그렇다면 전근대에 특정 계층이 전유하던 미적 정서와 활동으로서의 '풍류'가, 계급이 철폐된 근대사회가 되면서 보편적이고 공중(公衆)적인 근대적 '취미'의 개념으로 이전하게 된 것은 아닐까 추론해볼 수도 있겠다. 그러나 상류층의 풍류문화가 곧바로 근대적 취미 개념으로 대체된 것은 아니다. 일단 조선 후기 문화적 지반 안에서 근대적 취미를 선취(先取)한 새로운 흐름과 균열이 생겨나고 있음을 18세기 신지식인층의 문화에서 찾아볼 수 있다.

역사적으로 풍류(風流)는 양반 사대부 계층의 문화양식이었다. 그런데 조선 후기가 되면 한양에 거주하는 중인이나 경아전층까지 풍류의 향유

---

88 위의 책, 66면.
89 위의 책, 66~67면.

층이 확산되었다. 중인층의 풍류활동은 문화적 상징행위를 통해 정치 · 사회적 주변성을 극복하고 상층문화의 권위에 저항하는 것이었다. 그러나 한편으로는 상류층의 미의식과 문화를 모방하려는 욕구의 표출이기도 했다. 구체적으로 18세기 이후 서울을 중심으로 한 중인층 '풍류 공간'의 출현,[90] '여항(閭巷)문학'의 등장, 경화세족(京華世族)의 벽(癖)과 치(痴) 추구 등, "18세기 지식인의 새로운 지적 경향과 변화된 문화환경"[91]이 그 배경에 놓여있었다.

'경화세족'[92]은 『조선왕조실록』을 비롯하여 조선 후기 문서에 빈번히 등장하는 용어로, "서울이라는 도시를 삶의 근거로 하여 형성된 독특한 문화적 에토스를 가진 양반층"[93]을 가리켰다. 이들은 청요직(淸要職)의 획득 가능성이 높은 공인된 가문출신으로, 대부분 벌열(閥閱)에 속했다. 동일한 대상을 지시(指示)하지만 '벌열'이 정치적 개념이라면, 경화세족은 문화적 용어라고 할 수 있겠다. 이들은 "18~19세기 권력투쟁의 장본인이었고 자신들이 누린 명예와 부는 당시 사회의 정점에 있는 것이었지만," 삶에 있어서는 "아취 넘치는 탈세속적 경지를 추구"[94]했다. 18세기 후반 서울에서 형성된 문화를 대표하는 또 다른 문예집단으로 '연암일파'를 꼽을 수 있다. 연암일파 문인들이 주축이 되어 실시된 시주회(詩酒會)는 당시 서울의 문화동향을 파악할 수 있는 중요한 행사였다. 이 시기의 시단(詩壇)을 주도한 백탑시파(白塔詩派)의 시주회에는 경화세족과 여항인들도 함께 어울렸다고 한다.[95] 17세기를 전후로 등장한 여항(閭巷)

---

90 송지원, 「조선 후기 중인층 음악의 사회사적 연구」, 『민족음악의 이해』, 민족음악연구회, 1994.

91 정민, 「18세기 조선 지식인의 자의식 변모와 그 방향(方向)성」, 『조선 지식인의 발견』, 휴머니스트, 2007, 111면.

92 경화사족(京華士族)과 병용된다.

93 강명관, 「조선 후기 경화세족과 고동서화 취미」, 『조선시대 문학예술의 생성 공간』, 소명출판, 1999, 279면.

94 위의 책, 285면.

시사(詩社)는 새로운 현상이었다. 이것은 중인층이 주도한 한시 창작 위주의 사적 모임으로 일종의 사교 회합이었다. 이들 모임과 예술의 가장 중요한 특징은 하급관료, 정치적으로 청요직(淸要職)에 오를 수 없는 숙명적 한계를 가진 중인층이 생산한 '여항예술(閭巷藝術)'이라는 점이었다.[96] 조선 후기 문화의 한 영역으로 범주화되고 있는 여항예술에서 '여항'이라는 말은 "귀족 내지 사대부가 아닌 축들이 사는 골목"을 뜻하며, 당대 여항 시사(詩社)를 주도하던 여항인은 중인 중에서도 서울에 거주하는 기술직 중인과 경아전층(서리층)이었다.[97] 이상의 경화사족과 연암 일파, 여항인들은 '계층'과 '신분'적 차이가 분명한 집단들이었다. 그런데 "18~19세기 서울 문인 지식인층들이 형성하고 향유한 문예취향"에서 중요한 점은 "그들 사이의 사회, 경제적 기반의 편차로 인한 문화적 지향의 차이"가 '무시'되었다는 점이다.[98] 연암일파의 상당수는 서출 출신인데, 사람을 가리지 않고 교제한다(交不擇人)는 비난을 받기도 했다.[99] 이들은 각자 처한 상황이 달랐지만, 공통적으로 어느 정도 경제적인 여유가 있었고 고동서화를 비롯한 대상물의 아름다움을 감상할 만한 감식안도 갖추고 있었다.

조선 후기에서 시대를 조금 더 거슬러 올라가보도록 하자. 우리가 상식적인 선에서 상상하는 조선전기 사대부들은 성리학적 세계관이 만들어낸 절제적이고 금욕적인 인간형이다. 그러나 이들 지배층의 15~16세기 음악 향유 양상과 임진왜란 전까지의 향악열(享樂熱)[100]을 실증적으로 확인해 보면, 이들이 유희와 쾌락의 추구에 있어 아주 적극적이었음

---

95   안순태, 「남공철의 문예취향과 한시」, 『한국한시연구』 12, 한국한시학회, 2004, 394면.
96   서지영, 「조선 후기 중인층 풍류공간의 문화사적 의미」, 『진단학보』 95, 진단학회, 2003, 288~289면.
97   임형택, 「여항문학과 서민문학」, 『한국문학사의 시각』, 창작과비평사, 1984, 440면.
98   안순태, 「남공철의 문예취향과 한시」, 『한국한시연구』 12, 한국한시학회, 389~390면.
99   오수경, 「18세기 서울 문인지식층의 성향」, 성균관대 박사논문, 1990, 11면.
100 강명관, 앞의 책, 107~156면.

을 알 수 있다. 서울의 대표적인 훈구관료였던 성현(成俔)뿐만 아니라 사림파들은 교양의 하나로 거문고를 선호하며 자가생산-자가소비적으로 음악을 즐겼다. 이들은 국가기관인 장악원(掌樂院)이나 지방 행정기관에 소속된 악공과 기녀를 초청하여 예능을 즐겼다. 악공과 기녀를 초청하기 위해서는 정식 청원과 허락의 절차를 밟아야 했으나 대개의 경우 이 규정은 무시되었다. 또 사대부가에서는 가내에서 음악을 즐기기 위해 악노(樂奴-남자)나 성비(聲婢-여자, 歌婢라고도 함)를 양성하기도 했다. 사대부 가내에서 이러한 예능인, 그중에서도 주로 여성 가비를 양성하여 음악을 즐긴다는 것은 성리학의 도덕적 음악관과 전면으로 배치되는 것처럼 보인다. 그러나 "도덕적 음악관의 존재를 실제 음악 향유와 동일한 것으로 판단하는 것은 오류일 가능성이 짙다."[101] 여악에 대해 부정적이었던 사림의 예를 찾기가 어려우며, 17세기 초까지 사대부들이 가내에 가비, 성비를 솔축(率蓄)했던 현상은 광범위하게 발견되기 때문이다. 여성이 제공하는 음악을 '음란한 소리(淫聲)'로 판단하는 것은 도덕적 음악관에서 유래한 것인데, 그것이 완전히 의식화되어 행동으로 나타나는 경우는 드물었다.

조선의 18세기는 사회 내부의 급격한 변화와 함께 외국과의 활발한 문화 교류를 통해, 지배담론이었던 성리학의 권위가 급격히 쇠퇴하고 생동하는 도시 문화가 빠른 속도로 보급된 시기였다.[102] 한편 중국과 일본을 통해 각종 서적과 사치성 소비재들이 유입되었다. 사대부 지식인들 사이에서는 '벽(癖)' 예찬론이 출현하였다. '무언가에 미친다'는 뜻의 '벽(癖)'이라는 말은 18세기 지식인의 새로운 경향을 보여주는 것이다. 왜냐하면 전 시기까지 벽(癖)은 군자가 경계해야 할 대상이었기 때문이

---

101 위의 책, 145면.
102 정민, 「18세기 조선 지식인의 '벽'과 '치' 추구 경향」, 『조선 지식인의 발견』, 휴머니스트, 2007, 85~109면.

다. 사물에 대한 지나친 집착을 경계하는 유가(儒家)의 전통적인 '완물상지(玩物喪志)' 논의가 바로 그것이다. 그런데 이 시기에 사대부 지식인들은 벽(癖)이 없는 인간과는 사귀지도 말라고 했고, 벽이 없는 인간은 쓸모없는 인간으로 간주했다.[103] 예전에는 완물상지(玩物喪志)라 하여 금기시되었던 사물에 대한 관심은, 어느새 격물치지(格物致知)의 자리로 격상되었다. 이전까지 사물은 마음 공부와 이치 탐구의 수단에 불과했지만, 이제 그 자체가 탐구의 대상으로 승격된 것이다. 지식인들은 주자학을 벗어던지고 실사구시(實事求是)의 합리성과 벽(癖)의 열정을 옹호했다.[104] 이들 신지식인들은 앞서 말한 경화세족과 연암일파, 경아전층 등이었다. 정조의 사위였던 홍현주(洪顯周)는 「벽설증방군효량(癖說贈方君孝良)」이란 글에서 벽에 대해 이렇게 적고 있다.

> 벽이란 병이다. 어떤 물건이든 좋아하는 사람이 있게 마련이다. 좋아함이 지나치면 이를 '벽'이라고 한다. 동중서(董仲舒)나 두예(杜預)는 학문에 벽이 있던 사람이고, 왕발(王勃)과 이하(李賀)는 시에 벽이 있던 사람이다. 사령운(謝靈運)은 유람에 벽이 있었고, 미불(米芾)은 돌에 벽이 있었으며, 왕휘지(王徽之)는 대나무에 벽이 있었던 사람이다. 이 밖에 온갖 기예에도 벽이 있다. 궁실(宮室)이나 진보(珍寶), 그릇 따위에도 벽이 있다. 심지어 부스럼 딱지를 맛보거나 냄새나는 것을 쫓아다니는 종류의 벽도 있는데, 이는 벽이 괴상한 데로까지 들어간 사람이다.[105]

벽은 단순히 즐김이 지나친 것을 말함이 아니다. "미친 듯 몰두하여 다른 것을 돌아보지 않는 몰입의 상태"[106]를 말한다. 그 일을 하는 행위

---

103 위의 책, 13~14면.
104 위의 책, 52면.
105 洪顯周, 「癖說贈方君孝良」, 『枚居詩文集』, 위의 책, 95면에서 재인용.
106 위의 책, 95면.

자체가 즐겁고 기뻐서 온전히 자신을 잊고 몰입하는 순수한 행위, 말하자면 동기의 무목적성, 순수성에 대한 옹호인 셈이다. 이런 '벽'의 예찬이라는 배경하에 18세기 이후 경화세족(京華世族)의 고동서화(古銅書畵)취미,[107] 독서 및 장서(藏書) 수집취미,[108] 원예취미와 화훼취미[109] 등의 문화현상이 등장하였다. 이 시기 지식인들이 "선(善)의 추구만을 지상의 과제로 알고 있었고 그 규범주의, 명분주의의 질곡화에 따라 인간의 감정이 자유로울 수 없었던 이조 후기 성리학의 풍토에서 '선(善)'에 못지않게 '미(美)'의 세계의 가치를 인식하고 그것을 주장한 것은, 동시에 성리학으로부터의 문학예술의 해방을 약속할 수 있었"[110]기 때문이었다. 특히 고동서화 취미는 19세기까지 경화세족 문사들, 박지원 중심의 서얼지식인층, 그리고 역관이나 의관 출신의 중인층 시사(詩社) 동인에 이르기까지 신분을 막론하고 보편적 문화취미로 확산되었다.[111]

경화세족 중의 한 사람이었던 정범조는 고동서화취미[112]에 대해 이런 글을 남겼다.

사장(詞章)과 필찰(筆札) 역시 학문하는 사람의 일이나, 군자는 오히려 '완물상지(玩物喪志)'로 경계한다. 하물며 화예(畵藝)는 어떻겠는가? 그러나 세상의

---

107 여기에 대해서는 다음 연구들을 참조하였다.
　　이우성, 「실학파의 고동서화론」, 『한국의 역사상』, 창작과비평사, 1982, 106~115면; 강명관, 「조선 후기 경화세족과 고동서화 취미」, 앞의 책, 277~316면; 안순태, 「남공철의 문예취향과 한시」, 『한국한시연구』 12, 태학사, 388~411면.
108 강명관, 「조선 후기 서적의 수입·유통과 장서가의 출현」, 앞의 책, 253~276면; 진재교, 「경화세족의 독서성향과 문화비평」, 『독서연구』 10, 한국독서학회, 2003, 241~274면; 정민, 「18세기 조선 지식인의 '벽'과 '치' 추구 경향」, 앞의 책, 85~109면.
109 정민, 「18~19세기 문인 지식인층의 원예취미」, 앞의 책, 181~200면.
110 오수경, 앞의 글, 175면.
111 서지영, 「조선 후기 중인층 풍류공간의 문화사적 의미」, 『진단학보』 95, 진단학회, 2003, 297면.
112 서화를 제외한 고동의 역역에서는 와당(瓦當), 벼루, 필세(筆洗), 필가(筆架), 필산(筆山), 인장(印章) 등 서재(書齋) 소용의 문방구가 포함되었다.

화리(華利)를 좋아하고 성색(聲色)을 탐혹하여 그 심술(心術)을 미혹시키는 것과 비교해 본다면 또 차이가 있는 것이다. 따라서 기인(奇人) 운사(韻士)들이 왕왕 주머니를 털어가며 명화(名畵)를 사서 소장해 보완(寶玩)으로 삼는 것은 비록 도덕(道德)에는 마땅하지 않다 하더라도 역시 아치(雅致)에 속하는 것이다.[113]

정범조는 완물상지의 경계를 언급하지만 서화예술에 대한 기호와 소장(所藏)의 욕구가 기인(奇人) 운사(韻士)의 '우아한 풍치(雅致)'라고 말하고 있다. 이 문맥에서 사용된 '아치(雅致)'라는 어의는 오늘날 취미(趣味)와 거의 일치한다. 예술품을 감상하고 소장하는 행위는 현재 우리가 분류하는 다양한 취미(趣味) 중의 하나이다. 게다가 경화세족의 고동서화취미가 개인적인 취미에 멈추지 않고 문예 취향이 비슷한 교류집단 안에서 유행하는 공통 취미이자 문화권력이 되었다는 점에서, 상당히 근대적인 양상을 보인다. 그러나 근대의 '취미'와 다른 점은, 중인층까지 포괄하면서 신분을 막론한 보편적 문화취미를 향유했다고 해도, 분명 극복할 수 없는 계층적 한계가 전제된 문화집단이었다는 점이다. 이들 중인층 신지식인들은 지식과 감수성에 있어 양반귀족층과 소통 가능한 수준을 담지한 자들이었다. 박제가는 "새로운 세계를 개척하고 전문적 기예를 익히기 위해서는 벽(癖)적인 태도가 반드시 필요하다"고 했고, "(사람이) 벽(癖)이 없으면 버림받은 사람(人無癖焉 棄人也已)"[114]이라고까지 표현했다. 당시 서울 지식인들은 취미를 공유하지 못하면 당연히 소외감을 느낄 수밖에 없었다고 한다. 취미를 공유하는 그룹들은 '문화적 유대감'을 형성하는 것은 물론, '문화적 구별 짓기'를 행함으로써 문화 권력이 되기도 했다.

18세기 후반이 되면 경화세족들의 고동서화 소장(所藏)이 보편화되어

---

113 鄭範朝, 「畵帖序」, 『海左先生文集』 22, 강명관, 앞의 책, 286면에서 재인용.
114 朴齊家, 「百花譜序」, 『貞蕤閣文集』 1, 안순태, 앞의 글, 399면에서 재인용.

특별한 일이 아니게 되었고, 한편에서는 광적인 수집에 대한 비판이 제기되기도 했다.

> 오늘날 사람들은 고서화(古書畵)를 많이 소장하는 것을 청아(淸雅)한 취미로 삼아 남에게 비단 한 조각이라도 있다는 소리를 들으면, 떳떳치 못한 온갖 수단으로 기필코 구해 농짝을 가득 채우고 진귀한 보배인 양 자랑한다. 그러나 도리어 스스로가 각기 서화에 견줄 수 없는 지극히 귀중한 빛나는 보배를 가지고 있음을 알지 못하니, 어찌된 일인가.[115]

서화 소장에 열을 올리는 저간의 사정을 비판한 글인데, 여기서 '청아한 취미'로 국역된 부분의 원문표기를 찾아보면 '청치(淸致)'이다. 앞서 인용한 정범조의 글에서와 마찬가지로 18세기 후반 경화세족의 취미생활을 표현하는 당대적 용어가 '치(致)'였음을 다시 확인할 수 있다.

다음은 고동서화(古董書畵)가 어떤 점에서 '취미'일 수 있는지를 설명하는 박제가의 글이다.

> 어떤 사람은 "풍부하기는 하지만 민생(民生)에 아무런 도움이 못되니 죄다 태워버린다 한들 무슨 손해가 있겠는가?"라고 한다. 그 말도 정말 그럴 듯하지만, 실제로는 그렇지 않다. 청산(靑山)과 백운(白雲)은 모두 꼭 먹는 것이겠는가마는, 사람들이 그것을 사랑한다. 만약 민생에 무관하다 하여 까마득히 모르고 좋아할 줄 모른다면 그 사람이 과연 어떠하겠는가.[116]

정치한 취미론이라고 할 수는 없지만, 박제가는 이 글에서 고동서화 취미의 본질을 실용성이 아닌 대상의 심미적 속성에서 찾고 가치를 부

---

115 李廷燮, 「題李一源所藏雲間四景帖後」, 『樗村集』 4, 강명관, 앞의 책, 299면에서 재인용.
116 朴齊家, 「古董書畵」, 『北學議』, 위의 책, 312면에서 재인용.

여했다. 먹고사는 문제(민생)와 직접적인 연관이 없더라도 취미 생활의 미적 속성이 인생을 풍요롭게 한다는 논리는, 오늘날 근대 자본주의 사회에서 취미가 요청되는 방식과 다르지 않다는 점에서 상당한 선구성을 띤다고 할 수 있다.

이상에서 고찰하였듯이 취미(趣味)는 조선시대에는 거의 사용되지 않던 말이었다. 오늘날의 취미(趣味)와 같은 의미로 사용된 조선시대의 미학용어는 臭味, 致, 趣, 美, 嗜, 風流 등이었다. 이 중에서도 대상의 미적 속성과 분위기를 즐긴다는 의미로 빈번하게 사용된 용어는 '臭味'였다. 그러나 臭味는 성색(聲色)을 대상으로 할 때는 비난의 의미가 담긴 부정적 용법으로도 자주 사용되었다.

근대 취미(趣味)의 본질을 미학적으로 정의함에 있어 핵심이 되는 것은 미적(美的) 감식안, 미적 대상에 몰입하는 순수한 정신, 동기의 무목적성 등이다. 이 취미는 문화자본과 상징자본의 의미를 내포하면서 경제 자본 못지않은 문화권력으로 작동한다. 그런데 이런 구별짓기로서의 취미력과 취미 사상을 일찍이 18세기 신지식인층의 문화에서 찾을 수 있었다. 경화세족과 연암일파, 경아전층으로 구성된 새로운 지식인집단은 실사구시(實事求是)의 합리성과 벽(癖)의 열정을 옹호했다. '미(美)'에 대한 자유로운 감수성과 벽(癖) 예찬은 18세기 후반부터 고동서화취미, 독서취미, 장서수집취미, 원예취미 등의 취미를 유행시켰다.

2) 1900년대 계몽담론과 '취미(趣味)' 개념의 등장

오늘날 '취미'개념은 다양한 대상을 지시하고 다양한 활동적 용어들과 연접되어 사용된다. '취미(趣味)'는 그것들을 즐길 수 있는 심미적 능력이나 관심이 쏠리는 경향을 의미하는 '취향(趣向)'과 대체되기도 하고, '기호'나 '흥미'라는 말과 호환되기도 한다. 앞 장에서 보았듯이 서구적 'taste'로서의 '취미'는 감각적인 어떤 사물을 대상으로 두고 그것의 미적 가치를 쾌(快), 불쾌(不快)의 감정과 관련시켜 받아들이거나, 판정할 수 있는 미학적인 능력을 가리킨다. 서양에서는 17세기 후반에 미학상의 용어로 자리를 잡았고, 18세기에 임마누엘 칸트에 의해 '취미 판단'이라는 확고한 개념으로 정리되었다.[117] 현재 우리말의 '취미(趣味)'는 주로 통속적인 의미에서 여기(餘技)나 오락(hobby)을 뜻하는 경우가 많다. 이처럼 '취미'가 뜻하는 바를 대략적으로 살펴보기만 해도, 내포된 의미층[118]이 간단치 않음을 알 수 있다.

1900년대 개화기 신문과 학회지의 '취미' 용례

우선 근대적 언설(言說) 가운데 '취미'라는 기표가 출현하고 활용되는 새로운 맥락을 밝혀보고자 1900년대 전후의 근대 매체 중에서 신문으로는 『황성신문』, 『독립신문』, 『대한매일신보』를, 학회지로는 『대동학회월보』, 『대조선독립협회보』, 『대한자강회월보』, 『대한협회회보』, 『서우』, 『서북학회월보』, 『기호흥학회월보』, 『태극학보』, 『호남학보』 등을 텍스트로 삼아 '취미'라는 용어의 용례를 찾아보았다. 그리고 1908년에 발간된 최초의 근대문학잡지인 『소년』을 포함시킴으로써, 계몽기 사회

---

117 임마누엘 칸트, 김상현 역, 『판단력 비판』, 책세상, 2005.
118 논의의 수월한 진행을 위해 현재 우리가 인식하고 있는 '취미(taste)'의 개념을 크게 구분하면 다음과 같다. ① 美的 鑑識眼이나 미적 능력. 아름다운 대상을 감상하고 이해하는 힘, ② 감흥을 느끼게 하고 마음을 끌어당기는 멋. 미적 대상이 소유하고 있는 아름다움, ③ 전문적으로 하는 것이 아니라, 여가(餘暇)를 즐기기 위한 오락적 실천 행위들, ④ 세속적인 재미나 흥미.

남론과 문학담론에서 사용된 '취미'를 함께 살필 수 있었다. 그중에서 몇몇 중요한 기사는 전문을 인용하면서 '취미' 개념이 내포한 의미와 그 의미변화의 맥락을 해석하고자 했다. 또한 1900년대 취미가 가진 의미의 여러 층위를 잠정적으로 분류하고 도표화하였다. 대상으로 삼은 텍스트 중『독립신문』,『대동학회월보』,『대조선독립협회보』,『호남학보』에서는 이렇다 할 '취미'의 용례를 찾을 수 없었다.

한국 근대 매체 중에서 가장 이른 시기에 '취미'용법이 발견된 것은 1899년 7월 7일자『황성신문』제153호 논설이다. 이현진은 "취미란 용어는 원래 조선시대에 존재하지 않았으며, 서구의 taste와 hobby가 일본을 통해 조선으로 전해질 때 유입 및 정착된 것으로 보인다. (…중략…) 현재 한국의 잡지 자료에서 '취미'라는 용어가 확인되는 것은 1908년 최남선이 발간한 잡지『소년』"[119]이라고 밝힌 바 있다. 하지만 그는 한국 근대의 '취미' 개념을 연구함에 있어 구체적인 영향관계와 정황을 고찰하지 않은 채 심증만으로 일본적 상황의 유입을 주장하였다. 또 '취미'라는 개념어는『소년』보다 10년 정도 이전에 발간된 1899년 신문 매체에서 이미 사용되고 있음이 확인되었기 때문에 수정이 요구된다고 하겠다.

'취미(趣味)'의 최초 용례가 발견되는『황성신문』은『대한매일신보』나『독립신문』 같은 동시대 여타 신문과는 달리 전통적 지식인을 독자층으로 해서 발간되었다.[120] 이 신문은 민중의 시각에서 보수적인 관료층 및 기득권을 비판하겠다는 의지를 분명히 가지고 있었다.[121]『황성신문』1899년 7월 7일자 논설[122]은 어부로서 강호에 살았던 당나라 은사 장지

---

119 이현진,「근대 취미와 한국 근대소설 관련 양상 연구」, 경기대 박사논문, 2005, 17면.
120 정선태,「개화기 신문 논설의 서사 수용 양상에 관한 연구:『독립신문』,『매일신문』,『뎨국신문』,『황성신문』을 중심으로」, 서울대 박사논문, 1999, 90~91면.
121 위의 글, 97~99면.
122 "論說 : 大抵 人이 世間에 處함이 生涯를 求함은 賢愚貴賤이 一般이라 故로 士農工商

화와 스스로를 오류선생이라고 칭했던 도연명을 거론하며, '資業(근대적 실업)'할 것과 '생애를 切求하는 자(살아나갈 방도를 구하려는 자)'될 것을 촉구하는 내용을 담고 있다.

기사의 논지를 편의상 국역해 가면서 정리해 보면 다음과 같다. 인간은 사농공상 빈부귀천할 것 없이 각기 직분을 가지고 그 힘으로 먹고 산다. 재물이 많았던 재상이라도 그 지위를 내려놓게 되면 직업이 없어지므로, 반드시 강호와 사람에 은거하면서 고기를 잡거나 밭을 갈아서 생계를 꾸려야 한다. 그것이 국가의 신민(臣民)된 책임이고 사람이 살아가는 본분이다. 세상 사람들은 장지화가 자연에서 고기를 잡는 것이 '취미(趣味)'를 취한 것이지 먹고사는 이익을 얻으려는 것이 아니라고 한다. 반면 혹자는 의식(衣食)을 갖추지 못하면 취미도 구할 수 없으므로, 의식이 충분치 않고 하루 벌어 사는 장지화의 삶은 자연의 한가한 풍류로 돌아갈 수 없었다고 말한다. 사람들은 도연명이 콩밭을 맨 것은 세상 이치와 세정(世情)을 알고자 함이지 생계 때문은 아니라고 한다. 또 혹자는 도연명이 평택수령으로 녹봉 받는 삶을 버리고 고향에 돌아와서 땅의 거친 풀을 보고 탄식하며 논을 경작했는데 어찌 생계를 구하는 자가 아니겠냐

이 各其 職分이 有ᄒᆞ야 其 力으로 食ᄒᆞ며 其 力으로 衣ᄒᆞ니 然則 雖 亭祿 千鐘에 日食萬錢ᄒᆞ던 宰相이라도 其 位를 辭ᄒᆞ면 其 職業이 無한則 반다시 江湖에 處ᄒᆞ던지 山林에 隱ᄒᆞ야 漁利를 取ᄒᆞ며 耕業을 資ᄒᆞ야 生涯의 方을 求ᄒᆞ는 것이 國家의 臣民된 任責이오 湖山에 居生한 本分이니라. 世人이 張志和를 謂ᄒᆞ되 桃花流水에 魚를 釣홈이 <u>趣味</u>를 取홈이오 生利를 取홈은 아니라ᄒᆞ되 或 曰 人이 衣食이 無ᄒᆞ면 趣味도 不知ᄒᆞᄂᆞ니 張志和는 江湖의 隱者라 衣食이 自足ᄒᆞ기 不能ᄒᆞ야 一日의 釣利가 一日의 生涯를 求ᄒᆞ얏기에 靑笠綠衣로 斜風細雨에 不須歸ᄒᆞ얏ᄂᆞ니라. 世人이 陶淵明을 謂ᄒᆞ되 五柳先生의 豆圃을 耕홈이 世情을 寄홈이오 生計를 寄홈은 아니라ᄒᆞ되 或 曰 陶淵明은 山中의 處士라 彭澤의 五斗米를 棄ᄒᆞ고 古里고 歸홈이 田園의 將蕪홈을 歎ᄒᆞ야 南山西疇에 農人을 伴耕ᄒᆞ얏스니 엇지 生涯를 切求ᄒᆞ者ㅣ 아니리오. 夫 二子者는 可謂 生涯에 泪沒ᄒᆞ 者이어눌 後人이 此人의 名譽만 虛慕ᄒᆞ고 其 事爲는 實行치 아니ᄒᆞ야 江湖 山林에 偃然閑臥홈으로 自稱 隱逸이라ᄒᆞ고 生涯를 不求ᄒᆞ니 此 習이 俗尙을 致ᄒᆞ야 我國의 所謂 儒林이라는 者ㅣ 擧皆資業을 不事홈이 此를 良以홈이니라." 「論說」, 『皇城新聞』, 1899.7.7. (강조-필자)

고도 한다. 무릇 이 두 사람은 생계에 골몰한 자들인데, 후세 사람들은 이들의 명예만 헛되이 흠모하고 그들이 행한 바는 실행하지 않는다. 강호 산림에 한가로이 누워서 스스로를 은일이라고 하고 생계를 도모하지 않는데 그 관습이 세속적인 숭상이 되어버렸다. 이상이 이 글의 내용이다.

이 기사는 소위 조선의 유림 거개가 실업에 종사하지 않는 것이 명예에 대한 세속적 숭상이라고 비판하고 있다. 성리학적 전거를 통해 당시 보수적 관료와 전통적인 지식인을 질타하는 논조인데, 『황성신문』 논설의 전형을 보여주는 글이라고 할 수 있다. 여기서 본 연구자가 주목하는 것은 '취미'라는 기표의 출현과 그것이 사용된 문맥이다. 이 글에 따르자면, '취미'는 '職分'이나 '살아갈 방도를 구하는 일', '생계를 꾸리는 일'과는 대척점에 놓여있다. 그러나 취미와 생애(=생계)는 상관관계가 있는 것이, 생계가 해결되지 않으면 취미도 불가능하기 때문이다. 따라서 여기서 '취미'는 봉건사회의 미의식이라고 할 만한 '풍류'에 가까운 개념으로 쓰였음을 알 수 있다. 그런데 기사의 논조는 장지화와 도연명 같은 인물이 고민하고 행했던 것들을 전혀 실행(實行)하지 않은 채 명예만을 '헛되이 흠모(虛慕)'하고 '세속적으로 숭상(俗尙)'하는 개화기의 유림과 봉건관료를 비난하는 것으로, 풍류정신의 예찬과는 거리가 멀다. '實行', '實業'을 강조하면서 실업중시, 부국강병, 식산흥업을 외치던 개화기 논설과 맥을 같이하고 있는 것이다. '취미'자체에 대한 직접적인 예찬이나 비난이 문면에 드러나 있지는 않지만, 그것이 개화기의 계몽담론과 다른 지점에 놓여있는 것만은 분명하다. 1899년이라는 시점은 아직 노동과 여가라는 근대적인 노동개념이 확립되지 않은 시기이지만, 이 글에서 말하는 '實業'과 '趣味'는 근대적 노동 관념이 가까운 시기에 도래할 것임을 예견하게 한다.

이 후 1900년대 중반까지 각종 근대 매체인 신문, 잡지 등에서 '趣味'

기표를 찾기가 어렵다. 이것은 '취미' 용법이 단절된 것이라기보다, 1899년 『독립신문』이 폐간된 이후 1905년까지 학회지의 발행이 잠복기에 들어갔다가 1906년 이후 다시 나타나기 시작한 매체사적 현상과 관계가 깊다.[123] 1906년 7월 27일자 『대한매일신보』 논설[124]에서 1906년 이후 '취미'의 용법을 살필 수 있다. 『대한매일신보』의 기자는 이 논설에서 잡지 『朝陽報』[125]의 의의와 중요성을 설파했다. 기자는 당시에 "각종 잡지가 발행되는 것"을 기뻐하면서 『조양보』 2호를 읽었는데, "더욱 취미가 심장해짐을 느꼈고 피로한 줄도 몰랐다[尤覺趣味深長 令人忘倦]"고 한다. 여기서 잡지의 "취미심장(趣味深長)"함이란 무엇을 말하는가. 다양한 층위의 의미를 가지고 있는 '취미'개념의 특성상, 구체적인 의미를 추적하기 위해서는 취미와 관련한 대상이 무엇인지, 혹은 취미를 느끼는 주체는 어떤 의식과 감각의 과정을 겪으면서 취미를 감지하게 되는지를 살피는 것이 중요할 것이다. 기자는 "이 言論의 高明과 문자의 精妙를 점차로 볼 수 있었으니 어찌 기쁘지 않겠느냐"며 "대한인민의 문명진보가 점차 나아지고 인권의 자유와 국가의 독립을 머지않아 회복하기를 간절히 바란다면 오직 인민이 지식계발을 해야 한다"고 주장하고 있다. "인민의

123 1894년 이후부터 1899년에 이르기까지 갑오농민전쟁, 청일전쟁, 갑오개혁 등 역사적 사건들이 발생한 역동적 시기에 여러 근대적 개념들이 활발하게 출현하고 논의되었다. 그러다가 1906년까지 계몽담론이 수면 아래로 가라앉아버린 것은 대한국 국제(大韓國 國制)가 제정되고 광무정권이 유지되는 시기라는 역사적 배경에서 기인한다. 박주원, 「근대적 '개인', '사회' 개념의 형성과 변화」, 『역사비평』 67, 역사문제연구소, 2004, 220~222면.

124 "[論說 讀朝陽報] 向日本記者ㅣ 各種雜誌發行에 對ᄒᆞ야 一般攢祝之意를 表ᄒᆞ얏거니와 今에 朝陽報 第二號를 接讀ᄒᆞᆷ의 尤覺趣味深長ᄒᆞ야 令人忘倦이라. 此以往으로 以至數十幾 百幾千號에 其言論의 高明과 文字의 精妙를 將次 弟得見이니 豈不可賀哉아 本記者ㅣ 開此報館以來로 惟是大韓人民의 文明進步가 漸臻 美ᄒᆞ야 人權의 自由과 國家의 獨立을 匪久回復ᄒᆞ기로 深切希望ᄒᆞᄂᆞᆫ비인 故로 丁寧勸告가 頗費苦心이나 然이나 人權의 自由와 國家의 獨立을 回復코져ᄒᆞ면 오즉 人民의 知識發達에 在ᄒᆞ고 人民의 普通知識은 新聞과 雜誌를 由ᄒᆞ야 門를 始得ᄒᆞ나니 所以로 文明ᄒᆞᆫ 國民은 無論 上下貴賤ᄒᆞ고 報館文字를 不讀ᄒᆞᄂᆞᆫ 者ㅣ 絶無ᄒᆞᆫ지라." 『대한매일신보』, 1906.7.27. (강조-필자)

125 『朝陽報』는 심의성(沈宜性)이 1906년 6월에 창간한 대한자치협회 기관지였다.

보통지식(普通知識)은 신문과 잡지에서 얻을 수 있는데, 그렇기 때문에 문명한 국민은 상하귀천을 막론하고 報館文字를 읽지 않는 자가 없다"는 것이다. 즉 신문·잡지라는 근대매체의 중요성과 문명국이 되기 위한 지식획득의 급선무를 전제하면서, 잡지『조양보』의 의의와 활용을 강조한 것이다. 기자는 대한제국의 인사들 중에서, 대국의 정세와 내외 시사에 관한 중요 신문, 사회와 국가의 관계, 교육의 필요, 실업의 이익, 가정교육의 중요성 등을 알고자 하는 자는 이 잡지를 읽지 않을 수 없을 것이라고 말한다.『조양보』의 실제적 성격과 기능은 별개로 하고 위의 문맥에서 읽어내야 할 것은, 한국과 일본의 저명한 학자와 지식인들이 집필했으며 개화기 문명담론과 계몽의 주제들을 다양하게 담고 있는 이 잡지를 읽음으로써 시대가 요구하는 지식을 얻고 지식을 발달하는 일련의 과정이 "趣味를 深長"시킨다는 논리이다. 이때의 취미(趣味)는 즐거움을 주는 통속적인 재미거리도 아니고, 한가로운 풍류도 아니다. 개화기에 필수적인 과제였던 '문명', '지식'의 획득을 통해 결과적으로 얻게 되는 '근대적 앎의 성과'인 것이다.

1906년 9월에 발간된『태극학보(太極學報)』제2호에는「人生의 義務」[126]라는 편집인 장응진(張膺震)의 논설이 실렸다. 그는 인간이 절대 고립적으로 살 수 없으므로 "相合相結ㅎ고 相助相依ㅎ야 善美ㅎ 社會를 編成ㅎ 然後에야 可히써 個人의 生活을 安樂"하게 살아가야한다고 말한다. 이 시기에 시급하게 구성해 내야만 했던 근대적 개인관, 국민관, 국가관을 담고 있는 글이라고 하겠다. 그는 "국가에서 제정ㅎ 법률에 복종ㅎ며 조세를 納ㅎ고 壯年에 達ㅎ 者면 병역에 복무ㅎ야 국가에 一朝事變이 起ㅎ면 一身을 挺ㅎ야 公務에 供獻ㅎ며 善良ㅎ 國民으로 國民의 責任을

---

126 장응진,『태극학보』 2, 1906.9, 19~21면.

盡竭ᄒ야 國家로 ᄒ여금 富強發達의 域에 進케 홈은 국가에 對ᄒ 의무
며 同類를 서로 사랑ᄒ며 我利만 偏執치 말고 公德을 尊重ᄒ야 人我의
福利를 共計ᄒ며 社會一分子의 職分을 盡ᄒ야 今日의 不完全ᄒ 社會
狀態로 ᄒ여금 漸次 進化ᄒ야 完美의 域에 進케 홈은 社會에 對ᄒ 義
務"[127]라고 주장한다. 개인적인 이익(我利)보다 공덕(公德)을 존중하라는
것이다. "社會一分子의 職分을 盡"함으로써 "사회생활의 眞味를 자각"할
수 있게 되는데, 이것이 바로 필자가 말하는 개화기적 "생활의 취미"였다.

근대 국민국가가 만들어지던 시기에 국민으로서의 개인은 사농공상,
빈부귀천에 관계없이 '직분'과 의무에 충실함으로서 국가의 발전을 도
모하는, 사회의 일분자(一分子)로 표상되었다. 그렇기 때문에 개화기의
'생활의 취미'는 이전 시대의 한가하고 여유로운 삶에서 느낄 수 있었던
풍류가 아니다. 재편된 근대적 삶의 양식 안에서 개인들이 느낄 수 있을
것이라고 설명된, 혹은 표준으로 제시되고 강제된 '근대적 취미'인 것이다.
이 맥락의 저변에는 개화기에 학식은 있으나 노동하지 않는 유교적 지식
계급에 대한 비판담론, 전통적 계급관에 대한 비판의식이 가로놓여 있다.

한편, 취미는 '교육'이 뒷받침되어야 가능한 '능력'으로 표상되기도 했다.

> 교육은 개인의 지식을 발달케 ᄒ며 인격을 양성홈이오 인격은 교육의 함양
> 으로 인ᄒ야 자신의 품위를 고상케 홈이니, 吾人이 此世에 處ᄒ미 웅대ᄒ 인격
> 과 고상ᄒ 지식을 不可不有홀터인즉 學問를 修ᄒ고 훈도를 受홈은 吾人의 일종
> 의무오. 不得不做홀 要件事로고 음악의 진미를 聞覺홈은 이목의 所掌인듯 ᄒᄂ
> 기실 정신의 作爲니 故로 정신이 점차고상웅대ᄒ즉 知識과 **趣味**도 쏘ᄒ 고상웅
> 대ᄒ 域에 進홀디라.[128]

127 위의 글, 20면.
128 남궁영, 「인격을 養成ᄒᄂ데 敎育 效果」, 『대한유학생회학보』1, 1907.3, 27～28면.

이 글은 '취미'가 교육을 통해 고취될 수 있는 '정신적 능력'임을 전면에 내세웠다. 즉, 지식이 교육을 통해 연마되듯, 음악의 참 아름다움(眞美)을 간파하는 능력은 시비와 선악을 판별하는 정신의 작용을 통과한 취미의 고상웅대함에 있다는 것이다. '취미'는 교육을 통해 지속적으로 연마될 수 있는 개인의 정신적·지적 능력이며, 새 시대가 요구하는 개인의 자질 중의 하나로 제시되었다. 계몽을 "근대적 국가와 계몽된 개인을 동시에 산출하고자 하는 역사적인 기획"[129]이라고 한다면, '취미'는 그 계몽의 기획 안에 포섭된 것이다.

그 외에도 '취미'의 다양한 용례들을 찾아보면 다음과 같다.

1907년 『태극학보』 9호에 실린 곽한칠의 「人格修養과 意志鞏固」[130]에서 필자는 "本題는 表面으로 暫觀ᄒ면 平平凡凡ᄒ야 **趣味**가 一無ᄒ 듯ᄒᄂ 此를 깁히 싱각ᄒ면 決코 不然ᄒ니 吾儕 靑年學生은 此를 深究치 아니치 못홀 것이라"며, '취미'를 단순한 '흥미'나 '호기심'[131]의 의미로 사용했다.

『태극학보』 제11호에 실린 「水의 니야기」[132]에서는 '취미'가 '느낌, 피부로 느끼는 감각'의 의미로 쓰였다. 13호부터 15호까지 연재된 「교수와 교과에 對ᄒ야」[133]는 고대 서양 이래로, 교수 목적과 교과 선정의 방

---

129 김동식, 앞의 글, 68면.

130 곽한칠, 「人格修養과 意志鞏固」, 『태극학보』 9, 1907.4, 6~19면.

131 제12호(1907.7)의 「동몽물리학강담(童蒙物理學講談)」은 '뉴톤의 引力發明'을 소개한 글로, 뉴턴의 생애, 만유인력을 발견한 과정, 만유인력의 원리 등을 기술하고 있는 학술 기사이다. 필자는 이 글의 서두에 "여긔 一種 趣味잇는 니야기가 有ᄒ오"라며 말문을 열었고, 어린 뉴턴이 "同學의게 능욕을 당ᄒ고 慎心이 大發ᄒ여 急히 工夫ᄒ여 其 友를 勝ᄒ고 其 後는 工夫에 趣味를 附ᄒ"였다고 한다. 여기서의 취미 역시 '재미, 흥미'의 의미로 쓰였다.

132 NYK生, 「水의 니야기」, 『태극학보』 11, 1907.6, 40~45면. "육칠월경 청명ᄒ 눌 태양이 暴洒홀제 滌署次로 淵沼邊에 臨ᄒ여셔 처음 싱각에는 태양이 이갓치 暴暑ᄒ니 此 淵水도 必然 寒凉ᄒ 趣味가 無ᄒ리라 自度ᄒ고 아모 싱각업시 投入ᄒ면 表面은 暖ᄒ나 裏面은 寒冷."

133 장응진, 「敎授와 敎科에 對ᄒ야」, 『태극학보』 13, 1907.9; 『태극학보』 15, 1907.11.

식 등을 서술한 근대적인 교과교육론이다. 이 글에 따르면 "교수의 목적은 현세인류의 개화를 적당히 이해홀 만흔 필요흔 내용을 전수ㅎ야 아동의 지능을 계발ㅎ는 작용"[134]에 있다. 그리고 13개의 교과목을 분류해서, 각각의 교과목에 그 의미와 교수방법, 교육 목표들을 부기하였다.[135] 교과목은 수신과, 언어과, 수학과, 역사과, 지리과, 이과과, 도화과(圖畵科), 창가과, 체조과, 수공과, 농상업과, 법제경제과, 가사재봉과로 구성되어 있다. 그중 도화과, 창가과, 체조과를 설명하면서 거론된 개념이 바로 '취미'이다.[136] 이때 미적 교육의 '취미'정서와 그로 인한 실천은 '일시적'인 흥미나 재미와는 다르게 "반복을 통해 양성되고 교육되는 무엇"이라는 점이 중요하다. 여기서 '지속성', '반복'이라는 취미의 중요한 '조건'을 추출해낼 수 있다.[137]

「至誠의 力」[138]에는 '생활의 趣味'라는 표현이 쓰였다. "國의 興亡과 人의 生死가 接踵相連"함을 알고 양자의 승리를 위해 실천하며, 거기서 만족과 미래에 대한 희망을 가진다면, '생활의 취미'를 가질 수 있다는 것이다. 국가와 개인을 위해 가장 시급한 것은 교육, 정치, 군술(軍術), 실업 등인데, 이것을 실현하는데 근본적으로 요구되는 것이 바로 지성(至誠)이라는 논리를 펴고 있다. '취미'는 근대 국민으로서의 일개인이 지

---

134 장웅진, 『태극학보』 13, 1907.9, 3면.

135 위의 글, 7면.

136 세 교과는 '교육상 미적 요소'를 양성시켜주는 과목으로 설정되었다. "唱歌는 아동의 발음, 청음의 기능을 발달ㅎ야 음악의 趣味를 養與하고 高尙 純潔흔 心性을 養成ㅎ야 德性의 涵養을 計ㅎ는 者"으로 소개되었다. 특히 미적 능력과 美感은 心性을 고상하게 하여 덕성(德性)의 양성으로까지 이어지는 교육 효과를 발휘하기 때문에 영향력이 아주 큰 것을 강조했다. 체조과의 경우 "游戱를 果ㅎ야 활발흔 自由의 운동으로써 운동의 趣味를 增進"하게 해준다고 한다. 훈련과는 달리 체조는 유희처럼 재미가 있기 때문에 쉬지 않고 운동할 수 있는 습관을 만들어준다는 논리이다.

137 교육자 장웅진의 이 글은, 학교에서 가르치는 '취미론'의 전형이다. 그 구체적인 내용과 학교에서의 취미교육에 대해서는 뒤(IV-2-1)에서 상술할 것이다.

138 金鴻亮, 「至誠의 力」, 『태극학보』 20, 1908.5, 1~3면.

성(至誠)과 지식을 바탕으로 국가의 발달진보를 위해 살아가는 과정에서 얻게 되는 삶의 의미를 가리킨다. 그렇기 때문에 취미는 개인적이고 주관적인 것이 아니라, 대의적(大義的)이고 공공적(公共的)인 것이다.

「위생문답」[139]은 당시 진화론이나 우생학의 관점에서 중요한 연구대상으로 떠올랐던 뇌의 위생법(건강법)에 대한 질문과 답변으로 구성된 학술기사이다. 뇌건강을 위해 뇌의 사용시간과 휴식시간을 규칙적으로 정해놓고, 먹고 자고 운동하는 시간도 정해놓아서 규칙적인 신체리듬을 가지라고 충고한다. 이것은 이제 막 한국에 도입되어 당대인들의 삶의 패턴을 규율화하기 시작했던 근대적 '시간 개념'과도 관련된 사고방식이다. 이 글이 강조하는 것은 "자기가 좋아하는 직업을 올바로 선택(자기의 기호ᄒᄂᆫ 바 직업을 善히 선택)"하라는 것이다. 왜냐하면 "자기가 즐겨할 수 있는 직업은 자신도 모르는 사이에 취미를 얻을 수 있게 해주고 그로 인해 노동의 고충이 쌓이지 않게 하기(自家의 願爲ᄒᄂᆫ 職業은 不識不知之間에 趣味를 得進ᄒ야 별반 苦勞를 不積)" 때문이다. 규칙적인 노동과 즐길 수 있는 직업이 '취미'를 가져다줄 것이라며, 근대적 직분논리와 정신건강에 대해 서술하고 있는 것이다. 그리고 휴식으로는 "산책이나 혹은 실내체조", "패사소설(稗史小說), 연극장을 관람홈", "夏節에 전지휴양" 등이 좋다고 예를 들었다. 이 글이 흥미로운 것은 다양한 층위의 취미 용법이 발견된다는 점이다. 노동과 여가(휴식)라는 근대적 노동개념이 자연스럽게 서술되었고, 직업을 통해 취미를 얻을 수 있다며 취미(趣味)를 근대 노동자 개인의 삶에 결부시켰다. 또 '휴양(休養)'이라는 사회적 개념 안에 산책, 체조, 소설책 읽기, 연극관람, 피서 등을 거론함으로써, 오늘날의 여가 개념을 선취하고 있다.

「教育의 目的」[140]은 특히 우미주의(優美主義)의 입장에서 '고상한 취

---

139 金英哉, 「衛生問答」, 『태극학보』 22, 1908.6, 43~55면.
140 鄭永澤, 「教育의 目的」, 『기호흥학회월보』 1, 1908.8, 29~32면. 實利主義, 重魂主義,

미'[141]를 언급하고 있어서 주목을 끈다. 우미주의자들은 실리추구의 태도를 천하게 여겼는데, 고상한 취미를 위해 "미술 문학 등"을 교육해야 한다고 주장했다. '취미' 중에서도 '고상한 취미'는 예술과 문학 교육을 통해 길러야 한다는 것인데, 실제로 1910년대가 되면 근대 한국에서도 취미교육론이 대두한다. 뒤에서 살펴볼 1910년대의 '취미'는 '경직(耕織)'과 같은 실리를 목적으로 하는 직업이나 노동과 대척되는 지점에서, 정신적 능력이나 미의식을 표상했다. 어쨌든 결국에 필자 정영택은 "결코 美術文章 등을 全體排斥홈이 아니"라면서 실업과 취미의 균형을 강조하였다.

본고는 인용한 기사들을 포함해서 1900년대 매체에서 40여 가지의 '취미' 용법을 발견하였다. 거의 모든 기사의 '취미'개념은 위에서 살펴본 것과 유사한 맥락에서 사용되었다. 그 구체적인 예문과 개별적 의미는 이 절 마지막에 〈도표〉를 통해 첨부해 두었다.

『少年』과 '취미'

1908년은 최초의 근대문예잡지인 『少年』이 창간된 해이다. "활동적 진취적 발명적 대국민을 양성하기 위하야 출래한"[142] 잡지 『소년』은 생

政治主義, 自然主義, 優美主義, 道德主義 등 각종 主義가 목적으로 삼는 교육관을 소개했다. "教育의 目的은 人의 體, 智, 德 三者를 完全發達케ᄒ야 能히 獨立的 人物되게 홈"(31면)에 있으므로, 국가에 보탬이 되는 국민을 만들어야 한다는 國民養成의 必要性을 설파했다.

141 "酒若是披霞(英國文人)等의 文子만 謳歌ᄒ고 間坐ᄒ면 不耕코 能食ᄒ며 不織코 能衣홀가 耕織의 責은 他人에 是任ᄒ고 高尙ᄒ 趣味는 獨自로 享受홀가 天下에 如斯ᄒ 主義가 豈有ᄒ리오 余ㅣ 決코 美術文章 等을 全體排斥홈이 아니오, 只其如右ᄒ 妄說을 攻擊홈에 論鋒을 不休ᄒ노라." 위의 글, 31면.
142 『소년』 1(1), 1908.11.

물, 화학, 지리, 물리, 생물 등의 학과 교육독본(敎育讀本)과 과학 전반을 소개하는 기사 및 논설, 번역소설과 우화, 모험담, 위인 소개, 세계정세와 수신(修身), 처세 관련 기사, 그리고 유머와 좌우명 등의 토막기사들로 구성되었다.

우선 『소년』 1호(1908.11)에 실린 창가집 「경부철도가」 광고 문안에 '취미'가 쓰였음을 확인할 수 있다. 최남선은 "此書은 아국의 대동맥인 경부 연로의 명승고적을 詠歌하야써 남반부의 지리상 형성과 역사상 사실을 교시코댜 함이니 그 調는 新하고도 雅하며 그 味는 饒하고도 濃한다라. 不久에 출현할 「京義鐵道歌」와 공히 소년 諸子의 사정을 가당 **趣味** 잇게 輕妙하게 知하랴면 此書를 捨하고는 更無하리라"고 광고하였다. 경부철도가와 같은 시가(詩歌) 형식은 근대 지리관련 지식을 효과적으로 전달하게 하는 계몽주의적 지식보급의 한 형태였다. 김윤식·김현에 따르면 이런 신체시(新體詩)가 창작되는 조건은 시나 예술의 차원이 아니라 "신지식 수입"의 차원에 속한다.[143] 근대의 지리적 지식과 창가의 결연(結緣)을 시도하면서 최남선 역시도 '취미'를 근대문명과 근대지식의 관점에서 활용하고 있음을 알 수 있다.

최남선의 이런 태도는 1910년대 잡지 『청춘』에 실린 「세계일주가」에서도 찾아볼 수 있다. 『청춘』 창간호의 부록이었던 「세계일주가」[144]에는 창가 가사와 악보가 실려있고, 황하, 해삼위(블라디보스톡), 우랄산맥, 모쓰크얘 대궐, 폼페이, 베를린 쓰란덴쓔르짜르, 런던, 프랑스, 루부루궁 박물관, 늬우욕, 나야가라 폭포, 그리고 일본의 오사카, 후지산, 고베 등 전 세계 고적(古跡)과 명승지를 실물사진이나 삽화를 곁들여 소개했다. 게다가 쎄오틀 대제, 남로(南露: 남러시아) 농민, 스페인 여자, 파리 명여우(名女優), 쉐익쓰피어, 와싱톤 등의 인물삽화와 사진도 실어놓아 흥

---

143 김윤식·김현, 『한국문학사』, 민음사, 1971, 110~113면.
144 「부록 : 世界一周歌」, 『靑春』 1, 1914.10, 37~101면.

제2장 _ 근대 취미담론의 형성과 전개 77

미를 높였다. 「세계일주가」는 실제적인 지식정보와 실물사진이 첨부된 일종의 세계지리백과인 셈이다. 무려 70여 쪽에 달하는 이 부록의 첫 문장은, "此篇은 趣味로써 세계지리역사상 긴요한 지식을 得하며 아울너 조선의 세계교통상 추요(樞要)한 부분임을 인식케 할 主旨로 排次함"[145]이다. 이처럼 최남선에게 '취미'는 근대 문명과 근대 지리지식의 관점을 전제한 개념이었다.

그 외의 기사에서도 발간 취지에 걸맞게 창간호부터 전 세계의 유적지와 명승지의 사진, 동서양 위인들의 사진을 실어 당대 독자들이 상상할 수 있는 공간지리적 스케일을 확장시켰고 기사내용의 실감도를 높여주었다. 특히 바다와 관련된 일련의 기획들을 싣고 조선 소년들에게 '활발' '모험' '웅대' '장쾌'의 기상과 기개를 주문했다. 창간호에는 스위프트의 「걸리버여행기」가 「巨人國漂流記」라는 제목으로 번역되어 실렸고, 제2년 제1호에 「로빈손무인절도표류기담」을 싣겠다고 예고한 뒤 제2년 제3권 1909년 3월호부터 연재를 시작했다. 창간호에 실린 「快少年 世界周遊 時報」에서 최남선은 "우리나라 사람이 여행을 시려하난 경향"이 있고 "旅行誠이 감퇴하야 모험과 經難을 시려하게 된"[146]것을 우려했다. 자신은 "말노만 배호고 귀로만 듯난 것보다 눈으로 보고 마음으로 염량하난 것을 낮게 아는 성미인 故로" "항상 내 발로 親히 밟고 내눈으로 親히 보기가 願이"[147]었다고 한다.

얼마ㅅ동안 衰降하얏던 여행성을 재기케하야 그녀 우리 소년만이라도 뎜 활발하고 뎜 쾌활하야 能히 남아사방의 志를 드릴만한 사람되기를 勸하고다함이라. (…중략…) 소년이여 울적한일이 잇슬 理도 업거니와 잇스면 여행으로 풀

---

145 위의 글, 37면.
146 「快少年 世界周遊 時報」, 『소년』1(1), 1908.11, 74~75면.
147 위의 글, 77면.

고 환희한 일이 잇거든 여행으로 느리고 더욱 공부의 여가로써 여행에 허비하기를 마음두시오. 이는 여러분에게 진정한 지식을 듈쑌 아니라 온갓 보배로운 것을 다 드리리이다.[148]

독자들에게 여행을 통해 지식을 얻으라고 권유하면서, 자신이 여행을 가게 된다면 "몸은 비록 혼댜 이오나 글월이나마 댜됴 올녀 노난 **興趣**는 갓히 하"겠다고 약속했다. 여기서 눈에 띄는 것이 '興趣'라는 말이다. 이 말뜻은 재래적 의미에서 크게 벗어나지 않는데, 산수를 구경하거나 자연기행을 하면서 얻을 수 있었던 전통적인 풍류와 비슷한 의미이다. 하지만 이 글의 맥락상 '興趣'가 살아있는 세계교과서를 직접 체득하면서 근대적인 지식을 목적으로 한다는 점에서 일종의 '학습'이며 '교육과정의 연장'으로 보아야 한다. 다음의 용례 역시 이와 유사한 맥락하에 사용되었다.

우리는 快壯한 것을 됴와하니 그럼으로 海天을 사랑하며 우리는 鑯特한것을 됴와하니 그럼으로 모험적 항해를 딀겨하며 海天을 됴와하고 航海를 딀겨함으로 표류담, 檢索記的 문학을 耽讀하난디라. 수에 이 性味는 나로하야곰 이 불세출의 奇文子 『로빈소 크루서』를 번역하야 우리 사랑하난 少年諸子로 더브러 한 가디로 **海上生活의 興趣와 航海冒險의 趣味**를 맛보게 하도다.[149]

1909년도 『소년』에서 발견된 '趣味'의 용례는 비교적 이른 시기의 것이라고 하겠다. 최남선의 '취미' 역시 개화기의 다른 용례들과 마찬가지로, 근대적 계몽과 문명을 지향하는 정신작용을 의미했다. 최남선의 해사사상(海事思想)과 해사지식욕(海事知識慾) 강조를 염두에 둘 때, "海上生

---

148 위의 글.
149 최남선, 「로빈손무인절도표류기담」, 『소년』 2(1), 1909. 1, 42면.

活의 興趣와 航海冒의 趣味"는 유익한 지식과 교육적 흥미라는 계몽 의도를 담지하고 있음이 분명하기 때문이다. 특히 "大洋을 지휘하난 者는 貿易을 지휘하고 세계의 무역을 지휘하난 자는 세계의 財貨를 지휘하나니 세계의 재화를 지휘함은 곳 세계총체를 지휘함이오"라는 '랄늬'의 말을 기사 뒤에 바로 附記하였는데, 해양지식은 이 시기에 강조되었던 '부국강병'과 '식산흥업'으로 가는 첩경이었다. 즉 해상지식은 교육과 지식의 장에만 한정되는 것이 아니라, 세계 무역과 상업으로 진출하여 '부국강병'이라는 계몽기 최대의 열망을 실현하는데 밑바탕이 된다는 것을 은연중에 강조하고 있는 것이다. 그러므로 '취미'는 근대적 자장 안에서 획득할 수 있는 자질이며, 근대인이 지향해야 할 정신과 그 효과인 것이다. 특히 최남선은 '취미'를 주로 근대 지식습득의 매개로 사유했다.

한편 이현진은 다른 논문[150]에서도 '취미'개념의 유입 경로와 사례를 실증적으로 밝히지 않은 채로, "근대 초 서구의 taste가 일본을 통해 조선에 '취미'라는 용어로 정착"되었다는 전제에서 논의를 전개하였다. 조선에는 '정취(情趣)' '풍취(風趣)' '흥취(興致)'라는 전통적인 예술개념이 있었는데, 이것들이 일본에서의 '趣味(しゅみ)'가 형성되는 것과 동일하게, 서구의 'taste' 개념과 결합하면서 조선의 '취미'개념이 만들어졌다는 것이다. 그리고 "『소년』에서의 취미는 'taste'에 내포된 인간의 주관적이고 개인적인 '취향' 및 '미적 판단력'의 의미가 '근대화' '계몽'의 의미로 전유되어 여기에 전통 개념의 '취(趣)'와 '미(味)'의 개념이 합치되면서 형성된 것"[151]이라는 결론을 별다른 실증없이 성급하게 내리고 말았다. 1906년 이후 잡지들의 편집인과 필자 다수가 일본유학을 경험한 지식인들이었고, 일부의 기사들은 번역여부를 명기하지 않고서 일본의 서적이나 법

---

150 이현진, 「근대 초 '취미'의 형성과 의미 분화」, 『현대문학의 연구』 30, 현대문학연구학회, 2006, 45~70면.
151 위의 글, 50면.

령을 번역해서 실어놓은 경우도 많았다. 그런 기사들에서 사용된 '취미'는 일본어의 '취미'가 그대로 번역되어 사용된 것이라고 하겠다. 그러나 한국어 '취미'가 일본어 '취미'의 번역어였다는 발생적 상황은 큰 문제가 되지 않는다. 번역의 루트를 통해 들어온 말이 한국적 현실에서 살아남아서 외연이 한정된 구체적인 개념어가 될 수 있었던 한국의 정신적 · 문화적 과정과 그 의미를 밝히는 것이 더 중요하기 때문이다. 이 부분은 논의를 전개하는 과정에서 차차 밝히도록 할 것이다.

한편 『소년』 제2권 제10호에 실린 「自己의 處地」[152]는 '개성'과 '정체성'[153]의 하나로 '취미'를 들고 있다.

누구던지 일을 할째에는 꼭 自己의 處地에 대하야 정확한 자각을 가져야 하나니 그러치아니하면 그째 **자기의 技能과 事情과 趣味와 局勢**에 맛지아니함으로 큰 自信이 업슴으로 順境에 서서 잘되여가면 모르되 逆境에 서서 困難의 맛을 볼째에는 길히 견대고 굿게 직히지못ᄒᆞ고 슥時슥時에 실패하는 辱을 당하고 마난 것이라. 무삼일에든지 자기가 자기를 아난것이 먼저니라.[154]

위 맥락에서 '취미'는 자신의 처지, 즉 자기가 누구인지 스스로를 확인하는 항목 중의 하나로 설정되어 있다. 인간은 자신이 어떤 능력을 가졌는지, 나를 둘러싼 사정은 어떠한지, 나의 취미는 무엇이인지, 나의 상황은 어떠한지를 잘 알고 있어야 한다는 것이다. 여기서 '취미'가 구체적으로 무엇을 가리키는지는 명료하지 않지만, 중요한 것은 근대적 개인

---

152 「自己의 處地」, 『소년』 2(10), 1909. 11, 9~15면.
153 1920년대를 기점으로 해서 '취미'는 개인의 신상명세나 자기소개에 반드시 포함되는, 개인적 자질의 징표가 된다. 즉 '취미'가 사교와 연애, 결혼과 같은 모든 인간관계의 중요한 조건이 되는 것이다. 이 부분은 Ⅳ-2-2에서 기술하기로 한다.
154 위의 글, 9면.

이 자신을 성찰하고자 할 때 검토해야하는 하는 개인적 특성 중의 하나로 '취미'가 거론되었다는 점이다. 때문에 논의는 바로 '본색(本色)'으로 이어진다. "일이나 물건의 本色이란 무엇이뇨? 우리나라 말에 '다운'이란 것이 곳 그것이라. 사람은 어대짜지던지 늙은이답고 어린이는 어대짜지던지 어린이다울지어다. 더욱 소년은 어대짜지던지 소년다울지어다. 쏘 더욱 신대한의 소년은 어대짜지던지 신대한의 소년다울지어다."[155] 자신을 드러낼 수 있는 특질, 혹은 자신의 정체성을 찾아야 하는 조건은 '-답다' '-다운 나'이다. 다소 추상적으로 언급되었지만, 여기서 강조한 것은 '신대한의 소년다움' 즉 조선인의 국민됨이었다.

'趣味'와 '臭味'의 競合

조선시대에 사용되었던 '臭味'는 1900년대에도 여전히 사용되고 있음을 확인할 수 있다. 그러나 20세기 초두가 되면 전세(戰勢)가 확실히 역전되었고, 한국 언론미디어에서 '趣味'가 사용빈도상 우세한 양상을 보였다. 『대한협회회보』6호에 실린 「정치학과 근세의 정치학」[156]에서 필자인 안국선은 고대 희랍부터 최근까지의 서양 정치학을 개괄하였다. 그 글에서 "중세에 至ᄒ야는 일반 학문이 퇴폐ᄒ미 정치학도 共히 萎靡不振ᄒ얏ᄂ니 偶或國家 성질에 關ᄒ야 학리적 설명을 試혼 者ㅣ 有ᄒ나 다수는 종교적 臭味에 薰染"[157]했다는 표현을 썼다. 여기서 '취미(臭味)'는 흥미나 관심을 의미하며 '취미(趣味)'와 거의 동일한 어의(語義)로 사용되었다. 같은 호에 실린 「가족교육이 전국민족 단체의 기관」에서

---

155 위의 글, 15면.
156 安國善, 「政治學과 近世의 政治學」, 『대한협회회보』 6, 1908.9, 30~32면.
157 위의 글, 31면.

는 "학교 교육을 통한 臭味의 相合"이라는 표현이 보이기도 한다. 이 역시 臭味 = 趣味의 통상적인 용법이랄 수 있다. 1909년 8월 12일자『대한매일신보』에 실린 기서(寄書: 투고 기사)[158]에 사용된 '臭味'는 조선왕조실록에서 여러 차례 용례가 확인된 '성색취미(聲色臭味)'였다.

1909년 12월에 발행된『대한흥학보』에는 몽몽(夢夢: 진학문)의 소설 「요조오한」[159]이 수록되어 있다. 주인공 '함영호'와 그의 벗 '채'는 일본 유학생이다. 작가는 이들의 내적 고민인 본국 현실에 대한 괴로움과 이상에 대한 갈등, 문학과 예술에 대한 동경 등을 고백적인 논조로 서술하고 있다. 그런데 작가는 함과 채의 관계를 설명하면서 "우연한 기회로 얼만큼 갓흔 **臭味**를 가진 함을 보고서 서로 본능이 감응하야 오래지 아니한 동안에 슬그먼히 我愛爾慕하는 사이가 되얏더라"고 표현했다. 여기서의 취미(臭味)는 취미(趣味)와 같은 용법으로 쓰였다고 보아도 무방하다. 관심사와 흥미를 느끼는 부분, 즐겨하는 것을 의미할 터인데, 소설 안에서 구체적으로 '같은 취미'가 무엇인지는 언급하지 않았다. 그러나 그 취미를 충분히 짐작할 수는 있다. '함'은 학교 결석을 자주하며 학과 공부보다는 '대륙문사의 소설', '시집 譯本', '신문예잡지'를 즐겨 읽으며, 책상 앞에는 '투우르게네브(투르게네프)의 소조(小照)'를 놓아둔 문학청년이다. '함'보다 한 살 어린 '채'는 "격렬한 시대신조에" 몸을 던져 본국과 일본을 오가며 "사회의 本像이니 인생의 眞意니" 하는 "현실과 리상의 교섭과 사실과 상징의 형식 등"으로 번민하는 고독한 청년지식인이다. 이런 묘사들을 통해 이들이 가진 공통적으로 가진 '臭味'는 문학과 독서로, 사교와는 거리가 먼 개인적인 내면 몰두에 침잠한 행위임을 알 수 있다.

---

158 『대한매일신보』, 1909.8.12. "부귀가能히 淫치 못ᄒ고 빈천이 能히 移치 못ᄒ고 威武가 能히 屈치 못ᄒᄂ 거시 堂々ᄒ 大丈夫의 志어눌 今에 聲色臭味의 奪志ᄒᆷ을 昧免ᄒ니 是吾輩 可憂의 第二오."

159 夢夢, 「요조오한」, 『대한흥학보』 8, 1909.12, 23~30면.

이상에서 확인한 개화기의 '臭味'는 '臭'와 '味'라는 글자가 환기하는 선명한 감각성으로 인해 그 의미가 확대되기 어려웠을 것으로 보인다. 그리고 무엇보다도 '취미(趣味)'라는 근대적 개념과의 경합에서 밀렸을 것으로 추측된다. 서구어 taste의 번역어와 일본의 취미(趣味)사상 유입 등으로 근대 매체에서 '취미(趣味)'의 쓰임이 더욱 빈번해졌기 때문이다. 1900년대 당시에도 '趣味'의 쓰임이 '臭味'보다 현격하게 많았지만, 1910년 이후가 되면 「요죠오한」에서 쓰인 것과 같은 용례는 거의 찾을 수가 없다. 넓은 의미에서 기호(嗜好)나 취향(趣向), 흥미(興味)의 의미로 드물게 쓰였던 '臭味'가 언설의 수준에서 거의 사라진 것이다.

1900년대 개화기의 '취미(趣味)'개념은 전근대적 맥락과 근대적 가치 체계가 혼용된 채로 사용되었고, 개념의 외연이 담을 수 있는 그 내포들 사이에 무수한 충돌이 있었음을 살펴볼 수 있었다. 그 가운데 '고상한 취미'라는 하위 개념이 동시적으로 쓰인 것은, 하나의 개념이 이제 막 정착되려는 초창기에 어느 한편에서는 그것이 이미 질적인 분화를 거친 개념으로 쓰이고 있었음을 보여준다. 이것은 이미 사회적으로 '취미'에 대한 문제제기가 있었고 '취미'의 사회적 효과와 그 문화적 실천에 대한 정리가 한번 끝난 일본의 영향을 받은, 조선의 식민지적 특수성으로 볼 수도 있겠다. 또 한 사회에 처음 등장해서 시대적 특수성을 담을 수 있는 개념으로 정착하기까지 그 언어가 순차적으로 발달·보급되는 것이 아니라, 혼용과 오용의 다중구조를 만들어내기 때문이기도 할 것이다.

개화기에 사용된 '趣味'는 전통적인 '치(致)'의 흔적이 남아있는 개념이었나. 하지만 개화기가 요구하는 시대정신과 맞닥뜨리면서 의미론적 맥락과 배치관계가 달라졌고 어의가 확장되었다. 이상에서 빈번하게 결합하는 이웃 항과 그 결합이 강화되는 맥락을 함께 해석해감으로써 근대적 '취미'개념을 도출할 수 있었다. 개화기라는 특정한 시대적 상황

속에서 진행되는 개별적 언어 행위 속에서 '취미'는, "개념들의 역사는 존재할 수 없고 단지 특정 주장 속에서 그것들이 사용된 방식의 역사만 이 존재할 수 있다"[160]는 것을 보여주었다. 첨부된 〈도표〉를 통해 다시 확인할 수 있듯이, 서로 다른 기의를 가진 '취미'라는 말들이 동일한 기 표 안에서 조우하고 있다. '취미'는 "근대적 앎에 대한 흥미"를 의미하거 나 "지적 능력을 담보한 인격"을 지시했고, "분위기"나 "감각", "단순한 호기심"이나 "재미"를 뜻하기도 했다. 그러나 이 시대의 주도적인 이념 인 '계몽의 전권(全權)'[161] 아래서, '치(致)'와 '흥(興)' 같은 전통적인 미적 의 미는 배제되거나 부정되는 경우가 많았다.

'취미'는 전통적 용법으로 사용되기도 했고, 개화기적 문명관과 서구 어의 일본식 번역어에 영향을 받으면서 확장, 전위, 변용되는 역동성을 드러냈다. 또 중요한 것은 근대적 개인이 자신을 성찰하고자 할 때 검토 해야하는 하는 개인의 특성 중의 하나로 '취미'가 거론되기 시작했다는 점이다. 여기서 우리는 의미의 정합성과 엄밀성을 묻기보다, 의미의 변 화에 주목해야 할 것이다. 왜냐하면 언어는 단순히 현실을 반영하는 지 표일 뿐만 아니라 현실을 만들어내는 힘을 가지고 있기 때문이다. '취

---

160 나인호, 앞의 글, 460면.
161 "우리들 청년은 被教育者되난 동시에 교육자되여야 할지며, 학생되난 동시에 사회의 일원이되여야할지라, 詳言컨댄, 우리들은 學校나 先覺者에서 배호난 동시에 자기가 자기를 教導하여야할지오, 學校나 其他 教育機關에 統御함이되난 동시에 此等機關을 運轉하난 者가되여야할지라, 人格修養上에도 그러하고, 學藝學習上으로도 그러하고, 무엇이던지 그러하지안임이업나니, 우리들은 조차전포(造次顚沛)하난 사이에라도 이 를 닛지마라서 소극적으로는 修養으로 우리의 정신을 向上發展케 주의하야 自己가 自 己를 教養하야써 新大韓建設者 될 第一世 大韓國民이될만한 資格을 養成치안이치못 할지라." 孤舟, 「今日我韓靑年의 境遇」, 『소년』 4(6), 1910.6, 26~31면.
개화기 담론의 핵심적인 내용이 '계몽'이었다는 점은 널리 인정되고 있는 바이다. 그런 데 조선의 청년들은 국민과 국가를 비롯해서 정신, 문명, 제도 등을 만들어내야 하고 민 족을 계몽시켜야 하는 계몽의 주체이자 창조의 주체이면서, 동시에 계몽의 대상이기도 했다. 계몽담론은 '職分', '實業', '實務'를 강조하는 근대적 직분론 안에 '趣味'를 포섭함 으로써, 근대적 취미를 보급했다.

미(趣味)'는 개화기의 문명, 교육, 실업, 구국 담론과 같은 '실제'들의 지표이면서, 동시에 실제를 구성하는 요소였다. 결론적으로 개화기의 '취미'는 근대정신의 일반적 상태나 습속과 같은 총체적인 의미를 내포하고 있다고 말할 수 있겠다. 근대 국민으로 호명된 개인이 문명과 신사상을 지향하며 근대적 주체로 살아가는 삶의 태도 전반을 가리키는, '태도'로서의 취미인 것이다. 때문에 개화기의 '취미'는 계몽과 교화의 실현을 위한 일종의 개념적 장치로 쓰였던 셈이다.

도표. 1900년도 취미 용례

	출전	날짜	기사제목	용례	의미
1	황성신문	1899.7.7	논설	趣味를取함	전통적 풍류(↔資業)
2	황성신문	1905.6.28	광고	다취미부실익 多趣味富實益	일본어 취미趣味
3	대한매일신보	1906.7.27	논설	趣味深長	근대 신문을 통한 지식 획득
4	태극학보	1906.9	인생의 의무	生活의 趣味	근대 국가의 개인이 직분을 다함으로써 얻을 수 있는 것
5	태극학보	1906.9	수증기의 변화	수증기연구가 주는 非常한 趣味	근대과학연구의 지적 즐거움
6	대한자강회월보	1906.10	일본의 자치제도	趣味가 有한 문제	근대적 앎에 대한 흥미
7	대한자강회월보	1906.12	국가빈약지고	趣味	전통적 취미(↔발전)
8	대한자강회월보	1906.12	문자쾌락	漢文趣味	전통적 趣癖의 의미
9	대한유학생회학보	1907.3	인격을 양성하는데 교육의 효과	知識과 趣味	취미=인격=정신력
10	태극학보	1907.4	인격수양과 의지공고	趣味	단순한 호기심, 흥미
11	태극학보	1907.6	水의 니야기	寒凉한 趣味	감각을 통한 느낌
12	태극학보	1907.7	동몽물리학강담	공부에 趣味 趣味잇는 이야기	단순한 흥미, 재미
13	태극학보	1907.9~ 1907.11	교수와교과에대하여	趣味	예체능교육이 키워주는 미의식과 교과지식
14	대한자강회월보	1907.4	교육학원리	臭味	감각
15	서우	1907.10	新嘉坡의 植物園談	趣味잇는 이야기	식물원 관람과 관련한 재미, 흥미
16	서우	1907.12	時事日報記	각종 趣味	공중비행과 같은 신기하고 재미있는 일
17	태극학보	1908.1	인생이라는 동물	趣味의 引出	지식을 산출하는 인간의 지적능력(↔동물의 감각)

18	태극학보	1908.5	知性의 力	생활의 趣味	근대국민으로서의 공공적인 삶
19	태극학보	1908.5	과학의 급무	趣味를 고취	과학취미의 고취, 과학＝실업
20	태극학보	1908.5	소설 해저여행	쾌활한 趣味	호방한 기운.
21	태극학보	1908.6	위생문답	직업의 趣味 cf. 전지휴양	근대적 노동개념과 직업 cf. 여가의 의미
22	태극학보	1908.9	교육자와 종교	정신상의 무한한 趣味	고상한 정신적 쾌락
23	태극학보	1908.9	교육자와 종교	사업의 趣味	직업, 직분이 주는 기쁨
24	태극학보	1908.9	뇌와 신경의 건강법	趣味가 진진무 렴한 서적	흥미나 즐거움과 같은 정신적 효과
25	통감부문서	1908.3.21	한어신문 발행계획에 관 한 건	趣味잇는 내용	조선의 자미의 일본어 번역어로서의 취미
26	서북학회월보	1908.12	사립학교령 설명	趣味	단순한 관심사나 흥미
27	서북학회월보	1909.1	사립학교령 설명	趣味	흥미와 취미를 동의어로 사용
28	대한협회회보	1908.9	고대의 정치학과 근세의 정치학	종교적 臭味	＝趣味, 흥미, 관심
29	대한협회회보	1908.9	가족교육이 전국민조단 체의 기관	臭味의 相合	＝趣味, 교육을 통한 관심과 성향의 일치
30	기호흥학회 월보	1908.8	교육의 목적	고상한 趣味	정신적이고 관념적인 쾌락(↔노동)
31	기호흥학회 월보	1908.11	경제학	행정의 趣味	근대지식과 관련한 흥미
32	대한학회월보	1908.3	한반도문화개관	印度 趣味	각 문명의 특성, 기질
33	대한학회월보	1908.4	米士연설	종교신앙의 趣味	관심
34	대한학회월보	1908.11	米地의 한국교육관	교육사업에 趣味	근대적 事業에 대한 관심
35	대한흥학보	1909.4	음악의 효능	정신적 趣味증 가	근대 국민의 애국심과 사상
36	기호흥학회 월보	1909.5	법률학	군주국과 공화 국의 趣味	대상의 특징
37	서북학회월보	1909.8	체육이 국가에 대효력	沒趣味	관심이나 흥미 없음
38	대한흥학보	1909.12	소설 요조오한	같은 臭味	＝趣味, 반복적인 관심사, hobby
39	소년	1909.1	로빈손무인절도 표류기담	항해모험의 趣味	호방한 기운＋해상 지식을 통한 무역 과 부국강병
40	소년	1909.11	자기의 처지	자기의 기능과 사정과 趣味	근대적 개인이 자신의 정체성을 변별 해내는 항목
41	대한매일신보	1909.8.12	寄書	聲色趣味	감각
42	대한흥학보	1910.1	효의 관념 변천에 대하야	성리학상 趣味	정신, 사상
43	대한흥학보	1910.2	이상적 인격	趣味 생활	개인적인 흥미(↔公共)
44	대한흥학보	1910.3	국민의 과학적 활동을 요	沒趣味	관심이나 흥미 없음
45	대한흥학보	1910.4	三要論	遊食遊意로 趣味를 삼은	전통의 풍류문화

3) 1910년대 '문명'과 식민주의적 변용으로서의 '취미'

을사늑약 이후에도 조선은 '국권회복'이라는 종파를 초월한 이념 아래 다양한 민족운동을 시도했다. 그러나 1910년 8월에 단행된 한일병합은 예정된 수순을 밟은 치밀한 획책이었고 조선은 국권의 붕괴를 목도하며 충격에 휩싸일 수밖에 없었다. 국권이 상실되자 사회진화론에 기초한 문명개화론은 자기모순에 빠질 수밖에 없었다. 이후 1910년대에는 국가라는 말이 거의 사라지고 자아확립, 자기실현, 자기표현이라는 말이 공공연하게 등장했다.[162] 1900년대 부국강병의 문명론을 지지해준 것은 보편과 진보에 대한 믿음이었다. 그러나 개화기의 문명 개념은 1910년대에 '자기', '자아' 관념의 부상으로 균열되기 시작했다. 문명은 '물질상 문명'과 '정신상 문명'으로 구분되어 언급되었고, 정의와 도덕에 반(反)하는 '문명'은 비판받기도 했다.[163] 문명의 자리를 대신한 것이 바로 '문화'였다. '문화'라는 관념의 등장으로 인해 새로운 인식의 국면으로 접어들게 되었다. 윤리, 도덕의 '정신상 문명'이 우위를 점하게 되었다. 1910년대에 문명은 인간의 삶에 있어 상대적으로 비본질적인 영역을 뜻하는 말로 폄하되었다.[164] 물질과 정신의 이분법에 근간을 두고 '문화'라는 개념이 세력을 넓혀갔고, '문화'적 분위기 속에서 개체의 주관과 내면이 우위에 서는 논리가 형성되었다. 때문에 1910년대의 지식인들은 국가와 국민, 충군애국과 부국강병의 이념이 사라진 시공간의 고립과 공포를 넘어서기 위해, 에머슨의 사상을 빌어 범신론적인 사유를 시도하기도 하고 동정(同情)과 사랑을 실천적 대상으로 제시하기도 했다.[165]

162　박찬승, 『한국 근대정치사상사연구』, 역사비평사, 1992, 176～185면.
163　류준필, 「'문명', '문화' 관념의 형성과 '국문학'의 발생」, 『민족문학사연구』 18, 민족문학사연구소, 2001, 24면.
164　위의 글, 24～28면.
165　권보드래, 『한국 근대소설의 기원』, 소명출판, 2000, 35～36면.

1910년대 중반 이후 조선의 사상계는 유학생을 통한 신지식과 신사상의 흡수와 보급이 이루어지면서 새로운 국면으로 진입했다. 이들은 당시 유학생 학우회 기관지였던 『학지광』과 최남선이 신문관에서 발행한 『청춘』을 중심으로 활동하면서 신사상을 개진하였다.[166] 『학지광』 6호에 실린 「일본유학생사」[167]에 따르면, 일본 유학생들은 세 부류로 나뉘었다. 제1기는 일본 유학이 시작된 1880년대 이후부터 1904년 이전까지로 그 대부분은 정치 망명인들이었다. 이들은 학업보다는 일본어를 익히는 데 유학의 목적이 있었고 귀국 후 사환(仕宦)이 되기를 희망하던 부류였다. 제2기는 1904년에서 1910년 사이의 시기로 일본 세력이 조선에서 우세해지면서 일본 유학을 실행했던 때인데, 다수 청년들이 좌절하고 귀국하는 경우가 많았다. 제3기는 1910년대로, 이 시기 유학생은 현실을 비판적으로 바라보려는 비판적 신지식인층과, 일본의 문명개화 노선에 무비판적으로 동화된 친일적 지식인으로 구분되었다. 국권강탈 후 어느 정도 사회적 분위기가 정돈되자 우선 개인적인 실력을 길러야한다는 실력주의가 비판적 신지식인층을 중심으로 생겨났다. 그중에서 실력양성론자들은 일단 현실적 고려하에 문명개화, 실력양성, 민족성 개량에 주력해야한다는 입장이었다. 독립을 전제로 하고 있다는 점에서 이들의 주장을 '자주적 실력양성론'으로 볼 수도 있다. 이것은 1910년대 일본유학생과 국내의 지식인층의 상당수, 그리고 국외에서 안창호의 흥사단 등에 의해 지지된 입장이었다.[168]

1910년대 실력양성론자들이 제시한 것은 개화기와 유사하게 '교육'과 '산업'의 장려와 진흥이었다. 실업교육과 과학교육을 강조하였고, 공업

---

166 김복순, 『1910년대 한국문학과 근대성』, 소명출판, 1999, 37~38면. 1910년대 신지식인 층의 사상과 문학계의 흐름에 대해서는 많은 부분 이 책의 도움을 받았다.
167 「일본유학생사」, 『학지광』 6, 1915.7, 11~13면.
168 김복순, 앞의 책, 41면.

과 생산업 부흥의 필요성을 역설했다.[169] 그런데 이 방법론은 당시 일본 총독부가 조선의 지배 정책으로 활용하고 있던 모토이기도 했다. 때문에 '비판적' 실력양성론자들과 '동화주의적(同化主義的)' 실력양성론자들을 구분할 필요가 있다. 이광수, 백대진, 유만겸 등의 실력양성론은 '독립'에 대한 확고한 의지 없이 일제의 지배정책을 추종하는 동화주의적 입장에 서있었다.[170] 김복순은 이광수의 산업진흥론과 실력양성론이 "총독부측의 입장의 산업집흥론으로서 일제의 식민지적 산업구조개편을 긍정하는 것이었으며 일본인 주도의 산업진흥을 비판의 눈이 아닌 선망의 눈으로 바라보고 있"[171]었다고 평가한 바 있다. 물론 독립을 전제로 한 자주적 실력양성론자들의 주의주장과 실천에도 문제가 없었던 것은 아니지만, '교육'과 '산업'의 진흥을 부르짖는 목소리 안에 서로 다른 가치관과 세력이 교차하고 있음을 주지해야 할 것이다. 동화주의적 실력양성론은 일제에 대한 '저항'보다는 실력양성을 통한 '경쟁'이라는 개량주의적 방법을 통해 독립을 도모하려는 것이었으며, 그 실력양성이란 구체적으로는 자본주의적 문명의 건설을 의미하는 것이었다.[172]

개화기에 간헐적으로 등장하면서 그 용례를 넓혀가고 있던 '취미'는 1910년 이후 본격적인 문예담론과 취미담론 안에서 비중 있게 다루어지기 시작했다. '취미'를 호명하는 장(場)의 주체와 그 욕망에 따라 이 개념은 각기 다른 방식으로 견고해질 수 있었다.

이 절에서는 1910년대 잡지 중에서 『소년』(1908.11 창간~1911.5 폐간), 『청춘』(1914.10 창간~1918.9 폐간), 『학지광』(1914.4 창간~1930.4 폐간. 여기서는 잡지의 성격이 변하기 이전인 1919.8 제18호까지만 다루기로 한다)과 『신문계』(1913.4 창

---

169 1910년대의 신문과 잡지에 실린 기사의 다수는 '과학', '실업', '교육'을 주제로 하고 있다.
170 김복순, 앞의 책, 48면.
171 위의 책, 51면.
172 박찬승, 「일제하 '실력양성운동론' 연구」, 서울대 박사논문, 1990, 14~90면.

간~1917.3 폐간)를 중심으로 해서 '취미'의 변용과 전유 양상을 살펴보고자 한다. 『소년』과 『청춘』을 만든 근대 초기의 최남선은 한국적 국민문화의 제도적 형성을 지향한, '근대 문화제도의 기획자'[173]였다. 본격적인 식민화의 과정 속에서 최남선은 근대 문명을 민족적으로 주체화하기 위해 교육 사업에 몰두했다. 그에게는 근대 지식이야말로 개인과 사회의 번영을 약속해주는 가치범주였다. 한기형은 '잡지를 통한 교육'이 1910년대에 하나의 시대적 경향성이었다고 보고, 『소년』, 『청춘』과 병립했던 『신문계』에 주목한 바 있다. 그는 최남선이 지향하는 근대 지식이 '도구적 지식'을 넘어서서 유연성과 활용을 담지할 수 있는 '심미적 지식'이었다면, 다케우치(竹內錄之助)가 발간한 친일잡지 『신문계』는 식민지 근대화의 확산을 목표로 한 '도구적 지식'이었다고 보았다.[174] 이 두 잡지의 계열은 '취미'의 용법과 의미화의 기제 방식에서도 큰 차이를 보이고 있음이 확인된다.

『청춘』과 '취미'

1910년대 각종 광고에서 가장 빈번하게 사용된 문구는 '취미와 실익(趣味와 實益)'이었다. 책, 활동사진, 연극 등이 그 내용을 불문하고 독자와 관객, 즉 상품 소비자에게 '취미와 실익'을 줄 수 있다는 것은 최고의 상품성을 보증하는 것이었다. 이때의 취미와 실익은 구체적으로 어떤 맥락에서 나온 것이며, 얼마의 시간이 지난 후에 일종의 상투어가 되어 사용되었을까. 일단 『청춘』 창간호에 실린 신문관(新文館) 발행 「古本 춘

---

173 한기형, 「근대잡지와 근대문학 형성의 제도적 연관」, 『대동문화연구』 48, 성균관대 대동문화연구원, 2004, 45면.
174 위의 글, 45~50면.

향전」 광고(1914.10, 제1권)를 보면 다음과 같다.

今에 그 內容을 約記ᄒ건데 開卷 第一에 白頭山 以下 八域名勝을 周遊吟賞ᄒ 滿五面長歌는 **趣味津津ᄒ** 중에 **歷史地理의 要職을 得ᄒ것이오.** (…중략…) 舊社會事物의 展覽場과 如ᄒ니 系統的으로 一讀ᄒ면 **趣味**가 異常ᄒ 一編情史오 부분적으로 各讀ᄒ면 **實益**이 無雙ᄒ 百科事彙라.

고소설 「춘향전」 광고인데, 이것을 읽으면 "취미진진한 중에 역사지리의 要職을" 알 수 있게 된다고 선전하고 있다. 당대 독자들이 춘향전의 내용을 몰라서 책을 사서 보는 경우는 아주 드물었을 것이기 때문에, 서사 내용보다는 이것을 읽음으로써 얻을 수 있는 효과를 강조하는 광고 전략을 택하고 있다. 소설의 전개가 '구(舊)사회 사물(事物)의 전람장'과 같아서, 처음부터 끝까지 '계통적으로' 읽는다면 보통 이상의 취미가 있는 한편의 이야기이고, 부분적으로 읽으면 실익이 많은 백과사전(百科事彙)과 같다는 수사(修辭)를 활용했다. 취미와 실익을 어느 부분에서 어떤 식으로 얻을 수 있는지 구체적으로 제시하지는 않았지만, 즐거움이나 심심파적(甚深破寂)의 소설읽기가 아니라 백과사전을 읽는 것처럼 지식습득에 도움이 된다며 계몽적 효과를 광고한 것이다. '전람장'과 '백과사휘(百科事彙)'라는 실체적 어휘에 기대어 추측할 때, 이 맥락에서의 '취미와 실익'은 '근대지식의 압축적 습득'과 관련이 있다.

『청춘』 2호에는 막연한 지시적(指示的) 개념이 아니라 '취미'의 구체적인 상(像)을 떠올리게 하는 소성(小星) 현상윤의 글이 실려 있다. 그는 동경유학시절을 회고하면서 '거처와 식사', '학교와 수업', '산보와 逍遙', '복습과 독서', '반가운 일요일', '목욕가는 니약이', '訪問과 親睦', '잇는 취미와 부리운 일' 등의 소제목을 붙여 자신의 일본 유학생활을 그려냈다. 그중에서 취미에 대한 서술 부분을 보면 다음과 같다.

8. 잇는 趣味와 부러운 일 : (…중략…) 몬저 그들에게는 智識의 要求에 대하야 供給의 길이 십분 완비함을 보앗슴이니 아모리 막바지 좁은 길목과 열니지 못한 빈궁굴을 간다하드라도 눈에 번듯 씌우는 것은 책사(冊肆)오 신문잡지 종람소(縱覽所)라 노동자에게는 勝勞者에게 상당한 서적이며 잡지오 소학생에게는 소학생에게 적당한 讀物이 잇으며 여자에게는 여자에게 關한 書物이 잇서서 멧십전의 돈만 안니 눈문 가젓으면 각각자기에게 切當하고 긴요한 지식과 사상을 누리게 된 것과 어느 날 어느째를 물론하고 곳곳마다 연설이 잇고 강연이 잇서서 눈만 가젓으면 각각 자기에게 폭폭 색여지는 몬졋무리의 修養訓과 현대의 새사조 새경향을 들을 수 잇슴이며, 둘재 그들에게는 주위에 잇는 공기가 매우 가부야움을 보앗슴이니 그들의 가는 곳에는 몸이 납신납신 날아날듯이 조곰도 거침이 업고 그들의 머리 속에는 맑지고 새로와 항상 살고쮜노는 피가 돌아단임이라.[175]

필자는 일본에 노동자, 소학생, 여자 등의 구분 없이 각 계층에 어울리는 서적과 잡지가 풍부하고 실제로 그것을 향유하는 분위기가 존재한다는 것을 부러워하고 있다. 이 진술이 일본 사회를 정확하게 간파한 후에 나온 것은 아니겠지만, 필자는 독서와 강연회 연설을 통해 지식, 사상, 현대의 사조와 경향 등을 체득할 수 있는 일본인들의 삶의 방식을 목도하고, 거기서 그들의 취미를 감지한 것이다. 식민지 유학생인 필자가 일본 내지에서 목격한 제국인의 삶, 즉 '취미있는 삶'을 사는 일본인들에게는 활기와 약동이 있었다. 그가 보기에 취미있는 삶을 가능하게 하는 동력은 지식과 사상의 풍부한 수혜였던 것이다. 1910년 조선에서 '활사회(活社會)'와 '활력(活力)'의 강조가 있었음을 고려할 때, 취미는 생명력있는 삶, 근대인의 지적 자극과 활력을 제공해주는 매개로 받아들여진 것이다.

---

175 小星, 「東京留學生生活」, 『청춘』 2, 1914.11, 110~117면.

1910년대 취미담론의 중요한 비중을 차지하는 「高尙한 快樂」[176]은 일종의 취미교육담론이다. 고상한 쾌락은 '취미'로 수렴되고, 취미는 직업으로 이어진다는 논지를 담고 있는 이 글은 근대적 오락과 여가에 대한 소개까지 하고 있다. 필자가 밝혀져 있지 않은데, 한기형은 "『소년』과 『청춘』이 일인(一人)잡지였기 때문에 이들 잡지의 무기명 글은 모두 최남선의 것으로 보아야 한다"[177]는 입장이다. 전체적인 논지를 파악하기 위해 목차를 제시하면 다음과 같다.

> **「고상한 쾌락」** : 쾌락의 定義 / 高等감각과 劣等감각 / 군자의 쾌락과 소인의 쾌락 / 趣味의 養成 / 職業이 스스로 쾌락 / 學者의 쾌락 / 特別한 娛樂材料 / 결론

「고상한 쾌락」은 우선 심리학에 기대어 인간의 의식을 지, 정, 의 세 가지로 나눈다. 知가 진리를 구하고 意는 정의를 구하는 것처럼 情은 美와 快를 구한다. 그런데 쾌락은 '情을 만족하는 것'이며 그중에서도 '고상한 쾌락'은 '倫理的 意味로 情을 만족하게' 한다고 본다. 또 인간의 감각 중에서 미각, 후각, 촉각은 '極히 瞬間的'이므로 '열등 감각'이라면, 시각과 청각은 '비교적 長久性이 있'으므로 '고등 감각'이라고 분류한다.

> 아름답은 自然이라든가 美術品이며 書籍等物과 조흔 音樂 가튼 것은 能히 수 시간이나 그 快感을 존속하며 그뿐 아니라 이런 것은 쾌감이 슬어진 뒤에도 德性에 高貴한 補益을 주며 坐 후에 回想을 하여도 꿈 가튼 美感에 취할수 잇는 것이로되.[178]

---

176 「高尙한 快樂」, 『청춘』 6, 1915. 3, 50~63면.
177 한기형, 「최남선의 잡지 발간과 초기 근대문학의 재편」, 『대동문화연구』 45, 성균관대 대동문화연구원, 2004, 226면.
178 위의 글, 51면.

필자는 '열등 감각'의 만족이 주는 쾌감이 순간적이라면, '고상한 쾌락'은 장시간의 쾌락을 주며, 그 이후에 덕성에 고귀한 보탬이 되기 때문에 윤리적인 측면까지 고양시킨다고 보았다. 고상한 쾌락은 입과 배를 충족하는 물질적 쾌락이 아니라 정신적 쾌락에 관여하는 것으로, 아름다운 자연이나 미술품, 서적, 음악 등의 예술을 통해 이루어진다는 논리이다.

> 그럼으로 먹고 마실것이 업스매 쾌락이 업스로라 하는 자의 趣味의 천함은 말할 것 업거니와 보고 들을 것 업시 쾌락이 업스로라함도 취미가 고상치 못한 이의 할말이다. 대개 우리에게 맑게 닥든 心情만 잇스면 어느 째 어느 곳에나 쾌락을 어들 수 잇슴이니라. (…중략…)
>
> **취미의 양성 : 취미의 高下가 지식정도의 고하에 관계될 것은 물론이라.** 그러나 이미 오인의 의식상태를 지정으로 난호고 쾌불쾌가 정의 작용임을 알고 본즉 독립한 情의 수양으로 足히 취미의 度를 놉힐 수 잇슬지니 (그러나 작용은 매오 광대한지라 다만 취미만이 情의 작용의 전체인줄은 아니다.) 그럼으로 **文明諸國의 敎育制에도 취미의 양성을 매우 중히 녀기어** 音樂과 美術과 文藝 舞蹈 등 學科를 加하는 것이며 坯 少年 靑年 家庭 등 讀物이 無罪 **高尙한 趣味를** 鼓吹하려고 하는 本意라. (…중략…) 달고 고소한 것만 찻든 입이 澹泊한 것을 맛들이게 되고 아양스럽고 搖蕩한 빗과 소리만 보고 들으려 하든 눈과 귀가 純潔 淸雅한 것을 즐기게 하고 荒唐 遙猥한 것만 생각하든 심정이 우미 고상한 默想에 어리게 되면 이에 취미의 수양을 이룬 것이니.[179]

이 글은 구체적으로 아름다운 그림과 경치를 보는 것, 아름다운 음악과 무도를 하는 것, 좋은 글을 외고 시를 읊으며 한가(閒暇)한 거문고나 즐기는 것, 후원에 올라 꽃을 노래하고 밝은 달구경을 하며 시작법을 배

---

[179] 위의 글, 55면.

우는 것, 죽장망혜(竹杖芒鞋)로 명산승지나 찾는 것을 '고상한 취미'로 꼽았다. 이런 고급취미는 그 미(美)의 정수를 느끼고 읽어낼 수 있는 최소한의 교육과 지식을 필요로 한다. 반면 맛있는 것을 먹고 좋은 옷을 입는 것, 술과 계집을 즐기고 골패와 화투를 즐기는 것, 학생들이 활동사진집에 갔다가 청요리집에 가서 장기나 두는 것은 '저급취미'로 구분했다. 고급취미로 명명된 행위 안에는 위에서 말한 근대적 학제로서의 회화, 음악, 무용, 독서, 문예의 실천들과 함께 전통적인 풍류의 행위까지 포함되었다. 즉 여기서 말하는 인생을 즐기는 쾌락으로서의 취미에는 근대와 전근대적 행위가 혼용되어 있다. 이를 통해 이 시기까지 근대적 의미의 취미가 획정되지 않았다는 것을 알 수 있다. 하지만 고급과 저급의 취미 구분이 이루어졌고, 의식주와 관련된 '살기 爲함'의 행위는 저급한 취미로, 쾌락은 '즐겁기 爲함'으로 변별하고 있음을 확인할 수 있다.

그런데 음악과 그림과 문예를 즐긴다고 해서 그것이 바로 고상한 취미인 것은 아니었다. 반드시 '아름다운', '좋은'이라는 한정적 관용어와 취미를 결합시킴으로써 그 대상을 제한했다. 그리고 취미담론은 여유로운 道樂에서 끝나지 않고, '직업'담론으로 확장되었다. 필자는 "취미의 수양이 잇는 그의 직업이 스스로 쾌락이니"[180] "무슨 직업을 잡거나 '이것이 나의 직업이거니'하야 그것에 意義를 부치고 그것에 情을 들이고 그것에 誠을 다하야 (…중략…) 제 직업 속에 제 몸을 두어 그중에서 쾌락을 차즘"[181]이 있어야 한다고 주장했다.

미적 향유를 통한 정신적 쾌감을 직업·노동과도 연결하는 논의는, 근대 초기 한국의 취미담론이 갖는 특수성으로 간주해야 할 것 같다. 모든 제도와 지식과 사상이 '문명'과 '문화'의 이름으로 정립되고 있는 1910

---

180 위의 글, 56면.
181 위의 글, 57면. 근대 초기 유희와 풍속에 대한 비판 담론은 다음 장에서 구체적으로 살펴보고자 한다.

년대적 상황에서, 노동이나 실업과 분리된 '쾌락'과 '취미'는 전근대의 계급적 풍류의식과 연접할 위험이 있기 때문이다. 실제로 당대 권력층과 상류지식인들의 유락(遊樂)문화는 늘 비판의 도마에 올랐다.

> 그러하거늘 저 俗流輩들은 소위 소창(消暢)이니 하고 막대한 시간과 금전을 소비하야 난창요무(亂唱遙舞)로 치치(蚩癡; 어리석음—필자)한 遊樂에 탐(耽)하거니와 或 청년들이 이를 한 行世로 알아 그 추태를 부럽어 본바드려 함에 니르어야 긔막히다 할가 한심하다할가.[182]

속류배들이 소창(消暢)이랍시고 기생들을 불러다가 야외에 나가 놀이판을 벌이는 세태를 구체적으로 꼬집었는데, 이 속류배들의 대부분은 권세와 재력을 갖춘 구한말 권력층이거나 관료들이었다. 위에서 이들의 저속한 풍류문화를 비판하는 논조는 개화기의 계몽담론과 거의 동일하다. 특히 이들의 사치풍조와 시간개념을 지적하면서, "통 속에 누은 거지 디오게네쓰가 萬乘의 富와 尊을 가진 알렉산데르大王을 코우슴한 실로 장쾌한 일"을 인용했다. 그리고 "永久히 變치 안는 무슨 큰 쾌락"이 바로 '학문의 쾌락'이라며, "小成 小利밧게 모르는 조선청년"들에게 이렇게 충고하고 있다.

> **특별한 오락재료** : 그러나 직업 즉 쾌락 지경에 들어가기는 좀처럼 쉽지 아니하며 쏘 사람이란 平生이나 終日 本業을 잡을 수 업나니 각금 休養할 필요가 잇스리로다. (…중략…) 이에 健全한 소견법(消遣法)이 필요하도다. 그럼으로 문명국에는 고상한 公園, 劇場, 動植物園, 公會席 가튼 것이 잇고 (…중략…) 각 개인에 **각각 제 趣味에 맞는 오락이 잇나니** 가령 집에는 악기와 사진첩과 환등과

---

182 위의 글, 58면.

화단과 독서회, 시회, 무도등이 잇서 명절과 석식후 등 閒暇時를 화기애애한 단
란(團欒) 속에 보내어 조치 못한 유혹이 엿볼 틈이 업게 하는 동시에 부지불식
간 **지식과 취미를 향상**하며 (…중략…) 우리 사회는 엇더하뇨, 唯一의 娛樂機關
이 정루주사(情累酒肆)요 그러지 아니하면 박혁(博奕) 음주 잡담이라 제 白玉가
튼 天壇을 가진들 엇지 비천하지 아닐 수 잇스리오. 근년래로 활동사진관 연극
장 가튼 것이 대도회에는 여긔저긔 생기는 모양이나 대개 利만 아는 奸商輩의
경영으로 쏘한 엄정한 사회의 製劑가 업스매 오직 腐敗한 사회 인심에 영합하
기에만 급급하야 거룩할 사회 萬衆의 娛樂場이 蕩男遙女의 野合하는 巢窟로 化하
야 劇場이라 하면 識者의 빈축타기(嚬縮唾棄)하는 곳이 되고 말아 가지나 부패
한 인심을 더욱 부패하게 할 쑨이여 가정과 개인은 고상한 취미를 깨닷지 못 하
고 쏘 날로 甚하여 가는 생활난과 그네를 道化할만한 인물의 결핍은 더욱 그네
로 취미에 전념할 기회가 업게 하며 청년학생은 취미의 무엇을 깨닷지 못하고
그 野俗醜累함이 田夫野人에서 더하니 참 寒心할바로다.[183]

이 글에서 '취미'는 직업생활을 하는 근대인에게 휴양과 건전한 여가
가 필요하다는, 근대적인 방식의 시간분할과 여가개념이 자연스럽게 합
류했다. 개화기 이래 꾸준히 보급된 서구적 근대 시공간의 개념과 삶의
양식이 내면화된 것이었다. 문명의 지표가 되는 서양에는 공원, 극장,
동식물원, 공회당 등 '고상한' 취미 기관이 있고, 가정에서는 사진수집이
나 화단 가꾸기, 독서회, 환등사진 관람 등을 통해 '지식과 취미'를 향상
하고 있다고 선례를 들었다. 조선에도 활동사진관과 연극장이 도회지
를 중심으로 여럿 있기는 하지만, 문제는 그런 취미 기관이 거룩한 오락
장이 되지 못하고 음부탕녀의 야합의 장이 되어버렸다는 데 있다. 이 글
은 광의의 취미와 협의의 취미가 하나의 담론 안에서 동시에 활용되고

---

183 위의 글, 61~62면.

있다는 점에서 1910년대적 취미성을 드러내준다. 고상한 쾌락을 감지하는 미적 능력으로서의 '취미(taste)'와, 그것들을 실현시켜줄 수 있는 구체적인 실천방식으로서의 영화관람, 연극관람, 사진수집, 독서 등과 같은 '취미(hobby)'가 동시에 쓰이고 있기 때문이다.

위의 필자는 조선청년의 "취미 양성", 즉 "知德의 양성"에 가장 시급한 것이 '독서력'이라고 보았다. 그러나 조선어 서적이 별로 없고, 일본 서적을 보자니 어학의 힘이 없으며, 그나마 조선문(朝鮮文)으로 된 서적은 천하고 더러운 소위 신소설이라고 한탄했다. 차라리 "옥루몽, 슈호지, 셔유긔, 삼국지 가튼 고문학을 낡음이 어문의 발달과 취미의 향상에 썩 有助할 줄로 밋"는다며, 고전문학을 추천했다. 여기서 언급한 고전문학은『청춘』창간호부터 지속적으로 광고하고 있는 신문관 발행의 고전서들이기도 했다. 그런데 이 부분에서 우리는 신문관 광고에서 반복적으로 발화하는 "취미와 실익"의 의미를 추론할 근거를 하나 발견할 수 있다. '취미'의 함의는 어느 정도 파악할 수 있지만 해결되지 않는 부분이 바로 '실익(實益)'이었다. 그런데 고전문학 독서를 통해 얻을 수 있는 실질적인 이익이라면 바로 조선 어문의 능력을 키우는 것이었다. 필자는 "言語行動에 高潔에 취미의 빗이 나타나게 되기를 바"란다는 말로 글을 마무리하고 있다.

『新文界』와 취미

1910년대는 '무단통치'라는 정책적 기조 아래 식민화가 진행된 암흑의 시기였다. 언로(言路)가 통제되었고, 교육과 제도가 폭력적으로 제정, 강요되었다. 식민 체제를 위협하는 사상을 배제하기 위해 서적들을 압수하거나 발매금지시켰다. 때문에 1910년대에 출판물과 잡지들은 발간

허가를 받기도 어려웠을 뿐만 아니라 지속적인 발간은 더더욱 불가능한 현실이었다. 종교계를 배경으로 한 학회지들이 몇몇 있기는 했지만 유통이 원활하지 못했다. 앞선 살핀 『청춘』과 『학지광』은 각각 1918년 15호와 1919년 18호를 마지막으로 폐간되었다. 1913년 4월에 창간된 월간 잡지 『신문계』는 1917년 3월까지 정기적으로 발행되면서 총 49호를 냈고, 이후 『신문계』의 후신이라고 할 수 있는 『반도시론』이 창간되어 1919년 4월까지 29호가 더 발행되었다. 1910년대 잡지로서는 최대 발간 횟수 기록을 보유하고 있는 『신문계』의 배경에는 일제와 총독부의 비호가 있었다. "일제는 무단 통치의 이면으로 한국인에 대한 심리적 복속정책을 병행하지 않을 수 없었다. 더욱 효율적인 식민지 지배를 위해 한국인의 정신개조 사업을 기도"[184]했는데, 『신문계』 발간 목적은 식민정책을 보완하는 것이었다.[185] 발행인은 일본인 다케우치(竹內錄之助)였고, 최찬식, 백대진, 송순필이 기자로 활약했다. 『신문계』가 독자로 상정한 계층은 '학생'이었다. 식민지 체제 하에서 새로운 주역으로 활약할 지식인층을 키우는 것이 목표였다. 한기형은 『신문계』를 "식민지 근대화의 제도적 충실화를 위해 발간"[186]된 잡지로 평한 바 있다. 잡지에는 문명론, 진화담론, 교육과 과학(화학, 생물학, 유전학, 인종 등)에 관련된 학술기사, 각종 종교론, 학교 탐방기, 근대 과학자 소개, 일본어와 영어 습자, 편지와 연설문 서식 등이 실렸다. 식민지적 현실을 자각하거나 비판할 수 있는

---

184 한기형, 「무단통치기 문화정책의 성격 – 잡지 『신문계』를 통한 사례분석」, 『민족문학사연구』 9, 민족문학사연구소, 1996, 225면.
185 잡지 『신문계』에 대한 연구논문은 다음과 같다. 김복순, 「1910년대 단편소설연구」, 연세대 박사논문, 1990; 한기형, 「무단통치기 문화정책의 성격 – 잡지 『신문계』를 통한 사례분석」, 『민족문학사연구』 9, 민족문학사연구소, 1996; 권보드래, 「1910년대 '新文'의 우상과 「경성유람기」」, 『서울학연구』 18, 서울학연구소, 2002; 한기형, 「근대잡지와 근대문학 형성의 제도적 연관–1910년대 최남선과 竹內錄之助의 활동을 중심으로」, 『대동문화연구』 48, 성균관대 대동문화연구원, 2004.
186 한기형, 앞의 글, 58면.

사상적인 글이나 조선 현실에 기반을 둔 사회기사는 실리지 않았다. '도구적 지식'만을 확대 재생산하고 보통교육을 실현함으로써, 근대의 문제를 피상적이고 관념적인 차원에서만 사고하게 했던 것이다.

1913년 4월 창간호의 '發刊旨'는 다음과 같다.

> 스스로 新치못ᄒᆞᄂᆞᆫ 文을 被動力으로 新케ᄒᆞ고 스스로 行치 못ᄒᆞᄂᆞᆫ 文을 吸收力으로 行케ᄒᆞ야 日新月新ᄒᆞ고 內新外新ᄒᆞᆫ 新文으로 新半島新靑年에게 夏葛에 新節服과 太陽에 신광선이 신체에 便宜ᄒᆞ고 眼目에 明朗토록 供ᄒᆞ노라.[187]

창간사는 다소 과장된 희망의 소회(所懷)로 채워졌고, 창간호 구회(口繪)에는 네 장의 사진 – '20년 전 경성남대문', '세탁', '동경고등상업학교', '미국 고로라도 부근해안'을 실었다. 이 네 장의 사진은 『신문계』가 지향하는 바와 그들의 입장을 상징적으로 드러낸 것[188]으로, 과학과 실업을 진흥하고 교육을 통해 새 시대의 주역이 된다면 바로 문명에 도달할 수 있을 것임을 믿게 하는 문명위계적인 사진 배치였다. 『신문계』가 말하는 '新文界'는 "야매한 사회를 일변하여 문명한 세계가 됨"[189]을 의미했다.[190]

『신문계』적 취미 용법을 잘 보여주는 것은 1913년 5월호에 실린 「주장(主張) 학술연구의 취미」[191]라는 글이다.

---

187 「發刊旨」, 『新文界』 1(1), 1913.1, 1면.
188 포장되지 않은 흙길에 달구지와 헐벗은 아이가 서있는 '20년 전 경성남대문'과, 개천에서 세탁하는 여인네들이 찍힌 '세탁'의 장면은 다소 여유로운 풍경으로 비치기는 하지만 폐기해야 할 구한국의 풍경이며 극복해야 할 현재적 과제를 환기시킨다. 반면 일본과 미국의 사진, 그중에서도 근대적 건축물의 위용을 드러내며 신지식의 산실임을 과시하는 '동경고등상업학교'의 전경(前景)과, 광활한 지대에 목가적 풍경을 드러내고 있는 '미국 고로라도 부근해안' 사진은 조선인이 지향해야 할 모범으로 제시된 것이다. 사진의 배치 안에도 제국의 시각과 식민의 전략이 은밀하게 숨어있음을 알 수 있다.
189 「신문계론」, 『신문계』 1(1), 1913.1, 5면.
190 구체적으로 "學界 정도를 一變하여 물리 화학과 格致 경제와 天文 地文의 필요한 학술로 사해 동포를 교육하며 五洲種族을 涵泳이여 日新月新에 진보"하게 하는 것이었다. 위의 글, 5면.

연구가 無ᄒ면 학술이 활용이 되지 못ᄒ고 趣味가 無ᄒ면 인생이 존재키 어려우니 不得不 존재를 희망홀진ᄃᆡ 趣味를 科得홀것이고 趣味를 科得코자 홀진ᄃᆡ 학술을 연구홀 것이니 학술의 연구는 일조와 일석에 종결ᄒᄂᆞᆫ 事가 아니라 水에 浸ᄒ고 山에 上ᄒ과 ᄀᆞ치 一步를 前하야 二步를 전진홀 방향과 妙理를 科得ᄒ고 일층을 上ᄒᆞ야 更上홀 계급과 절차를 注想 ᄒᆞ야 浸浸上上 ᄒᆞ야 목적지에 도달ᄒᆞᆫ 후에 일보일층을 不進不上홀 下陸의 人을 回看ᄒ면 장거리에 遠隔홈이 霄壤의 懸絶홈과 如ᄒ니.

觀ᄒ라 (왓도)의 方寸으로 起ᄒᆞ야 수증기사용을 解得ᄒᆞ야 기선철도의 大洋을 割渡ᄒ고 平陸을 縮來ᄒᄂᆞᆫ 것이 연구의 연구를 加ᄒ고 취미의 취미를 得ᄒᆞ야 愈久愈精ᄒᆞ야 금일에는 세계적 취미로 第一位에 在ᄒ고 (마루고니)의 腦髓로 始ᄒᆞ야 無線電을 발명ᄒᆞ야 幾個年을 經ᄒᆞᆫ 금일에는 공동의 趣味를 得ᄒ엿고 (라이도)의 기점으로 제조ᄒᆞᆫ 비행기는 幾個人의 연구가 愈奇ᄒᆞ야 금일에는 或同或異ᄒᆞᆫ 諸種의 사용이 편리ᄒ니 대개 偉人達士의 연구력도 暫時에 速成이 아니라 歲月로 漸進ᄒ다가 當年에 終了히 못ᄒ면 子孫計ᄭᅡ지라도 계속연구로 완전ᄒᆞᆫ 결과를 득ᄒᆞ야 각각 연구와 각각 취미를 생ᄒᆞ야 取後 에는 無量ᄒᆞᆫ 共益을 득ᄒ니. (…중략…)

학술은 木에 譬하면 根本과 如ᄒ고 연구는 水氣와 如ᄒ고 趣味는 花實과 如ᄒ니 水氣가 無ᄒ면 근본이 枯死ᄒ고 花實을 英結치 못ᄒᄂᆞᆫ 것이 연구가 無ᄒ면 淵源이 渴亡ᄒᆞ야 일종의 趣味를 득키 難홈과 如홈은 定ᄒᆞᆫ바 原理라. 今에 다소에 學術이 有ᄒ나 前人의 發明이 意表에 超出ᄒ다ᄒᆞ야 但히 前人의 術備만 因循ᄒ고 更히 後人의 일층진보될 것을 不究ᄒ면 到底히 渴源枯根의 歎을 면치 못홀지라 往古를 曆算ᄒ면 來後를 略知ᄒᄂᆞ니 想像ᄒ면 연구의 범위는 한정이 無ᄒᆞ야 汽船을 발명ᄒ던 當年에는 더 기묘ᄒᆞᆫ 연구가 업슬 ᄯᅳᆺᄒᆞᆫ 사상도 얼마즘 許多하엿깃지마는 更히 비행기의 일층 더 고상한 연구가 궁출ᄒᆞ야 일반의 이목을 驚瞠ᄒ고 電線을 建設ᄒ던 당시에는 此外에 더 신속ᄒᆞᆫ 기관이 업슬ᄯᅳᆺᄒᆞᆫ 생각도 發着ᄒ엿깃

---

191 「주장(主張) 학술연구의 취미」, 『新文界』 1(2), 1913. 5, 2~4면.

지마는 일층 더 측량키 難훈 無線電의 연구를 做出ᄒ엿스니 此를 推思ᄒ면 금일의
비행기와 무선전이 他日엔 舊發明이 되야 제기위에 사용될 理致가 確然ᄒ도다.

적극적으로 論ᄒ면 연구 중에 발생되지 아닐 것이 半點도 無ᄒ야 北邙靑山에
趣味를 不知훈 先天歸客을 可憐 二字로 贈與ᄒ을 心懷가 忽起ᄒ니 餘地後生이 反히 吾
人에 대ᄒ야 如此훈 感想이 無ᄒ도록 萬種物類의 形色을 一圓腦中에 刻置ᄒ고 神魂
을 遊歷ᄒ면 不能自己훈 高趣가 陣陣ᄒ야 雪髮이 滿鬢ᄒ음을 無知ᄒ지니 世間趣味가
此에 過훌자-無하도다.

연구하지 않으면 학술을 할 수 없고 취미가 없으면 인생이 존재하기
어렵다는 것을 전제로 해서 서술된 이 글에서 '학술'과 '취미'는 등가적인
가치를 갖는다.[192] 취미는 '취미를 科得하다', '세계적 취미에 머무르다',
'취미를 不知하다'라는 용법으로 사용되고 있는데, '발명이 가져다준 생
의 쾌락', '인생의 의미', '생의 결실'을 뜻한다. 이때의 쾌락은 과거의 것
과 질적으로 달랐다. 과학적인 연구와 발명을 통해 얻을 수 있는 것이기
에 신학문, 신발명, 신문명과 조응하는 "생의 새로운 쾌락"이었다. 『신
문계』에는 과학기사가 수적으로 단연 우세하게 수록되었음을 확인할
수 있는데, 대부분은 현대 생활의 실용성과 연관된 것이었다.
　『신문계』의 여러 기사에서 쓰인 '취미'는 필자나 논지에 따라 다양하
게 전용(轉用)되는 양상을 보인다. 다만 『신문계』의 공식적인 입장을 피
력하는 '권두언'이나 '편집후기'에 나타나는 '취미'는 발행인과 편집진의

---

192 학문연구가 밑바탕이 되어야 취미를 얻고 인생의 희망을 가질 수 있다는 논리이다. 결국
　은 학술 연구가 필요하다는 것이지만, 학술과 연구의 필요성을 인생의 '취미'라는 개념으
　로 환기하는 것은 1910년대적 용법이라고 할 수 있다. 필자의 주장에 의하면, 와트의 수
　증기 사용이 기선과 철도가 만들어지는 연구의 기반이 되어 오늘날 '세계적인 취미(전
　세계적인 학문의 관심사, 지식)'의 제1위가 되었고, 마르코니의 무선전선 발명은 '공동의
　취미'를 얻었고, 라이트형제의 비행기도 역시 이전 위인들의 활동과 마찬가지로 '무한한
　共益'을 얻게 되었다. 취미는 학술연구가 결과적으로 가져다주는, 전 세계적 공익(公益)
　인 것이다.

공통된 '취미' 용법이라고 말할 수 있을 것이다. 『신문계』는 '청년 학해(學海)의 신사상을 발양하는 세계화(世界化)'[193]를 내걸고 발간되었다. 앞서 인용한 창간사에서 창간의도를 다소 추상적인 수사(修辭)를 동원해 드러냈다면, 창간 2주년 기념사에는 그간 『신문계』가 표방한 것이 무엇이었는지를 다음과 같이 밝혔다.

> 愛讀家의 淘沙取金ᄒ며 攻石得玉ᄒᆯ **趣味**가 萬一이나 有助흠을 희망ᄒᄂᆫ 血性이 始終不渝을 期ᄒ야 今日에 至ᄒ얏스니 今日의 血性이 卽明日의 血性이오 금년의 혈성이 卽명년의 혈성이라.[194]

독자들이 모래 속에서 금을 캐고, 돌을 쪼개서 옥을 구하는 것과 같은 '취미'를 얻는데 조금이라도 도움이 되기를 희망한다는 내용이다. 3년 동안 잡지를 만들어왔던 기자 해동초인은 "余의 從事ᄒᄂᆫ 잡지 신문계ᄂᆫ 其 성질을 言ᄒᆯ지면 즉 학술과 문예의 정신을 혼 자이니 기목적은 東西兩球의 신문명을 輪來ᄒ야 청년제군의 신지식을 與ᄒ며 반도강산의 新光輝를 揚코져흠이오 其 체질은 斬新혼 학술과 찬연혼 문예로서 滿篇華飾ᄒ며 其정도는 중등 이하의 簡易혼 문법에 限ᄒ야 만천하독자제군의 實益을 與하며 취미를 감케ᄒ도록 편집하는 자"[195]라는 입장을 분명히 밝혔다.

『신문계』의 독자층은 변화한 세상인 식민 체제 하에서 주도적인 역할을 해야 할 것으로 기대되는 청년·학생들이었다. 잡지는 '중등 이하의 간이한' 학문을 통해 그들에게 '실익'과 '취미'를 제공하고자 했다. 그리고 기자 스스로도 잡지 만드는 일을 통해 '취미'를 얻을 수 있었다.

---

193 표지, 『新文界』 1(8), 1913.5.
194 「본지창간 이주년 기념의 辭」, 『新文界』 3(4), 1915.4, 2~3면.
195 海東樵人(최찬식), 「余의 기자생활」, 『신문계』 3(1), 1915.1, 58~63면.

發行後에 余의 趣味

余ㅡ此에 從事ㅎ기 이전에는 或잡지를 讀홀 時에 恒히 其문장의 美롤 상찬홀 쑨이오 實로 其기자의 苦心處는 尋常히 간관ㅎ얏더니 今에 如斯혼 경험이 有혼 然後에야 可히 동업자의 동정을 表ㅎ깃도다.

然이나 여차혼 고심의 효과로 成혼 일부의 잡지롤 발행혼 후에도 혹시 錯誤處가 불무ㅎㄴ가ㅎ야 전부의 首尾롤 一通考覽ㅎ는바 其考覽時에 **余의 趣味**는 실로 無限혼 쾌락을 咸起ㅎㄴ니.

或其기사 중에 健筆의 文句가 有ㅎ거ㄴ 又는 體裁中에 미묘혼 處롤 見홀時에는 於心에 自怡自悅홈을 不勝ㅎ며 或불만족혼 處가 有혼즉 來號에는 如斯々々히 개량ㅎ리라ㅎ야 自警自覺ㅎ는 동시에 其趣味는 頗히 一葉片舟롤 駕ㅎ야 武夷九谷의 春光을 弄홈과 恰似ㅎ도다.[196]

이 글에서 해동초인은 자신의 직업과 관련한 '취미'의 감회를 피력하고 있다. 그는 편집 작업을 할 때나 발행 후에 부족한 점을 발견하더라도 스스로 자각하는 바가 생기기 때문에, 그때의 '취미'는 조그만 배 한 척에 몸을 싣고 굽이굽이 계곡을 돌며 봄 햇살을 즐기는 것과 흡사하다고 표현하였다. 취미는 곧 직업적인 기쁨과 성취감에 있는 것으로, 양계초가 말한 '생활의 취미',[197] 일상에서 대상과 주체가 관계 맺는 방식 안

---

196 위의 글, 62면.
197 중국 텍스트의 경우, 본 연구자의 언어적 접근 불가능성 때문에, 이상우의 논문에 기댄 바가 크다. 이상우, 「양계초의 취미론ㅡ생활의 예술화를 위하여」, 『미학』 37, 한국미학회, 2004, 1~22면: 이상우, 「중화민국시대ㅡ계몽의 시대 계몽의 미학」, 미학대계간행회 편, 『미학의 역사』 1, 서울대 출판부, 2007.
양계초는 각각 다른 시기에 여러 곳에서 취미의 중요성을 강조했었고, "취미의 주체가 될 수 있는 것은 다음의 몇 가지만한 것이 없다. ① 노동, ② 유희, ③ 예술, ④ 학문"이라고 명쾌하게 제시했다. 「學問之趣味」, 『飮氷室文集』 39, 中華書局, 1989. 그런데 이렇게 될 경우 취미는 생의 모든 부분과 관련을 맺게 된다. 이상우는 양계초의 취미주의를 "적어도 삶에 대한 일상적이지 않고 상식적이지도 않은 어떤 '태도'로 보인다"(6면)고 해석하였다. 양계초가 주장하는 인생의 '취미'는 근대 국민으로 호명된 개인이 문명과 신

에서 발생하는 미적 쾌락과 흡사하다고 할 수 있다.

잡지의 존재 이유와 발간 목적이 '취미(趣味)'라는 것은 편집후기에도 언명되어 있다. 「編輯室通寄」, 「편집록」, 「편집실에셔」, 「편집여언」 등으로 약간씩 제목이 달라지기는 하지만, 편집진들은 편집후기에서 여러 차례 『신문계』와 '취미', 혹은 개별 기사와 취미의 관계를 피력했다.

① 本紙中에 '金剛은 천연적 공원'이라는 것은 즉 地理 秘考로 썩 昭詳하고 썩 **趣味**가 잇게 계속ᄒᆞ야낼 터이오니 讀者諸位는 완미ᄒᆞ시면 유익ᄒᆞ겟습늬다.[198]

② 편집인이 발셔브터 경영ᄒᆞᄂᆞᆫ것은 본지중에 二欄을 排設ᄒᆞ되 一은 동서문명이라 명칭ᄒᆞ고 동아 서구에 기왕현재를 물론ᄒᆞ고 문명의 指針될만ᄒᆞᆫ 기사를 聚集ᄒᆞ고 一은 학생구락부라 명칭ᄒᆞ고 학생 중에 **趣味**가 有ᄒᆞᆫ 言辭와 將進이 多ᄒᆞᆫ 效果가 학생계에 觀點될만ᄒᆞᆫ 것을 採取하여 학생의 一覽을 作코죠ᄒᆞ옵더니 본호에 僅히 동서문명란만 設ᄒᆞ고 학생구락부란은 차호브터 設ᄒᆞ기로 예정이오며.[199]

③ 본호 편집은 (…중략…) 결점이 되는 것은 學術研究 世界周遊記를 본호에도 계속치 못홈은 海東者가 건강치 못ᄒᆞ와 므ᄋᆞᆷ더로 뜻더로 ᄒᆞ지못ᄒᆞ엿사오나 終當은 여러분도 역시 **遊覽의 趣味**가 쾌히 나도록 探究ᄒᆞ겟스오며.[200]

④ (…중략…) 본호브터 ᄯᅩ 文藝가 奇妙ᄒᆞ고 **趣味가 裕足**ᄒᆞᆫ 漢文小說을 揭載ᄒᆞ야 別般의 色態를 兼케하얏스오며.[201]

⑤ 본호는 역시 동아서구의 전쟁을 際ᄒᆞ야 출생ᄒᆞᄂᆞᆫ 본호라. 舌戰, 筆戰, 의전, 심전이 시국으로 表裏가 혹 同異 ᄒᆞ며 변화가 막상막하홀 재료를 거다

사상을 지향하며 근대적 주체로 살아가는 삶의 태도 전반을 가리킨다고 말할 수 있다. 때문에 취미의 대상은 교육과 학문, 노동과 유희, 직업과 예술이 되는 것이다. 양계초는 이것을 '생활의 예술화(생활취미)'로 명명하였다.

198 「編輯室通寄」, 『新文界』 1(2), 1913.5, 76면.
199 「편집록」, 『新文界』 1(8), 1913.11.
200 「편집실에셔」, 『신문계』 2(2), 1914.2.
201 「편집실에셔」, 『신문계』 2(4), 1914.4, 111면.

히 聚集ᄒᆞ은 즉 일종의 모험적이나 여러분의 안목을 청신케ᄒᆞ고 胸害를 快活케ᄒᆞ고져 홈이어니 전체 기사가 다소의 趣味를 含存ᄒᆞ中.[202]

⑥ 본호ᄂᆞᆫ 대々적 개혁을 ᄒᆞ야 或實益도 取ᄒᆞ고 或趣味도 取ᄒᆞ며 或 實益과 趣味가 겸ᄒᆞ 문제로 면목을 일신케ᄒᆞ고져ᄒᆞ야 繼續ᄒᆞ던 寓意談 百丈紅 등의 십수건을 停止ᄒᆞ고 일층신신ᄒᆞ 재료를 채집ᄒᆞ엿ᄉᆞ오며 본호에 대ᄒᆞ 부록은 신년 일월에 적당ᄒᆞ 趣味를 助長도 하고.[203]

⑦ 以後로ᄂᆞᆫ 어더ᄶᅵ지던지 鮮美ᄒᆞ 編輯을 自期ᄒᆞ오니 不久에 完全ᄒᆞ 趣味를 보실줄노 統亮ᄒᆞ시옵소셔.[204]

⑧ 본호 편집은(…중략…) 제2기념호를 의미로ᄒᆞ고 공진회에 대ᄒᆞ 目擊ᄒᆞ 광경을 實寫ᄒᆞ야 新々ᄒᆞ 趣味를 助ᄒᆞ 外에 今世科學에 骨硬될 만ᄒᆞ 재료를 蒐集ᄒᆞ야 阿某條錄 애독가 제 씨에게 一分이라도 특별ᄒᆞ 趣味와 有益이 가히 意讀을 不斷ᄒᆞ시도록 고심ᄒᆞ바.[205]

⑨ 본편집은 외국의 現場實事가 太牛이오 겸ᄒᆞ야 교육가의 인물평을 寫ᄒᆞ야 多少의 趣味를 呈ᄒᆞᄂᆞᆫ 중.[206]

⑩ '취미가 심한 북한산'은 즉 독자 제 씨의 연구상 필요로 取ᄒᆞ바오.[207]

②는 『신문계』의 편집방향과 그 목적을 분명히 드러내는 편집실의 전언(傳言)이라 할 수 있다. 편집방향은 크게 둘로 나뉘는데 하나는 '동서 문명'이라고 해서 '문명의 지침'이 될 만한 기사들을 싣는 것이고, 다른 하나는 '학생구락부'라고 칭해서 학생들 사이에 취미가 있는 기사거리와 장래 나아갈 바에 도움을 줄만한 것들을 모아 학생들에게 읽히게 한

---

202 「편집실에셔」, 『신문계』 2(11), 1914. 11, 90면.
203 「편집실에셔」, 『신문계』 3(1), 1915. 1, 126면.
204 「편집여언」, 『신문계』 3(7), 1915. 7, 92면.
205 「편집여언」, 『신문계』 3(10), 1915. 10, 94면.
206 「편집여언」, 『신문계』 3(12), 1915. 12, 90면.
207 「편집여언」, 『신문계』 4(2), 1916. 2, 84면.

다는 것이었다. 신지식 보급이라는 『신문계』의 입장을 고려할 때 학생들에 권할 만한 '취미'있는 기사거리라 함은 '흥미'나 단순한 '재미'와는 변별되는 '지식'이나 '교양'을 가리켰다. ③의 유람취미에서 말하는 '취미' 역시 학문적이고 지적인 흥미를 말한다. 「세계주유기」는 앞서도 언급했듯이 '학술연구' 항목으로 기획된 것이었다. ①과 ⑩의 '취미'도 금강산과 북한산에 대한 지리적 지식과 연구상의 필요를 강조한 것으로, 단순한 흥미 이상의 것이다. ⑤를 보면 『신문계』가 목표로 하는 '취미'가 확실히 오락, 흥미와는 거리가 있음이 드러난다. 제1차 세계대전의 전황을 알리는 기사들과 함께 잡지에 실린 전체 기사가 가슴을 시원하게 해 줄 '취미'를 담았다고 한다. 이렇듯 '취미'는 근대인들이 알아야할 시국적인 정보이면서 최신의 지식이 가져다주는 효과인 것이다. ⑥, ⑧, ⑨에서 재차 언급하고 있듯이 『신문계』는 '실익(實益)과 취미(趣味)'라는 1910년대의 최대 가치를 표방했다.

유교적 이념과 지식인의 허문(虛文)을 비판하고 실업(實業)의 진흥을 주장한 것은 개화 이래 계속된 논조였다. 이 주장에는 "실질을 숭상"하는 뜻이 담겨있었다.[208] 다만 실익(實益)은 분야와 대상에 따라 구체적 내용이 달라질 수 있는 가치였다. 문자(文字)를 대상으로 할 때는 조선어나 일본어를 익히게 돕는 것이었고, 정신적으로는 변화한 세상에 맞설 용기와 담력을 키워주는 것이었다. 사상적으로는 서구문명과 신사상을 고취하는 것이었고, 경제적으로는 구체적인 산업과 무역, 즉 실업(實業)에 대한 지식과 필요성을 자각하게 하는 것이었다. 각 분야의 '실익(實益)'의 공통점은 조선인들에게 시급히 '요청되는 태도'와 '방법론'을 제공한다는 점이었다. '취미와 실익'이 당대에 얼마나 영향력 있는 가치였는지는 잡지

---

208 류준필, 「'문명' '문화' 관념의 형성과 '국문학'의 발생」, 『민족문학사연구』 18, 민족문학사연구소, 2001, 12면.

『태서문예신보(泰西文藝新報)』와『삼광(三光)』을 통해서도 확인할 수 있다. 다음은『태서문예신보』와『삼광(三光)』의 발간사이다.

> 본보는 태셔의 유명한 쇼셜, 시됴, 가곡, 음악, 미슐, 각본 등 일(반) 문예에 관한 기사를 문학대가의 붓으로 즉접 본문으로붓터 충실하게 번역하야 발행할 목적이온자 다년 경영흐든 바이 오날에 데일호 발간을 보게 되엇습니다. 편즙상 불충분한 점이 만사오나 강호제위의 이독하여 주심을 따라 일반 기자들은 붓을 더욱히 가다듬어 취미와 실익을 도모하기에 일층 로력을 다하겟습니다.[209]

> 음악의 청아함은 고저에 잇고 장쾌함은 장단에 잇며 활달함은 강약에 잇다. 그런 즉 악곡은 그 고저 장단 강약 등의 변화에 따라서 희노애락의 경외공포의 감을 주는 것이다. 음악은 일종의 고상한 예술이다. 건축이나 조각 등의 조형적 예술이 아니고 감정이 있고 생명이 있고 또한 권능이 있는 生的 예술이다. 그러므로 우리 인류는 음악의 힘으로 의지와 사상 등을 堅確히 하여 **정신과 취미를 수양**할 것이다.[210]

　『태서문예신보(泰西文藝新報)』[211]는 일본어 기사를 중역하지 않고 기자들이 서구의 글을 직역해서 태서의 문예일반을 소개하는 것을 목표로 한 문예지였다. 『삼광(三光)』[212]은 문학, 미술, 음악을 대상으로 한 예술종합지를 표방했고, 그중에서도 음악에 비중을 둔 특색 있는 잡지였다. 두 잡지 모두 "취미"를 수양하는 데 목적을 두었다. 이 시기 '취미와 실

---

209 「발간의 사」,『태서문예신보』1, 1918.9, 1면.
210 홍영후, 「음악이란 하오」,『三光』1, 1919.2, 3~5면.
211 1918년 9월에 창간되어 1919년 2월에 16호로 종간된 주간지로 발기인은 백대진, 김억, 이일, 장두철이다.
212 1919년 2월에 창간호를 내고 1920년 4월에 3권 발행을 끝으로 단명한 잡지로 발행인은 홍영후(홍난파)였고 발행소는 도쿄 악우회(樂友會)였다.

악'은 확실히 모든 것을 압도하는 우위의 가치였던 것이다. 당시 매체들은 일상생활에 실용적 가치가 있는 지식을 제공하고자 했기 때문에 '오락'과 '재미'도 항상 '신지식', '상식', '교육'같은 단어들과 조합되어 사용되었다.

이상『청춘』에 실린 「高尙한 快樂」[213]을 중심으로 1910년대 취미담론이 내포한 다양한 맥락들을 살펴본 결과, '취미'가 근대적 개인과 일상의 주제로 설정되었음을 알 수 있었다. 지적인 능력을 기반으로 한 고상한 쾌락은 학문과 직업의 영역에서도 충족될 수 있는 근대적 가치였다. 일시적인 재미나 흥미가 아니라, 반복적이고 영속적인 쾌(快)야말로 취미를 보장해주었다. 또 문학, 음악, 미술과 같은 예술이 무조건 '취미'를 담보하는 것은 아니라는 판단 하에, '취미' 자체에 대한 평가적 진술도 가능해졌다. 고상 / 통속, 고급 / 저급의 준거틀이 바로 그것이다.

친일계 잡지인『신문계』에서 '취미'는 한일합방 이후 식민지적 사회 개편 하에 새로운 주체 세력으로 설정된 학생과 청년층의 '자질'로 제시되었다. '일선동화(日鮮同化) 기관 역할을 성실히 수행'[214]한『신문계』의 독특한 필진 시스템 중의 하나가 '고문부(顧問部)'라는 부서의 존재였다. 잡지사 기자 외에 다수의 학술기사를 담당했던 필진이 바로 고문부에 소속된 현직 교사들이었다. "원래 都下의 名士, 達士로 風潮의 前驅되고 문명의 선각되야 玄海의 同舟되야 동경 學海에 新派를"[215] 전해준 이들 대부분이 동경 유학생 출신 현직 교사였던 것이다. 교사 집단이 가진 일본 문명에 대한 선망과 잡지의 주독자층인 학생들에게 끼친 영향 등을 충분히 짐작할 수 있겠다.『신문계』에 실린 취미 관련 분야는 사회에

---

213 「高尙한 快樂」,『청춘』6, 1915. 3, 50~63면.
214 권보드래, 「1910년대 '新文'의 구상과 「경성유람기」」,『서울학연구』18, 서울학연구소, 2002, 114면.
215 「고문부 설립의 謹告」,『신문계』4(2), 1916. 2, 62면.

전방위적으로 걸쳐 있었다. 다만 식민지적 현실을 환기시킬 수 있는 사회진화론에 입각한 문명담론이나 민족주의적 기사는 철저하게 배제되었다. 근대 과학 기술의 성과를 소개하거나 법학, 경제학, 무역학 등 보편적인 학문 영역에 비중을 둔 것은 식민지화의 필연성을 간접적으로 선전하는 것이었다. 취미를 고취하는 기사로 소개된 법 제도, 교육 제도, 산업제도 관련 기사들을 통해 해당분야 지식들을 보급함으로써 식민지의 각종 제도를 피식민자들에게 내면화하는 효과도 기대할 수 있었을 것이다.

1910년대 취미 담론에서 알 수 있는 것은 '취미'개념의 분화와 확정이 가치중립적으로 이루어진 것이 아니며, 취미의 제도화 과정이 근대의 권력장치로 성장하는 과정이었다는 점이다. 이것은 아마도 '취미'가 그 특성상 개인의 신체와 영혼을 섬세하게 재단하는 규율권력[216]이 될 소지가 많으며, 미시적인 차원에서 개별적 주체를 생산해 낼 수 있었기 때문일 것이다.

---

216 푸코에 의하면 근대 사회의 권력은 교정기제와 규율기술을 통해 행사되므로, 근대 권력은 점차 법률체계로부터 규범체계로, 처벌보다는 교정을 목적으로, 사법기관에서 의학 및 복지행정기구로 그 주요 영역이 변화, 확대된다. 근대권력의 목적은 특정한 유형의 강제를 부과하는 것이 아니라 자유로운 존재인 인간에게 자제력을 육성하는 방법으로 사회규범을 내재화하는 것이다. 미셸 푸코, 오생근 역, 『감시와 처벌』, 나남, 1994.

제3장 근대 공연문화와 취미의 제도화

1. 계몽의 기획으로서의 근대 초기 연극담론

1) 극장의 출현과 1900년대 연극개량담론

광무 5(1901)년 12월 27일자 『황성신문』에 고종황제 어극 40주년 칭경 예식을 알리는 기사가 실렸다. 대한제국 정부가 1902년 음력 9월17일 어극 40년 칭경을 맞아 각국 정부에 대사를 파견해 달라며 초청장을 보냈다는 내용이었다.[1] 그리고 다음 해인 1902년 8월 15일에는 "칭경예식 시(時)에 수요차(需要次)로 희대(戱臺)를 봉상사(奉常寺) 내에 설치(設置)하고 한성내 선가선무ㅎ는 여령(女伶)을 선택ㅎ야 연희(演戱)제구(諸具)를 교

---

[1] 『황성신문』, 1902.5.6.

습(教習)ᄒᆞᄂᆞᆫ디 참령(參領) 장봉환(張鳳煥) 씨가 주무(主務)ᄒᆞᆫ다더라"[2]는 소식이 알려졌다. 봉상사 내에 설치된 희대(戲臺)의 이름은 '협률사(協律司)'이며, 그 곳에서는 "각색창기를 조직"하고 '신음율'을 교습한다는 것이었다.[3] 고종황제에게 칭경예식은 고종의 전제권을 과시적으로 재현한다는 측면에서 아주 중요한 국가행사였다. 국내적으로는 축제 분위기를 조성하고 국외적으로는 대한제국의 황제로서 외국 사신들을 초대해서 황제의 권위와 독립국의 정통성을 알릴 기회였다.[4]

이상은 한국 최초의 극장인 협률사(協律司)가 만들어진 배경을 대략적으로 서술한 것이다. 협률사는 "봉상사의 일부를 터서 시방 새문안 예배당 있는 자리에 벽돌로 둥그렇게- 말하자면 羅馬의 「콜로세움」을 축판(縮板)한 형제(型制)의 소극장"[5]이었다. 그런데 1902년 가을에 전염병(토사병)이 창궐하면서 칭경예식은 1903년으로 미뤄졌다.[6] 콜레라 유행으로 1903년 4월 30일로 연기되었던 행사는, 4월 중순 영친왕이 두후(痘候)(천연두)에 걸려 다시 가을로 연기되었다. 그런데 그 해 가을 흉년이 들자 '민정이 황급'하여 '경연을 거론ᄒᆞ지 못ᄒᆞᆯ 것'이라며 또다시 '명춘(明春)'으로 연기되었다. 결국은 1903년 이른 봄에 '일로(日露)의 풍운이 전급(轉急)'한 세계정세로 인해 명색만 갖춘 약소한 예식을 치렀다.[7] 기존의 민간 연희와는 차별화된 황실전용 상설 실내공연장으로서의 위상과 권위를 세우고자 했던 거국적 시도가 결국 좌절된 것이다.

---

2   『황성신문』, 1902.8.15.
3   「기사신규(妓司新規)」(協律司), 『황성신문』, 1902.8.25.
4   이윤상, 「고종 즉위 40년 및 망육순 기념행사와 기념물」, 『진단학보』 111, 진단학회, 2003.
5   최남선, 『조선상식문답편』, 삼성미술재단, 1972, 222면.
6   『제국신문』, 1902.9.23. "근일 토사병이 태치ᄒᆞᆫ지라 쳐분이 나리시기를괴질기운이 근일 류힝ᄒᆞ니 이쩌 각국 신의 먼길 발셥ᄒᆞ는 것도 심히 불힝ᄒᆞ고 우리나라 신빈과 공쟝도 분쥬ᄒᆞᆯ 것이 가이 염여치 아니치 못ᄒᆞ지라, 칭경례식은 명년으로 택일ᄒᆞ야 거힝ᄒᆞ라 ᄒᆞ옵셧더라."
7   『제국신문』, 1903.7.1.

그런데 칭경예식이 연기된 사이, 1902년 12월 4일에 협률사의 「소춘대유희(笑春臺遊戲)」 공연이 실시된다는 광고가 『황성신문』에 게재되었다. 한국 최초의 극장영업 공연물 광고인 셈이다. 공연시간과 좌석 등급별 요금, "훤화(喧譁)와 주담(酒談)과 흡연(吸煙)은 금단(禁斷)"한다는 공연장 이용규칙이 함께 명기되어 있었다.[8] 일반 민중을 대상으로 한 유료 공연을 통해, 협률사는 최초의 영업극장으로 세상에 모습을 드러냈다. 협률사는 떠들어서도 안 되고 술과 담배도 금지한다는 조항이 붙은, 즉 전통 연행물의 관람 문화와는 전혀 다르게 구속력 있는 규범을 동반한 공간이었다. 여기서 우리는 봉건시대에 계층에 따라 다르게 향유되던 공연물이 극장이라는 스펙트럼을 통해 평준화·익명화되면서 일반대중 다수를 상대로 공연되었던 최초의 근대적 공연 장면을 목도할 수 있다. 어쨌든 결국 협률사를 만들었던 원래 목적인 '칭경예식'이 연기되면서, 협률사 운영에 일본과 민간 자본이 유입되었다. 국가 예식이 아닌 민간을 상대로 한 유료 공연을 하면서 공연장의 성격은 애초와 많이 달라질 수밖에 없었다.

1902년 12월 16일 『제국신문』의 1면에는 「협률사 구경」이라는 장문(長文)의 논설이 실렸다. 시간적인 간격을 볼 때 협률사의 최초 공연인 「소춘대유희」에 대한 소감이자, 협률사 출현을 바라보는 개화지식인의 본격적인 비판글이라고 할 수 있다.[9] 이 글의 논지는 대략 이러하다. "풍악을 갖추어서 놀이하는 회사"라는 뜻의 '협률사'가 생겼는데, "광대, 탈꾼, 소리꾼, 춤꾼, 소리패, 남사당, 땅재주꾼 등"이 모여서 논다고들 한다. 자본금이 얼마인지는 잘 모르겠지만 반양제(半洋製)의 벽돌집을 지었으니 적지 않은 돈이 들었을 것인데, "몇몇 대관하시는 양반님네가 자본을 합하여 설시"했다고 한다. "우리나라에 전에 없던 일이라 외국제도를 모

---

8   『황성신문』, 1902.12.4.
9   「협률사 구경」, 『제국신문』, 1902.12.16.

본하여 새로 발명한 것이라 設施한 뜻도 신발명이라 함이 좋거니와, 겹하여 대관네가 하신 것이라 하니 아마 일국에 이만한 영광이 업겠다"는 것이다. 그러나 필자가 하고 싶었던 말은 표면적인 찬사의 이면에 있다. 나라형세가 날마다 기울어 가는 것은 백성이 학식이 없어서이고 지금 가장 시급한 것은 '교육'인데, 국가안위와 인민교육은 돌보지 않고 "풍속을 문란하게 하고 인심을 방탕하게 하는 놀음"을 차려 이익을 챙긴다는 사실이 통분스럽다는 풍속비판이었다. "나라 형세가 점점 심하여 가는" 위급한 시국에 "노래와 풍류마당에 (어찌) 귀와 눈이 잠시인들 미쳐"서는 안 된다는 훈계, "국가안위와 인민교육"에 무관한 "이런 난잡한 놀이패"를 엄금해야 한다는 입장은, 개화기 전반을 주도했던 계몽주의 사상을 고려할 때 지극히 당연한 것이다.

그런데 협률사 주모자들과 유희 자체에 대한 비판에 덧붙인 마지막 경계의 전언(轉言)에서 주목할 만한 사실 하나를 발견할 수 있다. "몇몇 대관들이 복장하고 참례하여 즐거이 놀기도 하시고 손뼉도 재미있게 치시더라 하니, 이런 소문으로 인연하여 가서 구경하는 사람이 많을 듯하나 지각있는 사람은 통분함을 생각하여 응당 가까이 아니 하리라"는 경계의 목소리이다. 그것이 '연극장'이라는 새로운 공간에 대한 단순한 호기심이었든, 새로운 구경거리가 주는 즐거움이었든 간에, 논자(論者)는 협률사 연희물이 갖는 대중성을 간파하고 있었던 것이다. 실제로 이후 협률사의 각종 연희들은 흥행했고, 판소리를 비롯한 구극(舊劇) 공연들은 대중에게 광범위한 영향력을 발휘했다.

협률사를 경험한 관객들은 무대가 설치된 극장, 시선이 수렴되는 무대 위의 공연을 즐기면서 시각 중심의 문화를 체득하였다. 극장은 "복수적인 지각의 코드를 일원적인 전달의 코드화로 통일"[10]한다는 근대적 과

---

10 이효덕, 박성관 역, 『표상공간의 근대』, 소명출판, 2001, 170면.

제를 수행하기에 적절한 공간이었다. 이 시기에 관객들로 하여금 한정된 실내공간에서 집단적 감흥을 경험하게 하는 데는 '협률사'뿐만 아니라 동대문 전기회사 가설무대에서 흥행하던 활동사진 관람, 일본인 거주 지역에 있었던 일본인극장 관람 등도 일조했을 것이다. 그런데 일원적인 지각방식을 통해 집단적인 감흥을 일으키는 공간에서 만들어진 분위기와 결집력은 일시적인 정서적 반응이나 감정의 영역을 넘어 현실적인 힘으로 발휘될 수 있다. 이 후 연극장을 둘러싼 풍속개량과 연극개량이 사회의 주요 안건으로 공론화된 것은, 이러한 사회적 효과를 계몽주체들이 간파했기 때문이었다.

협률사에 소속된 예인들은 협률사 공연 외에도 개인적으로 부름을 받고 나가서 노는 '소창(消暢)'을 계속했다. 상류층 풍류 관객들은 협률사 관람이라는 극장 관람방식 외에도 개인적으로 소창을 마련해서 유흥을 즐겼다. 상류층 풍류관객들이 소창을 계속한 것은 전대(前代)의 풍류 관습의 잔존이었다. 문화를 향유하는 방식이 하루아침에 변개(變改)할 수 없기 때문이다.

> 携妓待客 昨日에 內藏院卿 李容翊 씨와 法部協辦 李基東 씨가 某公使를 接待次로 妓生을 협률사에 請求ㅎ야 東門外 花溪寺에 前往ㅎ야 設宴消暢ㅎ얏다더라.[11]

> 娼妓試取 再昨日 協律社에서 東大門外 紫芝洞에 宴會를 設하고 各大官을 請邀(청요)ㅎ엿난디 妓生과 歌客의 技藝番否○試取하얏더라.[12]

위의 첫 번째 기사는 내장원경 이용익과 법부협판 이기동이 외국 공사를 접대하기 위해 협률사에 예인을 청구했다는 내용으로, 당시 대신

---

11 『황성신문』, 1903.3.17.
12 『황성신문』, 1903.4.28.

들이나 상류층이 사적인 연회(宴會)에 기생과 가객을 청요(請邀)해서 즐겼음을 알려준다. 협률사는 "음률ᄒᆞ는 공인을 임의 본샤에서 관할ᄒᆞ는 바인즉 소창ᄒᆞ러 다닌 것을 불가불 금단ᄒᆞ는디 더욱 엄금홀 것은 절에 나가 노는 일이라"[13]며 예인들을 관리했지만, 현실적으로는 통제가 쉽지 않았던 것 같다. 전통적인 풍류 관습에 따라 기생소창을 즐기고 접대하는 고관대작들에 대한 기사가 이후로도 발견되기 때문이다. 그 후 경무청(警務廳)은 소창 놀음을 금지[14]함으로써 개인적인 유희에 협률사 공인(工人)을 소청하지 못하게 했다. 그러나 이 역시 현실적인 제재력은 크지 않았던 것으로 보인다. 소창문화에 대한 지적은 1910년대에도 계속되고 있기 때문이다.[15] 소창문화와 협률사 공연에 대한 비판은, 개화기를 풍미했던 조선 전통에 대한 반감, 상류층의 전통적 풍류문화에 대한 배척과 동일한 층위에서 이루어진 것이었다.

이 시기 근대 한국은 신분의 족쇄를 끊고 토지로부터 자유로워진 노동자들로 인해 자본주의적 임노동제도에 필요한 훈련을 체계적으로 수행해 나가야할 필요에 직면하게 되었다. 노동자 민중에 대한 훈련은 근대적 노동관이라는 이데올로기적 작업을 수행함으로써 구체화되었다. 일하지 않는 양반계급은 배척되었고 일하는 근로 민중계급이 신분적 정당성을 확보해나가기 시작했다. 전대(前代) 봉건사회의 계급문화에 대한 거의 절대적인 거부와 함께, '실행(實行)', '자업(資業)'을 강조하면서 실업중시, 부국강병, 식산흥업을 외치던 개화기적 맥락에서 상층의 풍류문화는 옹호될 수 없었다.

---

13 『제국신문』, 1903.3.27.
14 『황성신문』, 1903.4.30.
15 「高尙한 快樂」, 『청춘』 6, 1915.3, 58면. "그러하거늘 저 俗流輩들은 소위 소창(消暢)이니 하고 막대한 시간과 금전을 소비하야 난창요무(亂唱遙舞)로 치치(蚩癡)(어리석음 -필자)한 遊樂에 탐(耽)하거니와 或 청년들이 이를 한 行世로 알아 그 추태를 부럽어 본다드려 함에 니르어야 긔막히다 할가 한심하다할가."

협률사의 다양한 공연은 1904년까지 계속되다가 러일전쟁으로 폐지되었다. 그리고 1906년 음력 2월 8일에 협률사가 재개(再改)한다는 기사가 실렸다. 협률사 재개 소식 이후 신문에는 종전 협률사에 대한 비판의 기사가 줄을 이었다.

其觀光諸人을 論ᄒ건디 非其病風喪性者면 豈至如此之甚이리오 今夫韓人의 身世를 顧念ᄒ면 곳 釜中之魚로 幕上之燕이라 雖句天廣樂이 迭奏於前이라도 宜其悽然傷懷ᄒ고 慨然下淚홀거시오 且夫生於憂患ᄒ고 死於安樂은 人情之當이라 今에 矢○之患과 減種之慮가 迫在○眉ᄒ니 苟有一分人心者면 宜○憂勤恐懼之念ᄒ야 …….[16]

(협률사의) 관람자들에 대해 말하건대, 풍속을 병들게 하고 성품을 상하게 하는 사람이 아니라면 어찌 이렇게 심할 수 있으리오. 지금 한국인의 신세를 둘러살피면 곧 가마 속의 물고기요 천막 위의 제비와 같아서 비록 어떠한 음악이 앞에서 연주되더라도 마땅히 마음이 아프고 슬퍼서 눈물을 흘릴 것이오. 무릇 우환에 살고 안락에 죽는 것이 사람의 본성이라 지금 걱정을 잊고 염려를 없애야 하는 상황이 목전에 닥쳤으니 진실로 사람의 마음을 조금이라도 가진 자라면 마땅히 걱정하고 두려워하는 마음을 가져야. (○-식별불가, 국역-필자)

1905년 을사늑약 체결 이후 더욱 급박해진 정세하에서, 계몽 주체들은 협률사에 가서 돈과 웃음을 허비하는 관객들을 책망했다. 1906년 3월 8일 『대한매일신보』의 논설 「論協律社」에는 협률사를 바라보는 계몽주의 논자들의 시각이 잘 드러나 있다. 그것은 1906년 3월과 4월에 여러 매체의 지면을 통해 도마에 올랐던 협률사 혁파론의 내용과 거의 동일했다.[17]

---

16 「責協律社觀光者」, 『대한매일신보』, 1906.3.16.
17 그 내용을 간추리면 다음과 같다. 협률사를 혁파시켜야 하는 이유는 우선, 춘향가, 화용

협률사가 혁파되는 결정적인 계기는 1906년 4월 19일 봉상사 부제조(奉常寺 副提調) 이필화가 고종에게 올린 협률사 혁파 상소[18]였다. 결국 정부(政府)는 4월 27일에 경무청에 협률사를 금단(禁斷)할 것을 명했고[19] 협률사는 혁파되었다. 이필화가 상소문을 올린 지 일주일 만에 고종의 혁파 지시(1906.4.25)가 내려진 것이다. 협률사가 재개장한 지 두 달 뒤의 시점이었었다. 당시 계몽론자들은 국권위기에 대한 대안으로 '학문'과 '실업'을 강조하면서, 무지하고 미개한 관객들이 금전과 시간을 버리며 허송세월 하고 있는 것을 비판했다. 특히 황실 기관인 궁내부가 영업을 하고 있고 심지어 몇몇 관료들이 그것을 통해 사욕을 채우고 있음에 분개했다. 이필화의 상소는 '성리학의 악(樂)개념을 바탕으로 해서 (협률사가) 상풍패속(傷風敗俗) 기관'[20]임을 비판한 것이다. 이필화는 협률사 연희를 '정성(鄭聲; 음탕하고 야비한 鄭나라 음악)'에 비유하면서 유교적 예악관[21]을

도 타령 등을 구경거리로 만들어 상풍패속(傷風敗俗)하면서 주모자들의 부를 축적하였다고 하니, 나랏돈을 받아서 개인의 배를 채운 것이 하나이다. 매일 풍악(風樂)과 염기(艶妓)로 어린 자제들의 심지를 흔들어놓고 이목을 홀려서 가산을 탕진하고 학업과 실업에 매진해야 할 청춘을 허송하게 한 것이 그 두 번째이다. 황실유희장이라고 이름 붙였으나 궁내부(宮內府) 빙표(憑票)를 사용하여 궁중 영업을 했으니, 어느 나라에서도 보고 듣지 못한 괴기하고 웃음거리가 일이라는 것이 세 번째 이유이다. 특히 김용제(金容濟), 최상돈(崔相敦), 고의준(高義駿) 제 씨는 위로는 황실존엄을 훼손하고 아래로는 국민자제를 유혹하고 있다.

18 「봉상부제조 이필화 씨 상소문」, 『황성신문』, 1906.4.19.
19 「률사혁파」, 『황성신문』, 1906.4.25.
20 백현미, 『조선창극사연구』, 태학사, 1997, 84~88면.
21 유교적 예악관에서 禮樂은 그 목적이 기존질서의 조화와 안정을 보호하고 공고히 하는 것으로, "樂은 민심을 선하게 할 수 있고 사람을 감화시킴이 깊어 풍속을 바꾸는" 역할을 한다. 유교적 관점에서 볼 때 이상적인 왕도국가를 실현하기 위해서는 예(禮), 악(樂), 형(刑), 정(政)이 각각 조화롭게 다스려져야 한다. 사서오경중의 하나인 『예기』에서 악(樂)을 논하는 이유도 궁극적으로 음악의 도덕성, 윤리성을 말하고자 함이다. 유교적 예악관에서 정성(鄭聲)은 예악에 바탕을 둔 악(樂)이 아니라 예악과 거리가 먼 성(聲)을 대표한다. 따라서 정성(鄭聲)은 유학의 악학(樂學)전통에 어긋나는 것이다. 노동은, 「조선 후기 음악연구1」, 『음악학』, 민음사, 1998, 77~92면; 민족음악연구소, 「예기(禮記) · 악기(樂記)의 '악본편'」 『음악과 민족』 2, 1991, 62~64면.

주장했다.[22]

그러나 상소문의 형식을 통해 협률사 혁파를 청(請)했던 이필화를 문명개화론자들과 같은 층위에 둔다거나, 문명개화론자들이 전근대적인 성리학의 악 관념을 바탕으로 협률사를 비판했다고 해석하는 것은 합당치 않아 보인다. 협률사의 연희를 두고 계몽주의자들이 "국민지의를 흔들리게 하는 소모적인 음풍음락"[23]이라 비난한 것과, 이필화가 "정위지음(鄭衛之音)"으로 비유할만한 "상풍패속"이라고 비판한 논조[24]는 표면상으로 동일하게 보이기도 한다. 하지만 당시 신문과 매체를 장악했던 개화 신지식인층과 계몽주체들이 협률사를 비판할 때 기준으로 삼았던 것은 처음부터 외국의 놀이(연극)[25]였다. 교육구국론(教育救國論)과 부국강병설을 주장했던 이들은 '희소오락(嬉笑娛樂)'하는 곳에 돈을 흙처럼 던지 말고 학문과 실업에 종사할 것을 당부했다.[26] 이것은 성리학적 '악'개념이나 왕도국가의 통치 사상과는 분명 다른 논리이다. 외국의 전거를 들 때에도 개화론자들은 "국법과 본의가 잇셔 음탕황잡혼 거동을 순검이 엄금ᄒ며 다만 학문과 지식과 의견에 유효홀 것을 턱"[27]한다고 보는 반면에, 이필화는 "연희는 외국에도 있지만 그것은 배우나 가난한 이들이 생계를 위한 것"인데 "협률사는 궁내부 소관이라고 하고 영리를 꾀하

---

22 우수진, 「근대 연극과 센티멘틸리티의 형성─초기 신파극을 중심으로」, 연세대 박사논문, 2006, 34~35면. 우수진은 문명개화론자들이 협률사 연희를 '亡國之遺風'이나 '淫蕩之戱', '淫悅雜戱'라고 평했던 것과 이필화가 '정성(鄭聲)'이라고 했던 것을 동일한 논리로 파악했다. "당시 문명개화론자의 논지는 유교적 예악관을 바탕으로 하고 있다"고 보거나, "협률사 혁파론을 주장하였던 문명개화론자들의 연극제도에 관한 인식은 이러한 악 관념을 토대로 한 것"이고, 이때의 국가 관념은 근대적 국민국가라기 보다 유교의 왕도국가에 가까운 것이라고 설명하는 것이 그것이다.

23 「론협률사」, 『대한매일신보』, 1906.3.8.

24 「봉상부제조 이필화 씨 상소문」, 『황성신문』, 1906.4.19.

25 「협률사 구경」, 『제국신문』, 1902.12.6.

26 「責協律司觀光者」, 『대한매일신보』, 1906.3.16.

27 「협률사 구경」, 『제국신문』, 1902.12.6.

고 있다"고 주장했던 데에서 차이를 발견할 수 있다. 협률사 혁파는, 1905년 이후 다급해진 정세 하에서 가치 체계는 다르지만 지식인 계몽주의자들의 비판과 구한말 정부 관료의 목소리가 하나로 수렴되면서 탄력을 받아 조속하게 진행된 것으로 봐야 할 것이다. 문명의 시선을 당겨온 지식인 계몽주체들과 전통적인 유교적 가치관을 배경으로 기형적 황실극장을 비판한 구한말 정부 관료 모두에게 최초의 근대식 실내극장 '협률사'는 환영받지 못했던 것이다.

그러나 고종의 혁파 지시 이후인 1906년 5월 이후에도 협률사 공연 기사가 신문에 실렸고 협률사는 여전히 극장으로 사용되었다.

> 律社景況 협률사에셔 昨日은 天中佳節인디 不可虛送이라ㅎ야 上午 九時로 下午 十時ᄭ지 妓樂을 大張ㅎ얏ᄂᆞᆫ디 豪華子弟及 冶遊娘이 三三五五히 來集ㅎ야 人山人海를 成이ㅎ얏ᄂᆞᆫ디 這間耗損ㅎᆫ 貨幣가 數千圜에 至ㅎ얏더라.[28]

> 국문독자구락부 : 協律社 革罷ㅎ자고 上疏도 ㅎ고 勅令도 나리고 政府申飭도 ㅎᆫ 두 번이 아니언마ᄂᆞᆫ 쿵쫭거리ᄂᆞᆫ 풍악쇼리ᄂᆞᆫ 날마다 如前ㅎ고 宮內府 稅入錢 二百圜만 烏有先生일네. (直舌子)[29]

협률사 폐지와 관련하여 세간이 어수선한 가운데서도 협률사 공연은 성황이었다. 그러나 여전히 협률사의 경영과 연희를 비판하는 글들이 곳곳에서 발견된다. 궁내부가 불특정 다수의 대중을 상대로 해서 상업적인 영리를 취하는 것에 대한 불만과 문명국의 연극장처럼 유용한 역할과 기능을 담당하지 못하는 것에 대한 비판이 계속되었다.[30] 의정부가

---

28 『황성신문』, 1906.6.27.
29 『만세보』, 1906.7.3.

궁내부에 협률사의 혁파를 종용했지만, 궁내부는 건물을 대여한 것 외에는 관련사항이 없으니 직접 의정부에서 혁파하라고 문건을 되돌려 보낸 일도 있었다.[31] 궁내부와 의정부가 책임 소재를 미루는 과정에서 협률사 혁파는 단행되지 못했고, 친일관료와 대신들은 협률사 공연을 관람하는 방식으로 협률사를 비호하는 결과를 낳았다. 그런 가운데 공연이 호황이었던 것은, 연극장에 대한 민간인들의 수요와 요구가 이미 하나의 대중적 세력이 되어가고 있었음을 보여준다고 하겠다. 그 외에도 일진회 송병준이 관여했다는 기사,[32] 협률사 고문(顧問)이 일본인 가토[加藤]라는 보도[33] 등을 통해, 왕실의 경제력과 정치력이 일본으로 이전되어 가던 상황을 추측할 수 있다. 일본은 극장을 통해서도 자본과 행정력을 서서히 침투하고 있었던 것이다.

2) 근대 시각장의 체험과 관극(觀劇)문화의 형성

협률사가 결국 경영을 계속하게 된 데에는 정부 관료의 사욕과 일본의 비호가 있었다. 그러나 이미 확산의 기운을 타고 있었던 새로운 극장문화에 대한 대중의 호기심과 그것을 향유하고자 했던 열망을 간과해서는 안 될 것이다. 1900년대 이후에도 창우들과 재인들은 '협률사'라는 이름으로 지방순회공연을 했고 1920년대까지도 '협률사'라는 이름을 단많은 가무단들이 존재했다.[34] 이 사실은 1900년대 초반 협률사가 일반

30　『만세보』, 1906.9.15.
31　협률사 혁파와 관련한 의정부와 궁내부 사이의 구체적인 문건 발송 내용은 조영규, 「협률사와 원각사 연구」, 연세대 박사논문, 2006, 63~68면 참고.
32　『대한매일신보』, 1906.3.6.
33　『대한매일신보』, 1906.5.3.
34　이보형 · 한만영, 「잡가, 입창, 민요」, 『문예잡감』, 한국문화예술진흥원, 1976, 286~287면.

인들에게 상당한 인기와 인지도를 확보하고 있었음을 추측하게 한다. 새로운 문화의 출현과 그에 대한 욕구를 반영하듯 1907년 이후가 되면 경성 곳곳에 사설(私設) 극장이 설립되어 다양한 문화 행사를 선보였다. 이런 상황에서 당시 비판 일색이던 연극담론과는 그 논조가 다른 기사들이 매체에 등장하였다.

> 연희장을 設ᄒ야 고대역사를 연출ᄒ야 관광ᄒ눈 민심으로 悲憤을 激動도 ᄒ며 忠毅롤 獎勵도 ᄒ야 국민의 모범적으로 교육하는 주의를 포함ᄒ야 국내의 인민감화홈은 一學校의 교육과 如ᄒ니 此亦樂天的에 流出홈이라.[35]

협률사를 매개로 공론화되었던 당시 연극담론들은 일종의 '풍속담론'이었다. 그런데 개화기의 개량담론을 통과한 연극이 이제 계몽이라는 시선 아래서 공적인 위상을 처음으로 인정받기 시작한 것이다. 연극이 풍속을 담당하게 되면서 문학이나 문예의 하위 범주가 아니라 "사적 영역을 구성하는 미디어"로 의미화된 것이다. 연극은 계몽의 자장 안에서 발견된 일종의 근대적 의사소통 양식이자 미디어였다. 계몽의 고민은 "의사소통양식을 둘러싼 소통의 왜곡을 바로잡고 계몽의 기획을 전달"[36]하는 데 있었다. 위에서 인용한 기사를 보면, 학업과 대치되는 지점에 놓여있던 연극장이 학교의 기능을 겸행할 수도 있다는 시대적 사명을 부여받았다. '협률사 혁파론'을 통해 공론장에 '극장'이 출현했다면, 혁파의 현실적 좌절을 통해 연극(장)의 사회적 기능에 대한 인식이 생겨난 것이다. 또 위의 논설이 실린 『만세보』의 주필이 1908년 원각사의 등장과 함께 신연극 운동을 주도했던 '이인직'이었음을 상기할 때, 이인직의

---

35 「加之習舞會」, 『만세보』, 1906.8.26.
36 김동식, 「1900~1910년 신문 잡지에 등장하는 '문학'의 용례에 대하여」, 『미학예술학연구』, 한국미학예술학회, 2004, 68면.

문명관과 연극관을 추측할 수 있는 대목이기도 하다. 이제 사회적 분위기는 연극장을 폐쇄(혁파)하는 극단적인 방식이 아니라, 계몽의 기획을 담을 수 있는 한편의 활극(活劇)을 만들어달라고 요청하기에 이른다.

1903년에 등장한 동대문전기회사 내의 '활동사진소'는 1907년 6월에 '광무대'로 이름을 바꾸었다. 그리고 1907년 12월 사동의 '연흥사', 1908년 낙원동의 '장안사', 1907년 6월 종로의 '단성사'가 문을 열면서, 새로운 사설극장의 시대가 도래하였다. 이들 연극장들은 대성황이었고, 신문에는 '최신 신개량 대연극',[37] '특별한 연극'[38] 등을 내건 연극장 광고가 연일 실렸다.

> **연희개량** : 근일에 전기철도회사 임원 이상필, 정한승, 정한영 제 씨 등이 我國에 遺來ᄒᆞᆫ 제반 演戲 等節을 一新 改良ᄒᆞ기 위ᄒᆞ야 영남에서 上來한 唱歌 女誓兒 蓮花(13세)와 桂花(11세)를 고용ᄒᆞ야 各項 타령을 연습케 ᄒᆞᄂᆞᆫ데 미려한 용모와 청아한 歌喉는 眞是 기묘ᄒᆞ야 令人 可愛ᄒᆞᆯ 상태를 包有ᄒᆞ얏고 또 아국 명창으로 칭도하는 김창환 송만갑 양인을 교사로 정하여 해 女兒 등의 타령을 교수ᄒᆞ야 長短節奏를 조정ᄒᆞᄂᆞᆫ 듸 해 임원 등이 其 창화지절을 참작ᄒᆞ야 개량ᄒᆞᄂᆞᆫ 事에 착수ᄒᆞ얏다는데, 기 목적인즉 동서양 문명국의 연희를 효방效倣ᄒᆞ야 觀聽人의 이목을 유쾌케 ᄒᆞᆯ 뿐 아니라 心志를 挑發ᄒᆞ야 愛國思想과 人道義務를 감흥케 할 터인데. 위선 춘향가부터 개량ᄒᆞ야 일주일 후에 동대문내 전기창에 부속한 활동사진소에서 該施戲를 演設ᄒᆞᆫ다더라.[39]

전기회사 활동사진소는 '연희개량'이라는 명분을 강조하면서 등장했

---

37 『대한매일신보』, 1908.6.23.

38 『황성신문』, 1908.7.2.

39 『만세보』, 1907.5.21.

다. 위의 기사는 '연희개량'이라는 분명한 언표가 발견되는 처음 글이다. 협률사의 제반 공연들이 여론의 철퇴를 맞고 정부로부터 폐지령을 받은 것을 지켜본 당시 연극인과 연극장이 1907년이라는 시점에서 자신의 존립근거를 '연희 개량'에서 찾은 것이다. 그 내용을 보면, '연극개량'이라는 소명(召命)하에 기생과 광대를 모아 연습을 시키고 있다는 것, 그 전체를 통괄하고 기획하는 주체(극단주, 단장)가 있다는 것, 계몽의 목표는 "관청인(觀聽人)의 이목을 유쾌케" 하고 "심지(心志)를 도발하여 애국사상(愛國思想)과 인도의무(人道義務)"를 감흥하겠다는 것이었다. 그리고 무대에 올린 작품은 개량된 '춘향가(창극)'였다.

이 기사가 나간 지 약 열흘 후에 다음과 같은 평이 실렸다.

> 〈춘향가〉 중 수회(數回)롤 연극ᄒᆞᄂᆞᆫ디 재인 등의 창가(唱歌)와 기예가 천연적 진경(眞境)을 화출(畵出)ᄒᆞ거니와 (…중략…) 「춘향전」은 전래ᄒᆞᄂᆞᆫ 특이ᄒᆞᆫ 행적이ᄂᆞ 단(但) 창우가 창가로 부연(敷衍)ᄒᆞ고 기(其)진상(眞像)을 미도(未睹)함이 개탄(慨歎)ᄒᆞᄂᆞᆫ바이러니 금(今)에 기(其) 활화(活畵)를 쾌도(快睹)ᄒᆞ니 안계(眼界)ᄂᆞ 황연(恍然)ᄒᆞ고 심지(心地)ᄂᆞ 활여(豁如)ᄒᆞ거니와 연희장(演戱場)진보(進步)도 기(其)영향이 역시 국민발달(國民發達)에 급(及)ᄒᆞ난디.[40]

기사의 필자는 춘향가 공연이 '천연적 진경을 화출'ᄒᆞ였는데 '활화(活畵)'를 보고나니 눈이 황홀하고 마음이 뚫린 듯하다면서, 연희장이 진보했고 국민발달에도 영향을 미칠 것이라는 긍정적인 평가를 내렸다. 개량된 춘향가는 전대의 판소리와는 다르게 연기나 무대 형상화 등 형식상의 '진보'를 보인 창극형태였다. 그러나 '문명국의 연희를 표방한' 개량연극이라고 했지만 고전 레퍼토리인 〈춘향가〉를 무대에 올렸다는 사

---

40 『만세보』, 1907.5.30.

실은, 실내극장이라는 근대식 건축물에서 구래(舊來)의 연희를 했다는 의미다. 이 부분은 민중의 전통적 정서가 새로운 극장문화에서도 여전히 영향력을 행사하고 있었음을 의미한다. "새로운 것에 대한 열광 아래 기존의 것, 전래의 것이 언제나 영향력을 발휘"[41]하는 부분이 바로 문화이기 때문이다.

당시 사설극장 중에는 전통연희만을 공연하는 목조연극장이 많았는데 관객의 호응이 너무도 열렬해 언론이 우려할 정도였다. 이러한 호응은 극장 경험이 당시 관객들의 새로운 욕망을 일정 정도 충족시켜주는 신체험에서 비롯된 것이었다.[42] 개화기에 극장 공연물이 담지하고 있는 사상과 이념의 근대적 자극 못지않게, '극장가기'라는 문화적 실천은 새로운 유흥공간이자 근대적 공간이며 동족의 집합공간에 대한 체험을 가능하게 했다.

문명개화론자들은 개량연극을 언급하면서 구습이나 전통연희와는 분명한 선을 긋고자 했다. "춘향가니 심청가니 박첨지니 무동패니 잡가니 타령이니 하는 기기괴괴한 음탕황탕(淫蕩荒誕)의 기(技)를 연(演)ᄒ"는 것을 보니 "자국의 정신적 사상이 無하고" "풍속을 보존하며 사상을 키울 수 있는 국가적 관념이 전무"[43]하다고 비판했다. 이들은 전통연희를

---

41 천정환, 『근대의 책읽기 — 독자의 탄생과 한국 근대문학』, 푸른역사, 2003, 제4장.

42 극장이라는 집합공간이 갖는 상징적이고 심리적인 의미에 대해서는 유선영의 연구를 참고할 만하다. 유선영, 「초기 영화의 문화적 수용과 관객성 : 근대적 시각문화의 변조와 재배치」, 『언론과 사회』 12(1), 성곡언론문화재단, 2003, 9~55면.

43 「논설 : 연희장의 야습(野習)」, 『황성신문』, 1907.11.29. "개명한 각국에도 희대(戱臺) 극장(劇場)이 不有ᄒ음은 아니로디 皆其國風民俗을 종ᄒ야 인민에게 유익혼 戱劇을 演ᄒ야 국내남녀로 ᄒ야곰 피로의 餘에 심지를 愉快케하며 愛國의 精神을 鼓發케홈으로 뻐 下等社會는 此로 因ᄒ야 지식을 감발ᄒ는 효력도 不無혼지라 其政府에서도 禁止치 아니ᄒ거니와 아국의 소위 연희라 하는 것은 毫髮도 자국의 정신적 사상이 無ᄒ고 但其淫舞醜態로 춘향가니 심청가니 박첨지니 무동패니 잡가니 타령이나 ᄒ는 奇奇怪怪혼 음탕황탕(淫蕩荒誕)의 기를 演ᄒ며 (…중략…) 실로 망국의 音戱라 외국과 加히

전면적으로 부정했고, 영웅예찬, 국권회복, 애국심 앙양 등 정신적 혁명을 가능하게 하는 도덕적이고 정신적인 차원의 '연희개량'을 주문했다.[44] 개량된 연극은 "국민의 사상을 고취하고 국민의 의기를 발달시켜 족히 문명장의 전거가 되"[45]어야 한다고 주장했다.

계몽주체들이건 사설극장 경영주들이건 간에 연희물이 '공리적 효용'을 실행할 수 있도록 개량되어야 한다는 대의(大義)에는 이견이 없었다. 개화지식인들의 연극개량이 '위로부터의 개량'이었다면, 광무대나 다른 사설극장의 개량은 현장에서 이루어진 '아래로부터의 개량'이었다. 그러나 결과적으로 연극개량의 성과는 개화지식인들의 성에 차지 않는 수준이었다. 그렇다고 이것을 연극개량의 전근대성이나 후진성으로만 평가해서는 안 될 것이다. 연극계의 외부라고 할 만한 개화 지식인들이 주도했던 연극개량 담론은 연극계의 제반 현실과는 동떨어진 채 진행된 일종의 사회운동, 즉 국민의 사상과 의기(意氣), 국가와 문명의 진보를 역설(力說)하는 연극의 '내용개량'이 우선이었기 때문이다. 하지만 희곡의 토대가 없고 근대적 창작주체, 극작가가 출현하지 않은 당시의 상황에서는 연희 내용의 개량은 때 이른 주문이었다. 연극개량의 현실적 결과는 개화지식인들의 의도와는 다른 방향에서 산출되었다. 극장과 무대의 생리를 현장에서 습득했고, 관객들의 반응에 민감할 수밖에 없었던 극단 경영주나 연희 기획자들은 이념이나 정신, 도덕의 계몽보다는 무대상의 개혁을 추구했다. 판소리나 잡가를 대체할 새로운 레퍼토리를 구할 수 없는 현실을 감안한다면 그것이 최선이었을 것이다. 극장은 판소리를 극화(劇化)하는 방식으로 연희를 개량했고, 기생·창부를 교육시

可觀의 技藝라던지 가감의 고사라던지 족히 風化를 補ᄒ며 사상을 發 홀 국가적 관념은 絶無ᄒ니."
44 「논설 : 연희장을 기량할 것」, 『대한매일신보』, 1908.7.12.
45 『대한매일신보』, 1910.7.20.

켜서 이들의 연예를 일신(日新)하려고 했으며, 활동사진과 같은 근대적 매체를 동원해서 시각적 스펙터클을 경험하게 했다.[46] 이에 대해 양승국은 1912년 혁신단의 신파극 공연까지도 "그 내용에 대한 공감보다도 무대 장치 등의 새로운 구경거리로 관객의 주목을 받았다"[47]고 해석한 바 있다.

광무대의 공연 안에는 잡가, 판소리, 각종 민속 무용, 민요창, 날탕패 놀이, 무동패 놀이, 재담과 활동사진이나 환등(幻燈)이 함께 구성되었다. 근대계몽기의 관객들은 종합연행물과 환등, 활동사진[48]에 동시적으로 노출되면서 근대적 시각성을 훈련받았다. 특히 환등기를 활용한 파노라마나 활동사진 영사와 같은 사실주의에 기반한 시각문화를 통해 사람들은 당대의 도시적이고 근대적인 감수성을 습득할 수 있었다. '극장가기'에는 연극 관람뿐만 아니라 활동사진 감상이라는 새로운 경험이 매개[49]되었다. "낯선 시각적 코드와 청각적으로 들어오는 익숙한 구두적 코드를 결합시키는 관람"[50] 방식 안에서, 관객들은 근대성을 감각적으로 체험하고 근대문화에 대한 열망을 해소할 수 있었던 것이다.

1908년 7월 21일에 이인직은 '신연극장'을 관인구락부 자리에 설치하겠다고 경시청에 청인(請認)했다.[51] 그 후 관인구락부(前 협률사 위치) 자리에 원각사가 들어섰다.[52] 그리고 향후 연극사에서 "일본 신파의 영향을

---

46 『대한매일신보』, 1908.5.6, '연흥사의 '화용도'공연과 창부모집.' 광무대는 제반연예를 일신개량했다고 광고하면서 검무, 관기남무, 승무, 무고(舞鼓), 무동, 항장무, 법국의 활동사진을 준비했다. 『황성신문』, 1908.5.28.
47 양승국, 「1910년대 신파극과 전통 연희의 관련 양상」, 『한국 신연극 연구』, 연극과인간, 2001, 133면.
48 『황성신문』, 1903.6.24 · 7.10.
49 박명진, 「한국연극의 근대성 재론 II」, 『한국희곡의 근대성과 탈식민성』, 연극과인간, 2001, 14면.
50 유선영, 앞의 글, 33면.
51 『황성신문』, 1908.7.21.
52 『대한매일신보』, 1908.7.26~7.29.

받은 최초의 신연극이다", "최병도 타령이 극화된 창극이다"라는 두 갈래의 힘겨루기를 조장했던 〈은세계〉가 '신연극'이라는 꼬리표를 달고 원각사에서 공연되었다. 이인직은 "아국연극을 개량"하기 위해 '신연극'을 하고자 하는데, 창부를 교육하는데 많은 경비가 필요하기 때문에 그 전에 두 달 정도 각종 전통연희를 원각사에 실시하겠다는 기사를 냈다.

> **소설연극(원각사)** : 대한신문사장 이인직 씨가 아국연극을 개량ㅎ기 위ㅎ야 新演劇을 야주현 前協律사에 創設ㅎ고 재작일붓터 開場ㅎ얏는디 은세계라 題ㅎ 소설로 倡夫를 교육ㅎ야 이개월 후에는 該 신연극을 설행ㅎ다는디 衆多ㅎ 창부 교육비가 거대ㅎ므로 其경비를 보조키 위ㅎ야 7월 26일붓터 이개월간은 매일 하오 칠 시로 동십이시까지 영업적으로 아국에 固有ㅎ던 각종 연예를 설행ㅎ 다더라.[53]

'신연극'이라는 실험적 시도가 가능하기 위해서는 자본이 필요했기 때문에, 일단 당시에 인기있던 각종 연예물을 공연해서 자금을 조달할 계획임을 밝힌 것이었다. 1908년 8월 14일자 『황성신문』을 보면 원각사 개장 초기에는 백 여 원에 달하던 하루 수입이 8월 들어 오륙십원에 불과하다는 기사가 보도되기도 했지만, 원각사의 전통연예 공연은 성황을 이루었다는 기사가 압도적이다. 원각사를 비롯한 당시 연극장 외부에서 연극개량을 외치던 문명개화론자들은 한결같이 '개량연극', '신(新)'연극을 지향했지만, 현실적으로 공연되는 것들은 모두 전통물이었다. 판소리를 개량한 창극이나 각종 전통 연희물에 관객들이 몰리고 성황을 이룰 수 있었던 것은, 내용자체에 대한 관심보다 그것을 담고 있는 낯선 공간에 대한 호기심과 극장문화가 확산되던 분위기에서 기인했을 것이

---

53 『황성신문』, 1908.7.28.

다. 그리고 앞서 말한 대로 지식인들의 관념이나 계몽과 상관없이 한편에서는 전통적인 것들에 익숙한 민중의식의 장기적인 지속도 동시에 진행되고 있었음을 간과할 수 없다.

'신연극(新演劇)'이라는 언표는 원각사의 〈은세계〉 공연과 관련하여 처음 등장했다. 〈은세계〉 광고에는 지속적으로 '신연극'이라는 레테르가 병기되었다.[54] '신연극'이라고 소개된 〈은세계〉가 일본신파극의 영향을 받았을 가능성, 혹은 창극이었을 가능성 등을 열어 둔다고 해도, 〈은세계〉가 전통연희에 상당 정도 기대고 있었다는 점은 분명하다. 그러나 〈은세계〉가 '신연극'이라는 언표를 독점하면서 기존의 판소리 등 전통공연은 '구연극[55]'이라는 대쌍적 개념으로 묶이는 사태에 직면하게 되었다. '구극', '구연극'으로 불리던 판소리와 잡가 등의 전통연희는 1910년대에는 신파극과 경쟁하면서 여전히 '구연극'이라는 명명으로 구분되었다.

원각사는 판소리의 연극적 효과를 강조한 '창극'이라는 연극적 외피를 강조하면서 '신연극'의 자리를 선점했다. 당시 '신연극'과 '구극'은 내용과 형식의 차이라는 분류 기준에 따른 갈래개념이 아니었다. 전통연희의 일부가 어떤 계기를 통해 '새롭게' 인식되고, '신'연극으로 배치된 것이다. 따라서 구극과 신연극의 연관관계를 살필 때 고려해야 할 것은 양자 간의 차이를 인식하게 만든 계기적 변화와 그것을 가능하게 한 사회문화적 맥락이다. 〈은세계〉를 비롯한 창극은 사설극장이 출현하고 극장문화가 형성되던 시기에, '신'연극, '개량'연극이라는 시대적 요청에 민첩하게 반응하면서 스스로를 전통연희들과 변별되는 존재로 자기-명명하였다. 당시 계몽주의자들과 연극인들의 새로움에 대한 강박이 과잉적으로 표출되면서 지나치게 '신(新)'을 강조한 면이 없지는 않지만,[56] '신연극'의 '새로움(新)'을 스스로 규명할 수 있는 내재적 특성을 연

54 「은세계 新演劇 대광고」, 『대한매일신보』, 1908.11.13.
55 『대한매일신보』, 1909.7.3.

극의 형식과 무대연출이라는 시각성의 부분에서 찾을 수 있다.

언론은 이인직의 원각사 공연이 연극개량을 표방했지만 사실은 아무 것도 새로울 것이 없으며, 영리에만 급급했다고 비판했다.[57] 〈은세계〉 공연광고가 『대한매일신보』지면을 통해 1908년 8월과 9월에 실렸고, 공연은 11월이 되어서야 무대에 올려졌다. 결과적으로 〈은세계〉 공연은 기대했던 만큼의 사회적 반향을 일으키지 못했다. 그 후 원각사는 이인직의 몇 차례 도일(渡日)과 각국의 연극 시찰을 바탕으로 "일본연희를 모범확장홀 차"이며 "일본연극을 연습하는 중"이라는 기사를 냈다. 1909년 6월에는 "아국(我國)고적(古蹟)에 충효의열현용(忠孝義烈賢勇)의 제(諸)실상(實狀)을 연극을 하올 터"[58]라고 광고하기도 했다. 그러나 "춘향가 일장(一場) 후에 즉시 폐사(閉社)"[59]하는 졸속 공연으로 관람객들의 원성을 사고 말았다. 1902년 협률사 공연을 비판했던 연극담론에서 모범으로 제시되었던 것은 "다만 학문과 지식과 의견에 유효홀것을 틱ᄒᆞ야 힝ᄋᆞ미 옛 ᄉᆞ긔중에 유명ᄒᆞᆫ ᄉᆞ젹과 올코 착한 사ᄅᆞᆷ에 좋은 일을 ᄲᅩᆸ바다가 남녀로소로 ᄒᆞ여금 옛글에서 보던 일을 눈으로 친히 모든 듯이 비ᄒᆞ야 츄ᄋᆞᆼ ᄒᆞ는 마음이 ᄌᆞ연히 싱기게" 하는 '외국'[60]의 연극이었다. 그 이후 연희

---

56 『대한매일신보』, 1909.7.3. "원사불원(圓社不圓) : 원각사에서 신문에 광고로 갈포(葛布) ᄒᆞ되 일절(一切) 구연극을 개량ᄒᆞ고 충효의열 등 신연극을 실행한다홈으로 재작야에 관광자(觀光者)가 다수 래집(來集)ᄒᆞ얏더니 급기임장(及其臨場)에는 춘향가일장(一場) 후에 즉시 폐사(閉社)ᄒᆞ미 내객중 일인이 대성힐박(大聲詰駁)왈 광고에는 신연극을 혼다 하고 춘향가믄 창ᄒᆞ니 시(是)는 편재적(騙財的)으로 기인(欺人)홉이라 하미 일반관광자가 개전호후응(皆前呼後應)ᄒᆞ야 원각사의 불신무미(不信無美)를 힐책(詰責)ᄒᆞ고 원각사의 재도(再到)치 안키로 발서(發誓)ᄒᆞ야 일장풍파를 대기(大起)ᄒᆞ얏다더라."

57 『대한매일신보』, 1908.8.5.

58 『대한매일신보』, 1909.6.25. "본사에셔 거액을 비(費)ᄒᆞ고 문명훈 각국연극을 시찰훈 결과로 차를 모방ᄒᆞ야 아국(我國)고적(古蹟)에 충효의열현용(忠孝義烈賢勇)의 제(諸)실상(實狀)을 연극으로 ᄒᆞ올 터이온디 (…중략…) 원각사 고백(告白)."

59 『대한매일신보』, 1909.7.3.

60 「협률사 구경」, 『제국신문』, 1902.12.16.

가 '문명국의 연극장'과 같은 역할을 하지 못함을 비판할 때, 그 기준은 역사의 영웅을 주인공으로 하는 "역사극",[61] "연희장을 設ᄒᆞ야 고대역사를 연출ᄒᆞ야 관광ᄒᆞᄂᆞᆫ 민심으로 비분(悲憤)을 격동(激動)도 ᄒᆞ며 충의(忠毅)롤 장려(獎勵)도 ᄒᆞ야 국민의 모범적으로 교육하ᄂᆞᆫ"[62]연극이었다. 이인직의 원각사 공연이 비판받은 이유도 "연극개량을 외치면서 온달이나 을지문덕을 앙첨(仰瞻)할까 했더니 아니고, 그렇다면 태서근대의 화성돈, 나파륜을 쾌도(快覩)할까 했더니 그것도 아니고, 월매와 놀부의 목소리만 들리더라. 춘향가, 심청가, 흥부가, 화용도 등의 음탕(淫蕩)적 황괴(荒怪)적 연극을 개량하겠다고 자담(自擔)하였지만, 개량이 도무(都無)하다"[63]는 것이었다.

여기서 당시 공연에 대해 시종일관 비판적 시각을 견지했던 근대 계몽주의자들에게서 전통연희에 대한 부정적 강박을 읽을 수 있다. 개화기 연극장에서 공연되었던 전통연희물이 남녀상열지사(男女相悅之詞)나 성희, 만담을 소재로 한 것이 주류이기는 했다. 하지만 신파극이나 활동사진을 '음란비속'으로 규정하지 않았던 1910년대 사회담론과 비교하자면,[64] 개화기의 음란비속이라는 규정은 근대적 가치체계를 기준으로 해서 전통문화를 전근대적 문화양식으로 밀어내려는 자기비하의 표현이었다. 연극개량론자들은 구극을 '서양 연극'의 눈으로 비판하였다. 관료나 지식인이 역설했던 연극개량은 서양 연극에 지지 않는 조선 연극의 존재를 보여주는데 그 목적[65]이 있었던 것이다.

1900년대 사설극장의 '신'연극에서와 마찬가지로 원각사 공연에서도

---

61 「논설 : 연희장을 기량할 것」(『대한매일신보』, 1908.7.12)에서 제시한 것도 '영웅호걸의 사적(史蹟)'을 연극화하는 것이었다.

62 『만세보』, 1906.8.26.

63 『대한매일신보』, 1908.11.8.

64 유선영, 「극장구경과 활동사진보기 ; 충격의 근대 그리고 즐거움의 훈육」, 『역사비평』, 한국역사비평회, 2004, 364~365면.

65 양승국, 「신연극과 은세계 공연의 의미」, 『한국현대문학연구』6, 한국현대문학회, 1998, 35면.

시청각적(視聽覺的) 형상화 부분에서 '새로움新'의 요소를 발견할 수 있다. 창을 중심으로 하는 판소리와는 다르게 연극적 형상화와 시각적 스펙터클을 강조한 점에서 원각사 신연극의 긍정적 의미가 있는 것이다.

> **원각사 광고**: (…중략…) 본사에셔 수궁가른는 골계적 신연극을 금일부터 설행하는더 **人工으로 제조한 獸類魚族의 형체가 天然히 활동홀쑨더러** 별부주의 愛國丹忠과 토선생의 權變奇謀는 智識開發上 大趣味가 有ㅎ오니 僉君子는 連枉觀覽ㅎ시옵. 11월 26일 원각사 告白.[66]

사실적 재현에 근접한 무대와 소품을 갖추고 근대식 실내극장에서 공연된 위의 〈수궁가〉 공연은, 마당에서 1인 창자가 연행하는 판소리 수궁가 공연과는 질적으로 다른 것으로 보아야한다. 근대적인 극장 미디어에 담긴 전통 텍스트들은 수용맥락의 변화에 따라 달리 해석할 필요가 있다. 물론 신문의 언설을 독점하고 있던 지식인들의 목소리에서 당대 관객들의 감수성과 내적 체험을 발견하는 것이 쉽지는 않다. 하지만 매체에서 일관되게 주장했던 것이 무엇이었는지를 가려냄으로써, 어떤 부문을 지속적으로 배제하고 있는지 역추적할 수도 있을 것이다. 1900년대 초기 극장의 관객들은 새로운 서사에 노출되는 방식으로 관극을 향유한 것이 아니라, 원근법적 구조로 설계된 근대식 극장에서 대상에 몰입하는 신체적이고 감각적인 경험을 통해 새로운 감성을 훈련받았다. 만약 새로운 연극이라는 것이 서사와 레퍼토리로만 가능한 것이라면 구연극(창극)은 명맥유지가 어려웠을 것이다. 그러나 극장 점유도의 차원에서 보면 1910년대까지도 신파극과 구연극은 경쟁관계에 있었고 구연극은 여전히 성행했다.[67] 즉 당시 관객들에게 '새로움'이라는 감각은 레퍼

---

66 『대한민보』, 1909.11.26.
67 백현미, 『한국 창극사 연구』, 태학사, 1997, 92면.

토리로만 판가름 나는 것이 아니었고, 연극적 재현방식에 상당부분 의존해 있었던 것이다. 위의 전거들에서 확인했듯이 당시 연극담론에는 "옛글에셔 보던 일은 눈으로 친히 보는드시(『제국신문』, 1902.12.16)", "그 용안(容顔)을 접ᄒᆞᄂᆞᆫ 듯 해(咳)화(嘩)를 청ᄒᆞᄂᆞᆫ 듯(『대한매일신보』, 1908.7.12)", "진상(眞相)을 저저(這這)히 활극(活劇)"하라고 주문했듯이, 사실적 재현과 입체적 연출에 대한 인식이 구축되고 있었다. 그리고 그것이야말로 관객을 극장으로 끌어들이는 부분이었을 것임을 추론할 수 있겠다.

한편 1908년 6월 3일자 『대한매일신보』에 실린 농운낭자의 투고문은 18세의 여학생이 경성의 각 학교를 방문하는 중에 보고 느낀 것을 쓴 일종의 평문인데, 당시 남성 지식인들을 질타하는 논조에서 주목을 요하는 글이다.

日前에 본인이 경성에 관광ᄒᆞ기 위ᄒᆞ야 경인철도 제일번열차에 도착하야 ᄀᆞ處 학교롤 차제로 閱訪ᄒᆞ니 교육정도ᄂᆞᆫ 여자의 眼孔으로 猝測키 難ᄒᆞ나 제일교육에 有志ᄒᆞ다는 군자를 見ᄒᆞᆫ즉 短髮이나 左右로 파開ᄒᆞ고 濃油로 塗ᄒᆞ며 麥帽를 戴ᄒᆞ고 洋鞋를 着ᄒᆞ며 細尼鏡이나 擡하얏스니 此가 과연 교육을 務ᄒᆞᄂᆞᆫ 者인가 抑或 藥開化者나 아닌가 此가 과연 文明開化의 先導者인가 抑或 挾雜人이나 아닌가 又或 無實의 虛名으로 他人 效嚬이아 ᄒᆞᄂᆞᆫ 者ㅣ 아닌가. 嗟乎 동포자매형제여 諸君중에 진실호 교육가 有乎아 無乎아 吾親壹見ᄒᆞᄂᆞᆫ 비로다. 彼輩들은 외면상으로 신학문이니 교육이나 ᄒᆞᄂᆞᆫ 語를 耳邊에 閃聞하고 舊學問 論駁이나 滋甚ᄒᆞ니 彼輩여. 彼輩ᄂᆞᆫ 문명 교육계에 마귀라 칭홈이 可ᄒᆞ도다. (…중략…) 何故로 如此 黯劣ᄒᆞ야 학문이 何物인지 교육이 何物인지 독립이 何物인지 자유가 何物인지 東西를 不分ᄒᆞ면셔 民智를 불達호다 國權을 回復호다고 攘臂大談ᄒᆞ여 演說數句니 叫하면 能事로 自信하고 實地上 研究ᄂᆞᆫ 都無ᄒᆞ니 엇지 可惜홀 비 아니리오. (…중략…) 今番 京城에 來ᄒᆞ야 각 演劇場에 觀光호즉 각 學徒들이 三三五五히 作伴入來

ㅎᄂᄃ 其中 여자에게만 秋波롤 頻送ᄒ며 淫談悖說이 傍人의 耳朵를 打ᄒ니 如此
ᄒ고야 교육이 발달될가. 本港에도 演劇場이 非無이나 彼遊衣遊食 蕩客遊子 不學
無識輩의 往來地에 不過ᄒ고 學徒에 至ᄒ야는 此等處에 足跡에 不至ᄒ거늘 第一教
育에 中心點되는 京城이 如此하지 엇지 痛哭處가 아니리오. 願컨데 學校學徒와 教
育에 有志ᄒ신 君子는 有益ᄒ 新書籍을 晝夜募集ᄒ야 國民의 知識과 道德과 血性을
啓發振興케 홀지어다.[68]

인천에 사는 18세 여학생인 '농운낭자'는 외국유학을 앞두고 각 학교
를 방문해보고자 '경인철도 제일번열차'를 타고 경성에 왔다. 그녀의 눈
에 비친 첫 번째 대상은 '제일교육에 有志하다는 군자'였다. 그들은 '단
발한 머리에 진한 기름을 바르고' '맥고에 양혜, 세족경'과 같은 근대 문
물로 외양에 치중한 모습이었다. 농운낭자는 그들이 과연 교육을 의무
로 삼는 자들인지 '얼개화자인지 협잡인인지 타인의 눈살을 찌푸리기
하는 자(他人 效嚬)인지' 알 수 없다면서, 외면상으로만 근대 문물을 흉내
내는 일부 남성지식인들의 허세와 허욕을 맹렬히 공격했다. 근대 문물
을 먼저 접한 남성들이 실질적인 개화의 방도를 연구하지 않고 허세만
부리며 명예욕에 들떠있는 모습을 지적한 것이다. 또한 그녀는 학문, 교
육, 독립, 자유가 무엇인지 분별하지도 못하면서, 국권을 회복한다는 등
의 허세를 부리고(攘臂大談) 있는 남성들을 "문명 교육계의 마귀"와 같은
존재들이라고 일갈한다. 경성의 각 연극장을 관광하면서 만난 남자 학
도들의 모습에도 실망한다. 그녀가 보기에 연극장은 "놀고먹는 탕객유
자(蕩客遊子) 불학무식배(不學無識輩)의 왕래지에 불과"했다. 여자에게 추
파를 던지며 음담패설로 여러 사람의 귀를 따갑게 하는 그들을 보고, 농
운낭자는 교육의 중심이 되는 경성이 이러하니 어찌 통곡하지 않겠느냐

68 濃雲娘子, 「교육이 현금의 제일급무」, 『대한매일신보』, 1908.6.3.

며 탄식하는 것으로 글을 맺었다.

이 글이 흥미로운 것은 인천과 경성, 조선과 외국이라는 지리적 스펙트럼을 '학문'을 통해 엮어내는 공간적 상상력을 발휘하고 있다는 점이다. 근대 학문의 수혜를 입은 여학생이 당대 지식인 남성을 공격하면서, 민지발달(民智發達)과 국권회복(國權回復)이라는 시대적 과제를 상기하는 비판의 구도 역시 개화기라는 시점에서는 드문 것이다. 물론 농운낭자라는 필명을 쓴 독자의 실제 신분이 남자일수도 있고, 독자를 가장한 『대한매일신보』필진일 가능성도 배제할 수는 없다. 하지만 교육받은 신지식인 여성에게서 비판받아 마땅한 얼치기 개화 지식인이라는 구도가 상상 가능한 시대에 들어선 것만은 분명하다할 것이다. 이 글은 또 1900년대 지식인 남성 혹은 학도의 근대적 외모와 스타일을 묘사해 놓았고, 연극장이라는 공간을 중심으로 그들이 즐기던 오락문화를 지적했다는 점에서 하나의 풍속자료가 된다고 하겠다.

개화기 상류층의 관극문화

1903년 협률사 공연을 관람했던 에밀 부르다레(Bourdaret, Emile)는 『한국에서(En Corée)』[69]라는 글을 남겼다. 협률사 공연에 대한 자료가 많지 않은 상황에서 이 글은 협률사 공연이 비교적 소상히 기록되어 있기 때문에 당시 무대와 극장 공간을 유추하는데 도움이 된다. 그중에서 궁중무용에 대한 부르다레의 감상이 묘사된 부분을 옮겨보면 다음과 같다. 부르다레에게 타령이나 광대놀음 등의 전통연희는 아주 초라하고 보잘 것 없는 것으로 느껴졌지만 베트남 소극장의 공연보다는 낫다고 생각했다.

---

69 Bourdaret, Emile, *En Corée*, Paris : Plon-Nourit, 1904, 조영규, 「협률사와 원각사 연구」, 연세대 박사논문, 2006, 127~128면에서 재인용.

그는 농악대의 커다란 장단 소리가 괴로웠지만 그에 비해 궁중무용은 운치 있고 특색이 있다고 느꼈다.

> 이곳에서는 매일 밤 한 작품의 두세 막 밖에는 올리지 않기 때문에, 공연을 전부 다 보려면 여러 번 와야 한다. (…중략…) 그러나 무대는 얼마나 초라하고 의상도 얼마나 보잘것 없는가! 분명히 이 배우들은 자신들이 평소에 입던 옷을 입고 연기하는 것이다. 그리고 무대를 지나가는 하인과 주인공 옆에 자리 잡은 경관. 오늘밤이야말로 궁궐 무희들의 특별한 순서가 기다리고 있는데, 바로 이 순서 때문에 극장에 이 새로운 공연을 보려고 군중들이 몰려든 것이다. 이윽고 가발을 쓰고 발끝까지 내려오는 긴 소매를 입은 작은 인형 같은 여자들이 등장한다. 여기에는 적어도 빛깔이 있다. 어느 정도는 우아한 것이다. 악단도 역시 더욱 독창적이고 조금 전 귀머거리들의 악단처럼 야만적이지도 않다. 이 조그만 기생들은 겁도 거의 없고, 막 뒤로 사라지면서 자기들의 친구들에게 뇌쇄적인 눈길을 던진다. 이제 공연이 끝나고 무희들이 가마를 타고 떠나는 모습을 보려고 모든 사람들이 출구로 몰려든다.

부르다레에 따르면, 당시 관객들은 줄타기, 농악, 타령, 공 던지기, 무동놀음, 오광대놀음, 광대놀음 등의 전통연희 공연 이후에 이어지는 '궁중무용'에 대한 관심으로 극장에 몰려든 것이었다. 농악 놀이패와는 다른 새로운 악단이 등장해서 궁중무희들의 무용에 맞춘 반주를 했다고 서술하고 있는데, 이들은 궁중 악사였을 것으로 추측된다. 협률사 공연목록 중에서 다수는 예부터 내려온 전통예술로 민간에서도 즐기던 것이었다. 그런데 그 가운데 '궁중무용'이 포함되어 있었다면 분명 민중들의 호기심을 자극했을 것이다. 수 백 년간 황실이 전유하던 궁중무용을 구경할 수 있다는 것은 민중들에게 무척 매력적인 경험이었을 것이다. 특히 입장권을 살 수 있는 경제력만 있다면 상류계급 관료이건 상인이건 학생이건 혹은 기생이건 할 것 없이 불특정 다수가 동등하게 관람할 수 있다는 점에서 극장 체험은 근대 체험과 다를 바 없었다. 그 위에 왕족과 상류층 양반계급이 독점적으로 향유하던 궁중예술의 대중적 공유라는 의미가 포개지면서, 민간 관객의 열의를 불러 모았을 것이다. 실제로 이런 맥락 하에 근대 문화가 대중적으로 생성·확산되고 위에서 아래로의 보급이 진행되기 때문이다.

극장 문화가 대중적으로 확산될 수 있는 기폭제가 된 것은 협률사 이래 출현한 극장들과 공연에 대한 각종 매체의 보도, 그리고 주관객층이었던 대한제국 관료와 상류층 고위인사들의 관람 보도였다. 계몽 지식인들이 극장 공연에 대해 지속적인 비판을 쏟아내고 부정적 이미지를 확산시켰음에도 불구하고, 상류층의 관람은 계속되었다. 신문들은 거의 매일 상류층의 근황과 거동을 보도했다. 논설을 통해 그들의 유락문화를 비난하기도 했고, 때로는 시비(是非)를 가리지 않는 중립적인 입장에서 관료와 상류지식인들 간의 사교방식을 보도하기도 했다. 그런데 이런 기사들은 글의 논조를 불문하고, 또 계몽주의 논객의 의도와 상관없이, 새로 출현한 극장이라는 공간을 전유하며 상류층이 사교와 문화를 향유하고 있다는 사실을 널리 알리는 결과를 낳았다.

1902년 협률사 공연 당시 이미 "일젼 져녁에는 몃몃대관이 복쟝ㅎ고 참례ㅎ야 즐거히 놀기도 ㅎ시고 손펵도 잠이롭게 치시드라 ㅎ니 이런 소문으로 인연ㅎ야 가 구경ㅎ는사롬이 만흘듯 ㅎ"[70]다는 개화지식인의 우려가 있었다. 그 후 정부 관료와 상류층의 극장 출입에 관한 기사들을 찾아보면 다음과 같다.

吳脚의 生風 : 承寧府理事 吳壹泳氏는 晝則 該府에 仕進視務ㅎ고 夜則 **圓覺寺**에

---

70 『제국신문』, 1902.12.16.

仕進玩賞호며 歌娼舞技와 互相遊戱홈을 不已호는 故로 該 씨의 狀況이 該社 演劇 보다 尤勝호다는 批評이 有호다더라.[71]

圓覺觀光 : 李址鎔 趙民熙 申泰休 諸氏가 再昨夜에 妓生을 帶同호고 **圓覺社에 來 到**호야 諸般 遊戱를 觀光호얏다더라.[72]

이름만 대면 알 수 있는 정부 인사들과 관료들이 기생을 데리고 원각 사를 찾아가 관람했다는 신문보도들이다. 표면적으로는 각 인사들의 거동을 단순보도하는 기사처럼 보이지만, '가창무기(歌唱舞技)'나 '기생' 을 대동한 그들의 행태는 '탕패가산자(蕩敗家産者)'나 '탕객유자(蕩客遊子)' 의 그것과 다르지 않음을 은연중에 드러내고 있다. 비판에 있어 좀 더 노골적이고 직접적인 기사들도 있다. 이에 대해 유민영은 "원각사는 극 장가의 중심으로서 각부 대신 등 고위관리들이 관극하는 공연장 구실을 했으며 개화기 연극장은 상류층의 사교장으로 충분한 역할을 했던 것이 다"[73]라고 평가한 바 있다.

① 始圓終明 三昨夜에 侍從院卿 尹德榮 宮內府大臣 閔丙奭 諸氏가 **圓覺社를 觀覽** 호고 明月館에 轉入하야 妓樂으로 終夜 迭宕(질탕)하는더 內部大臣 宋秉畯氏 와 承寧府總管 趙民熙氏도 參席하얏다더라.[74]

② **圓覺社觀覽** 再昨夜에 各部 大臣과 曾瀰副統監과 永宣君 李埈鎔氏와 前輔國 閔泳 徽氏와 內閣書記官長 韓昌洙氏等 諸氏가 圓覺社에 齊往호야 觀覽호얏다더라.[75]

---

71 『대한매일신보』, 1908.9.16.

72 『황성신문』, 1908.9.16.

73 유민영, 『개화기연극사회사』, 새문사, 1987, 24 · 46면.

74 『대한매일신보』, 1908.9.29.

75 『대한매일신보』, 1908.10.11.

③ 善遊善遊 內部大臣 宋秉畯 農商工部大臣 趙重應 兩氏와 各部次官 壹同과 統監府 高等官 數十名이 再昨日 下午 七時에 新門內 **圓覺社에 前往**ᄒ야 諸種演戲를 壹切觀覽ᄒ 後에 明月官에 會同ᄒ야 盡心歡樂ᄒ고 昨日 午前 三時頃에 各自散 去ᄒ얏다더라.[76]

④ **演劇場의 喧笑** : 宮內府 大臣 閔秉奭 侍從院卿 尹德泳 兩氏가 何許妓女를 帶同 ᄒ고 再昨夜의 신문너 **圓覺社의 前往**ᄒ야 演劇을 玩賞ᄒᄂᄃᆡ 尹 씨가 何許 妓女와 親昵景況(친이경황)이 甚히 醜雜ᄒᆷ으로 一般 觀光男女가 莫不喧笑ᄒ 얏다더라.[77]

⑤ 其婦亦狂 再昨夜에 總理以下 各部 大臣의 夫人 壹同이 其他家眷(가권)을 多數 히 領率ᄒ고 **圓覺社에 前往**ᄒ야 各種演戲를 玩賞ᄒ고 昨日午拾貳時頃에 各自 散去ᄒ얏다더라.[78]

①은 시종원경 윤덕영과 궁내부대신 민병석 등이 원각사를 관람한 후 명월관에 가서 음주가무로 밤새 질탕하게 놀았고, 그 자리에는 내부 대신 송병준과 승녕부총관 조민희도 합석했다는 기사이다. ③의 기사 역시 정부 관료와 통감부(統監府) 고등관들이 원각사의 연희를 관람하고 명월관을 찾았다는 내용이다. 당시 고관들 사이에서 자신들의 취향을 만족시켜주는 원각사의 전통 공연물을 관람하고 명월관에서 여흥을 즐기는 것이 유희문화로 정착하고 있음을 단적으로 보여주고 있다. ②의 글에서는 소네 아라스케[曾彌荒助]의 이름을 확인할 수 있다. 소네는 이완용와 긴밀한 관계를 유지하며 한일합방에 주도적인 역할을 한 인물로

---

76 『대한매일신보』, 1908. 10. 18.
77 『대한매일신보』, 1908. 10. 22.
78 『대한매일신보』, 1908. 10. 23.

이토 히로부미의 뒤를 이어 제2대 통감이 된 인물이다. 각부 대신들과 소네 아라스케 총감이 원각사 공연을 관람했다는 내용인데, 원각사 관람이 상류층의 사교와 접대에 있어 하나의 관례처럼 되었을 가능성이 다분하다고 하겠다. ④는 대신들이 기녀를 대동하고 원각사 연극을 관람하러 왔는데, 이들이 기녀들과 어울려 노는 모양이 추잡(醜雜)하여 그곳에 있던 관객들이 비웃었다는 내용이다. ⑤는 총리와 각부 대신들이 부인을 대동하고 원각사 연희를 관람한 것을 보도하면서, 정부의 지도층뿐만 아니라 '그들의 부인 역시도 미쳤다(其婦亦狂)'는 다소 선정적인 제목을 붙여놓았다. 원각사 공연을 상류층 고위 인사뿐만 아니라 그들의 부인과 식솔들까지 즐기고 있다는 것은, 원각사라는 극장을 구경하는 관람 행위가 상류층 문화에서 큰 비중을 차지하고 있음을 암암리에 설파하는 효과를 냈을 것이다. 이외에 〈은세계〉 공연에 대신들의 관람이 줄을 이었다는 보도도 쉽게 발견할 수 있다.[79]

1900년대에 상류층 사이에서 형성된 극장 관람문화는 낯선 풍경의 등장이었다. 이런 식의 사교와 유희 문화가 자리 잡은 데는 서양과 일본을 통한 문화유입이 상당한 영향을 끼쳤다. 유럽과 서양 각국은 근대 국민국가의 체제를 확립하던 시기에 극장과 극예술을 통해 자신들의 문명과 문화를 과시했고, 국빈이나 외국 사절을 초청할 때는 의례적으로 관극일(觀劇日)을 마련했다. 일본은 메이지 10년대에 이토 히로부미를 총리로 하는 초대 내각에서 '연극개량회'를 발족했다. 당시 정부의 중요한 정치 과제는 외국과의 불평등 조약을 개정하고 교섭을 유리하게 진척하는 것이었다. 일본은 정치적 목적을 위해 "일본을 구미와 대등한 문명국가로 끌어 올리기 위한 서구화정책"을 취했다. 문화와 교육 등 각 방면에서 서구화정책을 추진했는데, 그 열기가 '로쿠메이칸(鹿鳴館)'으로 상징되

79 『황성신문』, 1908.11.21; 『황성신문』, 1908.12.1; 『대한매일신보』, 1908.12.2.

었다. 밤마다 서양음악과 서양무도회가 열렸던 로쿠메이칸은 서양 문명국가와의 사교장이었다. "서구화 열기 속에서 정부가 특히 적극적으로 개입한 것이 연극개량이었다. 구미 여러 나라들이 그러했듯이 일본의 연극과 그 극장이 외국 귀빈을 맞이하더라도 부끄럽지 않은 상류사회의 사교장이 되어야한다는 기대가 있었던 것이다."[80] 조선의 극장 역시 이런 문화적 흐름과 근대적 사교 형식에 영향을 받았다. 정확하게 실증되지는 않았지만 협률사의 건축에 이토 히로부미가 개입했을 것[81]이라는 주장이나, 외국 공사(公使)를 접대하기 위해 협률사에 기생을 청구(請求)한 사실,[82] 일본인 통감들을 대접할 때면 원각사 관극이 반드시 포함되어 있었다는 사실 등을 통해서도 '극장'을 기점으로 한 서구적 사교 방식이 도입되었음을 확인할 수 있다.

상류층의 관극열과 거기에 부수되는 근대적인 사교방식의 유입, 그리고 그에 대한 신문 기사화를 통해 사회적으로 환기된 것은 '극장관람', '극장구경'이라는 '신(新)체험'이었다. 이 기사들은 원래의 의도와는 다른 층위에서 예상치 못한 효과를 발하고 있었다. 방탕하고 유희적인 상류 문화를 비난하고자 했지만 한편에서는 그 문화에 대한 동경과 호기심을 싹틔운 것이다. 동경과 호기심이라는 심적 자극은 극장으로 일반 관객을 유인하는 동인(動因)이었다. 이것은 근대사회에서 문화가 제시되고 확장되는 기본적인 메커니즘이기도 하다. 당시 언론은 일찍부터 그런 사회적 현상을 간파하고 있었다. "일젼 져녁에는 멋멋대관이 복장ᄒ고 참례ᄒ야 즐거히 놀기도 ᄒ시고 손픽도 잠이롭게 치시드라 ᄒ니 이런 소문으로 인연ᄒ야 가 구경ᄒ는사름이 만흘듯 ᄒ나 지각잇는 사름은 통분홈을 싱각ᄒ야도 응당 갓가히 아니ᄒ리라 ᄒ더라"[83]며, 일반 대중을

---

80 兵藤裕己, 문경연 · 김주현 역, 『演技된 근대』, 연극과인간, 2007, 73~74면.
81 조영규, 「협률사와 원각사 연구」, 연세대 박사논문, 2006.
82 『황성신문』, 1903.3.17.
83 『제국신문』, 1902.12.16.

경계하는 개화 지식인의 발화가 바로 그것이다.

지금까지 1900년대 개화기의 연극담론을 '협률사'라는 근대적 실내건축 극장의 등장이 불러일으킨 새로운 사회적 현상과 그에 대한 여론의 반응, 협률사 공연과 운영을 둘러싼 협률사 혁파 담론, 원각사와 사설극장의 출현에 따른 연극(風俗)개량 담론 등으로 크게 대별해서 살펴보았다. 그 과정에서 추출해낸 초창기 극예술의 상황은 다음과 같다.

첫째, '연극'과 '극장'이라는 개념이 형성되던 개화기의 연극담론은 당대 개량담론의 지류였다. 각종 사상과 가치관, 근대적 제도와 형식들이 재편되고 '개량'과 '혁신', '유신'을 지향하던 시점에서 극장 역시 '개량담론'을 통과하면서 제도화되었다. 하지만 이는 연극 내부적 개량이 아니라, 연극장을 중심으로 표면화된 유흥문화와 사치풍조를 비판하는 풍속 담론이었다. 계몽의 기획이 풍속개량을 강조하는 이유는 풍속으로 대변되는 사적 영역이 사회의 재생산을 담당하는 기초적인 영역이기 때문이다. 풍속이라는 사적 영역에 대한 제도화를 전략적으로 수행해야만 계몽의 기획은 성공할 수 있는 것이다.

둘째, 협률사 공연물은 전통적인 연희 종목들로 구성되었다. 이것은 근대적 연극의 상(像)이 만들어지지 않는 초기 상황에서, 전통연희가 협률사의 주요 관객층이었던 구한말 관료와 상류 계층의 풍류 취향을 만족시켰기 때문이다. 상류층 호화탕자들의 극장관람과 사교문화는 계몽 매체의 개화 논객들에게 끊임없이 비판받는 반시국적(反時局的) 행위였지만, 근대의 공공(公共) 문화에 노출된 당시 민중들의 호기심과 동경심을 자극하면서 확산되었다.

셋째, '연극개량'이라는 표식을 달고 본격적인 연극개량담론이 등장한 것은 협률사 혁파 이후 사설극장들이 등장하면서 부터였다. 연극이라는 제도가 내재한 근대적 효용성이나 서양의 모범적 사례들도 알고 있었지만, 원각사와 사설극장의 공연물은 구태를 벗기 어려웠다. 특히 극장관람에 대한 대중들의 뜨거운 반응과는 달리, 일본의 식민지가 될 운명을 예감하고 독립운동을 도모하던 당시 계몽 지식인들은 유희와 오락에 대한 절대적 반감을 가지고 있었다. 연희와 오락은 시급한 국내 정세에 비추어 보았을 때 국가안위와는 무관한 것이었기 때문이다. 언론을 장악하고 있던 개화 지식인들은 국가를 지탱하고 문명을 지향하며 국민 될 도리를 교육하고 애국심을 감발하는 역사극(歷史劇)을 주문했지만 당시 연극계의 현실은 요원했다.

넷째, 1900년대의 극장공연이 문명지향이라는 국민국가적 요청에는 부응하지 못했지만, 실내극장에서 관극 기제를 통해 관객들은 집단적 감흥과 공동체적 결집을 체험할 수 있었다. 관객 수용의 입장에서 당시 실내극장의 관극 체험을 표출한 자료를 찾기가 쉽지 않다. 하지만 이 시기의 경험이 1910년대 신파극의 시대에 표출된 관객 공동체의 결집력을 준비해주었고, 대중문화의 확산으로 이어졌을 것임은 충분히 예측할 수 있다.

다섯째, 1900년대 연극담론은 연극의 예술적 심미성과 쾌락의 효용을 아직 자각하지 못한 상태였다. 개화기의 전체적인 계몽담론에서 강조되던 교육과 직분의식, 노동개념과 휴식으로서의 취미론(趣味論)이 연극개량담론에 등장하지 않았던 이유는, 연극이 조선적 현실에서 아직 교육과 예술의 한 분과로 충분하게 인식되지 못했고 담론은 풍속개량을 겨냥하고 있었기 때문으로 해석된다.

2. 문화공동체의 출현과 공공취미(公共趣味)의 보급

1) 1910년대 '극장취미'와 관객의 형성

앞 절에서 보았듯이 1900년대에 주로 전통연희만을 공연하던 사설연극장에 대한 관객들의 호응은 언론이 심각하게 우려할 정도로 열렬했다. 극장 경험은 당시 관객들의 새로운 욕망을 일정 정도 충족시켜주는 새로운 체험이었다.[84] 극장 공연물이 담지하고 있는 사상과 이념의 근대적 자극 못지않게, '극장가기'라는 문화적 실천은 근대적 유흥 공간에서 국민이라는 상상적 공동체의 집합적 군집(群集)을 체험하게 해주었다. 근대 한국인들은 19세기 말부터 독립협회와 각종 협회들의 연설회나 강연회의 '청중'이 되어, 특정한 사회체계와 신념의 체계를 내면화하는 근대적 공론장을 체험한 바 있다. 그리고 1902년 협률사 이후 한정된 실내공간에서 집단적 감흥을 경험한 관객들은, 복잡하고 다양한 감정을 자극받으면서 균질적인 집단감정을 형성하기도 했다.

1900년대 말에도 여전히 연극관련 담론들은 '계몽'의 기치를 곧추 세우고 있었다. 쉬는 날 일가족이 함께 연극장에 가는 서양의 모범적 사례를 소개하면서, "인국(人國)의 문명호 정도를 연장(演場)과 관람자의 행동 여하에 가견(可見)홀"[85]수 있다며, 연극장의 풍속을 문명의 척도로 내세웠다. 그러나 연극장이 한국에 출현한 1902년 이래 줄곧 서양과 한국의 극장 상황은 문명과 야만의 구도로 설정되었고, 논자들은 서양의 눈으로 한국의 상황을 비판하면서 계몽의지를 피력했다. 어찌되었든 극장

---

[84] 극장이라는 집합공간이 갖는 상징적이고 심리적인 의미에 대해서는 유선영, 「초기 영화의 문화적 수용과 관객성 : 근대적 시각문화의 변조와 재배치」, 『언론과 사회』 12(1), 한국역사비평회, 2003, 9~55면 참조.

[85] 「아국연극장」, 『대한민보』, 1909.9.14.

은 20세기에 새롭게 건설되어가던 근대적 도시 생활과 문화적 분위기 속에서 '극장 구경'이라는 새로운 관습을 심어주었다.

이런 일련의 과정에서 계몽주의자들의 연극개량 공격에 대항하여, 1909년 이후 극장 공연물들이 '취미(趣味)'라는 기표를 사용해 자신을 선전·방어하기 시작했음이 포착된다. 공연기사에서 '취미'가 가장 먼저 발견된 것은 1909년의 원각사 광고였다.

> **원각사 광고**: (…중략…) 본사에셔 수궁가르는 골계적 신연극을 금일부터 설행하는디 人工으로 제조한 獸類魚族의 형체가 天然히 활동홀쑨더러 별부주의 愛國丹忠과 토선생의 權變奇謀는 **智識開發上 大趣味**가 有ㅎ오니 僉君子는 連枉觀覽ㅎ시옵.[86]

그리고 원각사와 이인직을 통해 '일본연극'이라는 연극의 모범적 범주가 한국인의 시야에 들어오기 시작했다.

> **연극(演劇)역모(亦模)**: 원각사가 재정의 군졸(窘拙)로 폐지ㅎ얏다더니 갱문(更聞)ㅎ즉 제반연극은 **일본연희를 모범확장홀** 차로 창부 급(及) 공인배(工人輩)가 일삭(一朔)위한(爲限)ㅎ고 일본연극을 연습(練習)ㅎ는 중이라더라.[87]

> 본사에셔 거액을 비(費)ㅎ고 **문명훈 각국연극을 시찰훈 결과로 차를 모방ㅎ야** 아국(我國)고적(古蹟)에 충효의열현용(忠孝義烈賢勇)의 제(諸)실상(實狀)을 연극으로 ㅎ올 터이온디 (…중략…) 원각사 고백(告白).[88]

---

86 『대한민보』, 1909.11.26; 「원각사 고백(告白)」, 『대한매일신보』, 1909.11.26.
87 『대한매일신보』, 1909.5.14~15.
88 『대한매일신보』, 1909.6.25.

제3장 _ 근대 공연문화와 취미의 제도화　147

연극(演劇)변경(變更) : (…중략…) 근일 한성 내 각종 연극이 풍속상에 대단 문란ᄒᆞ야 일반인심을 현혹(眩惑)케 ᄒᆞᄂᆞᆫ고로 경시청에서 차(此)를 취체(取締)ᄒᆞ기 위ᄒᆞ야 **일본 연극을 모방설행**케 홀 차로 해(該)규정을 제성(製成)ᄒᆞ야 각경찰서에 일건식(壹件式) 배부ᄒᆞ얏다는데.[89]

1900년대 내내 계몽주의 지식인들이 주문했던 '개량연극'에 대해 1910년대 연극들은 '신연극(新演劇)', '일본연극'으로 응수했다. 신연극은 구체적으로 일본에서 유입된 신파극을 의미했다. 1910년대 전반기 신파극의 등장과 흥행의 배경에는 연극개량이라는 명분으로 공연 활동에 개입한 총독부가 있었다. 총독부 기관지였던 『매일신보』는 신파극의 흥행을 전면에서 주도했다. 신문에는 광고기사, 공연평과 공연 흥행정도 등을 알리는 보도기사 외에도 연극 공연과 연계된 신소설 관련 기사, 연극인의 근황 기사들이 실렸다. 개별적인 관극 체험을 근대 관객의 자질과 태도로 담론화함으로써 관객 표상을 만들어내기 시작했다. 다시 말하면 근대적 관객이라는 범주, 공통적인 관극 경험을 바탕으로 한 집합적 주체성이 시대적으로 상정되고 구성된 것이다.

다음은 신파극단 '혁신선미단(革新鮮美團)'의 광고이다.

革新鮮美團 : 本團에서ᄂᆞᆫ 朝鮮在來演劇이 甚히 幼稚ᄒᆞ야 到底히 **進步ᄒᆞᆫ 世人**에게 滿足을 與ᄒᆞ기 不能ᄒᆞᆷ으로 新히 **現今日本內地에서 歡迎을 受ᄒᆞᆫᄂᆞᆫ 中인 新派劇을 模倣**ᄒᆞ야 最히 **嶄新ᄒᆞᆫ 趣向**을 擬ᄒᆞ야 來 舊曆 正月 二일브터 中部 團成社에셔 開演ᄒᆞ겟사오니 大方諸君은 陸續來觀ᄒᆞ시압. 舊 十二月 二十六日 革新鮮美團.[90]

기사에 따르면, 질타와 비난의 대상이었던 1900년대의 관객과 구별

89　『대한매일신보』, 1909.6.8.
90　『매일신보』, 1912.2.16.

되는 '진보한' '관객'이 설정되었고, 그들에게 참신한 취향을 불어 넣어 줄 연극은 일본의 신파극을 모방한 새로운 연극이었다. "일본 내지에서 환영을 受ㅎ"고 있다는 사실은, '새로운' 연극의 질적(質的) 보장을 의미했다. 그리고 제국 일본의 연극인 신파극의 위력 아래 연극계몽의 과제는 희미해졌다. 1910년대 한국적 현실은 식민의 역사 안으로 흡수되고 있었기 때문이다.

1910년대 전반기의 '신파극'은 근대에 최초로 가공할만한 위력을 발휘한 문화장르였다.[91] 신파극 수용의 포문은 연 것은 임성구의 '혁신단'(1911)이었다. 그리고 연달아 윤백남과 조일재의 '문수성'(1912), 이기세의 '유일단', 조중장의 '혁신선미단', 박창한의 '청년파일단', 김정원의 '이화단', 조중장의 '조선풍속개량선미단', 김성기의 '기성청년단' 등이 창단되었다.

혁신단을 위시한 여러 신파극단의 광고와 연극관련 기사가 신문의 '연예란'을 풍미하게 되었다. 그런데 새로운 연극, 신파극이 내건 미덕이 바로 '취미(趣味)'였다.

① **혁신단** : 演興社에서 흥행ㅎ는 혁신단 신연극은 날이 올일스록 더욱 연구

ㅎ야 **관람자의 취미를 돕는고로** 밤마다 인산인해를 일우는중 磚洞 普中親睦 會의 경비를 보조홀 차로 쟝ᄎ 연주회를 설힝ᄒ다 ᄒ고.[92]

---

91 오랫동안 한국 근대연극사에서 1910년대 신파극은 괄호로 남겨진 역사이자 극 양식이 었지만, 최근 10년간 신파극에 대한 활발한 연구가 진행되었고 연극사적 위상이 어느 정도 복원되었다. 양승국, 「1910년대 한국 신파극의 레퍼터리 연구」, 『한국극예술연구』 8, 한국극예술학회, 1998; 양승국, 「1910년대 신파극과 전통 연희의 관련 양상」, 『한국극예술연구』 9, 한국극예술학회, 1999; 명인서, 「한국연극 및 공연이론 : 한일 신파극과 서구 멜로드라마의 비교연구」, 『한국연극학』 18, 한국연극학회, 2002; 김소은, 「근대의 기획, 신파 연극의 근대성 조건」, 『어문론총』 39, 한국문학언어학회, 2003; 우수진, 「초기 가정비극 신파극의 여주인공과 센티멘털리티의 근대성」, 『한국 근대문학연구』 7(1), 한국근대문학회, 2006; 김재석, 「한국 신파극의 형성과 川上音二郞의 관계 연구」, 『어문학』 88, 한국어문학회, 2005; 이승희, 「기표로서의 신파, 그 역사성의 지형」, 『한국극예술연구』 23, 한국극예술학회, 2006.

② 봉선화 연극은 만쟝갈치로 환영을 밧아 원만훈 연극을 흥힝ᄒ얏ᄂᆞᆫ듸 죠션에서는 ᄌᆞ리로 연극이라 ᄒᆞᄂᆞᆫ 것도 업섯거니와 근일에 신파연극이 나온 후에 그 지료ᄂᆞᆫ 흥향 ᄂᆞ디쇼셜을 모범ᄒᆞ야 흥힝ᄒᆞᄂᆞᆫ 바 일반인은 그 **진졍훈 취미**를 ᄌᆞ세히 알지 못ᄒᆞ더니 요ᄉᆞ이로 점점 인민의 지식정도가 젼이보다 진보됨으로 연극도 ᄯᅩ훈 ᄯᅡ라서 진보홈은 졍훈 리치라 이제 비로소 신소설이라 ᄒᆞᄂᆞᆫ 것을 윤식ᄒᆞ야 연극에 올니게 된 것은 본 매일신보샤도 얼만큼 시셰에 본 것이 잇슴으로 연극계에 권고홈이 잇셔셔 이제ᄂᆞᆫ 소셜로 연극홈을 일반이 환영ᄒᆞ게 됨은 실로 다힝한 일이라.[93]

③ **革新團 演興社에서 公演『鬼娘毒婦姦計』**: 십륙셰에 소년녀ᄌᆞ가 악의로 간부를 부동ᄒᆞ야 신랑을 밤에 목을 미여 죽이려 ᄒᆞ다가 발현되야 일쟝 풍파가 이러ᄂᆞᆫ 사실을 본단에서 일신 기량ᄒᆞ야 **풍속샹 모범이 되도록 취미와 실익을 겸ᄒᆞ야** 흥힝ᄒᆞ오니 속속 리님ᄒᆞ심을 망홈.[94]

④ **文秀星의 又妨光**: 죠션에는 원리 연극이라 ᄒᆞᄂᆞᆫ 것이 업고 다만 음론피쇽ᄒᆞ다 홀 만훈 구연극(광ᄃᆡ소리, 무동, 춘향이노름)이 미미ᄒᆞ게 남아잇슬 ᄲᅮᆫ이더니 근일에 일르러셔는 신파연극이라ᄂᆞᆫ 것이 각쳐에 싱겻ᄉᆞ나 혹은 영업을 목뎍ᄅᆞ며 혹은 남의 흉ᄂᆡ를 ᄂᆡᆷ에 지ᄂᆞ지 못ᄒᆞ야 **진실훈 신연극의 취미**를 가진 단톄는 보기 어렵더니 젼년에 문수셩일행이라 ᄒᆞᄂᆞᆫ 단톄ᄂᆞᆫ 이것을 기탄이 녀기고 ᄯᅩᄂᆞᆫ 향션증악의 목적으로 문예샹 취미있는 사롬 긔인이 모뎌 열심히 원각사에서 흥힝ᄒᆞ던중 직정의 군졸홈을 인연ᄒᆞ야 부득이 즁지ᄒᆞ얏ᄉᆞ나 항상 ᄯᆡ를 기다리던 중 이번에 신ᄉᆞ 오수영, 최기룡 냥 씨가 츌쟈ᄒᆞ야 문슈셩 일힝을 다시 일으키기로 결심ᄒᆞ고 모범뎍 연극

---

92 『매일신보』, 1912.4.2.
93 『매일신보』, 1913.5.8.
94 『매일신보』, 1914.1.13.

을 성행혼다는디 인원은 모다 니디류학생으로 각 전문학교를 졸업혼 인 ㅅ인데 너월 쵸싱부터는 연극을 시작혼다는디 죠션에서 가위 연극이라 이를 만혼 것은 이제야 비로소 보게 되었다.[95]

⑤ **조선문예단출현** : 리기셰 군의 발긔로 됴션 신파연극계의 비조가 되었던 이기셰 군은 근일이 이르러 다시 예술덕신파연극단을 조직ㅎ얏는디 방 금 디구좌에서 **가쟝 취미잇논 연극**을 하는 중이라더라.[96]

⑥ **連鎖活動寫眞劇 '知己' 全五幕** : (…중략…) 일힝 이십여명 중에는 蘭西小 艇이라는 꼿갓튼 녀배우도 잇서 **매우 취미가 진진**하겠더라.[97]

⑦ **김소랑의 『夜聲』을 보고. 八克園** : 연극이라 ㅎ는 것은 단슌히 권션징악ㅎ 는디 효과가 잇슬 뿐만 안이라 간단히 말하자면 어느 나라이던지 그 나라 의 연극을 보고셔 그 나라의 문명뎡도 여하를 판단홀 수가 잇는 것이다. 요ㅅ이 우미관에서 흥힝ㅎ는 취셩좌 김소랑 일힝의 『夜聲』이라 ㅎ는 연 극을 보앗다. 그 극을 볼 쎠 우리 됴션사회도 얼마나 만히 열인 것을 비로 소 판단하게 되었다. 그 『夜聲』이라는 각본은 관긱에게 권션징악의 인상 만 즐 뿐이엿셧스나 **우리 됴션에서는 가쟝 처음되는 취미잇논 것**이엿셧스 니 상당한 역자 즉 비우들이 미우 슉달혼 것 갓힛스며 젼자의 달은 단에게 듯던 바 구졀이 닷지 안는 말, 즉 말되지 안이ㅎ는 말 다시말ㅎ자면 무식 혼 말은 들어볼 슈가 업셧다.[98]

　기사 ①은 혁신단의 신연극이 '관람자의 취미를 돕는 연극'임을 내세

95　『매일신보』, 1914.2.24.
96　『매일신보』, 1919.10.30.
97　『동아일보』1919.4.24.
98　『매일신보』, 1919.12.25.

웠다. '취미'의 구체적인 맥락을 포착하기 어려운 짧은 글이지만, 동시대 모든 담론들에서 여전히 풍속개량과 문명지향이 풍미했음을 고려할 때, 공익사업[99]을 하고자 하는 임성구의 '신(新)'연극이 내세우는 '취미'가 단순한 재미의 차원은 아니었을 것으로 추측된다. "지식을 계발ᄒᆞ는 긔관이 신문잡지 외에 직접으로 인민의 감각을 고발ᄒᆞ기는 연극보다 더속ᄒᆞᆫ자가 업"[100]다는 인식 하에서, 당시 계몽주의 지식인과 언론인들은 신파극에 시대적 요청을 하고 있는 상황이기도 했다. 또 다른 혁신단 관련 기사에서는 "혁신단 단쟝 림셩구(林聖九) 씨"가 "신연극을 셩ᄒᆞᆫ 이후로 ᄌᆞ긔의 영업만 목뎍을 삼을 뿐 안이라, 각 ᄉᆞ립학교에 경비가 군졸ᄒᆞᆫ 것을 익셕히녁여 금년 봄에도 죠산부양셩소 등, 모모학교에 더ᄒᆞ야 슈삼ᄎᆞ식 다슈의 연죠를 하얏슴으로, 교육상 열심을, 모다 찬셩ᄒᆞᄂᆞᆫ바이더니 일간의 쳥년학원에 더ᄒᆞ야 긔부ᄒᆞ기로"[101]했다며, 그의 '공익(公益)' 실천을 칭송했다. 임성구를 두고 "연극도 샤회에 유익ᄒᆞᆯ만ᄒᆞᆫ 각본으로 흥힝ᄒᆞ고 공익ᄉᆞ업도 진심으로 ᄒᆞ며 비우중에 첫 손가락을 가히 꼽을 만"하다고 평가하기도 했다. 이 기사의 표제는 「배우의 교육열심」이었다. 1910년대에는 임성구의 이런 모든 연극적 활동이 '교육'으로 수렴되는 현실이었던 것이다.[102]

②에서는 관객들이 그동안 신연극을 보아왔지만 일본 소설을 재료로 한 신파극이었기 때문에 연극의 '진정한 취미'를 알지 못했다고 말한다. 조선인 관객들이 일본 원작의 묘미와 연극적 감동을 온전히 향유할 수 없다는 뜻이다. 일본 신파 변안극의 한계를 당대에 이미 인식하고 있었

---

99 「혁신단의 의무」, 『매일신보』, 1912.4.6.
100 『매일신보』, 1912.10.4.
101 『매일신보』, 1912.10.3.
102 혁신단 연극이 취미가 많다는 기사는 이후에도 지속적으로 실렸다. "혁신단: 황금유원에셔 흥힝하는 혁신단은 일반 비우가 열심활동홈을 짜라 연극의 취미가 만흠으로 미야 그 문항혜는 져ᄌᆞ를 일으ᄂᆞ더." 『매일신보』, 1913.2.21.

던 것인데, 신파극『봉선화』는 이해조가 번안하여 매일신보에 연재한 신소설『봉선화』를 신파극으로 각색한 작품이었다. 이렇게 '일본 신파소설 → 조선어 번안소설 → 신파극 각색'이라는 과정을 거쳐서 완성시킨 신파극『봉선화』는 당대 조선인들이 그 내용을 파악하고 연극적 재미를 느끼기가 수월했을 것이다. 위의 기사는 관객들이『봉선화』관극을 통해 '진정한 취미'를 알 수 있을 것이라며 '연극'이라는 장르의 감상 효과를 보증하는 말로 '취미'라는 개념을 사용했다. 또 관객들의 지식 정도가 예전과 다르게 진보했고 연극 역시 진보했다고 평가함으로써, 당시의 관객을 1900년대의 '음부탕자' '풍류배'로 간주되던 관객들과 구별해 냈다. 이런 진술은 관객과 연극의 사회적 위상을 높이는 효과를 낼 수 있었다고 본다. 여기서의 '취미'는 신파극의 새로운 내용과 연극형식을 통해 '재미'를 제대로 느끼도록 하는 연극적 요소를 가리킨다고 하겠다. 즉 오늘날 흔히 말하는 감동과 즐거움 같은 광범위한 감상 효과를 포괄하는, 의미의 폭이 넓은 개념이라고 하겠다.

③은 실화를 소재로 한 혁신단 연극『귀랑독부간계(鬼娘毒婦奸計)』에 대한 기사이다. 간부(奸夫)와 음모를 꾸며 남편을 죽이려다가 발각된 한 여자의 사연을 연극화함으로써, 관극 효과를 "풍속상 모범이 되도록 취미 실익을 겸"하였다고 소개하고 있다. 앞 장에서 보았듯이 당대의 '취미와 실익'은 마치 하나의 관용구처럼 쓰이면서, 그 대상이 지향하는 근대성과 문명적 효과들을 대변했다.

④의 기사는 두 가지 층위의 '취미' 용법이 동시에 쓰이고 있어서 흥미롭다. '대상 안에 있는 미적 자질이나 멋'이라는 의미의 '취미'와, '인간이 가지고 있는 미적 감수성, 아름다움을 감지하는 능력'으로서의 '취미'가 바로 그것이다. "신연극의 취미를 가진 단체"는 전자에 해당하고, "문예상 취미있는 사람"은 후자에 속한다고 하겠다. 〈문수성〉이라는 문사극단과 〈문수성〉 일행(一行)을 지칭하면서 '취미'라는 개념을 사용한 것이

다. 극단 발기인들은 자신들이 전문학교를 졸업한 내지(內地) 유학생들
이고 문예에 취미가 있는 지식인들임을 전면에 내세움으로써, 동시대의
신파연극과 차별화하려고 했다. ②의 기사와 마찬가지로 한국에 신파
극이 번성한지 약 2년 만에(1914) 일본 신파극을 모방한 한국 신파극에
대한 당대의 비판적 시각이 생겨났음을 확인할 수 있다. ⑤와 ⑥에서
'취미'는 계몽적 문맥에서 벗어나, 단순한 흥미나 재미를 가리키는 말로
쓰였다.[103] ⑦은 1919년에 팔극원(유지영)이 쓴 글로, 단순한 감상문이나
광고가 아니라 논조를 띤 본격적인 연극비평 기사이다. 그에 따르면 연
극은 권선징악의 효과가 있을 뿐 아니라, 그 나라의 문명 정도를 판단할
수 있는 척도이다. 그는 취성좌 김소랑 일행의 연극 『야성(夜聲)』이, 권
선징악뿐만 아니라 조선의 문명적 상태가 진일보했음을 보여준 '취미있
는 연극'이라고 고평(高評)했다. 배우들의 연기가 숙련되었고, 다른 연극
에서처럼 말이 되지 않거나 무식한 말이 없었다는 것, 즉 서사의 개연성
을 확보했고 인물들의 대사가 저속하지 않다는 것이다.[104] 배우들의 연

---

103 "금번에 본샤에서 가쟝 참신훈 연극진료로 취미진진ᄒ고 포복절도홀 각본을 창작ᄒ여
명일브터 본지에 긔지하겟사오니." 『매일신보』, 1912. 11. 16.

104 신파극 재현의 리얼리티에 대한 인식은 다음 기사들에서도 발견된다.
"연홍사에게 연일 흥행ᄒ야 일반의 죠흔 평판을 엇음은 전일부터 잇셧거니와 근일에는
더욱 기술이 정미ᄒ야 죠선연극게에 데일위를 덤령ᄒ얏스며 제작 일십칠일에는 본
샤신보 소면 쇼셜 쟝ᄆ홍 전편만 흥행하얏는데 리슈일 심슌애의 셩질을 조곰도 위배ᄒ
이 업시 그대로 묘소ᄒ야 일반관객의 대환영을 밧앗고." 『매일신보』, 1913. 7. 29.
"유일단은 요ᄉ이 연일 만에에 대셩황으로 죠션에서는 가히 유일훈 연극이라 칭홀 만
ᄒ며 기예의 숙달홈과 언어 행동의 고샹홈은 가위 연극계에 모범이라 일을시라 재작일
은 혈의루라 ᄒ는 연뎨로 개연ᄒ얏는데 련대쟝의 오셩과 쇼위 송강의 침착 묵중훈 태도
는 가히 실샹으로 그 스룸을 당ᄒ야 보는듯훈 감념이 일어나며 폭도 리희봉의 부인 츈
즈는 강보에 싸인 아당을 던지고 리혼을 당ᄒ야 친가로 도라가 잇다가 (…중략…) 묵묵
히 말은 업스나 동작ᄒ는 모양은 말에서 더욱 비쟝ᄒ고 난쳐훈 형용이 보이니 실로 탄복
홀 만치 ᄒ는데." 『매일신보』, 1913. 1. 29.
"예성좌의 初舞대 코시카형뎨롤보고: 일전부터 평판이 쟈쟈ᄒ야 경셩늬에서 고더ᄒ던 예
성좌 첫눌을 구경초로 파라표 한쟝을 손에 들고 대문을 드러셔니 (…중략…) 첫막이 열리
니 그곳은 〈오페라〉좌의 문압히라 도구의 셜비도 그릴듯ᄒ고 출쟝ᄒ는 인물도 태도가 과
히 빠지는 곳은 업다ᄒ겟스나 녀비우 백홉즈 「百合子」는 바른손으로는 치마뒤ᄌ락을 들고

기와 대사가 풍기문란을 염려하지 않아도 될 만큼 세련되어서, 연극이 과거의 야만과 구습을 탈각하고 '문명'의 모범이 될 수 있겠다고 평가했다. 그리고 이것을 한마디로 "가장 처음되는 취미있는 것"이라고 응축했다. 여기서 '취미'는 '문명'과 연동(連動)하는 개념으로 사용되었다.

신파극을 보러 오는 '관객의 위상'에도 변화가 생겼다. 1912년 2월 16일자 기사에서 전제하고 있는 관객은 '進步된 世人'이었다. 이제 연극은 "지식정도가 전이보다 진보"[105]한 인민을 극장으로 불러냈다.

> 우리 평양은 경향에 유명호 명창 광디 김봉문 심정슌 일힝이 지난달부터 특별호 연극을 흐는디 참말 명챵들이란 말숨이야요. 김봉문의 판소디와 심정슌의 가양금 병챵은 참 귀신이 곡을 흐겟서요 그뿐아니지오 김봉문 일힝의 힝위들이 엇더케 얌견호지몰라요. 그러케 째문에 **졈즈는 집부인 신스들도 구경을 만히가는 모양**이오 요스이는 쟝마가 져셔 연극은 흐지 못흐고 각쳐 졈즈는 집 스랑에셔 김봉문 일힝을 쳥흐여다가 각식소리를 식이는디 썩 유쾌하던걸이오 우리 ᄀᆞᆺ흔 사름은 어셔 일긔가 쾌쳥히야 연극장으로나 구경을 갈터인디. (平壤生)[106]

이 기사는 일단 낡은 방식이 새로운 방식에 의해 송두리째 밀려나지 않는다는 것을 보여준다. 당시 명창 김봉문 일행이 극장 공연과 개인적

왼편 손에는 꽂가지를 주엇는디 두손은 모도 풀로 부쳐노은 것갓치 움직이지 못흐고 얼골로만 틱도를 부리는고로 표정이 덜되더라. 손과 몸을 너모 놀녀도 못쓰지만." (조일제) 『매일신보』, 1916.3.29.

이것은 역으로 1910년대에 유행하던 신소설과 신파극에 리얼리티가 부족함을 지적하며 현실을 핍진하게 사실적으로 묘사해야한다는 당대인들이 요구가 있었음으로 보여주는 것이기도 하다. 허만욱, 「신소설의 주제의식과 그 형상화에 관한 연구―1910, 20년대의 작품을 중심으로」, 중앙대 박사논문, 1995, 130면.

105 『매일신보』, 1913.5.8.

106 「독자긔별」, 『매일신보』, 1914.7.12.

인 소청(所請)에 응한 초청공연이라는 두 가지 방식으로 연행을 계속하고 있었음을 알 수 있는데, 조선시대 양반들이 소리꾼을 초청해서 개인적으로 예술을 향유하던 방식이 1910년대까지도 남아있었던 것이다. 이 글을 투고한 평범한 독자인 '평양생'은 장마가 지나고 날씨가 좋아지면 연극장 구경이나 가야겠다고 한다. 그는 여기서 공연문화와 관객에 대한 순화(純化)된 시각을 표출했다. 공연단 일행의 행위가 아주 점잖기 때문에 "점잖은 집부인 신사들"도 구경을 많이 간다면서, 수준 있는 공연자와 고상한 관객의 관계를 거론한 것이다. 연극장의 관객을 "점잖은 집부인 신사들"로 호명한 것은, 1900년대 극장관객들에 대한 비판 일변도의 평가와는 분명 달라진 지점이다.

하지만 학생들이 극장출입을 하는 것에 대해서는 여전히 경계했다.[107] 연극이 '사회교육'이나 '보통교육'의 역할을 어느 정도 대신할 수 있지만, '지식(인) 교육'에는 합당하지 않다고 보았다. 특히 학도들이 극장 안 노동자나 부녀자 사이에서 유희에 현혹당하고 심지가 흔들려서는 안 된다고 주의를 주었다.

'극장 구경'은 1900년 이래 '허영'과 '사치'로 낙인찍혀 풍속담론의 집중적 공격을 받았다. 그러나 관객이라는 이름으로 공적 공간에 출연한 이들이 관극의 주체가 되는 기제가 한편에서 마련되고 있었다. 관객이 주체적으로 공공의 공간을 장악하고 활용하는 데는 '소비'와 '과시'의 행위가 뒷받침되어야 했다. 과시는 유행을 선도했고, 소비로 직결되었다.

---

[107] 玉汀生, 「警告男女學生」, 『매일신보』, 1911.5.16. "何國이든지 最多數훈 열등인민을 교육호눈티눈 연극이 第一点에 居훈"다 하고 특히 "學校에서 修學하기 不能호고 사회에서 接物홈을 不得한" "勞動社會와 婦女 등"에게 적합하다고 밝히고 있다. 또한 학생 제 군의 경우 가족(家族), 향당(鄕黨), 국인(國人), 동포(同胞)를 위하여 할일이 많은 이들로 "시간이 황금가치 貴中"하니 "天與흔신 一脉精神을 각종 科學에 鑽入흐고 演門戲戶에 足跡을 屛遠"하라고 충고하고 있다.

근일 연극쟝 부인석에는 훌륭혼 잡화상 한판이 미일 벌녀 노인 것 갓던걸 웨 그러케 졔구가 만혼지 그 안진 압을 잠간 건너다 보면 조박이 목도리 살죽경 권 련갑 물쑤리 우산 손가방 등 여러가지 하이칼나 졔구요 손에는 차종 발아리는 요강이라 어허 참 굉쟝하더군.[108]

위의 기사는 부인 관객의 허영과 사치를 비난하고자 한 것이지만, 현 실에서는 근대적 '유행'의 흐름이 생산되고 있음을 보여준다. 관객들은 근대적인 볼거리를 찾아 극장에 모였지만, 스스로 볼거리의 대상이 되기 도 했다. 극장은 근대적 외양과 스타일의 전시장 역할을 했다. 남편들은 "요시는 엇더케 되야 그런지 의례히 녀편네가 연극쟝에만 갓다오면 싱짜 증을 니고 비단옷 히달라고 트적이를 느이는 구려"[109]라며 하소연을 했다.

부녀의게 티혼 회독 : 량가의 부녀는 평시에 기성을 엇어보지 못하다가 연주 회룰 혼다는디 구경을 가셔 시디테되는 기성의 의복도 보고 자긔 알지 못하던 댠장법이라던지 옷입는 것을 유심히 보아 모다 이룰 본쓰랴ᄒᆞ니 이러한 화려 혼 것을 본쓰랴ᄒᆞ는 허영심으로 인ᄒᆞ야 여러가지 불미혼 일이 싱기ᄂᆞ니 이 기 싱연쥬회ᄂᆞᆫ 량가의 ᄌᆞ뎨에게 디하야 큰 회독을 씨칠 쑨안이라 량가의 녀ᄌᆞ에 게 짜지 심리 아름답지 못혼 영향을 밋치게 하는 것이라.[110]

분홍 목도리에 흑안경 쓰고 슝츙이 버레 후신인지 아조 시파랏케 아러 우를 슉고스로 감고 엇던 히사시가미혼 하이카라상과 갓치 동무ᄒᆞ야 쑥 밤이면 황 금유원 신연극쟝으로만 더여셔는 온나는 그 누군가 하얏더니 혼다 혼 마동집 이라나.[111]

---

108 「독자구락부」, 『매일신보』, 1913. 3. 15.
109 「독쟈긔별」, 『매일신보』, 1914. 2. 6.
110 「기생연주회와 사회의 풍기」, 『매일신보』, 1914. 10. 16.
111 「독쟈긔별」, 『매일신보』, 1913. 10. 21.

실제로 전통적 관습과 제도에서 가장 먼저 해방된 인물군은 기생이었다. 기생은 과거의 사적 공간에서 근대 공적 영역으로 제일 먼저 진출한 이들이었다. 머리모양과 옷차림 등 근대적 외양에 있어 기생은 선구적 여성 집단이었다.[112] 이들의 의복, 단장법과 금반지, 비단옷은 상류계층과 양가집 아녀자들의 소비욕망을 불러일으키면서 유행을 선도해갔다. 이렇듯 당시 여성관객의 허영과 사치를 금단(禁斷)하려는 일련의 담론들은 역으로 근대 소비주체와 연극의 주요 관객층으로 여성이 대두하게 될 것을 예견했다.

2) '취미화(趣味化)'를 둘러싼 제국(帝國)-식민(植民)의 역학관계

경성(京城)에 거주하던 일본인 샤코오 슌죄(釋尾旭邦)는 1908년부터 경성에서 일본어 잡지 『조선(朝鮮)』을 발행했다. 그리고 1911년에는 『조선』의 후신(後身)으로 역시 일본어잡지인 『조선급만주(朝鮮及滿洲)』를 경성에서 발행했다. 『조선급만주』는 1911년부터 1941년까지 무려 30년간 지속적으로 발간되면서, 제국주의 국가 일본의 대륙팽창정책을 민간에서 지지한 잡지였다. 초기에는 일본인의 조선이주를 장려하고 이주관련 정보를 제공했으며, 총독부의 행정에 대한 비판과 건의, 재경(在京) 일본인 사회의 생활상 보도와 비판, 경성인상기(京城印象記)와 여행기 등의 기사를 주로 실었다. 『조선급만주』는 1911년 당시 조선에서만 6천 부가 발행된 영향력 있는 매체였다.[113] 일본과 조선에 거주하는 일본인들을 주요 독자[114]로 상정하고 있는 잡지의 특성상, 『조선』과 『조선급만

---

112 김일란, 「기생, 혹은 근대여성의 증식주체」, 『문화과학』 31, 문화과학사, 2002, 261～275면.
113 윤소영, 「일본어 잡지 『朝鮮及滿洲』에 나타난 1910년대 경성」, 『지방사와 지방문화』 9(1), 역사문화학회, 2006, 164～165면; 최혜주, 「한말 일제하 샤코외(釋尾旭邦)의 내한 활동과 조선인식」, 『한국민족운동사연구』 45, 한국민족운동사학회, 2005.

주』는 식민지 조선으로 본국인들을 이주시켜 식민정책을 실시하고자
한 제국의 통치전략이 어떤 식으로 기획되고 전개되었는지를 좀 더 직
접적이고 구체적으로 보여준다. 특히 1910년 이후로는 내지연장주의(內
地延長主義)의 입장에서 경성을 제국일본의 지방으로 상정하고, 일본 내
의 제도와 행정을 경성에 바로바로 전송하는 역할을 했다.

　풍속과 일상, 행정과 위생, 경찰법 등 제도와 관습을 망라한 식민지
통치의 다양한 전략 안에는 '취미(趣味)'의 전파와 교육도 포함되었다. 이
때의 '취미'는 일본 내에서 메이지 말기부터 대두한 취미교육의 당위성
과 잡지『취미(趣味)』의 계몽운동, 다이쇼 문화주의라는 배경을 가진 것
이었다. 메이지 말기 "좋은 취미"란 일본인의 감성에서 서양의 문화를
흡수, 소화하여 독자적인 새 문화를 만드는 것이었고, 그것을 위해 새로
운 풍속 스타일을 만드는 것이었다.[115] 일본의 '새로운 생활 양식의 창출'
을 통한 '취미' 계몽은 일상적인 의식주 안에서도 시도되었다. 이러한 일
본의 '취미(론)'가 조선에 끼친 영향관계와 구체적인 발언을 선명하게 보
여주는 것이 잡지『조선』과『조선급만주』였다.[116]

114　뿐만 아니라 일본어 해독 능력이 있는 조선인도 독자층에 포함되었을 것이다. 필자들
　　은 대부분 일본과 경성에 거주하는 일본인 관료와 명사들이었지만, 시간이 지나면서
　　조선의 각 분야 인사들도 필자에 포함되었음을 확인할 수 있다.『조선급만주』에 실린
　　이기세, 서항석, 안석주, 김동인 등의 글을 찾아볼 수 있다.

115　神野由紀,『趣味の誕生』, 勁草書房, 2000, 27〜28면.

116　1920년대까지『朝鮮』과『朝鮮及滿洲』에 실린 취미론, 조선의 취미 관련 기사 등은 다
　　음과 같다. '취미'라는 단일 주제하의 기사 분량과 내용의 폭이 상당함을 확인할 수 있
　　다. 「趣味の說」,『朝鮮』15, 1909.5, 1면; 「趣味の向上」,『朝鮮』19, 1909.9, 8면; 旭邦生,
　　「主張 : 在韓邦人と趣味」,『朝鮮』23, 1910.1, 6〜7면; 「趣味と娛樂機關」,『朝鮮』24,
　　1910.2, 43〜47면; 藤村狹川, 「國境の趣味」,『朝鮮』25, 1910.3, 50〜51면; 取調局事務
　　官 監川一太郎, 「朝鮮人に對する娛樂機關の設備と改良を圖れ」,『朝鮮』39, 1911.5,
　　16〜18면; 旭邦生, 「趣味化の設備」,『朝鮮』49, 1912.3, 6〜7면; 「如何にせば趣味化し
　　得るか」,『朝鮮』49, 1912.3, 45〜58면; 警務總長, 「夏の趣味」,『朝鮮及滿洲』57,
　　1912.5, 13면; 羽水生, 「京城の冬 : 趣味と京城人」,『朝鮮及滿洲』66, 1913.1, 140〜147
　　면; ヒマラヤ山人, 「人物と趣味及び娛樂」,『朝鮮及滿洲』90, 1915.1, 66〜71면; 秋山博
　　士, 「興味樣樣の正月」,『朝鮮及滿洲』90, 1915.1, 100〜106면; やまと新聞編輯長 日田

일본은 조선을 근대화하고 문명화한다는 명목 하에 조선의 제분야를 법제화했고, 조선인들에게 근대 규율을 내면화시켰다. 공원, 도서관, 공회당, 극장, 유락장(遊樂場)을 만들었고, 위생취체법을 만들어 공동변소와 하수도를 개선했다. 이것은 "경성을 취미화하려는[京城を趣味化せざる]"[117] 제국의 전략이었다.

한일병합을 목전에 둔 시기인 1909년 5월에 잡지 『조선』에는 권두언 격인 「취미론[趣味の說]」이 실렸다.

인생에서 취미(趣味)가 없다는 것은, 별이 없는 하늘과 같고, 물이 없는 사막과 같고, 꽃이 없는 황무지와 같이 아주 삭막한 것이 된다. 인간으로서 취미에 대한 이해가 없다는 것은 사탕에서 단맛을 뺀 것과 같고, 맥주에서 주정을 뺀 것과 같아서, 인간존재의 의의(意義)를 소멸하게 한다.

옛사람의 취미가 반드시 오늘날의 취미와 같지 않고, 서양인과 동양인, 문명인과 비문명인이 각기 취미하는 바가 다르며, 노인과 어린이, 남자와 여자의 취미도 다르다. 부귀한 자와 빈천한 자, 교육받은 자와 무교육자가 종국에 취미를 같이하는 것은 어렵다. 직업, 경우, 계급, 주의, 기질에 따라 자연히 그 취미가 같지 않다. 취미를 통해 그 시대의 문명과 야만을 통찰하고 그 나라의 인문(人文)을 두루 살펴려한다면, 그 가정, 그 사회, 그 인격, 그 사람을 미루어 알고 있어야한다. (…중략…)

亞浪, 「俳趣味より觀たる元日」, 『朝鮮及滿洲』 90, 1915. 1, 100~106면; 前日本主筆 永井柳太郎, 「予は朝鮮を如何に觀しか : 朝鮮は中中趣味がある」, 『朝鮮及滿洲』 99, 1915. 10, 77면; 松崎天民, 「東京生活の興趣」, 『朝鮮及滿洲』 104, 1916. 3, 96~99면; 古川荻風, 「天山の仙趣俗趣」, 『朝鮮及滿洲』 109, 1916. 8, 76~79면; 夢の家た銀, 「京城花柳界の變遷と十年前後」, 『朝鮮及滿洲』 118, 1917. 4, 159~161면; 「法曹界と趣味」, 『朝鮮及滿洲』 129, 1918. 3, 36면; 「趣味の將軍連」, 『朝鮮及滿洲』 132, 1918. 6, 35면; 仁川觀測所長 平田德太郎, 「朝鮮の時局に對して : 鮮人に學術的趣味を喚起すべし」, 『朝鮮及滿洲』 146, 1919. 8, 25~26면.

117 「如何にせば趣味化し得るか」, 『朝鮮』 49, 1912. 3, 45~58면.

한인(韓人)의 취미는 이해할 수 없다. 하늘에는 광채가 없고 땅에는 색채가 없고 사람에게는 예술이 없다. 재한(在韓) 일본인의 말을 들어보면, 한국은 그저 돈벌이의 땅이고 타관살이의 땅이다. 일본으로 돌아간 젊은이가 취미에 대해 말하는 것을 보면, 우리(일본) 동포가 조선을 개척하고 30년이 되었는데도 한국의 산과 물과 사람은 여전히 취미와 몰교섭하다고 말한다. 때문에 자연히 매춘이 번창하고 노름이 공공연하며 속악(俗惡)의 기운과 황량한 풍경만 있다. 이런 결과이고 보니 반도개척(半島開拓), 신일본(新日本) 설비(設備)의 사명을 완성할 수나 있을까. (국역－필자)[118]

인생에 있어 취미의 의미를 강조하고 취미가 문명 / 야만의 기준임을 서술한 이 기사는, 메이지 말기 문화개량운동의 취미론과 동일한 논리를 펼치고 있다. 그리고 한인(조선인)들은 취미와 몰교섭(沒交涉)하고 그저 매춘과 도박만을 즐길 뿐이라고 비난했다. 물론 비난의 주체는 이미 취미(趣味)라는 '문명적 자질'을 소유한 일본인이다.[119] 황량한 풍경의 조선을 개척하고 신일본을 설비하기 위해서는 취미있는 삶이 반드시 전제되어야함을 에둘러 말하고 있는 이 글의 논조는 이후 식민지 조선 내에서 펼쳐질 취미론의 선두격이 된다.

---

118 「趣味の說」, 『朝鮮』 15, 1909.5, 1면.
119 본격적인 취미론은 아니지만, 문명을 선취한 제국 일본이 식민지 조선에 취미를 보급해야한다는 입장에서 창경궁의 박물관 사업을 진행했던 제국관료의 발언에서 '취미'를 발견할 수 있다. "이렇게 오래되면 보통 건물과는 풍취가 달라지기 때문에 하나의 거대한 미술골동품으로 완상해도 좋을 만큼 고색창연함을 풍깁니다. (…중략…) 생각해보면 건물 자체로서도 지금에 와서 이 고상한 문명의 사업에 이용되는 것이 분명 만족스러울 것입니다. 실제로 다른 건 몰라도 박물관만은 이 오랜 역사를 지닌 고아(古雅)한 건물의 미(美)와 상응해서 무한한 아취(雅趣)를 더하는 것 같습니다. (…중략…) 특히 순결한 오락의 취미가 결핍된 한국에서는 가장 필요한 것입니다. 첫째 일반 관람자들의 마음과 눈을 즐겁게 해주며 또 한편으로는 유익한 지식을 널리 알릴 수 있으며 고상하고 청신한 취미를 고취하기 때문입니다." 宮內府書記官 井上雅二, 「博物館及動植物園の設立に就て」, 『朝鮮』 4, 1908.6, 68~69면.

'조선의 민둥산(朝鮮の山は禿)'과 '벚꽃의 나라 후지산의 나라[櫻花國 富士山國]'[120]라는 수사(修辭)는 '무취미(無趣味)'하고 '살풍경(殺風景)'한 조선과, '취미력(趣味力)'과 '미질(美質)'이 풍부한 일본을 상징했다. 일본이 조선의 '무취미'에 민감했던 일차적인 이유는, '10여 만 재한 일본인'이 "점점 타락해가고 요보화되어가며 그러다가 종국에는 연회병(宴會病)에 걸리고 사치병에 빠지게 되는[日々墮落しつつあり、日にヨボ化しつつあり、從に宴會病に襲はれ、從に奢侈病に因る]" 사회적 풍기 문제 때문이었다. 여기에는 재조 일본인들이 돈벌이를 위해서 타관살이를 한다는 단기적인 이주 태도를 버리고, 조선에 건전하게 정착하여 투자하고 산업을 일으켜야만 식민통치가 원활하게 지속될 수 있을 것이라는 제국적 통치 시각이 근저에 깔려 있었다. 그래서 "도서관, 음악당, 공원 등을 설비하는 것이 급하"다는 인식과, "요리집과 오복점에 투자하는 돈의 절반이라도 할애해서 취미가 많은 공동적 오락기관을 설비[旗亭と吳服屋に投する半金を割かば趣味多き公共的の娛樂機關を設くる]"해야 한다는 구체적인 제안들이 나오기 시작했다.[121]

1910년대 경성을 대상화한 일본인의 취미담론은 모두, 조선의 살풍경과 무취미에 대한 비판, 그리고 "도서관, 음악당, 극장, 오락장"과 같은 "정신상의 취미오락기관",[122] "공공적 취미오락기관",[123] "공공취미(公共趣味)"[124]의 설비에 대한 주장으로 수렴된다. 그리고 흥미로운 것은 이와 같은 논리와 주장을 담은 취미론이 1926년 '취미잡지'를 표방했던 『별건곤』 창간호[125]에서 그대로 반복되고 있다는 것이다. 식민지 조선의 '살풍경(殺風景)'과 '무취미(無趣味)', '무활력(無活力)'이라는 비판적 수사와 '공

120 「趣味の向上」, 『朝鮮』 19, 1909.9, 8면.
121 위의 글, 8면.
122 旭邦生, 「主張 : 在韓邦人と趣味」, 『朝鮮』 23, 1910.1, 6면.
123 「趣味と娛樂機關」, 『朝鮮』 24, 1910.2, 43면.
124 旭邦生, 「趣味化の設備」, 『朝鮮』 49, 1912.3, 7면.
125 碧朶, 「貧趣味症慢性의 朝鮮人」, 『별건곤』 창간호, 1926.11, 57~61면.

공적 취미오락기관'의 설비를 주장하는 논리가 거의 동일하다. 다만 1910년대의 취미론이 제국 일본에 의한 식민지 조선의 야만스런 취미문화 비판이었다면, 1926년 벽타의 발언은 식민지인 내부에서 조선적 문화현실에 대한 자각과 성찰이 일어나기 시작했음을 보여준다고 하겠다.

한편 당시 내부경무국장이었던 마츠이 시게루(松井茂)는 '취미(趣味)'와 '오락(娛樂)'을 이렇게 구분했다. "취미와 오락은 자연 별개의 문제이지만, 취미가 야비하다면 열등한 오락에 빠지게 되고 오락기관이 득이 되지 않으면 취미가 저절로 타락한다[趣味と娛樂とは自ら別個の問題であるが、趣味が卑くければ劣等の娛樂に耽り、娛樂機關が其當お得なければ自ら趣味が墮落する]"[126]는 것이다. 즉 필자는 '취미'를 인격이나 미적 감수성과 같은 정신적인 영역으로 간주하고, 그런 정신적 능력을 발현하게 하는 구체적 대상을 '오락(娛樂)'이라고 보았다. 전자가 서구적 개념인 'taste'에 근사(近似)하다면, 후자는 'hobby'에 해당한다고 하겠다. 이런 '정신'이나 '인격'에 대한 강조와 '오락기관'의 필요성에 대한 주장은 1910년대 제국 통치자와 관료들을 통해 계속되었다. "신영토의 수부(首部)인 경성만이라도 조금씩 도시다운 설비를 하고 아름다운 산수국으로 태어나게 함으로써 일본인의 면목을 발휘하고 우리 내지인들이 이곳을 즐길 수 있게 하는 동시에 조선인을 미화하는 것이 급무[新領土の首府たる此京城丈でも今少しく都會らしき設備を爲して美なる山水國に生れたる日本人の面目を發揮し、吾人內地人をして此地を樂ましむると同時に朝鮮人を美化するのが急務]"라는 입장에서, 경성의 통치 비용을 "취미화의 방면에 분여[趣味化の方面に分與し]"[127]해야 한다는 주장들이었다.

그런데 인심을 고상하게 하고 풍기를 향상시킬 만한 대표적인 공공적 취미오락기관으로 꼽히는 것이 바로 '극장(劇場)'이었다.

---

126 松井茂, 「趣味と娛樂機關」, 『朝鮮』 24, 1910년 2월, 47면.
127 旭邦生, 「趣味化の設備」, 『朝鮮』 49, 1912.3, 6~7면.

오락기관의 설비여부는 국민 수준의 高低에 관계가 있는데, 문명국은 완비된 공원, 교회당, 대극장 등을 가지고 있다. 예를 들면 현재의 경성에도 3~4만의 거주 일본인들에 게는 어찌되었든 간에 공원도 있고 서너 개의 극장도 있지만, 이에 반해 조선인 20만 여명의 사람들에게는 볼만한 것이 전혀 없다. 또 극장은 저열한 것조차도 마련되지 않았다. (…중략…) 조선인의 연극은 배우도 기예도 모두 졸렬하고 각본도 엉터리이다. 우선 조선인의 연극을 개량해서 진일보의 문명적 신취미(新趣味)를 가미함으로써 국민성의 개선을 도모하지 않으면 안 된다. (…중략…) 연극이 사회 풍교상에 다대한 공헌을 한다는 것을 이제 와 말하는 것은 새삼스럽지만, 권선징악을 바탕으로 해서 각본을 구상하기 때문에 일본에서도 예부터 (연극을) 無學의 學問이라고 일컬어져 왔다. 이 점에서 연극이 오락기관일 뿐 아니라, 각본에 개량을 첨가하여 신재료를 취하고 조선인의 기호에 맞게 만들면 연극은 사회풍교의 개선을 도모할 수 있다. 또 연극은 사회교육자의 역할을 하면서 국민성의 도야하는 데 수백 번의 설교보다 뛰어나다. (국역 – 필자)[128]

경성에 극장이 거의 없다는 사실과 공연되는 연극의 일천함에 대한 비판은 여기저기서 계속되었다. "경성과 인천에 들어온 흥행은 하류 예인에 의한 공연이 많아서 무취미, 열등의 연극을 관람할 수밖에 없고, 점차 모르는 사이에 연극에 대한 취미가 타락해버"린 현실에 대한 지적이 이어졌다. 때문에 "소양있는 인격을 갖춘 배우[素養あり人格を備へた俳優]"가 연기함으로써 "위안을 주고, 의기를 앙양하고, 취미를 높이고, 풍속을 선하게 하는 등의 효과[慰安を與へ、志氣を昂げ、趣味を高め、風俗を善くする等に與かつて效ある]"를 보려면, 일단 **공공적 취미의 설비**로서, 극장과 (…중략…) 요세(寄席)를 설비[公共的趣味の設備として或は劇場 ……寄席を設]해야

---

128 取調局事務官 監川一太郎, 「朝鮮人に對する娛樂機關の設備と改良を圖れ」, 『朝鮮』 39, 1911.5, 18면.

한다는 사회적 진단이 있었다. 또 "하류 예인들은 사회에 악풍을 끼치고 폐해를 조장하기 때문에" "평양, 경성, 인천, 부산 등지의 각지 民團 有力者들이 연합해서 (내지의 고상한 연극을) 초청하고 각 지역을 순차적으로 흥행하게 한다면 배우들도 안심하고 도한(度韓)할 것"이라는 제안이 있기도 했다.[129] 그런데 "조선은 지금 하나의 신파극도 조직할 수 없을 만큼 무기력[今日朝鮮に於て一新派劇を組織するのは造作もない事て無氣力]"하므로 "조선인 배우들은 새로운 연기를 교양해야하고 다소의 경비를 가진 자본주에게 의뢰하여 난관을 뚫고 나가야 할 것[朝鮮人俳優をして新趣向の演技を教養するの間、多少の經費を要するとなすも其の資本主などに就ては左迄依賴するに困難を感ずるか如き事はなからべしと思はるゝのである]"[130]이라고 조언했다.

경성에 거주하는 총독부 관료와 사회 각계 인사 17명에게 "어떻게 하면 (경성을) 취미화할 수 있을까[如何にせば趣味化し得るか]"[131]를 물어서 기사화한 것이 있다. 이 기사는 무려 13면에 달하는 방대한 분량이었는데, 잡지사가 특별히 기획한 기사였다. 이 기사는 '**경성의 취미화**[京城に於ける趣味化]'[132]가 당시에 상당한 사회적 이슈였음을 보여준다고 하겠다. 그중에서 小松 국장은 "고상한 연극장의 설치를 희망한다[高尙なる演劇場の設置を望む]"[133]고 했고, 宇佐美 내무부장관, 小原 지방국장, 동양척식회사 林 이사, 起業會社 和田 전무취체역, 변호사 高橋章之助 등도 '극장설비'를 요청했다. 이런 당시의 기사들을 통해, 앞 절에서 서술한 1910년대 신파극 광고와 '취미'의 출현에 잡지 『조선』과 『조선급만주』의 취미론이 어떤 식으로든 영향을 미쳤을 것임을 추측할 수 있다. 광고내용의 사실여부와는 별개로, 연극에 신취미(新趣味)를 가미한 연극개량을 시도했다는

129 「趣味と娛樂機關」, 『朝鮮』 24, 1910. 2, 46면.
130 監川一太郎, 「朝鮮人に對する娛樂機關の設備と改良を圖れ」, 『朝鮮』 39, 1911. 5, 16~18면.
131 「如何にせば趣味化し得るか」, 『朝鮮』 49, 1912. 3, 45~58면.
132 旭邦生, 「趣味化の設備」, 『朝鮮』 49, 1912. 3, 7면.
133 「如何にせば趣味化し得るか」, 『朝鮮』 49, 1912. 3, 46면.

광고문구와 공공적(公共的) 취미오락기관으로 연극장을 강조했던 연극-취미담론의 논조가 거의 동일하기 때문이다.

『조선급만주』에는 1910년대 당시 조선의 신파극을 관람한 한 일본인의 기사도 실려있다.

앞쪽에 밝은 전기가 빛나고 있는데 극장다운 건물 안에서는 악대의 소리가 힘차게 들려왔다. 거기에는 '朝鮮新派唯一團'이라고 크게 쓴 현수막이 걸려 있었다. (…중략…) 잠시 걸어나가 무대에서 관람석의 모양을 보니 일본의 경우와 거의 다르지 않았다. 우리들은 오른쪽 이층으로 안내받았다. 거기에는 1등석이라는 표찰이 붙어있었다. 맞은편 이층에는 '부인 일등 석'이라는 표찰이 붙어있었다. 4, 50명의 조선부인이 넘쳐나듯이 앉아있었다. 나는 조선부인들이 이렇게 많이 모여 있는 것을 본 적이 없었다. 그 모습은 실로 아름답고 화려했다. 의복의 각종 색깔이 무대에서 비추는 전등빛에 반사되어 빛났다. (…중략…) 그러나 나는 조선연극을 위해 생각했다. 이 어설픈 일본인 선생이 조선의 인정풍속을 고려하지 않고 함부로 일본의 연극을 직역하고 있는 것은 아닐까? 그러나 아무튼 과도시대, 혼돈시대의 연극이다.[134]

1913년 1월과 2월에 경성에서 공연한 극단 내력을 『매일신보』를 통해 찾아보면, '유일단'이 연흥사와 단성사에서 신파연극을 공연했음을 확인할 수 있다. 창덕궁 근처 공연장에서 관람했다는 기사 내용으로 보아, 위의 필자는 1월에서 2월 초순까지 낙원동의 연흥사 무대에 올렸던 '유일단'의 공연을 본 것으로 추측된다.[135] 당시 경성 연극장의 풍경을 알 수 있고, 조선 신파극을 본 일본인의 내면이 드러났다는 점에서 흥미로

---

134 白雨生, 「朝鮮芝居見物記」, 『朝鮮及滿洲』 68, 1913.3, 54~56면, 윤소영, 앞의 글, 195면에서 재인용.
135 『매일신보』, 1913.1.19 · 1.21 · 1.29 · 2.2.

운 기사라고 하겠다.

이상의 취미(화)담론에서 주지해야 할 것은, 1900~1910년대 초반에 등장한 취미의 강조와 '조선의 취미화'라는 통치전략에서 '취미'는 개인의 사사화(私事化)된 행위와 정신이 아니라, '공공(公共)' 취미였다는 것이다. 그 대상이 재한(在韓) 일본인이었을 때는 바람직한 조선 이주와 정착, 건전한 풍기(風氣) 향상을 돕기 위한 일상적인 차원에서의 취미오락보급이 강조되었다. 그리고 대상이 조선(인)일 때는 미개와 야만의 상태로 인식된 식민지 조선을 문명화시키고 조선인의 인심(人心)을 선화(善化)하려는 목적을 가지고 있었다. 즉, 국가 기구의 "통치 전략"으로서의 취미보급이었던 것이다. 이러한 취미는 공공오락기관의 설치와 이용을 통해 고취시킬 수 있다고 주장되었다. 때문에 이 시기의 '취미'는 아직 일개인의 개성을 강조하거나 사적 주체의 내밀한 행위로 의미화되지는 못했다. '취미'는 항상 '공공적(公共的)', '사회적(社會的)'[136]이라는 한정어를 달고 있는 가치체계였다.

그런데 1915년경이 되면 경성의 '무취미(無趣味)'와 '살풍경(殺風景)'에

---

[136] 「宮內府動物園の公開」, 『朝鮮』 13, 1909. 3, 8면. "당국자는 다른 비용을 절약해서라도 이 사회적 공공오락의 방면에 다소의 경비를 투자해 (…중략…) 하루라도 빨리 이 오락기관을 공개해서 경성의 신사숙녀들에게 취미를 제공하고 지식을 공급하며 고상한 오락을 제공함으로써 경성의 索凉을 타파할'것.
「大公園設置の議」, 『朝鮮』 24, 1910. 2, 7면. "당국자는 다른 비용을 절약해서라도 이 사회적 공공오락의 방면에 다소의 경비를 투자해 (…중략…) 하루라도 빨리 이 오락기관을 공개해서 경성의 신사숙녀들에게 취미를 제공하고 지식을 공급하며 고상한 오락을 제공함으로써 경성의 索凉을 타파할' 것.
「趣味と娛樂機關」, 『朝鮮』 24, 1910. 2, 44면. "씨는 개인적인 취미와 오락을 사랑하는 것과 동시에 공공적 취미오락기관의 설비에 많은 주의를 기울이고 있다 궁내부의 동물원, 식물원, 박물관을 신설하고 그것을 공개함으로써 극도로 살풍경한 한성에 즐거움을 부여하고자 한다. 또 궁내부의 도서실 규장각을 공개해서 讀書子 기갈을 해소하고자 한다. 씨는 어떻게 해서 궁내부차관으로서 한성의 사회적 공공적 취미오락의 설비에 뜻을 이룰까 깊게 고려하고 있다. 이것은 또 역시 한국 황실을 통해 세상과 함께 즐거움을 나누고자 하는 소이."

대한 기존 비판이 무색할 만큼 사회의 한 편에서는 이미 다양한 취미(趣味)들이 등장했고 장려되고 있었다. 이 시기에 7일제 서양력에 의한 일주일 주기의 시간 개념과, 주말은 공휴일이라는 관념, 공휴일에는 여가나 유희를 즐긴다는 노동-휴식의 개념이 정착되고 있었다.[137] 주일개념은 특히 취미활동과 여가라는 라이프스타일이 현실에서 작동하는데 중요한 시간(분배)개념을 형성했다. 1910년에 잡지 『소년』에는 이미 "萬和가 方楊하고 羣生이 皆樂하니 째는 참 조혼째라 꼿잇겟다 버들잇겟다 새는 노래하고 새암은 울니겟다 우리 소년의 郊遊하기 좋은 이째니 여러분의 日曜日기다리심이 應當 一刻이 春秋인듯하오리다"[138]라는 표현이 등장했다.

1920년대 초반에 대중들의 주말 여가와 취미 중의 하나로 가장 유행했던 것이 '창경원 구경'과 '꽃놀이', 즉 '관앵회(觀櫻會)'였다. 1921년의 창경원(昌慶苑) 관람자가 평일에는 2~3천 명 정도였고, 일요일에는 6~7천 명에 달했다.[139] 순종 붕어(崩御) 1년 후(後)인 1927년, 창경원은 일반인에게 연중무휴 개방되면서 본격적인 유원지화(遊園地化)를 거치게 되었고 관객 수는 급증했다. 관앵회는 근대적 일본 취미가 유입되어 정착된 놀이문화였다.[140] 창경원 관람과 사꾸라 꽃구경이라는 근대적 문화향유의 행위는 이미 1910년대부터 일제가 의도적으로 조장한 것이었다. 유원지뿐만 아니라 조선의 명승고적이 관람 취미의 대상이 되었다.

---

137 7일제 서양력 달력이 근대 잡지에 실린 초기 도안을 보여주는 것은 『소년』 3(1)(1910.1)에서였다. 그리고 당월 잡지 '부록'으로 「紀元四千二百四十三年 重要日記」 1월분이 실렸다. 근대식 일기 도안을 엿볼 수 있는 중요한 자료인데, '절기(節期)'와 '일요(日曜)'(지금의 '요일')' 날짜를 한 쪽에 인쇄하고 표(表)로 구성했다. 도표에 들어간 항목은 '날짜', '날씨', '서신(書信)', '사사(私事)', '세사(世事)', '신지식(新知識)', '교제(交際)', '공(功)', '과(過)', '적요(摘要)'였다. 이 표를 통해 근대적 일상이 어떻게 재편되고, 구획되었는지를 알 수 있다.

138 「편집실통신」, 『소년』 3(3), 1910.3, 72면.

139 「우리 사회의 실상과 그 추이」, 『개벽』 11, 1921.5, 72면.

140 에드워드 사이덴스티커, 허호 역, 『도쿄이야기』, 이산, 1997.

우리는 쾌락이 안이면 살 수 업소. 금강산을 구경흠은 최대의 쾌락. (…중략…) 큰 질검을 엇기 위호야 한번 금강산을 구경갑시다. 금강산은 우리를 웃고 기다릴터이니 우리훈번 금강산을 갑시다 그위대훈 일만이천 봉. 그 구름밧게 비여난 큰덩이속에는 **무한훈 취미**와 무흔한 질검을 싸가지고 밧겻 사람의 엿봄을 허락치 안이호나 그를 차져가는 스룸 그르ㄹ 보고 원호야 그 안에 발을 드러여놋는 사룸의게는 앗기지 아니호고 그 큰비밀 큰규모를 드러니여 임의로 구경케 호나니.[141]

언론은 금강산 유람을 적극 권유하고 인생의 쾌락과 즐거움을 예찬했다. 이 기사가 나간 후 '금강산탐승단(金剛山探勝團)'이 꾸려졌고, 이들의 여행기가 『매일신보』에 연재되었다. 관광의 대상으로 제시된 금강산은 민족의 명산(名山)에 대한 의식이나 한국인의 정신이 전혀 환기되지 않는, 쾌락과 즐거움의 관광지일 뿐이었다. 이와 같은 일련의 기사들은 독자들로 하여금 식민지의 현실을 망각하게 하고, 유희적 기분에 도취하게 하는 상상적 효과를 불러일으켰다.

또 일본식 서양문화가 조선에 유입되었는데, 언론은 그것을 시각적(視覺的) 묘사를 통해 보도했다.[142] 국내외 저명인사와 귀족, 사회 인사들이 참여한 조선호텔 음악회와 무도회 관련 기사 등이 그것이다. 기사는 참석

---

141 「金剛山探勝團」, 『매일신보』, 1915.5.6.
142 "赤誠의 歌舞 빅이의 구졔음악회 성황 (조선호텔 사진 첨부) : 일일밤 죠선호텔 음악당에서는 빅이의 구졔죠션음악회롤 열엇는디 리왕직음악디의 알외는 명곡이 류량히 일어나면 연회복으로 찬란히 감은 니외신ㅅ숙녀가 빈틈업시 드러스면 군복의 경구군 사령관 빅졍쇼장도 잇스며 일복의 이등쥬계 감길원 동쳑 총지도 잇스며 기타 고관대쟉과 유명실업가, 외국령ㅅ등도 츌셕호얏고 지류 외국실업가 션교사 등 구십여명이며 귀족도 츌셕하엿스며 덕슈궁 챵덕궁의녀관등이 츠졔로 느러안진 스이에 관옥국장 빅국춍령사 '부인보사'씨 산현(山縣)셔울푸레스 쥬필 등 십여명이 그 사이에셔 알현호더라. (…중략…) 그중에 춍원이 긔립호야 빅이기의 국가와 및 일본국가를 아뢰고 음악이 맛친 후에 십시부터 식당을 열고 즉시 시쟉하얏는디 당일은 실로 예상이외의 셩공이더라." 『매일신보』, 1915.5.4.

자들의 구체적인 신분을 하나하나 거론하며 상류 문화에 대한 동경을 유도했고, 당일의 모습이 찍힌 화려한 사진과 함께 지면 배치되었다. 사진 속의 조선호텔 음악당은 천정이 높은 서양식의 넓은 홀(hall)로, 한쪽 면에 이왕직음악대가 자리를 잡았고 홀 중앙에는 서양식 예복을 갖추어 입은 참석자들이 무도에 열중하고 있다. 천정에는 만국기가 걸려있었다. 이런 서양식 무도회는 일반 민중의 삶과 너무나 유리되어 있는 상층부의 문화였지만, 시각적 스펙타클을 제공하면서 대중들에게 충격과 호기심을 부여했다. 근대 매체를 통해 서양문화와 서양식 공간이 상상가능한 대중의 공간으로 제시된 것이다.

비슷한 시기 신문지면에 「상품진열관의 新粧과 新人形」[143]이라는 제목과 함께 상점의 쇼윈도우와 마네킹이 선명하게 찍힌 사진이 실렸다. 그 기사의 내용은 다음과 같다. 봄가을로 인형(마네킹)과 진열상품을 바꾸는데, 이번에 새로 진열을 바꾸고 나자 상점에 "구경오는 사람이 평일보다 비이나 더흐야 미우 번창혼 모양"이라는 것이었다. 살아있는 사람과 똑같은 인형과 화려한 의복 등은 "전부 니지(일본)산출"이며, 이번 인형들은 "조선사롬 중류의 가뎡을 본쩌 남녀 다셧식구의 한가족"이라고 소개했다. 진열된 마네킹의 면면을 보면 "신식 트레머리"를 한 소녀와 "화려혼 의복"을 입은 가족들로, "최신식모양"임을 강조했다. 실물과 똑같은 인형은 그 자체로 구경꾼들에게 놀라움을 주었고, 그것들이 모두 일본에서 공수해온 것들이라는 점에서 일본의 기술과 진보는 경탄의 대상이 되었다. 이 같은 시각적 자극은 식민지인들에게 근대와 일본, 서양과 문명을 더욱 선망하게 했다.

조선의 대중은 제국통치의 설계 아래 시각적으로 자극받으면서 근대와 제국을 동경하는 문화적 주체로 형성되어갔다. 일본에서 즐길거리가

---

143 『매일신보』, 1915.4.30.

공수되었고 취미의 항목이 제공되었다. 제시된 동일한 대상에 대중들은 집단적으로 매혹 당하였다. 이런 현실은 "결국 취미가 도입된 목적이 현실에 대한 위안과 지배체제에의 일치에 있었음"을 뜻한다. "처음 조선에 '취미'라는 새로운 제도의 도입을 주장했던 것도 조선 거주 일본인들이었고, 그 취미의 보급에 선편을 쥐었던 것도 그들"[144]이었기 때문이다.

1910년대 신파극은 12년과 14년 사이에 기치를 올리며 문화계를 장악하다가, 15년 이후 그 기세가 수그러들었다. 1915년경부터 『매일신보』 신문 지상에서 신파극 광고와 연극관련 기사의 횟수가 눈에 띄게 줄어든 것을 통해 연극문화적 변동을 확인할 수 있다. 공공(公共)의 취미를 제공했던 연극이 매력을 상실했지만, 취미의 대상이 변했을 뿐 '취미'의 사회적 함의와 효과는 사라지지 않았다. 다양한 공연문화의 분화가 진행되었고, 1920년대를 거치면서 대중들은 '취미'라는 가치로 통합할 수 있는 문화적 실천의 장에서 자발적인 소비주체가 되어갔다.

---

144 이경돈, 「'취미'라는 사적 취향과 문화주체 '대중'」, 『대동문화연구』 57, 성균관대 대동문화연구원, 2007, 251면.

제4장 근대 초기 공연문화의
분화·교섭과 취미의 통합적 기능

이번 장에서는 극장을 통해 파생된 다양한 문화장르들이 어떻게 장르간 교섭하며 대중문화 시장을 점거해 갔는지 서술하고자 한다. 1902년에 근대식 극장이 출현한 이후, 극장은 대중문화의 본거지였다. 판소리, 잡가, 무동놀이, 전통무용, 창극 등 각종 공연물과 연희 종목들이 극장의 레퍼토리를 채워나갔고, 창부(倡夫)와 예기(藝妓)들은 전통 음악(판소리)과 전통무용을 계승·분화하며 근대 대중문화의 개척자들로 자리매김했다. 한편으로는 일본 신파극이 유입되면서 기존의 연희(演戱) / 연극(演劇)이 연극적 양식을 갖추어 나갔다. 이렇게 구파 / 신파 공연은 동일하게 무대라는 공간 안에서 실시되고 있었다.

극장구경과 연극공연이 민중들의 일상에서 현실적인 가치와 효과를 발휘한 데는, 1910년대부터 동시적으로 출현하여 사람들의 이목과 관심을 끌기 시작한 다양한 근대적 관람문화가 일조했다. 근대적 시각장(視

覺場)의 형성은 도시 전체를 관통하며 각종 행사와 관람의 계기들을 통해 이루어졌다. 창경궁과 우이동의 관앵회(觀櫻會) 구경, 유원지 관람, 야시(夜市) 구경, 연합운동회와 각종 회합(會合)의 야유(夜遊)등이 도시공간의 열린 구경거리였다면, 공진회, 박람회, 동물원과 식물원, 박물관은 건축물과 자연을 넘나들며 일반인들에게 관람의 계기를 제공했다.

신파극이 대중적 인기를 얻게 되자 다양한 근대적 사회현상이 출현했는데, '스타배우'와 근대적 팬덤(fandom) 문화의 등장은 그중 하나였다. 근대 대중문화의 발아점(發芽点)이었던 신파극은 공연 자체로도 인기가 있었지만, 공연에 부수되는 여러 문화현상들로 인해 더더욱 화제가 되었다. 인기배우와 변사들은 관객을 몰고 다녔고, 관객들은 배우의 사진을 사고 팬레터를 보냈다. 흥행극에 삽입된 노래가 장안의 화제가 되면서 삽입가수도 등장했다. 신파극 삽입가요와 가수(여배우)는 1920년대 이후 유행가 시대와 음반 시장의 출현을 예고했다. 신파극이 쇠퇴한 후에는, 변태(變態)된 공연물인 연쇄극(連鎖劇)이 출현하였다. 활동사진이라는 최첨단의 기계문명을 접합시킨 연쇄극은 3년 정도 집중적으로 제작되다가 무성영화가 본격화되면서 사양길을 걸었다. 극장 공간을 중심으로 한 연극은 그 발전과정에서 이렇게 영상문화, 음반산업과 연계하면서 상호텍스트성을 발휘했다.

한국적 근대 대중문화가 토대를 다져가는 사이 대중들은 '취미'라는 문화적 실천을 통해 개인의 감각과 경험을 조직화할 수 있게 되었다. 1910년대에 근대인의 취미는 '근대적 지식과 앎에 대한 흥미', '근대적 개인의 고상한 쾌락을 보장하는 것', '문명사회 직업인의 노동을 보완하는 활동' 등으로 다소 관념적인 차원에서 보급되고 강조되었다. 그러던 '취미'가 시간이 흐르면서 실질적인 활동과 문화 양식의 소비·향유를 통해 실현되는 것으로 구체화되었고, 연극·활동사진·연쇄극·신파극 삽입가요·유행가 등이 취미의 구체적 영역을 점유해갔다.

1. 근대 교육제도와 대중문화를 통한 취미의 확산

1) 근대 관람문화와 공연물의 연계

1910년대 초반 언론은 경성의 문화적 상황을 "근대적 오락기관이 없어서 살풍경(殺風景)"하다고 비판했다. 조선의 빈약한 문화와 살풍경은 외부의 시선, 즉 문명의 대리자인 일본을 통해 지적되었다. 총독부와 민간단체들은 '취미'와 '오락'을 현실화하는 제도들을 꾸준히 만들어냈다. 공원이 세워지고 도서관과 구락부, 극장과 활동사진관이 들어선 것은 총독부와 민간의 적극적인 협력이 있었기에 가능했다. 특히 일제의 지배권력은 식민지 조선의 문화행사와 각종 회합(會合)들을 물심양면으로 지원했다.

제국의 통치 아래 식민지 경성에 '박물관'과 '동물원'·'식물원'이 만들어졌고, '공진회'와 '박람회'라는 공식행사가 거행되었다. '운동회'나 '관민연합회'같은 각종 회합이 공공의 장소에서 대대적으로 시행되었고, 1916년부터 경시청의 허가 아래 종로 '야시(夜市)'가 개시(開始)되었다. 이런 각종의 관람행사장은 말 그대로 온갖 구경거리가 진열된 "거대한 무대"였다. 근대적 관람·전시 행사에는 반드시 연극공연이 포함되었는데, 관람과 전시 자체가 연극적으로 기획된 것이기도 했다. 총독부의 도시 설계와 통치 정책, 근대적 시각문화의 등장과 도시화의 양상 속에서 '구경하기'는 근대적 행위로 사회화되었다.

경성에 공원, 극장, 구락부 등 공공적(公共的) 오락기관 설비를 해달라고 이른 시기부터 지속적으로 요청한 집단은 재한 일본인들이었다. 대한제국 시대인 1897년에 영국인 브라운(Brown. J. M)이 조성한 최초의 근대 공원인 '파고다공원(1992년에 탑골공원으로 명칭변경)'이 만들어진 이후, 경성에는 일본인 거류지역을 중심으로 근대식 오락공간인 공원이 생겨 났다. 한성공원(지금의 남산공원)이 합방 직전인 1910년 5월 19일에 일본 인 거류지역 외곽에 설치되었고, '창경궁'은 동물원과 식물원이 자리한 '창경원'으로 변모했다. 그리고 현재 을지로와 충무로에 있었던 황금유 원(黃金遊園)에도 공원이 설비되었다.

> 黃金遊園의 別乾坤 : 놀기도 됴코 구경도 됴어 보지 못ᄒ던 것이 만타고 : 경성 남부 산림동에 잇는 황금유원(南部 山林洞 黃金遊園)에셔는 대규모의 루라팍 크(공원과 갓흔 말)을 셜비ᄒ야 일젼부터 긔연ᄒ얏는듸 입장료는 삼젼에 지ᄂ 니 안이홈으로 입장ᄒ는 사룸이 비상히 만으며 일반셜비가 모다 쥬밀ᄒ 즁 불가 ᄉ의굴(不可思議窟)이라 ᄒ는 곳이 가쟝 이상ᄒᆫ바, ○리한의 리치를 리용ᄒ야 의 묘ᄒ 구경이 굴 안에 만히 잇스며 그 밧게도 폭포운동쟝 등의 셜비가 잇고 그 근 쳐에는 죠선 연극과 활동샤진을 흥힝하야 ᄆᆡ일 사룸이 답지ᄒ다는듸 긔원시간 은 오후 네시부터 열한시까지오 일요와 졔일에는 오젼 십시에 긔쟝ᄒ다더라.[1]

위의 기사에 의하면 1913년 당시 황금유원 안에 입장료를 내고 들어가 는 공원이 개장되었다. 관람이 가능한 굴(窟)이 있었고, 폭포가 있는 운동 장, 조선연극(구파연극)과 활동사진을 개장하는 극장이 설비되어 관람객 을 맞았던 것으로 보인다. 광무대 공연을 보는 관객에게 "황금유원 공원 표 한쟝식을 무료 쳠부"[2]한다는 광고에서도 확인할 수 있는바, 황금유원 내 광무대의 공연 관람과 공원 구경이 하나의 놀이 코스였음을 알 수 있다.

조선물산공진회(朝鮮物産共進會)와 가정박람회(家政博覽會)가 열렸던 1915 년 4월의 『매일신보』에는 집중적으로 주말 유희와 동물원 관람, 관앵 관련

---

1   『매일신보』, 1913.6.22.
2   『매일신보』, 1914.7.19.

기사들이 실렸다.

> 철은 삼월이오 날은 일요라. 우이동의 스구라, 룡산의 운동회 구경은 스방에 널럿스니 츈흥을 짜라 하로를 노라볼까.[3]

> **千聲萬色이 都是春** : 오늘은 봄도 한참이요 날도 일요일이라 삼삼오오 짝을 지여 춘광을 츠져 대문밧만 나셔면 모다 춘경이라 동물원에 드러가 산시들의 깁분 노리도 들을만ᄒ겟고 식물원으로드러가 긔화요초도 볼만홀 것이요.[4]

> **觀櫻列車** : 우이동 봄익어가는 판. 구슬이 엉긔인 스구라. 수일릭 봄바롬이 밍렬히 부러 저녁이면 아죠 션션ᄒ야지는 씨둙에 곳피는 째가 쏘 조곰 느져진 모양이라. 금일의 일요일을 리용ᄒ야 텰도국에셔 우이동과 남대문ᄉ이에 림시긔차를 운전ᄒ야 사구라곳구경 가ᄂᆫ이의게 편리케ᄒᆫ다홈은 루루히 보ᄒᆫ바 적은 비용가지고 일요의 틈을 리용하ᄋ야 유쾌ᄒᆫ 텬디에 환락을 취ᄒ고져 고디하ᄂᆫ 사롬이 굉장히 만흔 모양이라.[5]

> **일요의 동물원** : 흥에 흥을 더하고 취미에 취미를 더붓쳐 쾌할히 노는 것도 쏘ᄒᆫ 만공의 무진ᄒᆫ 취미롤 도으는 듯 실컨이나 노라보고 유쾌ᄒᆫ 향락을 취코져 하는 경향이 만면에 낫하낫더라.[6]

일제는 식민지 대중을 묶어줄 정체성의 공통항으로 '취미'와 '오락'을 선택했다. 그리고 동일한 취미와 기호를 식민지인들에게 내면화하는데

---

3 『매일신보』, 1915. 4. 25.
4 위의 글.
5 위의 글. 앵화구경 기사는 1915. 4. 27, 1915. 5. 2(우이동 사꾸라 나무 사이를 양장 신사 숙녀가 자동차로 드라이브하는 사진) 연속해서 실렸다.
6 『매일신보』, 1915. 5. 4.

있어 '사꾸라'와 같은 제국의 기호(記號)를 원용했다. 신문 기사는 춘흥(春興)을 만끽하는 여성의 모습이나 동물원과 우이동의 장관(壯觀), 자동차를 타고 꽃놀이가는 사진 등을 첨부하여 독자들의 욕망을 자극했다. 심지어 철도국에서는 우이동 사꾸라를 구경가는 관람객들의 편의를 위해 임시적으로 관앵열차(觀櫻列車)를 운행하면서까지 꽃놀이를 지원했는데, 하루 관람객이 5천 명[7]에 육박했다. 『매일신보』는 남대문, 용산, 왕십리, 청량리 등을 거쳐 우이동까지 운행하는 관앵열차의 코스와 운행시간을 신문에 수록함으로써 이용자들의 편의를 도왔다.

공원과 유원지 외에도 1910년대에는 다양한 회합과 오락의 문화행사들이 조선인들을 구경과 관람의 주체로 불러 모았다. 경성의 '관민연합회'는 경복궁에서 축하회를 벌였다.[8] 『매일신보』는 유명한 일본 청주(淸酒) '마사무네'와 '맥주'를 마시고 조선의 전통 무용을 구경하는 이 날의 풍경을 스케치하면서, 일본과 조선의 제국-식민의 상황을 인식하기 어려울 만큼 흥쾌하고 화려한 행사로 보도했다. 그러나 실제로 참가자들은 예포(禮布)와 예모(禮帽)로 식별가능한 자신의 신분과 계급을 통해, 관-민, 제국-식민의 위계를 환기하면서 행사에 참여했다.

총독부 기관지였던 경성일보사와 매일신보사가 개최한 '습률대회(拾栗大會)'[9] 참가자들은 밤을 줍고 경품을 받았으며, 기생과 창부들의 공연

---

7   위의 글.
8   "경복궁의 축하여흥−경복궁 관민련합축하회, 전무후무호 각종의 여흥] 별항과 갓치 만여 명의 축하회원이 부르는 만셰만셰만만셰 소리가 광활호 경복궁을 뒤지고 텬디를 동요호며 레포례모로 각각 계급을 짜라 입어 금식이 찰란타. 사롬은 인산인히를 일우어 엇지보면 큰 바다에 금물결의 번드기는 듯 호고 회식쟝으로 드러가보니 혜를 차고 입맛을 다시며 졋가락 구르는 소리 들니더니 잠시 동안에 마사무네와 믹쥬병을 량손에 논어들고 만면의 희식을 씌운 회원 일동은 압홀 다토와 오후 여흥쟝으로 힝호더라. (…중략…) 조선 기싱 륙십여 명은 조션료리모의뎜 압 무디는 중앙에 가화로 큰 국화를 쏘자노코 오식의 쳐의를 몹시잇게 입고 륙각소리를 싸다 가인전목단이며 슈연쟝과 승무, 항쟝무, 금무 등 조선의 유명호 츔을 츄는 형샹은 빅화가 일시에 만기호 듯호야 가회 필셜로 형용키 어렵더라." 『매일신보』, 1913. 11. 2.

을 구경하면서 하루를 즐겼다. 다수의 민중을 대상으로 하는 이런 대규모 행사에는 반드시 '여흥'이 마련되었고, 무료 여흥은 조선인들을 잠재적 문화소비자로 훈련하는 장치가 되었다.

근대식 공공 오락을 제공하고 취미 있는 생활을 누리게 해주는 제도 중에 하나로 '운동회'[10]도 포함되었다. 1910년대에 등장한 각종 운동회는 오늘날의 감각으로서는 낯설게 느껴질 만큼 여러 행사가 혼합된 형태였다.

大運動會의 再舉 : 一. 演藝, 相撲,[11] 藝妓手踊, 變裝競爭, 擊劍, 柔道, 妓生의 舞踊, 革新團의 演劇, 其他 餘興은 一層 盛大하여 前回의 計劃에 倍加할 珍趣向으로써 務行홀 事.[12]

前古未曾有의 大運動會 : (…중략…) 會中의 시선은 歌舞 등에 群集하여 巨浪과 如히 內集ㅎ는 會中은 무려 數萬인데 필경 무대의 陳○을 擢折ㅎ야 평일 練熱ㅎ던 技能을 備盡히 못ㅎ는 것은 妓生當者의 유감이 될듯하나 觀者는 無上혼 趣味를 감ㅎ얏스니 (…중략…) 처처에 歌者歌ㅎ고 舞者舞ㅎ고 吹者吹ㅎ고 鼓者鼓ㅎ

---

9 "광고 : 開城拾栗大會―시월오일(일요)로써 朝鮮의 名勝地로 屈指ㅎ는 開城에 拾栗大會를 開催홀 시 (…중략…) 개회장은 此處彼處에 천막을 張ㅎ야 茶도 接待ㅎ고 餘興으로 무대를 設ㅎ야 藝妓 妓生의 歌舞 及 창부의 呈才 등이 有ㅎ며 一邊 趣味가 有혼 (…중략…) 주최 경성일보사, 매일신보사."『매일신보』, 1913.9.26.

10 "최초의 근대적 운동회는 1896년 6월 2일 영어학교의 야유회 성격으로 실시된 화류회(花柳會)"였다. 개화기 근대식 학교의 운동회는 국가적 위기를 자각하고 민족의 체력을 강화함으로써 국권회복에 기여하려는 정신을 내포하고 있었다. 그러나 운동회를 통해 민족의 집단적 항거를 시도하는 조선에 대해 일제는 운동회탄압책을 실시했고, 1910년경에 민족주의적 상무정신을 고양하려던 기존의 운동회는 사라지게 되었다. 그러나 학교 중심으로 실시되던 운동회가 대중 속으로 침투됨으로써 사회체육으로서의 초기적 기틀이 마련되었고, 사회연합체적 공동체로의 전환이 이루어졌다. 이인숙, 「개화기 운동회의 사회체육적 성격」,『한국체육학회지』33(1), 한국체육학회, 1994.

11 '씨름'을 의미함.

12 『매일신보』, 1912.4.23.

야 滿場熱鬧는 昇平氣象을 幻出하는 同時에 滿城士女가 万和方陽할 三春好天氣에 一大快樂을 得ᄒ고.[13]

1910년대에는 학교 외에 각종 이익단체나 지역단체가 주최하는 '대운동회', '연합운동회' 등이 실시되었다.[14] 1910년대 운동회의 프로그램을 보면 그 종목과 행사내용이 이채롭다. 씨름, 격검, 유도 등의 운동경기와 놀이의 의미가 첨가된 변장경쟁이 포함되었다. 또 연극과 연예, 기생의 무용 등 각종 여흥이 병치되어 있었다. 근대적 스포츠 정신을 요구하는 운동 경기의 종합 형식이 아닌, 놀이의 요소가 다수 포함된 '축제 형식'[15]이었다. 각종 유희는 여흥적 분위기를 고조시켜 운동회를 화려한 축제의 장으로 만들었다.

평양운동회 – 금슈강산 평양의 변화 량신가경계츈운동회 : 평양 슈만 가호에 기성ᄒ는 남녀인구들은 몃날 젼부터 쥰비ᄒ고 고더ᄒ든 시민대운동회를 거ᄒᆼᄒ는 놀이라. 몃달도안 드러안져 싱활에만 미와 잇다가 만물이 번챵ᄒ는 방츈호 시졀을 당ᄒ야 한 버 씨원ᄒ 바름도 쏘이며 구경도 홀 겸 졂은 쳥년들은 한 번 활동ᄒ야 긔운과 지죠를 널리 포양홀 ᄆ음이 발발ᄒ야 회원권을 쳥구ᄒ노라고 운동회 ᄉ무소는 일시 번극을 일우엇고 거리마다 힝ᄒ는 사롬의 셔로 의론ᄒ는 리약이도 모다 운동회에 구경가ᄌ는 소리 뿐이더라. (…중략…) 기타 예기죠합 일동의 츌연으로 질탕ᄒ 여흥이 진진ᄒ 즁에 광더 심젼슌파의 흥미잇는 여흥과 군악더의 류량ᄒ 소리에 일반관람자의 무샹한 환락이 극ᄒ겟더라.[16]

13 『매일신보』, 1912. 4. 29.
14 학교 운동회는 근대 체육이나 일제 교육제도와 밀접하게 관련되어 있으므로, 본고에서는 대중 대상의 사회체육적 성격을 갖는 운동회에 한해 언급하고자 한다.
15 근대 일본의 운동회와 개화 조선의 운동회는 국민의 신체를 규율하고자 했던 위로부터의 제도로 시작되었다가 마을축제로 수용되면서 새로운 사회적 효과를 창출했다. 요시미 순야 외, 이태문 역, 『운동회 – 근대의 신체』, 논형, 2007, 20~64면.
16 『매일신보』, 1915. 5. 8.

19세기 말 이래 운동회는 지역사회의 찬조금과 기부로 이루어졌기 때문에 학교의 행사임에도 불구하고 탈학교적 의미를 가지고 있었다.[17] 이런 관행은 1910년대에도 이어졌다. 특히 운동회의 규모가 수만 명의 지역민을 대상으로 할 때는 엄청난 경비 확보가 요구되었다. 위에서 인용한 평양운동회는 운동회 사무실을 설치하고 평양 시민에게 회원권(입장권)을 판매해서 경비를 조달한 것이었다. 그런데 운동회라는 명칭이 민망할 정도로 기사에는 운동관련 언급이 없다. 기자는 경기종목의 소개보다 '질탕한 여흥'과 '무상한 환락'을 강조하며 운동회를 기사화했다. 대부분의 운동회는 '향촌 공동체'[18]의 성격을 띠며 집단적 일체감을 이루어냈고, 공공의 오락을 제공하는 지역 축제로 기능했다는 점에서 긍정적인 역할을 했다. 그러나 개최 장소가 주로 조선의 고궁이나 사찰이었다는 점, 각종 프로그램이 전통과 근대, 일본과 조선의 민족색이 병존하는 혼종적인 형태였다는 점, 화려한 스펙타클과 여흥의 무한 제공 안에 제국 통치의 음험함이 도사리고 있었다는 점 등에서 운동회라는 문화적 장치의 중층적 효과는 면밀한 고찰을 요구한다고 하겠다.

근대의 대표적인 관람제도로 박람회과 공진회를 언급하지 않을 수 없다. 박람회장은 근대적 '볼거리'를 전시함으로써 관람객에게 연극적 경험을 제공했고, 실제로 연극과 각종 볼거리 공연이 박람회장 행사 안에 기획되었다. 1915년 9월 11일부터 10월 31일까지 50일 동안 서울 경복궁에서는 '시정오년기념 조선물산공진회(始政午年記念 朝鮮物産共進會)'가 열렸다. 데라우치 마사타케(寺內正毅) 총독의 조선 통치 5주년을 기념하기 위해 2년간 준비한 결과였다. 공진회에는 농업, 척식(拓植), 임업, 광업, 수산, 공업, 교육, 토목, 교통, 경제, 위생, 경무(警務) 등 다양한 분야의 총 4만점에 달하는 생산물이 출품되었고[19] 천황 내외가 관람했다.

---

17 이인숙, 앞의 글, 88면.
18 이학래, 「우리나라 근대 체육사 연구」, 동국대 박사논문, 1985.

공진회의 기본 취지는 식민통치 5년간 발달된 조선의 상황을 전시함으로써 일본 식민통치의 우수성을 과시하는데 있었다. 또 이를 계기로 일본 내지인들을 조선에 불러 모아 식민지 조선의 개발을 독려하려는 '식민(植民)'의 목적도 있었다. 15년의 물산공진회는 총 1백만 매의 입장권을 발매했고, 경성까지의 운임을 25~50%까지 할인하는 적극적인 유치정책으로 조선인들을 경성으로 불러들였다.[20] '국토재편성'이라 부를만한 이 기획을 통해 경성은 '제국 도시'의 자격을 얻을 수 있었다. '조선물산공진회'가 열렸던 1915년에는 매일신보가 주최하는 '가정박람회'[21]도 개최되어 만인의 이목을 끌었다. 이후 조선총독부 주최로 1929년과 1940년에 '조선박람회'가 개최되기도 했다. 박람회는 "조선지배의 당위성과 발전상을 짧은 시간에 집중적으로 내외에 과시할 수 있는"[22] 근대적 전시행사였다. 특히 박람회에 전시된 상품 중에 조선인 기업의 진열품이나 전시관이 극히 적었다는 사실은, 박람회가 근대 일본을 배우는 계몽의 장이었음을 의미한다. "박람회는 일회성 이벤트였지만 기획자와 관람자 모두에게 근대를 형성하는 문화전략"[23]의 공간이었던 것이다.

그런데 1915년 9월 『매일신보』에 실린 공진회 관련 기사에는 하루도 빠지지 않고 '여흥'관련 소식이 상세하게 덧붙여졌다. 심지어 『매일신

19 「성대한 조선물산공진회」, 『신문계』 3(9), 1915.9; 주윤정, 「조선물산공진회와 식민주의 시선」, 『문화과학』 33, 문학과학사, 2003.
20 권보드래, 「1910년대 '新文'의 구상과 「경성유람기」」, 『서울학연구』 18, 2002, 서울학연구소, 121면.
2 ① 「家庭博覽會 趣味와 實益 - 가정에 관한 일절을 망라」, 『매일신보』, 1915.8.11. 8월 이후 매일신보 주최 가정박람회 관련 기사가 9월까지 두 달에 걸쳐 거의 매일 보도되었다. 담배 구매자에게 입장권 반액권을 증정하는 행사를 통해 관람객을 끌어 모으는 전략을 썼고, 각계 인사가 관람한 사실을 사진을 첨부하여 보도함으로써 신문독자의 박람회 관람 욕구를 자극했다.
22 신주백, 「박람회 - 과시, 선전, 계몽, 소비의 체험공간」, 『역사비평』 67, 역사비평사, 2004, 358~360면.
23 위의 글, 384면.

보』1915년 4월 27일자 「共進會演舞를 預觀홈」이라는 기사를 보면 가을 공진회에서 공연할 기생조합의 가무를 기자들에게 미리 보여주고 기사를 쓰게 했으니, 공진회에서 각종 연희가 차지하는 비중이 얼마나 컸는지 알 수 있다.

> 츔에도 다소 기량을 더ᄒᆞ야 변화를 만히 ᄒᆞ고 의샹도 시것을 쓰며 빗갈을 복잡게 하는 등 시디의 요구에 응ᄒᆞ야 졈ᄎᆞ로 시법을 니이는 것도 됴코, 고디의 깁고 고샹ᄒᆞᆫ 취미가 폐ᄒᆞ지 안이ᄒᆞ도록 ᄒᆞᄂᆞᆫ 것도 필요ᄒᆞᆫ 것이라, 긔자는 두 죠합에 디ᄒᆞ야 희망이 잇스니 광교조합은 엇의ᄭᆞ지던지 고디의 취미를 훼손치 안이홀 쥬의로 고대의 가무의 특쟝을 슝샹ᄒᆞ고 다동편은 될슈잇ᄂᆞᆫ디로 시법을 니여 죠선의 가무가 어디ᄭᆞ지 진보되ᄂᆞᆫ가 구경홈도 됴혼일이라.[24]

전국 각지와 일본으로부터 예기들과 기생연합이 모여들었고 회장(會場)의 여러 무대에서 낮밤으로 흥행물[25] 공연이 진행되었다. 마술공연, 활동사진 영사, 김창환·이동백과 같은 광대의 가곡창, 곡마단 공연, 거울로 장식된 미로관(迷路館), 디오라마(diorama)관, 무료 활동사진 관람 등을 즐길 수 있는 공연장은 어디든 만원이었다.[26] 공연 무대뿐만 아니라

24　「共進會演舞를 預觀홈」,『매일신보』, 1915.4.27.
25　『매일신보』(1915.9.12)에는 흥행물 입장료가 상세하게 소개되어 있다. 공연장이나 공연물에 따라, 관객의 나이와 객석의 등급에 따라 입장료는 다르게 책정되었다.
　　　　흥행물입장료 : 협찬회에 잇는 각 흥행물의 입장료는 左와 如히 결정되얏더라.
　　　－ 연예관 특등 30전, 일등 20전, 삼등 15전, 군인단체 이등석에 한ᄒᆞ야 10전, 소아는 각등 반액.
　　　－ 조선연예장 특등 대인 15전, 소인 8전, 평석 대인 10전, 소인 5전, 단체 특등 대인 10전, 소인 5전, 평석 대인 7전, 소인 4전.
　　　－ 오락장 1전 균일
　　　－ 軍艦 輪投 輪 10회 5전,
　　　－ 角力관 대인 5전, 소인 3전,
　　　－ 대곡마 특등 50전, 일등 30전, 이등 20전, 3등 10전, 군인소아반액.
　　　－ 矢野動物園 대인 10전, 소인 6전, 군인 7전.
　　　※『매일신보』, 1915.9.12.
26　「극장과 관람물－공진회이 여흥장 각 연희장의 셩황」,『매일신보』, 1915.9.16.

기생들이 공연장을 찾아가는 이동 행렬 자체가 경성사람들에게는 매일 화려한 볼거리 퍼레이드였다.[27] 공진회가 열리는 기간 중에 개최된 '가정박람회' 장내에서도 구(舊)연희나 명창 공연과 같은 관람이 제공되었다. '세계관'이라는 공연장에는 "낮에는 대긔술 밤에는 명창가곡"이 무대에 올려졌는데, "가뎡박람회 입쟝쟈는 무료"[28]로 관람할 수 있었다.

경성에서 열린 박람회장의 대부분은 '경복궁'이었다. 조선의 왕궁이었던 경복궁은 일제 식민의 성과를 과시하는 장소, 관람객의 여흥을 북돋우는 연회(宴會)의 장소가 되었다. 특히 1926년 5월 13일에 개장한 '조선박람회'의 경우 경복궁 제2회장에 동양서커스단, 세계동물원 등을 설치[29]해서 경복궁을 거의 유흥장화하기도 했다. 조선의 전통을 소거한 채로, 제국 일본의 식민통치를 합리화하고 일선융합을 의도한 것이었다.

조선의 전 국토를 경성을 중심으로 재편한 1915년의 경성 공진회와 가정박람회가 열리기 이전에도 전국 각지에서 지역 공진회들이 개최되었다. 그러나 경성 공진회는 물론이고 각 지역 공진회에 진열된 관람물 중에는 함량미달의 것이 많을 수밖에 없었는데, 1910년대 조선의 산업 기반이나 기술력 등이 극히 열악했기 때문이었다. 이런 상황에서 공진회에 관람객을 불러 모으는 데는 본전시물보다 오히려 각종 '여흥'과 '공연'이 효과적이었다.[30] 공진회 관련기사는 공진회의 특성과 산업적 성과

---

27 「率의 色波－기생의 시중순회 취할 듯호 구경군」, 『매일신보』, 1919.9.12.
28 『매일신보』, 1915.10.8.
29 『동아일보』, 1926.5.30.
30 "서선공진회와 기생단－진남포셔션공진회는 각쳐 기싱의 각죵 여흥 : 진남포에셔 기최 호 눈 셔션물산공진회에는 평양, 경셩, 진쥬, 션천 각쳐의 기싱들이 모혀와 최샹 풍류의 유쾌혼 여흥을 힝혼다'는디 (…중략…) 화산좌에서 연흥회를 흥힝홀 시 승무와 검무이며 포구락 시묘 잡가 등을 보기에나 듯기에나 유쾌호게 잘홈으로 입쟝자가 슈쳔여인에 달호얏고 그후에도 낮에는 공진회여흥에서 밤이면 화산좌에서 계쇽호야 십여일 예뎡으로 흥흥호니 금번 공진회를 관람호기 위호야 진남포에 왓던 사롭들은 누구던지 긔회긔 십여일동안은 밤낮을 물론호고 이갓치 유쾌호 여흥을 구경호면셔 지닉것더라(평양지국)." 『매일신보』, 1913.11.8.

에 대한 소개를 소략하는 대신, 연희장을 집중적으로 다루었다. 공진회 행사의 '여흥'에는 반드시 그 지역 권번 기생들의 연기(기예)가 포함되었고,[31] 일본인 관객 수가 상당했으며 내지기예(內地技藝)가 마련되는 경우도 많았다. 그리고 공진회장과 박람회장의 동선을 채우는 군중들의 흐름은 진열된 물품들과 함께 관람객 서로서로에게 하나의 구경거리가 되었다.

경성은 이처럼 근대의 외피를 쓴 각종 볼거리가 넘쳐나는 도시였다. 도시의 스펙타클은 대중들에게 구경하라고 재촉했다. 공진회, 박람회, 연합운동회, 각종 회합 등이 낮에 즐길 수 있는 도시적 취미이자 새로운 근대의 신문화였다면, '야시(夜市)'의 등장은 집합적이고 공공적인 취미의 향유를 밤 시간대로까지 연장시켜 주었다.

관중오만 – 종로야시에 기시식 공진회 첫날 後 쳐음 : 기다리고 기다리던 종로 야시는 이십삼일의 밤으로 공진회 이후의 처음이라는 성황 중에 열녓더라. (…중략…) 히질머리에 일으려는 종로 근처에는 자요 몸을 부뷔여 꼼쟉을 못ㅎ게 사룸으로 갓득이 찻더라. 빅잘치ㅎ는 사룸의 속으로 광교기싱의 취더룰 압셰우고 야시츅하ㅎ는 노릭를 부르며 리렬동더의 당당훈 힝렬이 황토현 모퉁이로부터 종로로 향훌 일곱시 반경에는 종로 근쳐에 모인 사룸이 무려 오만 명이라 (…중략…) 이날밤 야시스무소의 이층에는 리완용 빅 송영도 쟝관 외부 경무부쟝 즁야 모인과쟝 금곡 경성부윤 원전 상업회의소 회구 아부 본사쟝 등의 리빈이 잇셔 이광경을 관람ㅎ얏스며 종로 경찰셔원의 경계가 쥬도하얏슴으로 전

"스월 일일부터 오월 십일까지 너디 복강(福岡)시에셔 긔최홀 구쥬련합물산공진회(九州聯合物産共進會)에셔는 그 범위룰 넓혀 죠션의 물품도 만히 진렬ㅎ는디 그 공진회의 협찬회에셔는 회장 안에 조선연무관(조선연무관)을 세우고 대구 기생 (…중략…) 연무를 힝ㅎ기로 계약이 되야." 「대구기생의 원정 – 구쥬련합공진회에」, 『매일신보』, 1915.3.30.

31 「경남공진회 – 매일 입장자 일만삼사천」, 『매일신보』, 1914.11 6 · 11.11; 「전북공진회」, 『매일신보』, 1914.11.17.

에 업시 크게 혼잡ㅎ얏슴을 불구ㅎ고 경찰스고로는 집 일흔 아히 한명이 잇섯
슬 쑨이더라.[32]

종로 야시에 몰려든 5만 명이라는 숫자는 이 시기 경성사람들이 구
경[33]의 문화에 얼마만큼 열광하고 있었는지 보여준다. 이후 식민지 시대
내내 경성의 명물로 자리매김한 종로 야시(夜市)는, 총독부와 식민지배
자들이 고안해 낸 문화적 장치였다. 5만 명의 인파가 군집하여 행렬하
고 가두 유희를 즐기는 광경을 종로 야시사무소 2층에서 지켜본 친일 인
사와 총독부 관료들의 시선은, 모든 사람이 관찰의 대상이 된다는 푸코
의 판옵티콘 모델을 연상시킨다. 도시를 관통하는 민중의 분출적 욕망
은 제도가 허용하는 만큼의 해방을 맛볼 뿐이며, 이들의 동선과 행위는
지속적 관찰을 받고 있었기 때문이다.

관람이라는 행위는 사람들로 하여금 도시의 문화를 공유하고 있다는
믿음을 불러일으켰다. 구경은 개인적인 시각에 의존하는 사사화(私事
化)된 행위가 아니라, 집단적 감수성과 상상력을 가능하게 하는 사회관
계 안에 놓여 있기 때문이다. 이러한 근대적 시각 체험과 구경이라는 취
미의 내면화는 식민지 시대 내내 주기적으로 활용되었다.

---

32 「관중오만—종오야시의 기시식」, 『매일신보』, 1916. 7. 23.
33 토니 베넷(Tony Bennett)은 근대의 다양한 전시(展示)제도를 강조하면서 '전시강박'이
라는 개념을 만들어냈다. 베넷은 구경에 의해 스며드는 자기규제에 주목한다. 바네사
R. 슈와르츠, 노명우 역, 『구경꾼의 탄생』, 마티, 2006, 49~50면. 1910년대 조선의 도시
인들은 구경의 행위를 통해 일본화된 근대를 학습하고 제국적 시각과 제국 취미(帝國
趣味)를 훈련받았다는 점에서, 베넷이 말하는 구경하는 근대인이었다.

2) 교과 과정과 '취미'의 내면화 : '수신' 교과와 '학적부'의 취미

취미가 대중문화의 장에서 상업주의적 유행 풍속으로만 사회에 자리 매김한 것은 아니었다. 사적 영역이라 할 '감각'이나 '개성'으로서의 취미가 일상을 규정하는 하나의 관행으로 정착한 데는, 근대인을 육성하는 학교 교육의 영향력이 컸다. 최초의 공적 사회생활을 경험하게 되는 학교와 그 안에서 이루어지는 교육의 영향력은 가정 못지않게 강력하며, 그 기간도 길다. 그래서 인간은 대부분 학교 교육과 제도가 부여하는 규율 안에서 근대적 인간으로 훈육되는 것이 사실이다.

1920년대 이후 조선에서 향학열은 놀라울 정도로 고조되었다.[34] 1920년대 조선인의 보통학교 취학 동기가 대부분 "우리 사회를 위하야 일하고저"라는 "정치적인 실력양성"이었다면, 1920년대 후반부터는 "취직하기 위하야"와 같은 "일종의 개인경제 해결책"으로 변화하는 세태를 보였다.[35] 조선 사회에서는 학력을 사회적으로 공인하는 분위기와 관행이 자리를 잡았고, 교육은 사회적 계층과 신분 이동에 효과적인 수단으로 인식되었다.

그런데 학교 교과과정에서 제일 우선으로 꼽히는 과목은 1910년 이후 1930년 중반까지 주당 1시간의 교육시수를 할당받은 '수신(修身)' 과목이었다.[36] 오늘날의 '도덕' 교과에 해당하는 '수신' 교과의 수업시수는 비록 주당 1시간에 불과했지만, 천황제 이데올로기와 유교적 덕목 등을 교육하는 정신적인 측면을 담당하는 교과였기 때문에 전(全)교과 중 가장 선두에 놓이는 위상을 부여받았다. 그리고 중등 이상의 '수신'교과에는 반드시 '취미(趣味)'의 장(場)이 포함되어 있었다. 교과 과정에 '취미' 항

34　『동아일보』, 1920.4.13.

35　오천석, 「교육조선 십오 년 조선신교육과 파란만흔 그 행보 전8회」, 『동아일보』, 1935. 1.1~1.6 · 1.9~1.11.

36　1930년대 후반에는 황국신민(皇國臣民) 교육 강화를 목적으로 '수신(修身)'과목 시수 (時數)를 매주 2시간으로 늘였다.

목이 설정되어 있었고, '학적부(學籍簿)'라는 공식적인 기록문서에 '취미' 기입란이 있었다는 사실에 주목할 필요가 있겠다.

1920년대 중반에 발행된 조선총독부 편(朝鮮總督府 編)『고등보통학교 수신서 권삼(高等普通學校 修身書 券三)』[37]과 동경(東京)에서 발행된 문부성 검정서(文部省 檢定書)『중학수신(中學修身)』,[38] 조선총독부 편『사범학교 수신서 권삼(師範學校 修身書 券三)』[39]을 대상으로 해서, '수신'교과서의 취미 교육을 비교·고찰하였다. 이상 세 권은 조선과 일본에서 각각의 학제에 따라 보통학교 졸업 이후 진학하게 되는 고등보통학교와 중학교, 그리고 교사 양성을 목표로 한 사범학교의 수신서들로, 비슷한 입학 연령의 학생을 대상으로 한 중등학교 이상의 '수신(서)' 교과서들이다. 물론 당시 조선의 학교편제와 교육방침은 제국 일본의 교육법과 방침에 따른 것이었으므로, 기본적으로 일본의 근대 교육제도와 동일한 것이었다. 하지만 일본과 조선의 상황에 따라 구체적인 교과 내용에는 차이가 있을 수밖에 없었을 것이다.

중등용『수신서』에서 가르친 '취미'의 경우『개정 중학수신(中學修身)』과 『고등보통학교수신서 권삼(高等普通學校 修身書 券三)』의 교과서를 대조한 결과, 그 내용이 거의 흡사함을 확인하였다.『사범학교 수신서 권삼(師範學校 修身書 券三)』의 "제22과 : 교사의 취미와 건강" 역시 기본적인 서술내용은 동일하되, 교육 대상이 장래 교사임을 감안하여 교사로서의 덕목을 강조한 특이점이 있다. 그 구체적인 내용을 살펴보도록 하겠다. 1925년에 일본에서 발행된 문부성 검정서『개정 중학수신』[40]의 목차를 보면, 총 20과(課)로 구성되어 있다. 각 과의 세목을 보면 다음과 같다. '자연과

---

37 朝鮮總督府 編,『高等普通學校 修身書 券三』, 1923.
38 友枝高彦,『改訂 中學受信』, 富山房, 1925.
39 朝鮮總督府 編,『師範學校 修身書 券三』, 1925.
40 友枝高彦,『改訂 中學受信』, 富山房

인간', '자연과학과 그 연구법', '진리', '학술연구의 이해', '인생의 소원', '독
창적 정신', '인격의 발달', '노동', '능률', '재산', '극기', '용기', '절조', '책임
감', '반성', '상식', '취미', '경건', '인생의 가치', '최선의 노력.' 목차만으로
도 건전한 정신의 근대 국민(國民)을 양성하기 위해 필요한 덕성(德性)을
가르치고 사회생활에 필요한 도덕규범을 내면화하고자 하는 '수신'교과
의 본질을 확인할 수 있다. 그중에서 '제17과 취미'의 내용을 보면 공교
육에서 정의하는 '취미'개념과 '취미교육'의 가치를 확인할 수 있다.

'제17과 취미'에서 '취미'는 직업 노동자의 삶을 살아야하는 근대인에
게 필수적인 가치로 상정되어 있다. "활동을 하면 피로가 생기고, 그 피
곤이 누적되어 몸 안에 쌓이게 되면 결국 일을 하는 것이 싫어"[41]질 수밖
에 없는데 "그런데도 일을 계속하면 건강을 해치게 되고, 그것은 장래의
진보를 방해하고 만다"[42]는 논리에서였다. 특히 현재와 같이 문명이 진
보한 시대에는 다양한 부분에서 정신적인 자극을 받게 되고, 일의 성과
를 올리지 못할 경우에 '신경쇠약'에 걸리는 사람이 많다고 한다. 때문에
마음의 근심을 버리고 항상 기분좋게 직업에 임하기 위해서는 "적당한
휴양시간을 계획해두어야 하고 또 각자의 기호에 따라 취미를 기르는
것이 필요하다"[43]고 교과서는 가르치고 있다. 또 취미는 "품성을 깨끗하
게 하고 인격을 원만하게 발달시켜 주기 때문에 취미를 기르는 것이 대
단히 중요하다. 취미는 이해(利害)와 타산(打算)을 잊게 하고 격심한 생활
에서 벗어나"[44]게 해준다는 것이다. 그래서 취미가 없는 사람은 여유가

---

41 "活動をすれば疲が出て來る、疲が段々増すにつれて體中がだるくなり、終には仕事
をするのがいやになる。" 위의 책, 85면.

42 위의 책, 85면. "これをかまはずになほ仕事を續けようとすると、健康を害つて、これか
らさきの進步をさまたげることになる。"

43 "適當な休養時間を設けると共に、各自の好みに隨つて趣味を養つておくことが必要
てある。" 위의 책, 86면.

44 "品性を潔くして人格を圓く發達させようとするにもまた趣味を養ふことが大切である。趣
味は利害の打算なづを忘れしめ、この世の激しい生活からねけ出たやうな。" 위의 책, 86면

없기 때문에 인품이 비천해지지만, 취미를 기르는 사람은 많은 사람들에게 흠모를 받을 수 있다고 가르친다. 한편으로 "취미의 종류는 아주 다양[趣味の種類は甚だ多い]"하고 "사람에 따라 많은 차이가 있[人によつてもそれぞれ相違がある]"을 수밖에 없다며 취미의 다양성을 지적하기도 했다. 취미의 예로는 정신적인 측면에서의 독서, 시가(詩歌), 회화, 음악을 들었고, 신체 방면에서의 운동, 경기, 원족(遠足), 여행을 꼽았다. 정신과 신체의 측면을 모두 겸하는 것으로 공예품 제작, 화초 재배를 들었다. 이렇게 '수신'교과는 취미를 가질 것을 강조하는 한편 취미를 '선택'하는 기준을 제시했다. 즉 취미가 저급하면 인격이 비천해지므로 학생들은 고상한 취미를 길러야한다고 가르친 것이다. 교과서가 지적한 저급한 취미에는 음식을 먹고 마시는 일이나 의복에 대한 관심을 꼽았다.

조선총독부에서 발간한 『고등보통학교수신서 권삼(高等普通學校 修身書 券三)』은 '제10과 취미' 부분에서 취미 덕목을 서술하고 있는데, 그 구체적인 서술 내용은 앞서 살핀 『개정 중학수신』과 거의 동일하다. 취미의 정의, 근로(직업)와 취미의 관계, 근대사회의 복잡함과 노동의 부담, 물질사회에서 정신적 여유의 필요성, 고상한 취미의 도야 등을 동일한 논리와 표현을 통해 서술해 놓았다.[45]

식민지 조선의 근대 교육은 이상과 같은 교과 내용의 교수(敎授)와 더불어 학생들의 능력과 학업성취도를 평가·기록하는 것으로 이어졌다. 학교에서는 학적부(學籍簿)를 통해 치밀하고 조직적으로 학생의 동태와 신상정보를 관리했다.[46] 학적부 양식을 보면, 학생의 가정환경, 출결 상

---

45 식민지 시기 한일 교과서의 비교 연구와 영향관계에 대한 분석 역시 중요하고 필요한 연구이지만 본 논문의 주제와는 거리가 있는바, 여기까지만 다루기로 한다.
46 학적부 양식은 일본과 조선이 다르지 않았고, 학적부 양식이 개정되면 교사들에게 학적부 개정과 관련한 다음과 같은 지침서가 내려졌다. 다음 책 서두에 구(舊)양식과 신(新)양식이 도안이 실려 있다. 乙黑武雄·關寬之, 『(改正)學籍簿精義』, 東洋圖書株式合資會社, 1938; 오성철, 『식민지 초등교육의 형성』, 교육과학사, 2000에서도 학적부 양식을 볼 수 있다.

황, 각 과목 성적, 성행 개평(性行 槪評), 신체 상황, 졸업 후 진학과 취업 희망 등을 기록하게 되어 있었다. 『학적부정의(學籍簿精義)』[47]에 따르면, 학적부의 '성행 개평(性行 槪評)' 란에 기재해야할 내용으로 '성격', '재간(才幹)', '악벽(惡癖)', '장애(障碍)와 이상(異常)', '취미(趣味)와 기호(嗜好)', '언어, 동작 및 용자(容姿)' 등이 거론되었다. 『학적부정의』는 모든 항목마다 그 항목의 의미, 학생 관찰 요령, 기록의 종류와 범위, 기입 방식, 사례까지 구체적으로 부기해 두었다. 이것은 학교 제도가 학생 일개인을 대상화하고 미세하게 재단함으로서 감시와 통제를 행했고, 신민(臣民) 양성에 총력을 다했음을 의미한다. '성행개평' 란에 기재해야 할 내용에 포함된 '취미와 기호' 항목에 대한 해석은 다음과 같다.

취미와 기호라는 말을 지나치게 엄밀히 해석해서는 안 된다. 취미라는 말을 엄밀하게 해석하면 그 안에는 '미적 정취(美的さび)'가 포함되어 있다. 예를 들어 한 성인이 요곡(謠曲)이나 노(能)에 취미가 있다고 말할 경우, 거기에는 미적 정조가 발(發)한 결과로서의 깊은 맛(滋味)이 들어있다. 그러나 소학 아동에게 그런 의미의 취미는 아직 발달되어 있지 않다. 그러므로 취미는 그런 성인의 취미의 맹아(萌芽)가 될 경향이 있는 것으로 이해하고, 어린이답게 평소 좋아하는 것을 말하는 정도에서 이해해야 한다. 기호(嗜好)는 반드시 미적 의미(美的意味)를 포함하지 않아도 된다. 예를 들어 감당(甘黨)이나 주당(酒黨)이라고 하는 경우나, '과자를 좋아함', '술을 즐김'이라고 말할 때 이미 기호(嗜好)의 의미가 들어 있다. 그러나 그 안에 취미라는 의미가 꼭 들어있는 것은 아니다. 때문에 취미는 미적 의미를 담고 있는 좋아함(好み)이고, 기호(嗜好)는 단순히 좋아하는 것으로 감각적(感覺的)·물적(物的)인 것을 좋아함(好み)이다. (…중략…) 법문(法文)에 따르면 취미와 기호를 기입할 때는 평소 상황을 관찰하고

---

47   교사를 위한 지침서인데 학적부의 중요성, 공적(公籍)으로서의 학적부의 의미, 학적부 기입 요령 등이 서술되어 있다.

성격과 재간(才幹) 등도 고려할 것을 요구하고 있다. 이것을 보면 취미와 기호는 분명 정신상(精神上)에 관련된 것으로, 기호(嗜好)도 음식물과 같은 물질적인 것에만 관련된 것은 아니다. 이렇게 정신과 관련된 취미와 기호는 그 기인하는 바에 따라 두 종류로 나뉜다. 제1은 성격이나 재간 등이 배경과 원인이 된 취미와 기호, (…중략…) 제2는 직접적으로 소질에 기인하는 것이 아니라 주로 사회의 유행이 좌우되어 거기에 따라 생멸하기 쉬운 것이다. (…중략…) 무엇보다도 이 기입은 단순한 기록이 아니라 전술한 바와 같이 실제교육을 행하는 데 있어 참고자료로서 귀중하고, 따라서 사회적 환경의 영향에서 나온 것은 교육상 아주 중요한 참고자료가 되기 때문이다. (국역 – 필자)[48]

『학적부정의』는 취미와 기호의 의미를 성인을 기준으로 엄밀하게 구분하고, 거기서 추론하여 어린 학생의 취미와 기호의 의미를 끌어내고 있다. 위의 글에 따르면 취미는 "개인의 성격"과 "사회적 환경"이라는 두 측면에서 영향을 받는다. 기호는 비교적 감각적이고 물질적인 대상을 좋아하는 것을 의미하지만, 취미와 기호 모두 학생의 성격과 재간, 소질 등에서 비롯되기 때문에 둘 다 정신적인 영역과 관계되어 있다고 본다. 사색적이거나 우울한 성격은 독서나 고안(考案), 공부를 좋아하지만 활동적이고 외향적이며 담즙질적인 성격은 스포츠나 신체적 활동, 통솔적 행동을 좋아한다[49]는 사례와 유형을 제시하기도 했다. 이 글은 취미와 기호를 크게 둘로 나누었는데, 우선 성격이나 재간처럼 "소질적인 기초"를 포함하고 있는 것이 있다. 소질에 기반이 된 취미는 "항구성"을 특징으로 갖는다. 반면 "사회적 환경"에 영향을 받은 취미가 있는데, "임시적이고 반영구적"인 것으로 '영화소년'이나 '문학소녀'가 여기에 해당된다

---

48 乙黑武雄・關寬之, 앞의 책, 164～166면.
49 위의 책, 166면. "思素的な憂鬱質的な性格の者は讀書や考案や工夫を好むが, 活動的な外向的な蕁汁質の如き性格の者はスポーツや身體的活動や統率的行動を好むが."

고 보았다. 즉 사회적 유행에 의해 학생들이 영화나 문학에 취미를 갖게 된다는 문화사회학적인 분석을 하고 있는 셈다. 『학적부정의』는 교사들에게 학생의 취미와 기호를 추론해서 쓰면 안 된다고 지적하고, 정확한 파악을 위해 학생의 부모와 형제들에 대해서도 파악해야 한다고 지시했다. 또 "학술적인 관찰의 방법으로 질문지법(質問紙法)"을 추천했고, 질문지를 통해 취미와 기호를 알아낼 경우 응답자의 "허세와 허위의 응답"을 막기 위해 충분한 주의를 기울이고 동일한 목적의 질문을 형식을 바꿔가면서 물어야 한다는 조사 요령을 첨부했다. 이렇듯 치밀하고 과학적인 방식을 동원해서 학생들의 취미와 기호를 파악하고자 한 것은 식민지 교육의 자료를 확보하기 위함이자, 국민-만들기의 구체적 전략 중 하나였을 것임을 추론할 수 있다.

일본의 경우 '취미교육'에 대한 강조는 메이지 말기부터 시작되었다. 니시모토 스이인(西本翠蔭)같은 교육학자는 「취미교육」론을 통해 일찍이 학교 교육과 취미에 대한 선견(先見)을 제시한 바 있다. 그는 "취미를 고상하게 지도하는 일은 한 시대를 교육하고 발달하는 중요한 일"[50]이라는 견해를 분명히 했다. 개인의 취미를 보면 그 인격을 알 수 있으므로, "취미를 중히 생각하지 않는 교육은 도저히 훌륭하고 완성된 인간을 양성할 수 없다"고 강조했다. 때문에 지적(知的)인 것에 경도된 교육을 통해서는 이론만 알 수 있을 뿐, 취미를 향상하는 서양의 소설이나 각본의 진수를 감상할 수는 없다고 당시의 학교교육을 비판했다. 그러한 논리의 연장선 위에서 "우선 교육에 종사하는 사람들도 각각 취미 한두 가지는 갖고"있어야 할 필요성을 지적했다. 당시의 근대 취미교육론이 학교 교육 안에서 제도적으로 구현된 양태가 바로 위에서 확인한 '수신'이라는 교과와 '학적부' 기록이라고 할 수 있다.

---

50   西本翠蔭, 「趣味敎育」, 『趣味』 1(3), 明治39(1906).8, 易風社, 24면.

교육제도와 결합하면서 '취미'는 공식적인 가치를 보증받았다. 교과과정을 통해 '취미'가 학생들의 심상에 자리잡게 되었고 학적부와 같은 공적 기록을 통해 '취미'는 일개인의 이력(履歷)과 특징(特徵)을 표상하는 항목이 되었다. 그리고 사회의 다른 한편에서는 대중문화가 대중의 기호를 선도하면서 구체적인 '취미'를 제시하고 전파했다. 결국 '좋은 취미'란 일정한 관습 속에서 대상의 미적 자질을 식별하는 기준을 의식적으로 익히는 것으로, 각자의 소질과 관심을 여기에 맞춰가는 학습과정을 통해 부단히 만들어지는 것이었다. 때문에 "취미는 무엇보다도 교육의 문제"였다.[51]

3) 근대적 인간형(人間型)과 '취미'라는 척도

한일합방 이후 1920년대를 통과하면서 식민지 조선의 물적 기반은 식민지하 자본주의 체제 안에서 재정립되었다. 교통, 통신, 의식주 관련 풍속 등 다방면의 물질적 변화는 당대인들의 처세술, 가치관, 인간관계에도 영향을 미쳤다. 이런 변화는 근대화의 과정을 집약적으로 겪고 있는 도시적 일상 안에서 선명하게 확인할 수 있다. 씨족중심으로 구성된 농촌사회에서는 전근대적인 방식의 인간관계가 여전히 유지될 수 있었던 반면, 고향과 혈연을 등진 사람들이 모여 있는 도시는 새로운 자본주의적 인간관계와 처세술을 요구했다. 1920년대 대중잡지에는 근대적 사교술과 교제에 관한 기사들이 심심찮게 수록되었다. 새로운 도덕률과 처세법에 대한 교양서(教養書)들이 대량 출간되었고, '성공'에 대한 사회적 인식이 형성되었다. '취미'는 성공을 향한 근대적 교제의 중요한 수단이자 기준으로 제시되었다.

---

51 西村淸和, 『現代アートの哲學』, 産業圖書, 1995, 155면.

1920년 6월에『개벽(開闢)』이 창간되면서 편집진들이 표방한 '민족 계몽'은, 제1차 세계대전 종식을 전후하여 약소민족은 물론이고 제국주의 열강의 일부 정치적 지도자들까지도 표방했던, 전 세계 '개조 사상'의 추이와 밀접한 관련을 맺고 있다. '개조'라는 용어는 1920년대 중반까지도 매체나 학문적 담론에서 넘쳐났고 심지어는 당시 보통사람들의 일상적인 발화에서조차 빛을 발하던 일종의 유행어였다.[52] '개조론'은 서구의 새로운 사상적 조류였는데, 조선에서는 당시 민족적 현실이나 요구와 부합되었기 때문에 1920년대 초반 시대정신의 중심에 놓일 수 있었다. '개조'란 "과거 여러 가지 모순이며 여러 가지 불합리 불공평 불철저 부적당한 기계를 수선하여 원만한 활동을 엇고저 노력"[53]하는 것으로, 특히 일본 '문화주의(文化主義)'의 산물인 '인격주의(人格主義)'가 가세하면서 사회개조의 전제로 '개인'의 개조를 강조하는 경향을 띠었다. 조선 사회와『개벽』이 수용한 개조론은 한마디로, "사회의 근본적 개조를 목적으로 하는 현대문화의 요구의 기초는 개인의 개조에 있다"기 때문에 조선을 개조하려면 '개인의 수양과 인격의 확립'이 우선해야 한다는 것이었다. 이때 "개인의 개조는 각자가 인격을 존중하고 천직의 생활권을 자각함으로써 시작"할 수 있다고 보았다.[54] 1920년대 전반기는 이처럼 사회 전반적으로 개조 사상이 풍미했고 그 영향 하에서 학생취미, 농촌취미, 조선 민족의 생활취미 등이 진지하게 주장되었다.

3·1운동 이후 조선의 식민지 상황을 돌파하기 위해서는 장기적인 안목에서 조선의 문화를 회복하고 실력을 길러야한다는 자각이 일었다.

---

52 "즉금「개조」라 하는 말이 도처에 퍽 만히 유행이 된다. 왈 세계의 개조, 왈 정치의 개조, 왈 종교의 개조, 왈 교통기관의 개조, 왈 통신기관의 개조, 왈 무엇 왈 무엇해서 심지어 변소개조까지 찻게되고 부르지지게 되엿다. 사면팔방 범백사물에 개조풍이 불지 안이 하는데가 업게 되엿다. 참 개조의 성행시기다." 김준연,「세계개조와 오인의 각오」,『학지광』20, 1920.7, 17면; 이춘원,「민족개조론」,『개벽』23, 1922.5, 17∼72면.

53 김준연, 위의 글, 6면.

54 선우전,「조선인의 생활문제의 연구(3)」,『개벽』22, 1922.4, 4면.

"개조는 문화의 건설을 의미함이며 문화의 건설은 민족의 부흥을 의미"[55]한다는 논리에서였다. 1920년에 결성된 '조선학생대회(朝鮮學生大會)'는 회(會)의 목적으로 "각자 전문의 학업을 專心攻究하는 餘暇에 동지가 서로 團會하야 趣味를 談論하며 지식을 교환하며 환란을 相求하며 정의를 相通하며 품성을 陶冶하며 지성을 합하야 우리 학생계의 건실한 風紀를 확립"[56]할 것을 선언하였다. 조선 신문화건설의 주역이 될 학생들에게는 지식과 취미, 즉 지성과 품성의 도야를 갖추어야 한다는 시대의 주문이 있었다. 그리고 한편에서는 조선인의 대다수가 살고 있는 '농촌개선', '농촌개량' 문제가 시급했다. "2만 8천 10여 개 동리의 농촌"을 살리기 위해서 농민에게 인권, 경제권, 정치권, 문화적 시설 부여를 해야 한다는 주장들이 속출했다.[57] 농촌개선은 구체적으로 교육, 오락기관과 구락부 설치, 산업, 기타 의식주 부분으로 나누어 시행해야 한다는 의견도 있었다. 그리고 "취미와 실용에 편리"하도록 하는 것에 모든 개선의 원칙을 두었다.[58] 이런 상황에서 '농촌 취미'라는 구호가 빈번히 출현했고, 사회주의 사상이 유입되면서 '민중 취미',[59] '대중 본위',[60] '민중적으로 취미를'[61]과 같은 문구들이 시대의 변화를 단적으로 제시했다.

『개벽』은 "문화에 참여할 자격으로 정한 인격"[62]을 중시하고, "'食'에 만족치 못하고 종교, 철학적 생활, 문학 예술적 취미를 요구"[63]하는 인간의 '욕망'을 인정하면서, "인류의 내적 생활성의 獨瘵를 위안하게 하며

55　北旅東谷, 「동서의 문화를 비판하야 우리의 문화운동을 논함」, 『개벽』 28, 1922.10, 81면.
56　이돈화, 「최근 조선 사회운동의 二三」, 『개벽』 2, 1920.7, 22면.
57　이성환, 「조선농민이여 단결하라」, 『개벽』 33, 1923.3, 53~64면.
58　김기전, 「농촌개선에 대한 도안」, 『개벽』 6, 1920.12, 14~24면.
59　「讀者 交情欄」, 『개벽』 8, 1921.2, 56면.
60　「권두언」, 『개벽』 47, 1924.5, 2면.
61　현철, 「조선의 극계, 경성의 극단」, 『개벽』 48, 1924.6, 93~94면.
62　백두산인, 「문화주의와 인격상 평등」, 『개벽』 6, 1920.12, 13면.
63　이돈화, 「생활상으로 觀한 경제관념의 基礎」, 『개벽』 11, 1921.5, 11~19면.

취미를 고상케 하고 미적 감정을 선도"[64]할 방법들을 제시하였다. 독서, 연극관람, 활동사진 관람 등이 대표적이었다. 『개벽』이 주도한 1920년 대 전반의 담론들은 궁극적으로 '열패자'로서의 조선이 회생할 수 있도 록 실지 건설에 착수할 수 있는 인물, 즉 "공뇌(公腦)를 가진 인물"[65]을 양 성하는 것을 최종 목표로 삼았다. 여기서 공뇌를 가진 인간은 취미를 가 진 인격적 인간을 의미했다. 이돈화는 "元來 人生은 趣味라. 趣味로써 生하고 趣味로써 死"[66]하는 것이 인생이라며, 인생의 본질로 '취미'를 앞 세우기도 했다. 그러나 다수의 취미담론이 '취미'자체를 강조하고는 있 지만 취미생활의 구체적 방법이나 조선적 현실화의 양태를 보여주지는 못했다. 1920년대 전반기만 해도 취미 담론이 지식인들의 개조와 계몽 운동의 하나로 거론되면서 다소 관념적으로 서술된 측면이 있었다면, 1920년대 후반에는 그 양상이 좀 달라지고 있음을 확인할 수 있다.

　1920년대 중반에 창간된 『신여성』, 『별건곤』, 『신동아』 등의 대중 종 합잡지는 조선인의 삶의 양태들을 문명적 본보기와 더불어 제시하는 기 사를 종종 실었다. 이 잡지들은 특정 계층이나 집단을 대상으로 하지 않 고[67] 조선 대중 전체를 독자로 상정한 매체들이었다. 대중종합지에는 학 술·사상 기사와 평론, 문학작품과 야사·야담 등의 독물, 광고와 오락 기사, 화보와 사진, 세태보도 기사와 사회기사 등이 혼재되어 배치되었 다. 이 중에서 1923년에 발행된 『신여성』은 다수의 여성독자를 대상으 로 한 대중지답게 현실과 일상의 층위에서 '취미'를 구성해 나갔다. 1926

64　현철, 「멀리온 형제 해삼위예단을 환영함」, 『개벽』 23, 1922.5, 18~20면.
65　이돈화, 「조선신문화건설에 대한 도안」, 『개벽』 4, 1920.9, 16면.
66　이돈화, 「진리의 체험」, 『개벽』 27, 1922.9, 44면.
67　1920년대에 미국에서 『타임』지가 '중류층'을 대상으로 하고, 『리더스 다이제스트』가 소도시의 '중하급 계층'을 대상으로 해서 미국인의 생활양식을 보급하는 매개역할을 한 것에 비해, 조선에서는 아직 잡지나 매체가 다양한 계층의 일상과 욕망을 표상할 정도 로 분화되지는 않았다. 김문겸, 『여가의 사회학』, 한울아카데미, 2004, 88면.

년 11월에 창간된 잡지『별건곤』은 '취미잡지(趣味雜誌)'와 '취미독물(趣味讀物)'을 표방한 대중 종합잡지였다.『별건곤』은 검열로 인해 폐간당한 『개벽』의 후신(後身)으로 탄생했지만,『개벽』의 무거운 논조와는 다르게 훨씬 다양하고 가벼운 '취미잡지'를 표방하며 기획되었다. 창간호에 실린 벽타(碧朶) 이성환의「빈취미증만성의 조선인(貧趣味症慢性의 朝鮮人)」[68]은 1920년대 한국 사회에 던지는 본격적인 취미담론이자, 취미문화를 환기하는 논설이었다.

벽타는 "人間性과 趣味"를 논하면서 인간 본능에는 성적 본능, 물적(物的) 본능, 명적(名的) 본능과 더불어 "사교 본능"이 있는데, "이것이 얼마나 인간 생활상에 크나큰 세력을 차지하고 잇는가가 명백한 사실"[69]이라고 말하고 있다. 그리고 인간의 사교 심리는 대중과 함께 "더부러 보고 듯고 말하고 놀고 먹고 마시고 하는 道程"을 희망하는 것으로, "이 사교 심리를 만족 식힘에는 「취미」가 만흔 군중 생활"이 전제가 되어야 한다고 주장했다. '취미'가 개인적인 취향을 드러내는 수단이지만, '공통의 취미'는 나와 타인을 연결해주는 인간관계의 기본으로 작동하는 당시 세태를 정확히 간파한 것이었다. 하지만 "빈취미증 만성(貧趣味症慢性)의 조선인"은 먹고 사는 데만 급급하여 의식주 외에 "인간본성으로서 요구되는 욕망"을 만족시킬 수 없다고 진단했다. 벽타는 취미가 "일부 인사의 독점적 享樂 機關이 되고"만 현실을 지탄했다. 등산, 기차 여행, 빠이오린, 만또린, 오루간, 피아노, 온천, 약수 등의 취미가 있지만 그것은 "유산계급의 享樂 所爲"일 뿐 "대중적 취미"는 아니라며, 취미의 "계급성"을 지적했다. 그는 인간이 "취미성의 욕구"를 충족해야만 인간다운 삶을 영위할 수 있기 때문에, "無産化된 처지"의 다수 조선인들을 위한 "갑헐한 인쇄물" 즉 "민중적 취미 인쇄물"이 필요하다고 주장했다. 여기서 말하는 취미독물

---

68 碧朶,「貧趣味症慢性의 朝鮮人」,『별건곤』 창간호, 1926.11, 57~61면.
69 위의 글, 57면.

의 구체적 대상이 무엇인지는 『별건곤』 사고(社告)에서 찾아볼 수 있다. 『별건곤』은 독자들에게 "대중취미의 이상세계를 개척"할만한 "기담, 풍자, 기행문, 과학, 전기, 기타 문예"[70] 등의 글을 투고하라고 광고했다. 평론과 이론적인 글을 제외한 대다수의 글이 취미독물에 해당된다고 보아도 무방할 만큼, '취미'는 확장된 의미에서 사용되었다.

1920년대 미디어에는 "취미독물"과 같은 기획기사들이 지면을 장식했고, 각종 기사들은 동시대인들의 취미에 대한 관심을 여러 방식으로 기사화했다. 잡지 『학생』은 「취미의 미술강좌」, 「취미의 음악강좌」, 「취미의 역사강좌」 등을 포함해서 중요한 7대 지식강좌를 실겠다고 광고[71]했다. 이런 대중적인 취미문화는 '도시'라는 공간지리적 조건이 상수로 존재할 때 가능한 것이었다. 일찍이 팔봉은 다음과 같이 도시의 속성을 정의했다. "도시는 퇴폐적 문화의 결정체에 不外한다. 그것은 사람의 본래의 문화를 畸形的으로 발달식힐 뿐만 아니라, 인간성을 꾸부려 놋코, 우구려 놋는, 副作用까지 하는 곳이다. 월급 30圓에, 양복 닙고 人道를 다니는 맛에, 都會生活을 하고자 하는 불상한 사람이 되지 말기를 빈다. 『카페-』는 업슬지언정, 娼婦型의 美人이 跋扈하지는 안을지언정, 活動寫眞과 『까소린』의 내음새는 업슬지언정, 왼갓 光輝잇다는 文明의 姿態는 업슬지언정, 나는 衷情으로 말한다, 싀골로 가라고."[72] 이 글은 조선에서 중등교육을 받은 학생출신들로 하여금 시골에 내려가서 무산계급의 지도자 역할을 해줄 것을 당부하는데 목적이 있지만, 당시 도시문화와 도시적 일상에 대한 날카로운 통찰을 보여준다. 아이러니하게도 팔봉이 비판한 도시적 현상들이 대중문화 형성의 토대가 되었다.

일간지와 대중 지향적 잡지들에 실린 취미 기사들을 중심으로 취미

---

70 「투고대환영」, 『별건곤』 1(1), 1926.11, 116면.
71 「當節智識七大講座」, 『별건곤』, 1929.8, 170면.
72 팔봉 김기전, 「향당의 지식계급 중학생」, 『개벽』 58, 1925.4, 22면.

담론을 면밀히 살펴보면, 1920년대 이후 근대인들의 일상과 인간관계가 '취미'라는 '표상'을 통해 꾸려지고 있음을 확인할 수 있다. 일상은 "매일 반복되고 무의식적으로 개인이나 집단의 몸에 각인된 것"으로, "반복되고 무의식적으로 체화된 것을 잘라낸 단면 속에서 구조나 제도, 또는 지배정책을 재발견"[73]할 수 있다. 1900년대 이후 등장한 취미는 근대적 삶의 양태로 제시되면서 문명인의 인격과 품성, 근대적 지식과 앎의 차원, 근대인의 직업과 취미의 상관성 등을 강조하면서 다소 관념적인 차원에서 소개되고 주장되었다. 그러나 1920년대가 되면 취미는 구체적인 활동과 실천을 지시하면서 현실에서 소비되었고, 자본주의적 대중문화 아래서 다수의 사회적 현상과 유행을 만들어냈다. 1920년대에 대중들의 삶과 욕망을 재단하는 척도 중의 하나였던 취미담론을 분석하면 크게 네 가지 유형으로 구분할 수 있다.

첫째, 취미가 "근대인임을 증명하는 하나의 조건"이 되었다. 취미가 개인의 개성과 특징을 함축하는 중요한 요소로 자리 잡으면서, 평범한 일반인이 자신의 '출신학교', '직업'과 더불어 '취미'를 밝히는 것이 근대적 사교 매너로 정착한 것도 바로 이 무렵이다. 자아관을 세우고 각자의 개성에 따라 취미를 향유하는 것이 근대인의 전형으로 간주되었다. 그리고 "취미가 무엇이냐"가 나를 타인과 차별화하는 "식별 요소"가 될 수 있기 때문에 타인의 취미 역시 관심사가 되었다. "취미 = 인격(personality)"이라는 새로운 믿음은, 연애의 조건과 결혼 상대자 선택의 조건에 '취미'를 꼽게 만들었다. 취미를 통해 인간관계가 재편된 것이다. 둘째, "모범적 취미생활의 제시"이다. 여전히 서구적 사례가 가장 이상적인 모델로 제시되었고, 각계 인사와 지도층의 취미생활이 기사화되었다. 대중들의 선망의 대상인 각계 인사와 유명 배우들의 취미생활 제시는, 대중들

---

73   정근식, 「식민지 일상사 연구와 기록영상의 활용」, 『기록영상으로 보는 근대의 풍경』, 한국영상자료원 기록영상기획전 학술세미나 자료집, 2006, 13~14면.

사이에 취미를 확산하는 강력한 효과를 발휘했다. 셋째, 자본주의와 소비문화가 조장하는 '취미있는 생활'은 "의식주의 차원"도 변화시켰다. 자신의 취미를 발휘하게 되는 의식주의 면면이 근대적 스타일로 고착되었는데, 이때 취미는 많은 경우 소비활동과 관련되었다. 넷째, 한편에서는 대중문화와 유행의 장에서 부박(浮薄)하게 소비되는 취미에 대한 비판적 시각이 형성되었다. 또 계급의식을 기반으로 한 프롤레타리아 취미담론이 등장했고, 고급 / 저급의 취미담론으로 분화되는 양상으로 보였다.

우선, 첫 번째 유형의 담론을 살펴보면 다음과 같다. 문인 염상섭은 졸업하는 여학생들에게 "자긔가 자긔 성격과 자긔 소질과 자긔 취미를 잘 알어 가지고, 즉 자긔가 자긔를 확실히 발견하야 가지고 무엇이나 압길에 향해 나가는 것"[74]이 가장 필요하다는 가르침을 주었다. 신식은 서울로 유학간 딸에게 "배우는 것도 공연히 허영에 쓴 생각을 가지고 철모르는 소견에 되잔케 덤벙대지말고 네 취미라던지 재조라던지 짜라서 하기는 하되 될 수잇는대로 실지생활에 소용될 것을 배워라"[75]고 조언했다. 이들 기성세대들은 청년들에게 '나'라는 개인을 구축하는데 '취미'가 필수적인 요소임을 강조하며 취미계몽을 설파했다. 「내가 본 명사의 자아관」[76]이라는 기사는 각계 명사들이 스스로에 대해 진단하는 설문기사인데, 설문 참가자 대부분이 자신의 성격과 취미를 설명하는 방식으로 '자아'를 표명했다. 잡지에 실리는 유명인사들의 자기 소개글이든, 기자의 필력을 거친 소개 기사이든 간에, 1920년대 이후 잡지의 인물기사에는 주인공의 직업과 관심사 못지않게 취미를 밝히는 것이 인물 소개의 관례가 되었다.[77] 이것은 두 번째 유형과 겹치는 부분이기도 하다. 그리

---

74 염상섭, 「내가 여학교를 졸업한다면 — 먼저 가정을 정리하고」, 『신여성』 3(3), 1925.3, 19면.
75 신식, 「서울로 류학간 딸에게」, 『신여성』 4(4), 1926.4, 29면.
76 「내가 본 명사의 자아관」, 『별건곤』, 1930.6, 56~59면.
77 메이지 이후 취미담론이 확고하게 형성되기 시작한 일본의 경우, 이와 같이 유명인사

고 '취미'라는 표상을 통해 개인의 정체성을 표명하고자 하는 인식은, 타인을 규정하는데도 동일하게 적용되었다.

1920년대 이후, 근대적 개인의 자아와 내면을 발견한 청춘 남녀들에게 '사랑'과 '연애'는 시대정신과도 같았다.[78] 하지만 1920년대 중반이 되면 조선을 달구었던 연애의 열기는 사회주의 사상의 유입과 더불어 한 풀 꺾이게 되고 아주 현실적인 연애관과 결혼관이 만들어지기도 했다. 이 시기에 이미 "여자가 남편을 고를 때 연애보다 사람의 자격을 백 가지나 보고 고른다는 것이 말이 되는가"[79]라는 세태 지적이 나오기 시작했다. 그렇다면 '결혼'이 가문과 신분이라는 숙명적 조건에서 벗어난 시기에 당대의 젊은이들이 연애 혹은 결혼을 결심하는 기준은 무엇이었을까.

각종 매체들은 「연애독법」, 「결혼교과서」, 「어떻게 하면 결혼을 잘할까」, 「각 방면 명사의 일일생활」 등과 같은 기사들을 기획하고 연재했다. 매체는 결혼과 일상에 대한 근대적 매뉴얼들을 끊임없이 생산하고 소비하면서 근대적 일상을 주조해갔다. 채만식(북웅생)은 "청춘남녀들의 결혼준비"에 대해 조언하면서 "사상감정의 相違라든가 성격과 취미의 차이 또는 상대자의 인격에 대하여"[80] 철저하게 관찰하지 않으면 실망하는 경우가 많다고 했다. 그는 "상대자가 엇더한 개성을 가젓스며 그것이 생활에 엇더한 변화를 주며 영향을 미칠 것인가 또는 그외 여러 가지 문제에 대하야"[81] 우리의 청년들이 관찰력과 비판력을 갖지 못하는 현실에 우려를 표했다. 『신여성』 1924년 5월호는 '結婚問題' 특집호로 꾸며졌다. 경성법전의 이춘강은 자신을 "문학애호자로 정신적 내적 생

의 취미를 묻고 알려주는 형식의 기사가 1900년대부터 등장했다. 경성에서 발행된 잡지 『조선』과 『조선급만주』에서도 1908년 이후로 유명인사의 취미 소개가 기사화되는 경우를 쉽게 확인할 수 있다.

78　권보드래, 『연애의 시대』, 현실문화연구, 2003.

79　Y생, 「신문의 가정란고문란」, 『신여성』4(10), 1926.10, 15면.

80　북웅생, 「청춘남녀들의 결혼준비」, 『별건곤』, 1930.5, 8면.

81　위의 글, 9면.

활 중시하는 자"라고 소개하면서 자신이 바라는 아내의 조건을 이렇게 들었다. "내가 바라는 안해는 용모가 아름답은 것보다 마음성 좃고 취미가 고상한 여자로 취미가 갓해야 하고 항상 경건한 마음을 갖고 자애가 만해서 그 고결한 성정"을 갖추었으면 한다는 것이었다.[82] 여학교를 "졸업하고 집에 들어안즌 연자"라고 자신을 소개한 한 여성은 "침착하고 취미가 넓은 사람"[83]을 남편감으로 꼽았다. 음악이나 문학취미 등 취미가 넓으면 "화평한 생활을 할 수 있을 것"이라는 기대에서였다. 부인들이 꼽는 남편의 결점 중에서 "큰 결점은 넘우 취미성이 박약한 것"[84]이고, 부부 사이에 생기는 문제 중에서 "생리적 결함" 다음으로 꼽히는 것은 "취미 다른 것"[85]이었다. 이런류의 기사는 1930년대에도 계속되었다. 명사의 부인들에게 결혼생활에 대해 물었는데,[86] 이태준의 부인 이순옥은 결혼 상대자를 선택할 때 "여러 말 할 것 업시 사람 본위로 택할 것"[87]을 충고하고 "그 사람의 천성이나 취미나 학식"이 자신과 조화될 수 있는 사람을 찾으라고 했다. 김동인의 부인 김담애는 결혼 첫날 밤 남편에게 "문사의 아내가 되엿스니 문학에 만흔 취미를 붓치라"[88]는 말을 들었다고 한다. 박화성은 '미혼처녀들'에게 결혼상대자를 "사랑할 수 잇을만큼 된다면 그의 체질, 취미 등등에 나를 쓰는 힘이 백퍼센트로 잇슬 것"[89]이라고 말한다. 결혼의 조건으로 이구동성 "이상과 취미"를 꼽는 현실에서, 여의사인 현신덕은 "주의나 취미도 부부가 서로 꼭 같기를 희망하는 이가 많은 모양"[90]이지만 생각처럼 살기가 쉽지 않다는 현실적인 답변을

---

82 이춘강, 「나는 이런안해를바랍니다」, 『신여성』 2(5), 1924.5, 60면.
83 박정○, 「침착하면서도 취미만흔청년」, 『신여성』 2(5), 1924.5, 63면.
84 앙케이트, 「남편에게 대하여 사모하는 점」, 『신여성』 4(6), 1926.6, 27면.
85 「부부조화의 16개 조항」, 『신여성』 4(6), 1926.6, 45면.
86 「결혼생활보고서」, 『신여성』 7(5), 1933.5, 46~49면.
87 위의 글, 46면.
88 위의 글, 49면.
89 위의 글, 48면.

내놓기도 했다.

김남천의 대중소설 『사랑의 수족관』[91]에서 여주인공은 "내가 김광호에게 마음이 쏠리기 시작한 것은 그의 건강한 용모와 그의 언어와 동작에 반한 때문일 것이다. 언어와 동작에 나타난 것 – 그것은 그의 취미요, 그리고 교양이 아니었든가?"라고 자문한다. 연애의 대상이건 결혼 상대이건, 이 시기의 개인들이 타인에게 끌리고 타인과의 지속적인 교제를 하는데 필수적인 조건 중의 하나가 공통된 '취미'였던 것이다. 「내가 이상하는 남편」[92]이라는 주제로 좌담회가 꾸려졌고 그 내용이 기사화되었다. 이 자리에서 질문한 항목은 일곱 가지로, 직업, 수입, 취미, 학식과 교양, 산아제한(출산계획), 부인을 부르는 방식, 남편에게 바라는 것 등이었다. 이상적인 부부 사이를 검토하는 자리에 '취미'가 빠질 수 없었다.

이상에서 보았듯이 1920년대 이후 개인의 "몰취미"와 "무취미"[93]는 비난의 대상이 되었다. 대중들은 "다취미"한 남녀가 만나서 "사랑과 공경이 조화"된 가정, "취미와 오락의 조화"[94]가 있는 가정을 꾸리고 싶어 했다. 근대 스위트홈의 기본이 되는 남녀 간의 결합과 결혼의 조건에 '취미'가 중요한 기준으로 자리잡은 것이 바로 이 시기였던 것이다.

대중들이 평범한 일상에서 향유할 만한 취미를 구체적으로 제시하고 대중을 교화하려면 모범 모델이 필요했다. 때문에 근대 매체들은 모범으로 삼을 '서양의 사례들을 소개했고, 각계 인사들과 사회 지도층의 취미를 기사화하는 방식으로 취미를 전파시켰다. 프랑스 젊은 여성들의 생활 풍속도와 가치관을 소개하면서 "그들의 취미생활"[95]에는 '고전극

90 현신덕, 「결혼하기 전과 결혼한 후」, 『별건곤』, 1927. 2, 86면.
91 김남천, 「사랑의 수족관」, 『조선일보』, 1939. 10. 22.
92 「이동좌담 – 내가 이상하는 남편」, 『신여성』 5(11), 1931. 12, 38~46면.
93 김기영, 「가정생활의 개선(8)」, 『동아일보』, 1921. 4. 13.
94 이성환, 「내가 본 원만한 가정소개」, 『신여성』 5(11), 1931. 12, 66면.
95 일기자, 「부자집 따님도 苦學을 하는 佛蘭西의 女學生生活」, 『신여성』 2(4), 1924. 3, 21 ~25면.

공연', '피아노', '테니스', '산보' 등이 있음을 알려주었다. 고학(苦學)을 하면서도 취미생활을 즐기고 '자유교제와 결혼'을 하는 강한 정신력의 '불란서 녀학생'을 소개한 기사는 근대적 여성상에 대한 환상을 심어주기에 충분했다.[96] 독일 청년들의 취미는 "등산, 원유(遠遊), 천막생활(캠핑)"로 "지금은 패전국이라 하여 기상이 죽엇슬듯 하지만도 오직 그들은 더욱 활기가 승승하야 조금도 쇠퇴하여 보이지 안는다"[97]고 소개했다.

매체는 서구 문명국의 취미 사정을 소상히 알리는 한편, 국내 여성들의 집을 탐방하여 그들의 근황과 취미를 기사화했다. 이화여전 교수 윤성덕의 취미는 화초 가꾸기, 테니스, 스케이팅이고 농연(農研)간부 박인덕의 취미는 등산, 산책, 수영이었다. 여자기독교청년회 회장 유옥경은 청년회 일과 안국동유치원 원장 일이 '취미겸행'이라고 말하기도 했다.[98] 이들 대중매체들은 유명인사의 사생활에 호기심을 갖는 독자들의 심리에 부응하면서, 인물기사 등을 통해 지속적으로 유명인의 일상과 취미를 소개하는 데 지면을 할애했다. 대중들은 윤치호, 이상재, 김활란, 허영숙 등의 사회인사는 물론 현진건, 박영희, 최학송 등 문인의 취미생활도 엿볼 수 있었다. 『별건곤』 1928년 12월호에는 「각 방면 명사의 일일생활」[99]이라는 기사가 실렸는데, 수십 명에 달하는 각계 인사들에게 그들의 하루 일과와 취미를 설문하고 그 결과를 기사화한 것이었다. 교사집단, 언론사 관련자, 경제인과 문인, 여성 교원으로 분류된 이

---

96 이성환은 프랑스의 유명 여배우 '사라 베루나-루'의 '원예취미'를 소개하면서 "세상에는 꽃을 재배하는 사람을 가르처 '일업는 실업쟁이'라고 하지만 천만의 말슴이다. 웨? 우리들의 생활에는 항상 취미를 본능덕으로 요구하고잇서서 그 취미는 물론 한두가지가 아닐지로되 그중에는 식물화초를 재배하는 것처럼 그 취미가 고상하고 깁고 쏘 우주대자연과 정을 부치게하는 사람본성을 만족하게 하는 것은 업"다는 논리를 폈다. 碧笑, 「꽃인저! 꽃인저!!」, 『신여성』 4(5), 1926.5, 56면.
97 정석태, 「만사에 치밀하고 조직적인 독일청년들의 특질」, 『별건곤』, 1929.6, 67면.
98 B기자, 「당대여인생활탐방기」, 『신여성』 7(7), 1933.7, 59~69면.
99 「각방면 명사의 일일생활」, 『별건곤』, 1928.12, 50~60면.

들 인텔리 집단의 취미는 독서, 운동, 산보, 방문으로 집약되었다. 대중들은 사회의 상류계층과 유명 인사들의 취미생활을 선망하면서 동시에 그것을 추종하는 방식으로 취미생활을 영위하고자 했을 것이다.

또 '취미'는 평범한 일개인이 개성을 가진 주체로 정립할 수 있는 구체적인 실천기제였기 때문에 일상의 다양한 부분에서 선택의 기준으로 정립되었다. 특히 의식주와 관련된 유행현상과 소비의 장에서 '취미'는 "남과 다른 나", "나다운 나"를 드러내는 방식이 되었다. 김일엽은 의복개량 문제가 사회적 이슈로 떠올랐을 때, 의복제도가 "국민의 풍기라든지 습관"과 관련된 문제라는 전제 하에 의복개량을 주장했다. "쾌감 가운데 가장 사람의 심미안을 쓰는 것은 의복"이라고 할 수 있는데, "문화가 향상할사록 의복에 대한 미적 욕구가 더해간다"는 것이다. 특히 "근대에 와서는 의복이 미적 욕구만을 만족식힐 쑨 아니라 그 시대정신까지 표현한다"며, 백의가 아닌 숭고한 빛깔옷을 입어 "그 사람의 성질이라든지 취미를" 표현해야 한다고 주장했다.[100] 1920년대 초반 미디어의 관심과 비난의 이중 포화를 맞았던 여학생 단발문제에 대해, 1920년대 중반이 되면 "各各自己의 趣味대로"하는 것이지 "是非거리나 風紀問題가 아니"[101]라는 쪽으로 여론이 기울었다. 다만 "斷髮이나 思想이나 化粧갓흔 것은 다 사람마다 各人의 趣味대로 取하는 것"이므로 개인에게 맡겨야 하지만, "各個人의 趣味 그것은 時代의 趣味와 調和되여야" 한다는 주장이 대세였다.[102] 이화여전 교수 윤성덕은 일식, 양식, 조선식이 합쳐진 집에서 살며 "뻬드(침대) 생활에 음식도 양식이 주"인 생활취미를 가졌다고 그녀의 일상을 소개했다.[103] 이렇게 먹고 입고 살아가는 부분

에서 취미는 근대적 스타일이라는 유행 현상을 주도했다. 밥이나 집을 예전과는 다르게 '미적(美的)'인 방식으로 먹고 사는 대상으로 조직하는 것이 바로 '취미있게' 사는 것이 되었다.[104]

이처럼 1920년대 이래로 '취미'는 근대인의 자아관(identity) 확립과 사회관계 안에서 하나의 축으로 작용했다. 개성, 이상형, 연애의 상대, 결혼상대의 선택이라는 문제 앞에서 '취미'라는 잣대를 통해 근대적 인간형(type)이 합의되고 규정되었던 것이다. 이런 취미담론은 시간이 흐르면서 계급의식에 기반한 프롤레타리아 취미담론이나 고급 / 저급의 취미담론으로 분화되는 양상으로 확대되었다. '취미'현상에 대한 비판도 등장했다. 1920년대 중반 여학생계에서는 "유행가 시비(是非)"가 화제였다. 여학생들이 유행가와 같은 "천박한 노래를 입에 올니게되야 취미가 타락하고 심성을 것칠고 조잡하게 해바리고 말게"[105]되었다며, 고상한 취미를 기를 것을 훈계하는 남성사회의 목소리였다. "취미에도 계급성이 잇고 고하선악의 표준이 잇"다는 지적도 있었다. 여학생들에게 "고상한 취미"의 향상을 위해 피아노, 한 달에 한두 번 좋은 연극과 명화(名畵) 감상하기 등을 추천했다.[106] 한 좌담회에서 모윤숙(교원), 이응숙, 손초악, 김자혜(『신동아』 기자) 등이 말하는 그녀들의 취미는 '마-쌍(마작)', '가투', '핑퐁', '쎄쎄-골푸', '스케이팅', '자전거'[107] 등이었다. 그러나 여학생의 취미가 "화투, 추럼푸, 혹은 마-쌍"이라면 "너무 통속화"된 것이니 "만일에 그대가 쑤르여든 스포츠방면에 잇서서는 골푸나 승마를 취미하라"[108]는 발언도 등장했다. 여기서 취미를 통한 구별짓기의 전략, 즉

---

104 김기영, 「가정생활의 개선(8)」, 『동아일보』, 1921.4.13.
105 김영환, 「女學生界 流行歌是非 – 女學生自身과 女學校當局의主意를促하기위하야」, 『신여성』 2(6), 1924.6, 47면.
106 박로아, 「여학생의 취미검토」, 『신여성』 3(3), 1931.6, 72~74면.
107 「명일을 약속하는 신시대의 처녀좌담회」, 『신여성』 7(1), 1933.1, 21면.
108 울금향, 「당세여학생독본」, 『신여성』 7(10), 1933.10, 68면.

취미와 계급에 대한 분별이 사회적으로 통용되고 있었음을 확인할 수 있다. "모던보이는 처녀들과 카메라 들고 원족가는 것이 취미"[109]라며 청년문화를 비판하기도 했다.

조선사회에서 취미담론에 대한 반성적 성찰이 시도될 만한 시간적 간격을 확보한 1930년대 중반에, 송석하는 「農村娛樂의 助長과 淨化에 대한 私見：特히 傳承娛樂과 將來娛樂의 關係에 就하여」[110]를 연재하였다. 『동아일보』 창간 15주년을 기념하는 기획기사였는데, 무려 18회에 걸려 연재된 이 기사는 농촌문화를 비롯하여 당시 조선의 바람직한 오락문화 창출에 대한 필요성이 환기되고 있었음을 방증한다고 하겠다. 송석하는 오락을 "마음의 깊은 곳에서 나오는 본성적 쾌락욕구이며 필연적"인 것으로 정의한다. 그는 "오늘날의 안식과 쾌락은 내일의 활동을 爲"한 것인데, 사람의 육체와 정신의 피로는 휴양만으로 나을 수 없기 때문에 오락이 중요하다고 주장했다.[111] 즉 송석하에게 있어 '오락'은 동시대의 '취미'개념과 그 의미를 분유(分有)하는 개념이다. 그는 연재 기사에서 '조선의 전승 오락', '시대상으로 본 오락', '종별상으로 본 오락', '각국의 국민오락', '조선민중에게 미친 수입오락의 영향' 등을 개괄하였다. 그중에서 '수입오락'[112]이라고 명명한 새로운 오락의 유형을 몇 가지로 범주화해보면 다음과 같다. 첫째, 서구문화의 영향에 의해 도입된 연극, 가극, 음악회, 음악(기악, 성악), 무용, 소셜댄스. 둘째, 서구의 과학기술의 발전에 따라 새로 유입된 영화, 라디오, 축음기, 사진 등. 셋째, 서구에서 도입된 스포츠 유형으로 정구, 탁구, 축구, 당구, 역도, 골프, 승마 등. 넷

---

109 쌍S생, 「대경성광무곡」, 『별건곤』, 1929.1, 76면.
110 송석하, 「農村娛樂의 助長과 淨化에 대한 私見：特히 傳承娛樂과 將來娛樂의 關係에 就하여」, 『동아일보』, 1935.6.22~7.15.
111 위의 글(1935.6.22).
112 송석하는 구체적인 근거를 가지고 수입오락을 구분한 것은 아니고, "전래의 오락 이외의 것을 의미하는 것이다. 그리고 시대적으로 보아서도 현대라는 의미를 무언중에 포함한 것이며 그 범위는 대단 광대"한 것이라고 분류하였다. 『동아일보』, 1935.7.11.

째, 기타 새로운 유형으로 등산, 낚시, 화투, 마작, 야담, 가투(歌鬪), 곡마 등이 그것이다.[113] 그런데 이 당시에 수입된 오락 중 조선 민중에게 가장 큰 영향을 미친 것은 '화투'와 '라디오', '레코드'인데, 많은 경우 오락문화가 지역적 · 계층적으로 차별성을 갖는다고 보았다. 크게 도시와 농 · 어촌에서의 문화와 오락 차이를 말하는 것으로 "예술적 · 체육적인 것이 상당히 보급된 것 같으나 그 실은 일반 농민 내지 어민층에는 화투, 축음기뿐이며 그 외에 일 년에 한두 번 보는 영화와 곡마단 구경이 그들의 오락이오 그 외는 전부 소위 인텔리 계급의 오락에 지나지 못한다"[114]는 것이다. 물론 민속학자인 송석하가 궁극적으로 주장하는 것은 농어촌의 경제 상태를 염두하고 민속 오락의 조장과 정화에 노력을 기울여야 할 것이며, 그것은 예술적 오락과 체육적 오락을 기초로 할 때 가장 적합하다는 것이었다.[115] 이것은 다른 한편으로 조선민중의 정신을 퇴폐화하는 수입오락이 다수 '사행적'이고 '개인적'이며 "비교적 유한인테리 계급 대상인 것이 대다수"라며 서구 취향적 감성구조에 기반이 된 신지식인계층의 취미문화를 비판하는 것이기도 했다.

1920년대 이래 대중문화 안에서 '취미'라는 문화적 실천은 근대 문명의 수용 통로이자 출세의 수단이 되었고, 문화자본으로서의 위상을 확보하였다. 사람들은 자신의 취미 선택과 소비물을 통해 각자의 개성(정체성)을 드러내고 검증받을 수 있게 되었다. 또 취미의 구체적 대상인 대중문화의 여러 장르는 대중에게 선택받고 향유되어야 하는 존재론적 이유로 인해, 대중의 성향과 기호에 영향을 받을 수밖에 없었다. 그렇다면 그중에서 공연문화(公演文化)의 장(場)을 둘러싸고 '취미'라는 가치와 실천이 이루어낸 대중문화의 생산-소비 메커니즘을 다음 절에서 살펴보고자 한다.

---

113 김문겸, 『여가의 사회학』, 한울아카데미, 2004, 121~122면.
114 송석하, 앞의 글, 1935.7.11.
115 위의 글, 1935.7.13.

2. 근대 극장을 중심으로 한 공연문화의 교섭 양상

1) 막간(幕間) 공연의 흥행과 대중연극취미

　1920년대를 경유하면서 취미(활동)는 노동자, 농민 등 다양한 계급으로 확산되었고, 경성의 경우 문화향유의 지역적 대립구조가 선명하게 가시화되었다. 본정(충무로)과 명치정(명동)을 중심으로 한 남촌은 일본이라는 패권적인 존재를 가시적으로 상징하며 경성의 경관을 장악했고, 중간계급의 상승의지와 상층계급의 차별화 욕망이 복잡하게 얽히며 문화의 장이 형성되었다. 그 바탕에는 "소비사회의 고도의 발전"[116]이라는 상업주의적 소비문화의 침투가 있었다. 금욕주의적 분위기가 사라지고 오락을 오락으로 즐기고 추구하는 태도가 확산되었다. 1910년대 초반에는 '문화'의 '정신'이나 '문명화'된 상태로서의 취미활동을 제시하고 보급하고자 했지만, 조금씩 시간이 흐르면서 '오락'과 '재미'를 적극적으로 강조하는 분위기가 더해졌다. 이는 1919년 3·1운동 이후 정치적 좌절의 경험과도 연동하는 현상이었다. 대중들은 정치와 무관한 일상의 영역에서 욕망을 분출하는데 몰두할 수밖에 없었다. 또 1920년을 전후하여 전문적인 오락 제공자들이 사회적으로 커다란 직업군을 형성하기 시작했고 일반 대중 사이에 수동적으로 보고 들으면서 즐기는 소비 경향이 증대하였다. 담론의 차원에서는 '신문화'와 '개조'라는 시대정신이 현실적으로 현현되는 방식으로서의 '취미성(趣味性)'이 강조되었지만, 현실의 차원에서는 즉흥적이고 감각적인 '오락성(娛樂性)'이 대중의 일상과 문화를 장악했다. 그 구체적인 양상을 취미와 오락이 생산되는 상상적 /

---

116 安光浩, 「明日의 結婚」, 『신여성』 5(3), 1931.4, 13면.

실재적 공간으로서의 '극장'을 기점으로 살펴보고자 한다.

윤백남이 1920년 5월 4일부터 16일까지 『동아일보』에 총 10회에 걸쳐 연재한 「演劇과 社會」는 "최초의 본격적인 연극론"[117]에 해당하는 비평이다. 그는 연극이 "일민족과 일시대의 각종 예술을 이용하고 종합하야 혹은 이지(理智) 감정 혹은 사상, 감각, 얼른 용이하게 말하면 이(耳), 목(目), 심(心)에 즉, 사람의 육체와 정신상에 상량(商量)하기 어려운 굳세인 힘을 일으킨다"고 보고, "흥미전일주의(興味專一主義)의 활동사진보담도 인생의 미묘한 이취(理趣)를 명상(冥想)하기에 일층 더 효과가 있을 것"[118]이라고 주장하였다. 연극의 사회적 효용을 강조하는 글인데, 1910년대 말이라는 이른 시기에 대중적인 세력을 확산시켜가던 '활동사진'에 대한 경계가 생겨났다는 점이 흥미롭다 하겠다. 비슷한 시기에 현철은 『매일신보』에 「연극과 오인의 관계」(1920.6.30~7.3)라는 평론을 발표하고, 연극의 의의를 다음과 같이 서술했다.

"첫째, 인간은 일상생활에서 갖가지 고통과 비애 등에 봉착, 갈등을 일으키게 되는데, 연극은 이러한 감정을 정화하고 순수하게 하는 최선의 세조제(洗滌劑)이다. 둘째, 현실의 축사(縮寫)인 연극은 현실폭로, 구습을 타파하려는 새로운 사상의 전파, 사회문제 제기 등을 통해 지육(智育)을 조장하게 한다. 셋째, 덕육면에서 경험치 못한 세계를 실제처럼 경험하게 하고, 인과의 진리를 깨닫게 하는 연극은 고상한 인격을 함양해준다. 넷째, 정육면(情育面)에서 연극은 고상하고 청아한 좋은 취미를 양성, 국민 도덕을 고아(高雅) 선량(善良)하게 한다."

---

117 양승국, 『한국 근대연극비평사 연구』, 태학사, 1996, 49면.
118 윤백남, 「연극과사회」, 『동아일보』, 1920.5.5.

1920년에 발표된 윤백남과 현철의 연극론은 연극의 사회교화적 기능을 강조한 계몽주의적 입장을 표명한 것이었다. 두 사람은 극장을 "오락기관 겸 풍교기관"[119]이라고 명명하면서 연극의 오락성을 언급하기는 했지만, 근본적으로는 지식인의 시각에서 연극의 교훈성과 사회적 효용을 강조한 계몽주의적 연극관이 저변에 깔려있다. 이것은 1920년대 극예술협회, 초기 토월회를 거쳐 간 다수 엘리트 연극인들의 공통감각이기도 했다. 연극지도자들은 "극예술이 가진 본질적 사명의 분야는 대중을 교화하는 문화운동의 일부문"이라는 입장에서 "대중적 오락 내지 대중적 흥미에 吻合하랴는 일종의 추종적 아부적 경향을 배격"[120]하고자 했다. 사회주의 경향극을 주장했던 카프계열 연극인들 역시 연극을 통해 프롤레타리아 계급의 교화와 혁명을 주장했다는 점에서, 근본적으로 계몽주의적이고 공리주의적인 연극관을 가지고 있었다.

그러나 현실에서 신극 계열 지식인 집단의 연극은 대중에게 수용되거나 이해받기 어려웠다. 신극은 언론을 장악한 지식인 연극관계자들을 통해 담론의 층위에서는 문화권력을 독점했지만, 연극이 소비되고 재생산되는 맥락에서는 무력했다. 대중이 환호하고 감화받는 연극은 지식인들에게 매도당하던 신파극류의 흥행극과 막간여흥 등의 버라이어티 공연이었다. 때문에 연극의 대중화 문제는 대중흥행극단, 카프중심의 프롤레타리아 극단, 지식인 계열의 신극운동 집단 모두에게 예술적 / 실존적 사활이 걸린 중요 사안이었다.

1910대 '신파극의 시대'를 통과하면서 조선인들은 식민지적 자본주의의 토대 위에서 대중문화의 소비자로 끊임없이 호출되었고, '극장'은 그들을 수렴하는 상상적 공간이자 실제적 공간의 하나로 작동했다. 대중

---

119 현철, 「연극과 오인의 관계」, 『매일신보』, 1920.7.3.
120 이헌구, 「조선에 잇서서의 극예술운동의 현단계(하)」, 『조선일보』, 1933.11.17.

연극은 특히 세태를 반영한다는 점에서 대중에게 밀착해 있었다. 흥행 대중극은 민중의 마음속에 있긴 하지만 아직 표출 방법을 찾지 못한 무정형의 욕구를 끌어내서 이러저러한 형태를 부여함으로써 문화적 흐름을 유도할 수 있었다. 1910년의 신파극 이래 분명 "한국 근대연극사의 주류는 대중극"[121]이었다. 1920년대 초반 극예술협회의 등장과 신극의 도입은 한국 근대극의 발전에 주춧돌이 되었지만, 당시 지식인들이 실험한 신극운동이 상업적인 대중연극과 변별되는 순수예술연극의 전범을 내놓지 못한 것도 사실이다.[122] 그러나 1910년대 말 이후부터 1920년대 내내 흥행극 공연장을 찾은 관객이 저급한 하류관객만은 아니었다.[123] 취성좌에서 활동하던 당시의 인기 여배우 이경설, 이애리수, 신은봉은 '극단 삼명성(三明星)'[124]으로 꼽혔다. 이들 세 여배우는 각각 다른 연기 스타일과 팬층을 확보하고 있었다. '눈물의 여왕' 이경설은 '부인들'에게, '독부의 권위' 신은봉은 '인텔리겐차'에게, '애틋한 공주' 이애리수는 '젊은 청년'들에게 인기가 있었다고 한다. 그렇다면 신은봉의 연기를 좋아해서 공연장을 찾는 인텔리, 중류인사들은 고급한 관객인가, 저급 취향의 관객인가. 이들은 "자신들의 이익과 연극취향에 부합해서 행동하는" 유동적인 대중이라고 말할 수 있으며, "신극의 관객이나 신파의 관객이나 동일한 시대적 규범 아래 동일한 미적 보편 감정을 가"[125]지고서 관극 경험을 공유했을 것이다. 때문에 개인, 대중, 대중적 관객

---

121 유민영, 『한국 근대연극사』, 단국대 출판부, 1996, 466~467면. 그러나 유민영은 대중극이 당시 대중을 정신적으로 퇴보하게 만드는 일종의 정신적 마약 구실을 했다고 보았다.

122 홍재범, 『한국 대중비극과 근대성의 체험』, 박이정, 2002, 59면.

123 오히려 당시 조선의 빈곤한 경제 상황을 고려할 때, 극장을 찾는 관객층은 최소한 중산층 이상이었고 당시 중산층이라 하면 지주, 자본가, 전문직 종사자, 상인, 교원, 중간관리직 이상의 회사원이나 공무원이었기 때문에 교육문화적 수준 역시 저급하지 않았음을 추측할 수도 있다. 홍재범, 『한국 대중비극과 근대성의 체험』, 박이정, 2002, 54~58면.

124 「극단의 삼명성 – 여배우의 일단」, 『혜성』 1(6), 1931.9, 90~94면.

125 김태진, 「연극의 '재미'를 위한 소고」, 『영화연극』 1, 1939.11, 24면.

성(spectatorship)이 비고정적인 사회적 위상을 갖고 있다는 것을 전제로, 시대와 상황, 공연환경과 수용 맥락을 구체적으로 살필 때, 공연문화의 미적 특질과 정치성을 구분해 낼 수 있다.

1920년대의 관극 행위는 '재미'와 '오락'을 문화소비의 중요한 기준이자 가치로 두고 있었다. 그중에서도 흥행극의 '뜨거운 감자'였던 '막간(幕間)'은 연극의 막과 막 사이에 배우들이 나와서 춤과 노래, 만담을 통해 여흥을 북돋우는 것을 통칭했다. 이미 1908년경 동대문 광무대 전통 공연에서 '막간(幕間)'을 이용해 환등이나 활동사진을 상영한 사례가 있었다. 막간 여흥을 본격적으로 무대화하고 관객을 불러 모은 극단은 1920년대의 신파극 단체인 '취성좌'였다. 이애리수가 '막간 가수'로 나와서 〈황성옛터〉를 불렀던 1927년 5월의 취성좌 공연은, "인파가 장외까지 예령보다도 삼십분 전에 개장 그야말로 송곳꼬질 틈도 업"[126]는 성황을 이루었다. 막간에 대한 당시 대중들의 열렬한 반응으로 인해, 1920년대 이래 막간 공연은 엇갈리는 연극계의 평가 속에서도 1940년대까지 계속되었다. 막간 공연은 '막간극', '막간 쇼', '레뷰', '레뷰극' 등으로 이름을 달리하면서 시대에 따라 변주되었다.[127] 막간에는 유행가의 독창과 합창, 군악(群樂), 무용, 소극, 만담 등 각종 공연 장르가 섞여 들어왔다. 막간 무대에 선 여배우 이경설, 지계순, 지경순은 독창을 했고, 전경희, 전옥과 같은 배우는 촌극과 합창을 했다.[128] 한 회분 공연에 '비극', '희극', '가극', '악극', '희가극', '레뷰극'이라는 표제가 붙은 작품들이 연달아 공연되었다. 당시에는 이런 명칭들을 엄밀하게 구분되지 않은 채 사용되었기 때문에 각각의 양식적 차이를 밝히는 것은 쉽지 않다. 막간 공연에

---

126 『동아일보』, 1927.5.5.
127 이렇게 다양하고 혼종된 형식의 막간 쇼와 공연들은 1930대가 되면 차츰 악극단이나 가극단으로 흡수되었다.
128 『매일신보』, 1930.12.12.

는 다양한 장르의 공연물이 혼성적으로 배치되었고, 심지어 장르 간 혼합을 통해 '연쇄레뷰'[129]라는 기묘한 형식을 낳기도 했다. 연쇄레뷰는 연쇄극에 가요곡과 음악, 무용을 도입한 공연 형태였을 것으로 짐작된다. '취성좌'의 후신인 '조선연극사(朝鮮演劇舍)'는 실제로 극단 산하에 밴드부와 무용부를 조직하기도 했다.[130] 막간 공연은 관객이나 극단 양측의 필요에 의한 지속되었다. 즉 자본과 성공에 대한 사회의식이 지배적인 1920년대 이후의 상황에서, 호화롭고 떠들썩한 막간 공연은 불황의 공포를 잊고 자아발현과 개인성의 획득을 소비와 오락의 장에서 찾고자 했던 대중들에게 환영받았다. 한편, 연극계로서는 검열 때문에 현실을 사실적으로 형상화하기 어려운 데다가, 서양과 미국의 유행현상들이 즉각적으로 수입되어 상품화되던 상황에서 재미와 쾌락 추구라는 출구 외에 다른 대안을 찾기가 어렵기도 했다.

당대 대중들의 심리와 유행을 기민하게 포착하는 능력을 가졌던 연출가 박진은 일찍이 "레뷰의 근대성"[131]을 간파한 바 있다. 레뷰는 원래 19세기 프랑스에 유래한 화려한 희극양식으로, 희극, 오페라, 무용 등이 뒤섞인 종합 흥행극의 명칭이었다. 이것이 조선에 들어와 대중극단의 흥행 레퍼토리로 정착하면서 막간 공연 등을 장식했던 것이다. 레뷰를 포함한 막간 흥행은 신극 연구자들과 지식인 연극인들에게 혹독한 비난을 받은 장르였다. 그러나 박진은 "세상의 속도가 빨라지면서 사람들의 오락에 관한 욕구도 찰나적으로 변"하게 되었는데, 그러한 "현상이 구체화하여 생겨난 것이 '레뷰-'라는 '쇼-'의 한 형식"이라며, 레뷰의 현대성을 지적했다. 그는 "벌써 상식적으로 그 (연극의) 경위의 전개가 엇더케될지 알고 잇는 동시에 끗까지 보고 잇기에는 너모도 지루하게 늣기"기 시

---

129 『매일신보』, 1932.10.23・10.24.
130 이서구, 「1929년의 영화와 극단 회고」, 『중외일보』, 1930.1.6.
131 박진, 「레뷰의 근대성」, 『별건곤』, 1929.9, 158면.

작한 현대인들에게 "여러 가지의 쇼의 부질서한 배열, 예상외의 변화 거기에 또 색책의 미와 성적매혹의 강렬함"을 주는 것이 바로 '레뷰'의 매력이라고 보았다. 그는 "스피-드를 요구하는 영화관객에게 보다 더 찰나적 오락인 레뷰를 보혀"주고자 미국의 일류, 이류 극장들이 프랑스의 레뷰를 가져갔다며 당시 미국 영화관의 풍속을 덧붙여 설명해주었다. 미국의 경우 레뷰는 전미국의 흥행계에 받아들여져 현재는 일반적인 흥행 방식이 되었다는 것이다. 박진은 미국의 레뷰가 일본을 거쳐 조선에 들어온 것으로 보았다.[132] 그리고 "미국 P. 와일드의 소위 레뷰-를 몇 편" 보면 "이것이 진정한 의미의 레뷰-인지, 요사히 유행하는 도발적 자극성을 가진 반나의 미녀의 궁둥이가 정말 레뷰-인지 모르"겠다며, 미국식 레뷰에 난감을 표하기도 했다. 그런데 고작 1년 뒤에 조선에서 "30년식 첨단오락"으로 "째즈짠스, 스피-드, 쓰라이브"가 꼽혔고, 식민지 조선의 "천하를 지배하는 유행"은 "아메리카 쑤로-드에이에서 넘어온"[133] 것이라는 조선의 미국 대중문화 유행현상에 대한 비판이 출현하였다.

1920년대 막간 여흥에 대한 대중들의 선호가 공연의 핵심이자 본(本) 레퍼토리인 연극(비극)에 대한 관심을 넘어설 정도로 대단했다는 것은, 흥행 극단들의 공연레퍼토리를 통해서도 확인할 수 있다. 신극운동가들은 막간극 폐지를 일관되고도 강력하게 주장했는데, 이런 비판담론에서 역으로 막간의 인기를 가늠할 수 있다. 프로연극인들은 흥행중심의 대중연극을 반동적인 예술로 규정했지만, "민요, 잡가 등을 계급적 입장

---

132 원래 시사문제를 다루는 풍자촌극이었던 프랑스의 레뷰는 단독 흥행물이었다. 이것이 미국으로 건너가서 영화관람과 함께 제공되는 방식으로 자리잡았던 것이다. 더욱이 미국에서는 "촌극으로만은 관객에게 흥미를 주기가 곤란함으로 보-드빌·쇼-中에 무용적 분자를 농후히 하야서 사히사히 이 풍자촌극을 집어끼히는 형식을 취"하게 되었다며, 박진은 레뷰의 미국식 전용(轉用)을 정확하게 소개했다. 레뷰의 유래와 미국식 버라이어티쇼 형식의 미국식 레뷰에 대해 비교적 소상히 소개하는 이 글은 일본기사의 일부를 발췌 번역하여 서술한 기사였을 소지가 크다.

133 「모던복덕방」, 『별건곤』, 1930.11, 50면.

에서 개작하고 만담, 요술 같은 것도 연습 습득해 놓으면 대중을 끌기에 더엽시 필요할 것"[134]이라는 대안을 내놓기도 했다. 레뷰, 버라이어티 쇼, 보드빌, 각종 희가극과 무용 등으로 꾸며진 막간 흥행은 근대극 연구자들의 비평과 압박 속에서 당대는 물론이고 후대에도 연극의 불순물로 취급되었지만, 대중에게는 열광적인 지지를 받는 현실에서 단순히 매도로 일관할 수 없는 양가적 지위[135]를 가지고 있었다.

이처럼 막간 흥행은 연극사에서 오랫동안 조선의 특수한 기형적 양식으로 평가받았다. 비극(정극)과 희극 사이에 끼어있는 비정상적이고 통속적인 공연 프로그램으로 간주되었던 것이다. 그런데 조선에서와 마찬가지로 1930년대에 발성영화가 대중화되기 전까지 "유럽과 미국의 주요 대도시에 거주하는 프롤레타리아 관객들은 뮤직홀, 버라이어티 쇼 극장, 보드빌 등을 자신의 극장으로 삼았고 희극(comedy)은 꾸준히 필요했다."[136] 박진도 언급했듯이 미국에서는 무성영화 상영과 연극적 요소가 가미된 버라이어티 쇼가 공식적으로 공존했다. 무성영화 자체로만 관객의 관심을 끌기가 어려웠기 때문에 내레이터(변사)의 설명과 값싼 연극적 요소인 각종 버라이어티 쇼들이 함께 공연되었다. 이 시기 극장을 찾은 미국의 서민층 관객들은 무성영화 관람을 목적으로 하고 연극적인 버라이어티 공연을 부수적으로 즐겼던 것이 아니라, 오히려 합창과 뮤지컬, 희극 공연 등에 더 열광했다.[137] 미국 무성영화의 상영 방식

---

134 신고송, 「연극운동의 출발」, 『조선일보』, 1931.8.4.

135 "직업극단(대중극단) 이것은 경성을 중심으로 전조선에 퍼지어단이며 소시민층과 소뿌로 학생층 또는 무의식 노동자 농민층에 절대적 환대 밑에서 그만큼 뿌리를 박고 잇는 것이 사실이니 이것을 엇지 도외시하여 버릴 수는 없는"상황이었다. 정하보, 「흥행극단의 현단계」, 『예술』 3, 1936.1, 양승국 편, 『한국 근대연극영화비평자료집』 8, 태동, 1991, 234면에 수록.

136 제프리 노웰 스미스, 이순호 외역, 『옥스퍼드 세계 영화사』, 열린책들, 2005, 112면.

137 Miriam Hansen, *Babel and Babylon: Spectatorship in American Silent Film*, Harverd University Press, 1991. pp.76~98.

과 조선에서 대중연극 공연에 다양한 레퍼토리들이 삽입 공연되었던 막간 공연의 상황은, 동일하게 극장주들이 자본의 이익에 종속된 결과였다.

하지만 이런 공연관행은 역설적으로 침묵과 온순한 태도를 유지하며 관람해야 하는 무성영화나, 근대적 매너와 연극 감상법을 요구했던 근대극 관람의 억압적이고 획일적인 관람방식을 거부한다는 점에서, 문화권력의 지배이데올로기로부터 벗어나 있다. 그리고 대중의 쾌락을 긍정하고 재미를 추구한다는 점에서, 20세기 초반 '취미'가 가지고 있던 관념적 문명의 외피를 벗어버렸다고 할 수 있다. 극장을 찾았던 당시 대중들의 '연극취미' 안에는 적극적으로 오락을 소비하려는 심리가 있었던 것이다. 1910년대의 연극 취미가 근대적 극장공간을 경험하는 시각장의 체험과 문명의 습득을 의미했다면, 1910년대 후반과 1920년대를 거치면서 연극취미의 의미는 오락화 · 통속화되었다. 대중흥행극과 막간의 엄청난 인기몰이에는, 식민지적 현실 하에 일상을 살아가는 동력이 될 수 있는 웃음, 환호, 소란스러운 집합적 관객성을 선택하고 소비한 대중의 심리가 가로놓여 있었다. 윤갑용은 연극의 표현양식을 고찰하면서 레뷰를 "시대와 함께 사라져가는 일종의 '저널리스틱'한 것"[138]이라고 평한 바 있다. 막간(혹은 레뷰)은 연극미학적인 입장이나 예술적 관점에서 부정되었지만, 신문잡지처럼 대중들이 향유하는 문화 안에서 끊임없이 소비되는 잉여의 양식이었던 것이다.

2) 연쇄극(kino-drama)과 활동사진취미

'협률사'라는 공간은 한국 근대 초기의 미분화된 공연문화를 그대로 보여주었다. 이곳에서는 연극과 연희의 실질적인 공연뿐만 아니라, 환

---

138 윤갑용, 「연극의 표현형식의 진화에 관한 일 고찰」, 『대중공론』, 1930.6.

등사진과 활동사진까지 모든 새로운 구경거리가 혼재되어 대중들에게 제공되었다. 극장의 이런 공연진행 방식은 해방 이전까지 지속되었다. 즉, 극장은 영화와 연극 외에 강연회, 연주회, 독창회, 판소리와 전통무용 등 각종 전통연희 공연이 뒤섞여 공존하는 장소였다. 때문에 공연마다 관객의 세대와 계층, 사상과 취미에 따라 새로운 관객성(spectatorship)이 구축되는 다성성(多聲性)의 공간이기도 했다.

한국에 활동사진이 처음 들어온 것은 1903년 6월경이라는 것이 통설이다. 그 근거가 되는 것은 '영미연초회사 광고'인데, 담배판매와 선전을 위해 활동사진 영사를 활용한 것이었다. 기사[139]에 의하면 담배 빈 갑 10개를 가져오면 활동사진 관람에 무료입장을 허락한다고 했다. 그러나 19세기 말 경성의 일본인 거류지에서 일본인을 상대로 한 초기 활동사진 상영이 시행되었다는 기록도 발견할 수 있다.[140] 활동사진 이전에, 슬라이드·그림·사진·실물 등을 정지 상태로 스크린에 확대 투영하여 보여주는 광학장치였던 환등회 광고는 1900년에 등장한다. 각국 외국어 학교에서 환등회를 개최하는데, 조선의 관료들을 초빙한다는 내용이었다.[141] 활동사진 상영과 환등회는 1903년 이래 동대문 내 전기철도사 기계창과 '협률사'에서 실시되었다.[142]

---

139 『황성신문』, 1903.6.23.
140 「活動寫眞勝於生人活動」, 『황성신문』, 1901.9.14; 심훈, 「조선영화총관」, 『조선일보』 1929.1.1; 손위빈, 「조선영화사, 10년간의 변천」, 『조선일보』, 1933.5.28.
141 『제국신문』, 1900.2.5.
142 "遊玩遭厄(유완조액) 近日 東大門內 電氣鐵道社中에 活動寫眞機械를 購入하야 士女의 觀玩에 供홈으로 觀玩者가 下午八時로 十時ᄭ지 電車에 搭載하야 紛紛往觀ᄒ는디 人山人海를 簇聚하야 每夕 票價 收入額이 百餘元이오 車票價도 亦然ᄒ더 三昨日은 新門內 協律社에도 如彼 機械 一座를 排置하고 觀玩케홈으로 玩客遊女數千人이 驟集하얏다 가." 『황성신문』, 1903.7.10.
"구경가세 구경가세 동대문 안 전기회사로 활동사진 구경가세. 전차표 한 장이요, 공권 련갑(空卷煉匣) 10개만 하면 기기괴괴 별별한 구경이 다 있다네." 『만세보』, 1906.7.29.

본격적인 상업 목적의 활동사진 상영은 1910년에 시행되었고, 『매일
신보』에 영화광고가 실리기 시작한 것은 1910년 8월 30일이었다. 그런
데 그 전에 이미 프랑스인 마전(馬田, 마탱)이 자신의 서양식 벽돌집에서
프랑스 활동사진을 들여와 돈을 받고 입장을 시킨 사례가 있다.[143] 프랑
스인 마전(馬田)은 "황실에서 이미 먼저 본 것"이라고 광고하면서 사람들
에게 관람을 권유했다. 상층문화에 대한 대중들의 동경 심리를 자극하
는 광고술이었던 셈이다. 그런데 마전은 활동사진만 상영한 것이 아니
라 입장객들을 위해 한국의 전통적인 공연을 곁들여서 볼거리 상품을
만들기도 했다. 한편 애국부인회에서는 일본에 유학하는 황태자의 모
습이 담긴 활동사진을 상영하기도 했다.[144] 이 날 내무대신 송병준은 변
사들을 불러와서 활동사진에 맞춰 연설을 준비시켰다. 애국부인회를
내세워 활동사진이라는 첨단의 문명을 통해 제국 일본에서 공부하는 황
태자의 근황을 보여주는 숨은 제국, 그리고 연설을 기획한 제국의 대리
자(agency) 송병준에게서 문화를 통한 식민통치에의 욕망과 전략을 가늠

"幻燈開會 本日 下午 六時에 興化門前協律社內로 衛生幻燈會를 開設ᄒᆞ다더라." 『대
한매일신보』, 1907.1.15.

"幻燈二回 內部 議書官 閔元植氏와 警務局長 金彰漢(김창한) 씨가 再昨日 下午 六時
에 前協律社에서 第二回 衛生幻燈會를 開設ᄒᆞ고 幻燈機械를 使用ᄒᆞᄂᆞᆫᄃᆡ 一般觀光者
의게 對ᄒᆞ야 衛生의 關係로 廣濟院通譯 井上鯉一氏가 說明ᄒᆞ고 同 九時 半에 폐회ᄒᆞ
얏더라." 『황성신문』, 1907.1.19.

143 "활동사진광고 : 今番에 始作ᄒᆞ 活動寫眞은 法國 巴里京에서 有名ᄒᆞᆫ 것이오 ᄯᅩᄒᆞᆫ 大韓
국 皇室에셔 먼져 看品ᄒᆞ셧고 始作ᄒᆞᆫ지 數日에 遊覽ᄒᆞ시는 첨君子가 多數枉臨ᄒᆞ시와
坐處가 넘쳐셔 晩到ᄒᆞ시면 不便ᄒᆞ오니 速速枉臨ᄒᆞᆸ 今番에 ᄯᅩ 시로이 활동사진이 多數
來到하야 今夜에 僉位玩賞에 新面目을 供ᄒᆞ오니 速速枉臨ᄒᆞ시옵 活動은 自下午八点
至九点 名唱善舞歌童과 唱和吹笛은 自九点至十点 賣票時 七点半始爲 入場票 上等 新
貨 三十錢 中等 新貨 十五錢 小童 十全 新門外 시달이목 東便 벽돌집 法人 馬田 告빅."
『대한매일신보』, 1907.6.19 · 1907.7.2 · 1907.7.18.

144 "演說協議 : 愛國婦人會에서 今日붓텨 官人俱樂部에 會同ᄒᆞ야 日本에 留學ᄒᆞ시ᄂᆞᆫ 皇
太子殿下의 活動寫眞을 擧行ᄒᆞᆫ다ᄒᆞᆷ은 已報어니와 昨日 下午一時에 內大 宋秉峻 씨가
辯士 鄭雲復 韓錫振 金祥演 三氏를 內部에 請邀(청요)ᄒᆞ야 該活動寫眞에 屬ᄒᆞ야 演說
ᄒᆞᆯ 方針을 協議ᄒᆞ얏더라." 『황성신문』, 1908.6.24.

해 볼 수 있다.

구미(歐美) 회사의 선전목적으로 소개되었던 활동사진이 흥행대상이 된 것은 1908년 광무대(光武臺)부터인데, 본 공연이 시작되기에 앞서 단편(短篇)이 소개되는 정도였다. 활동사진이 흥행의 대상으로 공개된 것은 1908년경 동대문 광무대 공연 중 '막간(幕間)'을 통해서였다. 협률사에서는 공연과 환등과 활동사진을 일회(一回) 관람 내용에 모두 포함시켰고, 관객들은 여러 볼거리를 한 장소에서 연달아 구경할 수 있었다. 막간에 활동사진을 돌리거나 공연이 끝나면 활동사진을 상영하는 식이었다.

> **광고** : 한성 기성조합소에서 원각사로 연주회을 ᄒᆞ옵ᄂᆞᆫᄃᆡ 항장무와 선유락과 각식기무가 구비ᄒᆞ오며 활동은 영ᄶᅮᆨ셔 신발명ᄒᆞ온거시온ᄃᆡ 전무후무ᄒᆞ온 거슬 셩힝ᄒᆞ오니 쳠군ᄌᆞᄂᆞᆫ 왕립ᄒᆞ심을 망홈 한성기성조합소 고빅.[145]

> **廣告** : 본샤에셔 법국 파리경셔 신발명ᄒᆞᆫ 활동샤진을 쳥구ᄒᆞ와 금월 이십륙일브터 챵셜ᄒᆞ옵고 ᄯᅩ 기무(妓舞)도 신발명으로 긔량ᄒᆞ와 ᄌᆞ미가 만소오니 강호쳠군ᄌᆞᄂᆞᆫ 광림ᄒᆞ시와 완상ᄒᆞ심을 경요홈 류회이년 이월 이십륙일 새문안 협률사 고복.[146]

활동사진의 경우 신식 기계와 발명품을 내세움으로써 '문명'과 '과학'의 표상을 적극 활용했다. 심지어 기무(妓舞) 광고에도 '신발명'과 '개량'이라는 수사를 사용해서 관객의 호기심을 자극하고자 했다. 활동사진이라는 새로운 장르가 유입·번성하면서 기존 연극(신파극)의 인기는 내리막길에 접어들었다. 대중들은 활동사진의 스크린에 매료되면서 극장을 찾았고, 영화 관람의 연장선상에 근대화와 서구화의 체험을 포개어 놓았

---

145 『대한매일신보』, 1909. 10. 22.
146 『대한매일신보』, 1908. 2. 26~27.

다.[147] 1910년대 후반 이후 극장구경은 최첨단 매체를 통해 과학과 문명을 체감하는 기회였고, 스크린은 진보한 서구사회를 들여다보고 모방할 수 있게 하는 투명한 창이었다. 영화는 근대적 시각체험을 제공하는 문명의 혜택 중 하나였고, 새로운 감각과 정서를 개발시켜주는 요술경이었던 셈이다. 특히 그동안의 실사(實寫)영화에서 허구(虛構, 네러티브)영화로 영화 제작의 방식이 변화하면서 영화의 매력은 더욱 확산되었다. 프랜시스 포드(Francis Ford) 감독의 연속활극 〈명금(名金, The Broken Coin)〉이 1915년에 우미관에서 상영되었고, 그리피스의 〈동도(東道, Way Down East)〉가 1922년 대정관에서 상영되었다. 영화는 서양 개봉과 시간차를 별로 두지 않은 채로, 일본을 통해 조선에 수입되었다. 명화의 보급을 통해 관객들의 수준도 향상되었다. 당시 "극계가 발전되며 관객의 지식이 변천되어 취미성이 향상 진보됨을 깨닫고 요사이 제법 예술적 가치있는 설명을 하고자"[148] 노력하는 변사들이 출현하기 시작했다고 한다.

조선영화 제작의 효시는 1918~1919년 무렵, 당시 흥행이 부진하던 신파극단에서 일본인 촬영기사를 데려다 찍은 활동사진 연쇄극(Kino Drama)이었다.[149] 연쇄극 제작에 가장 먼저 관심을 보인 것은 '신극좌'의 김도산이었고, 그가 일본 오사카에서 환등장치인 키네오라마 기계를 구입했다는 소식이 전해졌다.[150] 1919년 9월 23일과 24일에는 '신극좌' 공연 〈갓쥬샤〉에 환등장치를 이용해서 새롭게 공연한다는 기사가 실렸다.[151] 이 시기에 여러 신파극단들은 신파극 공연에 환등장치를 이용하

---

147 개화기 이후 조선에서의 문명화가 근대화, 서구화와 동궤에 놓이는 새 시대적 사명이었음은 그간의 여러 논저들에서 밝혀진 바 있다.

148 『매일신보』, 1919. 10. 2.

149 영화학자들 사이에서는 연쇄극 〈의리적 구토(義理的 仇討)〉를 조선영화의 효시로 볼 것인지, 1921년에 제작된 본격적인 영화 〈月下의 盟誓〉를 꼽을 것인지를 두고 논쟁이 이루어진 바 있다.

150 『매일신보』, 1919. 6. 23.

151 『매일신보』, 1919. 9. 23 · 9. 24.

고 있었다. 당시 극장계는 "활동사진 중 대부분이 전혀 서양활동이오 기타는 일본활동관에서 일본극 신구(新舊)의 사진뿐인데 오늘늘까지 조선에 대한 활동사진은 전혀 업서서 한갓 유감"[152]이 있었다. 그러던 중 '단성사'의 박승필이 오천 원을 투자하여 '신극좌'의 김도산이 연쇄극 『의리적 구토(義理的 仇討)』[153]를 만들었고 단성사에서 공연되었다. "초저녁부터 구경꾼이 조수같이 밀려드는 대성황"[154]을 이루었고 공연은 무려 한 달 동안 계속되었다. 당시에는 '신파 활동사진', [155] '대연쇄극(大連鎖劇)', [156] '신파 연쇄극', [157] '연쇄활동극'[158] 등으로 불렸다. 김도산은 일본 극단 세도나이카이(瀬戸內海)의 내한 공연[159]을 보고 자극을 받아 『의리적 구토』를 만들었다. [160] 이후 새로운 흥행 형식으로 주목받은 연쇄극(連鎖劇)은 관객들의 요구에 따라 활동사진의 분량을 더욱 늘여갔다.

　'혁신단'을 비롯하여 '조선문예단', [161] 김소랑의 '취성좌'[162] 등 당시 활동하던 극단들은 대부분 활동사진을 제작하고 공연하였다. 한국의 연

---

152 『매일신보』, 1919. 10. 2.
153 『매일신보』, 1919. 10. 26.
154 『매일신보』, 1919. 10. 29.
155 『매일신보』, 1919. 10. 29 · 10. 31.
156 『매일신보』, 1919. 10. 29.
157 『매일신보』, 1919. 12. 10.
158 『매일신보』, 1919. 11. 15.
159 김종원, 「활동사진의 상영과 한국영화의 등장」, 김미현 편, 『한국영화사』, 커뮤니케이션북스, 2006, 29면.
160 "西洋式을 加味한 革新團活動劇 : 신파연쇄 활동사진을 김도산 일힝이 처음으로 박아 반도의 인기를 널리 얻엇지만 거기서 좀 진화되어 박앗으면 쏘는 실연이 적고 사진이 많았으면 흐는 생각이 일반 관객의 바라던 바이라. 그런데 이번 혁신단(革新團) 임성구(林聖九) 군이 단성사 社主 박승필 씨의 대대적 후원을 어더 연쇄극을 박은 것을 26일 밤부터 단성사 무대 위에 올려 관람케 하엿는데 사진을 보건데 이왕 연쇄활동사진보다 일층 진화 발달되어 대부분 서양사진의 가미를 넣어 대모험 활극으로 될 수 잇는데로 잘박은 것이 드러난바 실연이 적고 사진의 서양풍이 많아서 만원이 된 일반관객을 더욱 열광하여 박수갈채가 끈일 새 업서서 임성구군의 대성곡애라 흐겟다." 『매일신보』, 1920. 4. 28.
161 『동아신보』, 1920. 4. 25 · 4. 26.
162 『매일신보』, 1922. 4. 17.

쇄극 시도는 일본 연쇄극을 모방한 것이었고, 〈의리적 구토〉 이후 일본[163]의 방식과 내용을 모방한 연쇄극이 1923년 초반까지 20여 편 정도 만들어졌다.

연쇄극(kino-drama)은 장르결합이라는 나름의 첨단성(尖端性)으로 인기를 끌었다. 그러나 무대공연과 스크린에 투사된 활동사진을 접합한 연쇄극 양식은 당시 연극계 인사들에게 질타의 대상이었다. 연쇄극을 두고 연극계에서는 "순수한 연극의 발전을 毒"하는 것으로 "주객이 전도한 변태의 극"[164]이라고 비판했다. 특히 "단일한(단순한) 오락적 극에 지나지 못하고 속악(俗惡)을 면티 못"한다는 점이 비난의 타겟이었다는 사실에서, 상업성을 목적으로 변형시킨 연쇄극 형식에 당시 계몽주의자들이 분개하고 있었음을 알 수 있다. 연쇄극에 대한 후대 연구자들의 시각도 당시 비평과 크게 다르지 않다. 근대 연극과 영화 연구자들 모두에게 연쇄극은 버릴 수는 없지만, 적극적으로 포섭할 수도 없는 변태적 장르로 인식되었다. 그러나 최근 영화계에서는 연쇄극을 한국영화의 기원으로 재평가하고자 하는 시각들이 등장하기 시작했다.[165]

무대예술과 영화의 교섭(negotiation)이라는 혼종적 양식은 실제로 연쇄극(連鎖劇)에서만 발견되는 우연적인 조합이 아니다. 1900년대 후반에 활동사진이 상업적인 목적으로 상영되기 시작하면서, 앞서 말한 대로 활동사진만으로 관객들을 유인할 수 없었던 당시 극장들은 각종 공연물

---

163 일본의 연쇄극은 1904년 도쿄 니혼바시[日本橋] 부근의 진사좌(眞砂座)에서 무라다 마사오[村田正雄] 등이 출연한 〈정로의 황군(征露의皇軍)〉이라는 작품에서 처음 시도되었다. (『演劇百科大事典』, 平凡社, 1990, 20면) 해전장면을 일부 영사해서 활용한 것이었다. 일본에서의 연쇄극은 "연극의 보완물"(요모타 이누히코, 박전열 역, 『일본영화의 이해』, 현암사, 2001, 61면)로 등장했고, 그 방식이 그대로 조선에 유입된 것이다. 그러나 일본의 연쇄극은 1917년 6월 개정된 흥행법이 무대공연과 영화를 한 작품에 수용하는 형식을 금지함으로써 사라지게 되었다. (田中純一郎, 『日本映畵發達史』1, 中央公論社, 1968, 20면)

164 윤백남, 「연극과 사회(10) – 병(竝)하야 조선현대 극단을 논함」, 『동아일보』, 1920. 5. 16.

165 전평국, 「우리 영화의 기원으로서 연쇄극에 대한 시론」, 『영화연구』 24, 한국영화학회, 2005.

과 활동사진을 한 공간에서 동시에 관람하게 했다. 또 앞 절에서 보았듯이, 1920년대 후반부터 상업극단들이 신파비극만으로 흥행을 지속할 수 없게 되자 공연 프로그램의 양적 확보를 위해 막간(幕間) 흥행을 도입했다. 해방 이전까지 극장이라는 공간은 온갖 공연예술과 연극과 영화가 공존하는 공간이었다. 때문에 활동사진과 공연의 동시적 배치, 연쇄극이라는 형식, 정극 사이에 막간 쇼와 레뷰가 공연되는 방식 등은 근대 초기 관객들의 감각으로서는 거부감이 들거나 이질적으로 느껴지는 구성이 아니었을 것임을 충분히 짐작할 수 있다. 이와 같이 혼종적이고 나열적인 공연방식은 '순수' 연극과 영화를 지향하는 엘리트 예술인들에게는 혐오의 대상이었지만, 대중들의 '오락'과 '재미'를 최대치까지 끌어올리기에 충분했다.

연쇄극에 대한 대중들의 호응은 오래가지 않았다. 1920년대가 되면 문화계의 패권은 "활동사진"이 쥐었다. 본격 영화라고 할 수 있는 것은 1923년에 제작된 〈월하의 맹서(月下의 盟誓)〉였다. 1923년 1월에 활극무성영화 〈국경〉과 저축계몽영화 『월하의 맹서』가 만들어지면서, 완성된 극영화가 출현했다. 국산 활동사진 〈국경〉이 발표된 이후 연쇄극의 인기는 쇠락해갔다. 1924년 부산에서 조선키네마주식회사가 세워졌고, 안종화와 이월화를 주연으로 하여 만든 창립영화 〈해의 비곡(海의 悲曲)〉은 조선키네마에게 삼천 원의 흑자를 안겨줬다고 한다. 1924년 단성사의 경영자 박승필은 〈장화홍련전〉을 제작했다. 그 해 9월 5일 단성사에서 개봉한 『장화홍련전』은 9일 상연(예정에서 이틀 연장상영)에 1만 3천 명의 관객을 동원했다.[166]

당시 대중들이 활동사진이라는 근대적 문화양식에 열광하자 각종 언론과 매체는 활동사진과 관련된 기사와 담론들을 생산했다. 1910년대

---

166 조희문, 『한국영화의 쟁점』, 집문당, 2002, 59~93면.

에 신소설의 독자가 신파극의 관객으로, 관객이 다시 독자로 순환되는 구조의 중심에는 『매일신보』가 있었다.[167] 『신여성』, 『별건곤』, 『신민』, 『조광』을 포함한 1920년대 이후 발간된 대중종합지들은 영화관객[168]을 독자로 호명했고, 무수한 영화관련 기사들은 독자의 관심을 증폭하면서 활동사진관을 찾게 하는 독자와 관객의 순환 구조를 만들었다. 1926년 2월 한 달 중에 경기도 경찰부 보안과에서 검열을 거친 서양영화가 무려 249권에 달했다고 하니 가히 '춤추는 외화의 시대'였다.[169] 이미 1926년 한 해 동안 "경기도 내의 관극료 100만 원, 관극인원은 210만 2천여"[170] 명에 이르렀으니, "영화는 소설을 정복하엿다"[171]라는 최승일의 선언은 과장이 아닌 것이다. 1927년에 50군데였던 영화관이 1930년대에 100여 개로 늘고[172] 1933년에 590만이던 연간 영화관객수는 1934년에 650만 명, 1935년에는 880만 명으로 기하급수적으로 늘었다.[173] 대중들은 '활동사진 구경'을 자신의 '취미'로 꼽는데 주저하지 않았으며, 특히 여성들은 결혼 후에도 매주 부부동반 극장구경 가는 것을 결혼조건 중의 하나로 내세웠다. 1920년대 중반 조선에서의 영화 관람에 대한 시대적 해석은 다음과 같았다.

최근 전 세계의 오락계를 풍미하게 된 민중의 친구 활동사진의 진진흔 취미는 마츰내 조선에까지 그 자취가 짙어져서 이미 시내에도 단성사, 조선극장,

---

167 1910년대 소설독자와 관련해서는 다음의 논문을 참조할 것. 최태원, 「번안소설 · 미디어 · 대중성」, 사에구사 도시카쓰 외, 『한국 근대문학과 일본』, 소명출판, 2003, 23~37면.
168 1920년대 말이 되면 '테일러상회'나 '알렌상회'와 같은 외국인이 경영하는 외화 배급회사는 물론이고 조선인이나 일본인이 운영하는 군소 배급사들이 생겨나면서 외화시장은 더욱 확대되었다.
169 『동아일보』, 1926.3.5.
170 『동아일보』, 1927.3.17.
171 최승일, 「라듸오.스폿트.키네마」, 『별건곤』 1(1), 1926.1, 107면.
172 김종원 · 정중헌, 『우리영화 100년』, 현암사, 2001, 172면.
173 천정환, 『근대의 책읽기』, 푸른역사, 2003, 33면.

우미관 등 세 곳의 활동사진관에 생겨 30만 부민府民의 흥취를 돋우고 잇는 것이다. 다만 세 곳 밖에 없는 극장에서 모두 활동사진을 영사한다는 사실만으로도 시대의 요구가 어느 곳에 있는 것을 족히 알 수 잇는 것이니 결국 시내의 세 곳 활동사진은 일종 장난써리 같기도 하엿으나, 최근 일진일보되는 그 기술은 바야흐로 예술경의 흔 자리를 점령케 되엇스며 동양의 특유한 변사이며 화면을 맞춰 아리는 음악을 아울러 이제는 활동사진관에서도 충분히 고슝혼 예술미를 갖추어 맛보기도 흐게된 것이다.[174]

일본에서 상영한 후 3~4년이 지나야 조선에 수입되던 영화들이 1930년대가 되면 몇 달의 시차만을 두고 조선에 개봉되는 상황이 되었다. 스크린을 통해 활동사진을 보던 관객들은 한편으로는 잡지라는 매체를 통해 활동사진을 '읽으면서' 소비하는 새로운 향유 방식을 누릴 수 있었다. 신문과 잡지들은 앞 다투어 극장구경과 관련한 자잘한 소문들이나 극장 풍경을 스케치하는 기사들을 기획했고, 영화소개와 영화관련 기사에 상당한 페이지를 할애했다.

이런 상황이 되자 총독부는 활동사진장과 극장을 취체의 대상으로 관리했다. 1922년 '흥행 및 흥행장 취체규칙'이 경기도 경찰국에서 발표되었고, 1926년에는 '활동사진 필름 검열규칙'으로 변경되었으며, 1936년에는 '활동사진 영화 취체규칙'으로 변경되었다. 그중에서 1923년의 '평양경찰셔의 엄중 취톄 방침'을 보면 "평양부 내의 극장과 활동사진 샹셜관 기타에서 흥힝하는 기연 시간"이 간혹 "밤 열두시를 지나 시로 한시싼지 흥힝하는 일이 잇"어서 "이번에 온갖 흥힝물 기연 시간을 여섯 시간제로 뎡하고 쏘 밤에는 열두시싼지 폐흔하야 엇더한 경우를 물론하고 열두시가 지나면 즉시 츌연을 중지하기로하얏"다[175]고 한다. 극장 흥

---

174 『매일신보』, 1926.1.6.
175 「평양경찰셔의 엄중 취톄 방침」, 『매일신보』, 1923.6.5.

행 시간을 6시간으로 줄이기 이전까지는 9시간을 넘지 못하도록 되어 있었다고 하니, 오늘날의 관극체험을 바탕으로 할 때 상당히 긴 시간이다. 게다가 자정이 넘는 시간에도 공연 혹은 상연이 이루어졌다고 하니, "불야성을 이루는 도회지", "네온싸인 깜박이는 화려한 야경"이라는 표현이 그저 수사만은 아닌 것이다.

법령이나 규칙이 사후적으로 만들어지는 메커니즘이라는 것을 염두에 둔다면, 1920년대 중반에 이미 영화가 강력한 대중적 전파력을 발산하기 시작했음을 알 수 있다. 1926년 총독부의 영화에 대한 검열[176]이 강화되고 법령개정과 기구개편이 이루어졌다. 흥행시간을 6시간에서 3시간으로 변경하는 '취체령'이 발동되었다. 1926년 2월 중에 경기도 경찰부 보안과에서 행한 검열을 거친 영화는 서양영화 249권과 일본 신파 114권으로, 이 중에서 "공안 풍속 방해로 절단된 건수"는 신파 1건, 구극 2건, 서양극 19건, 희극 1건으로 총 23건이었다고 한다.[177] 이때 검열 대상은 간통, 키스, 포옹 등 풍기에 관한 것과 암살, 폭파 등 폭력 사용에 관한 것이었다.[178] 이러한 '활동사진 취체령'은 식민제국의 질서와 공안을 유지하기 위해 극장내의 풍기문란과 음란폐풍을 감시했고, 영화의 폭력적인 내용이 군중들을 자극해서 현실의 소요(騷擾)로 이어지는 악감화(惡感化)를 막기 위해 감시와 처벌의 기제를 작동했다.

발성영화(發聲映畵)가 등장하자, 영화는 독자적인 예술로 자리매김하려는 노력을 전개했다. 무엇보다도 무대의존성을 벗어나고자 했다. 레파토리나 형상화에서 "여전히 무대에 의존하는 양식을 '신파'로 재명명하고 그것을 영화의 예술성에 미달하는 구시대적 양식으로 배치"했다.

---

176 경무총감부하 보안경찰계통이 주관하던 영화검열은 1926년 '총무부령 제59호 활동사진 필름 검열규칙'이 제정되면서 경무국 도서과로 이관되었다. 岡稠松, 「朝鮮に於ける映畵の檢閱に就て」, 『朝鮮』 190, 1931.3, 128면, 유선영, 앞의 글, 314면에서 재인용.
177 『동아일보』, 1926.3.5.
178 황현규, 「한국 영화 검열에 관한 연구」, 이화여대 석사논문, 1982, 6면.

구시대적인 신파(활극), 무대와 영화의 시공간을 넘나드는 영화보기에
익숙했던 재래의 대중은 "저급한 팬"으로 구성되었다.[179] 신파연극이 대
중문화의 장에서 주도권을 상실하게 된 것이다.[180]

　신파연극이 활동사진과 결합하며 연쇄극이라는 '화학적' 변화를 이루
어 낸 것은 결국 대중의 관심과 호응을 받고자하는 문화적 전략이었다.
영화 〈낙화유수〉의 감독 이구영은 조선영화 제작이 활기를 띠기 시작
하는 1927년에 "영화는 대중예술로서 한 가지 대중 오락물"[181]이어야 한
다고 주장했다. "文藝映畵라고 一部知識階級의 사람들이 讚辭를 악기
지 않는 작품이 째로는 흥행적으로 패를 보는 일이 만"고, "반대로 전
자(지식계급)가 저급영화라고 不顧하는 작품이 대대적 환영을 받"는 현실
을 간파한 발언이었다. "대중의 構成分을 생각할 때에 거긔에는 유별하
기 어려운 만흔 사람들이 사람들이 포함되어 있"는 까닭에 "대중을 상대
로 한 영화의 내용은 어듸까지든지 보편 통속적으로 대중의 극적 감정
을 도외시하여서는 아니될 것임"을 분명히 했다. 제작자이기도 했던 이

---

179 이순진, 「조선 / 한국 영화에서 신파 또는 멜로드라마의 계보학」, 김미현 편, 『한국영화
　　사』, 커뮤니케이션북스, 2006, 38면.
180 1920년대에는 유학생 지식인들이 창단한 극예술협회의 공연과 토월회의 공연이 있었
　　지만, 지속적인 활동을 펴지 못했다. 대중극 역시 꾸준히 무대에 올려지고 공연되었지
　　만 1910년대와 같은 폭발적인 인기도를 점유하지는 못했다. 무수한 극단들이 설립되고
　　사라지기를 계속하면서 근대극의 실험이 계속되었고, 대중연극이 명맥을 이어갔다. 문
　　화계에서 연극이 다시 예전의 명성을 되찾기까지는 동양극장의 출현을 기다려야 했다.
　　다음을 1920년대 후반 어느 해의 연극계 회고담이다.
　　"무대극은 도모지 업엇다하여도 過言이 안일만치 업섯든것이다. 가을에 토월회 연극이
　　잇섯지만 나는 밧븐 사정이 잇서 15분도 못 보앗섯다. 如前히 나를 속傷히 한 것은 조금
　　도 '늘지'안은 그것이다. 朴勝喜군의 戱○기교가 漸漸 능청스러워진다는 點은 발견하엿
　　다. 그러나 그 창작태도가 엄오나 虛ㅅ된 곳에 근거삼지나 안엇는지 지난날의 느리무레
　　한 氣分을 再現식 함으로 조선을 일지안는다고 할수는 업는일이다. 그보다는 史家 최남
　　선 씨의 바위(岩)하나라도 붓잡고 "이 날카로움과 이 모짐을 보아라" 하는 편이 훨신 더
　　의의잇는 일이다." 이경손, 「過年中의 映畫及 演劇觀」, 『신민』, 1929.1, 108~111면.
181 이구영, 「조선영화에 관한 일고찰」, 『별건곤』, 1927.7, 140~141면.

구영은 지식인들이 좋아하는 문예영화나 사상극이 아니라 대중의 "이 마지네슌을 滿足시"키는 영화를 만들어야 한다며 영화계의 대중주의적 입장을 대표했다.

제1차 세계대전 후 미국의 대도시주민들은 '재빨리' 영화를 정기적으로 소비하는 습관을 갖게 되었다고 한다.[182] 이때 영화소비는 영화 자체에 대한 대중들의 선호보다 '극장 가기' 자체가 문화적 패턴을 이룬 것이었다. 조선의 경우에도 1920년대 이후 대중들 사이에서 영화관 출입은 하나의 문화적 패턴이었고, 유행이었던 측면이 강하다. 특히 초창기 영화관 출입과 영화감상은 도시에 거주하는 상류층, 지식인계급이 향유하는 가장 첨단의 근대적 문화실천이었다. 활동사진에 대한 대중의 열광은 '영화광(映畵狂)', '극다광(劇多狂)'[183]이라는 새로운 '근대적 인간형'[184]을 만들어냈다. 1910년대에 애활가(愛活家)[185]로 불리던 일군의 활동사진 관객들이 1920년대가 되면 '영화광', '극다광'이나 '키네마 팬'[186] 으로 불렸다. 이들은 활동사진 취미를 공유하는 공통집단, 즉 취미-공동체를 이루었다.[187]

---

182 "놀랄 정도로 단시일 내에 영화관에 모여드는 문화소비의 새로운 패턴을 발전시켰으며 1912년까지의 조사에 의하면 전체 미국인의 1/10이 매일 영화관에 다녔다고 한다. 그러나 보다 중시되는 것은 미국 대도시 주민들이 영화관을 찾는 것은 영화 자체가 아니라 영화관을 가는 것 자체가 하나의 사회적 제도로서 문화적 패턴을 이루었다는 점이다." Paul Swan, "Jules Mastbaum and the Philadelpia Picture Palace : 1916〜1926", in V. Mosco and J. Wasko eds., *The Critical Communication Review* Vol. 3, Popular Culture and Media Events, New Jersey : Ablex Pulishing Corp., 25〜36면, 유선영, 고려대 박사논문, 1992, 320면에서 재인용.

183 무명초, 「생명을 좌우하는 유행의 마력−무명」, 『신여성』 5(10), 1931. 11, 64〜67면.

184 전시대에는 존재하지 않았던, 근대사회를 배경으로 근대의 세례를 받은 사람들 중에 일련의 독특한 특성을 기준으로 분류해 낼 수 있는 새로운 타입의 인간군을 명명하는 표현으로, 가치평가를 배제한 개념이다.

185 『매일신보』, 1919. 10. 31.

186 『조선일보』, 1924. 11. 28.

187 "영화관은 연일 초만의 성황을 이루고 있다. (…중략…) 그래 좀조타는 영화를 구경하자 드면 일찍 저녁을 먹고 서두러야지 어정어정 하다가는 못드러가거나 드러간대도 소위 '立見'을 하는 수밖에 업는 지경이다. 오늘에 잇서 영화는 가장 대중석인 '오락'이라 할 수 있다. 조선에 잇서서는 영화관은 실로 유일한 오락기관이 되지 않을 수 없다. (…중략…)

3) 대중연극 삽입가요의 유행과 음반취미

일본 연극이 한국 연극에 끼친 영향은 막대했다. 1910년대 신파극의 레퍼토리뿐 아니라 연기와 발성, 무대 연출과 의상, 공연 상황 등 공연 전반에 걸쳐 일본 연극은 큰 영향력을 행사했다. 연극 중간에 삽입가요(주제가)를 넣어 작품의 감정적 밀도를 높이고, 스타급 여배우를 내세웠던 일본의 전략도 1910년대 한국에서 금세 유행했다.

일본의 근대유행가 역사상 최초의 히트곡은 다이쇼 3(1914)년에 발표된 〈카츄사의 노래〉다.[188] 〈카츄사의 노래〉는 일본의 근대 문학연구가이자 '예술좌'를 창단하고 번역, 창작, 연출 등의 활동을 하며 일본 근대의 연극운동을 주도했던 시마무라 호게츠[島村抱月][189]의 〈부활〉 공연에 삽입된 노래였다. 호게츠는 톨스토이의 원작에는 없는 일본식 정취를 넣어 〈부활〉을 개작했는데, 프랑스에서 연극화된 각본(앙리 바타이유 작)을 참고로 해서 각색한 것이었다. 즉 멜로드라마풍의 쉬운 연극진행 방식과, 제2막과 제4막에 삽입된 〈카츄사의 노래〉가 연극의 성공을 가져다주었다. 멜로드라마적 각색이 적중하였고, 그중에서도 여주인공인 카츄사 역의 마쓰이 스마코[松井須摩子]가 불렀던 극중 삽입곡 〈카츄사의 노래〉(시마무라 호게츠·소마 교후 작사, 나카야마 신페이 작곡)는 순식간에 인기를 얻었다. 이 해 4월부터 시작되었던 예술좌의 지방순회로 인해 이 노래는 전국 어디를 가더라도 들을 수 있을 정도로 유명한 유행가가 되었다.

〈카츄사의 노래〉 작곡자 나카야마 신페이[中山晉平]는 메이지 38(1905)년부터 호게츠 문하에서 『와세다문학』의 편집 작업 등을 하면서 동경음악학교를 졸업했다. 다이쇼 2년 9월에는 호게츠와 함께 예술좌 음악회를

불과 10년 남직한 사이에 영화는 완전히 대중화되버렸고 젊은 사람들의 거의 전부가 '영화청년' '영화소녀'가 되어잇다." 안동수, 「영화소감」, 『영화연극』 1, 1939, 44~45면.

188 兵藤裕己, 문경연·김주현 역, 『演技된 근대』, 연극과인간, 2007, 250면.
189 위의 책, 291면.

개최해 스승으로부터 그 재능을 인정받았다. 『부활』의 주제가였던 〈카튜사의 노래〉는 '일본 민요와 독일 리트[190]의 중간 정도에서, 누구에게라도 친숙한 것, 일본 사람이라면 누구라도 부를 수 있는 것을 만들라'는 호게츠의 주문에 따라 작곡한 것이었다.[191] 요나누키[192] 음계의 창가 가락에 독일 리트풍의 멜로디를 첨가한 〈카튜사의 노래〉는 부르기가 쉬워서 금세 퍼졌고, 다이쇼 4(1915)년에는 도쿄의 오리엔트 레코드 회사에서 레코드로 발매되어 순식간에 2만 장이 팔려나가는 대히트[193]를 쳤다.

다이쇼 4(1915)년 4월 26일부터 제국극장에서 트루게네프 원작·구스야마 마사오[楠山正雄] 각색의 〈그 전날 밤〉, 나카무라 기치조[中村吉藏] 작 〈밥(飯)〉, 그리고 〈살로메〉가 상연되었다. 〈그 전날 밤〉에서는 마츠이 스마코가 연극 주제가인 〈곤도라의 노래〉(요시이 이사무[吉井勇] 작사, 나카야마 신페이[中山晉平] 작곡)를 불렀다. 이 노래 역시 다이쇼 시대 유행가가 되었고 지금도 일본 전역에 알려져 있다.[194] 1917년에 올려진 예술좌 제9회 공연에는 톨스토이의 희곡 『산송장』이 카와무라 카리요[川村花菱]의 각색을 거쳐 무대화되었다. 〈산송장〉에서는 여주인공 마샤 역을 연기한 마츠이 스마코가 연극 삽입가로 〈유랑의 노래〉(기타하라 하쿠슈[北原白秋] 작사, 나카야마 신페이[中山晉平] 작곡), 〈다음에 태어나면〉(기타하라 하쿠슈 작사, 나카야마 신페이 작곡), 〈증오스러운 축생(憎いあん畜生)〉(기타하라 하쿠슈 작사, 나카야마 신페이 작곡) 등을 불렀다. 특히 〈유랑의 노래〉('갈까, 되돌아올까, 오로라의 밑에서……')는 엄청난 인기를 끌었다. 이것은 〈예술좌〉에서 만든

---

190 lied : 18세기 말에서 19세기에 걸쳐 독일에서 일어난 독창용 가곡으로 서정적인 노래가 많음.

191 町田等監修, 『定本中山晋平 — 唄とロマンに生きた全生涯』, 郷土出版社, 1987.

192 요나누키음계[ヨナ抜き音階]. 서양의 7음계를 일본식 5음계로 만들기 위해 제4음과 제7음을 뺀 데서 유래한 명칭이다. 일본어 4와 7의 발음이 '요'와 '나'로 시작하므로 요나를 뺀(누키) 음계라고 이름 붙여졌다.

193 南博, 정대성 역, 『다이쇼 문화』, 제이앤씨, 2007, 185면.

194 兵藤裕己, 앞의 책, 251면.

〈카츄사의 노래〉, 〈곤도라의 노래〉와 함께 다이쇼기 유행가의 역사를 대표하는 히트곡이 되었다. 연극 〈산송장〉 역시 〈부활〉, 〈살로메〉와 필적하는 예술좌의 대표연극이 되었다.

그러나 호게츠의 '중간극'을 비판하며 일본의 신극운동가 오사나이 가오루(小山內薰)는 예술좌의 〈부활〉 공연을 보고 실망을 넘어서서 노여움을 느꼈다고 비판했다. 카츄사 연극의 각색이 '저급한 구경거리'와 타협하면서 원작자인 톨스토이를 모독하고 있다는 것이었다.

> 톨스토이에 대해서는 그렇게 불친절했던 당신이, 반대로 저급한 관객들, 소위 어리석은 대중(衆愚)에 대해서는 전에 없는 친절을 보여주었습니다. 당신은 웃고 싶어서 연극을 찾은 사람들에게 충분한 웃음거리를 주었고, 울려고 연극을 찾은 사람들이 충분히 울 수 있게 해주었습니다. 그중에서도 당신이 관객을 즐겁게 해준 것은 그 유명한 〈카츄사의 노래〉입니다. 아아, 〈카츄사의 노래〉 그것은 톨스토이도 아니었습니다. 러시아도 아니었습니다. 일본의 노래였습니다. 내가 소학교 시절부터 귀에 못이 박히도록 들었던 소위 '창가'의 센티멘털리즘이었습니다. (…중략…) 그럼에도 불구하고 〈카츄사의 노래〉는 금세 유명해졌습니다. 도쿄는 물론 교토, 오사카 등 그 어디를 가더라도 '이별의 괴로움'이 들리지 않는 곳은 없었습니다.[195]

이런 일본적 배경을 가지고 있는 연극 삽입가가 한국의 대중연극에 주제가로 삽입되어 대인기를 구가한 것은 1916년 예성좌(藝星座) 공연에서였다. 1916년 3월에 이기세와 윤백남은 예성좌를 조직한 후 3월 27일 단성사에서 〈코-시카의 형제〉를 첫 공연으로 올렸다. 그리고 4월 23일부터 단성사에서 〈카츄-샤〉를 상연했다. "예성좌의 근대극"이라는 광

---

195 『小山內薰全集 第七卷』 所收, 春陽堂, 1931, 위의 책, 258면에서 재인용.

고[196]로 톨스토이의 〈부활〉을 공연한 것이었는데, "〈카츄-샤 노리〉롤 죠선말로 번역ᄒᆞ야 〈카츄-샤〉로 단장"했다고 광고했다. 예성좌가 공연하기 한 해 전인 1915년에 시마무라 호게츠와 마츠이 스마코의 예술좌는 일본 제국극장에서 제5회 공연을 마친 후 일본 각지를 순회했고, 11월부터 대만, 조선을 거쳐 만주, 블라디보스톡까지 순회공연을 실시했다.

> 고샹흔 시 연단으로 일본에 뎨일이라 일컷든 녀우 송정수마즈(松井須摩子)이 하의 예술좌(藝術座) 일힝을 젼 죠도뎐 대학 교수 도촌포월(島村抱月) 씨가 더나리고 칠일 밤 남대문에 도챡ᄒᆞ야 구일부터 「룡산 사구라좌」에서 긔연홀 터인 더 금회 샹당ᄒᆞᆫ 극본은 『카츄샤』, 『싸로메』, 『마구다』와 기타 여러 가지 고샹흔 사회극(社會劇)으로 문학에 유리한 사롬은 한 번 구경홀만 ᄒᆞ겟더라.[197]

이때 예술좌 공연에 자극을 받은 여러 신연극 단체가 각지에서 속출하였다고 한다.[198] 1916년 '예성좌'의 공연 역시 경성에서 내한공연을 했던 '예술좌'의 공연과 마츠이 스마코의 연기를 보고 감화받아 추진했을 가능성이 크다. 공연방식과 연극 주제가까지 그대로 가져왔기 때문이다. 예성좌의 여형(女形)배우 고수철이 부른 주제가 〈카츄샤의 노래〉는 일본 예술좌에서 마츠이 스마코가 불러서 히트를 쳤던 원곡과 곡조가 동일한 것은 물론이고 가사까지 직역한 것이었다.[199]

1920년대 초반 토월회에서도 〈부활〉을 공연한 적이 있었다. 토월회의 제2회 공연은 1923년 9월 18일부터 일주일간 백조사의 후원을 받아 조선극장에서 진행되었다. 처음 3일간은 〈부활〉을 공연했는데, 카츄사 역은 당대 최고의 여배우 이월화가 맡았다. 이월화 역시 『부활』의 연극 주제

---

196 「예성좌의 근대극」, 『매일신보』, 1916.4.23.
197 「藝術座一行來演」, 『매일신보』, 1915.11.9.
198 兵藤裕己, 앞의 책, 251면.
199 유민영, 『한국연극운동사』, 태학사, 2001, 148면.

가 〈카츄-샤의 노래〉를 불렀고, 엄청난 반향을 일으켰다. 나머지 4일간의 토월회 공연에는 〈알트 하이델베르크〉가 무대에 올려졌다. 당시 소설『부활』은 여주인공 카츄사의 인기로 인해, 〈갓쥬샤 哀話 해당화〉,[200] 〈復活한 카츄샤〉,[201] 〈復活 후의 카츄샤〉[202] 등으로 제목을 바꾸어 여러 차례 발행되었다. 그런데 토월회의 박승희는 당시 〈부활〉 공연이 대인기를 끈 것은 카츄사 주제가의 인기에 영향을 받은 때문이라고 회고했다.

> 『부활』이란 장편소설은 우리 나라에서도 많이 선전되어 애독하던 책이었다. 일본에서는 송정수마자(松井須摩子)가 무대에 올렸던 것으로, 「카츄샤 애처러워라 이별하기 서러워라」는 노래는 우리나라 방방곡곡에서 애창하였고 삼척동자라도 모로는 사람이 없던 터이었다.[203]

그러나 1916년 예성좌의 공연 이후부터 1923년 토월회의 이월화가 등장하기 전까지, 그 사이에도 유행가 "카츄사"의 인기는 조선에서 계속되었던 것 같다. 1922년 이광수(서경학인)는 「예술과 인생 : 신세계와 조선민족의 사명」[204]이라는 장문의 글에서 조선인에게 예술이 필요함을 주장하고 인생의 예술적 개조론을 펼친바 있다. 그는 "예술은 生을 위한 예술이니 生을 해하는 예술이어서는 안"된다며, 조선의 "死의 예술"을 비판했다. "나는 오늘날 조선 기생이 대표하는 민족 예술이라 할 만한 모든 가곡을 切憎 합니다. 또 〈갓쥬샤〉, 〈漂泊歌〉, 〈沈順愛歌〉 가튼 데 들어난 정서와 가튼 예술을 切憎합니다"[205]라고 언급한 것에서, 당시 유

---

200 朴賢煥 역,『갓쥬샤 哀話 해당화』,『東明』 2(19), 1923. 5, 광고기사.
201 黑鳥生 역,『復活한 카쥬샤』, 영창서관, 1926, 신정옥,『한국신극과 서양연극』, 새문사, 1994, 68면에서 재인용.
202 이서구 역,『復活 후의 카츄샤』,『매일신보』, 1926. 6. 27~9. 26.
203 박승희, 「토월회이야기(1) − 한국신극운동을 회고한다」,『사상계』 121, 1963, 341면.
204 서경학인(이광수), 「예술과 인생 : 신세계와 조선민족의 사명」,『개벽』 19, 1922. 1, 1~21면.
205 위의 글, 18면.

행가의 곡명과 유행 세태를 확인할 수 있다.

토월회 제2회 공연작이었던 톨스톨이의 〈산송장〉에 삽입된 주제가 "갈까부다 말까부다 오로라 밑으로" 역시 널리 유행했다. 이 곡의 제목은 〈유랑의 노래〉였다. 이두현이 "동경 예술좌의 수법을 그대로 옮겨온 것"[206]이라는 선에서 이미 밝혀놓았던 사실이다. 이 노래 역시 예술좌에서 만들어 〈산송장〉에서 여주인공 마샤역을 맡은 마츠이 스마코가 불렀던 노래였다. 〈산송장〉 공연의 한국판과 일본판 주제가가 동일하다는 것은 동일한 가사를 통해서도 알 수 있다.[207] 토월회의 〈산송장〉 공연 역시 연극 주제가로 인해 인기가 더욱 상승할 수 있었다.

초일부터 관객은 만원이어서 극장문을 닫을 지경이었다. 첫 막은 텐트에서 페저어가 마샤를 기다리고 있다. 웅기중기 모아있는 부랑인들은 세상을 저주한다. 그저 그날 그날의 즐거움만 있으면 그만이란 허무감을 느끼는 소리를 한다. 마침 마샤를 만난 페저어는 마샤를 사랑하지만 자기는 마누라가 버젓이 있는 몸이다. 페저어는 마샤와 어깨를 나란히 하고 유랑의 길을 떠나면서 처량하게 노랠 부른다. '갈가부다 말가부다 오로라 밑으로'라는 노래는 카쥬사와 같이 하도 유명한 노래로 서울서는 다 알고 있는 노래였다. 애를 끓는 듯한 노래소리와 멀리서 들리는 종소리는 눈물겨웠다. 이 연극 〈산송장〉은 서울에서 사시는 분이면 대개 짐작하는 것이다. 처량한 주인공을 동정하여 박수 소리는 요란하였고 3일간 연속하여 연극의 인기는 그대로 높아갔다. 우리의 활발한 걸음에 감히 대항할 연극단은 없었다. 서울의 연극은 토월회뿐이라는 소리까지 났다.[208]

---

206 이두현, 『한국연극사』, 학연사, 2000, 268면.
207 兵藤裕己, 앞의 책, 257면.
208 박승희, 「토월회이야기(2) – 한국신극운동을 회고한다」, 『사상계』 122, 1963, 288면.

1925년 3월 토월회는 광무대를 전속극장으로 계약하고 4월 10일부터 공연을 재개했다. 광무대 노래꾼들의 입창, 좌창과 승무로 막을 열었고, 고대소설을 각색, 상연하여 대성황을 이루는 등 대중성을 지향하였다. 춘원의 소설인『무정』,『개척자』,『재생』등을 각색하여 공연하기도 했다. 1926년에는 윤심덕을 새 회원으로 맞아 영화 〈동도〉를 각색한 연극 〈동도〉와 〈카르멘〉의 여주인공으로 무대에 서게 했다. 윤심덕의 연기보다도 그녀가 부른 '카르멘의 주제가'가 인기를 끌었다.

『부활』과『산송장』,『카르멘』의 연극 주제가가 경성 시내에 울리던 1920년대에, 가게의 축음기와 카페나 다방에서 돌아가는 레코드, 그리고 거리를 향해 틀어놓은 라디오에서 다양한 유행가들이 흘러나왔다. 종로의 축음기 상점 앞에는 언제나 많은 사람들이 모여 있었고 "가두에 흩어진 아마추어 레코드앤 그룹"이 교통을 방해할 정도였다.[209]

> 저녁을 먹고 난 S는 양복을 입고 문 앞 길거리로 나섰다. 길에 늘비하게 찬 사람들은 약속이나 한 것처럼 종로로 향하여 걸어가고 있다. C극장 앞에는 너즐한 간판, 그것과 꼭같이 너즐한 친구들이 모여서서 구경하고 있다. D상점의 축음기에 붙잡힌 백여 명의 친구가 입을 떡 벌리고 섰는 틈을 빠져나와 S는 아스팔트에 발을 올려놓았다.[210]

이런 광경은 도시의 어디에서건 쉽게 발견되는 문화적 현상이었다. 100여 명이라는 수치를 곧이곧대로 믿을 수는 없지만 상당한 수의 무리였던 것만은 분명하며, 길거리에서 하릴없이 음악을 듣고 있는 익명의 군중을 바라보는 필자의 시선은 곱지 않았다. 그런데 여학생을 포함한 여성들 역시 집이나 학교에서, 심지어 거리에서도 당시의 유행가를 흥

---

209 『조선중앙일보』, 1935.9.9.
210 「아스팔트를 걷는 친구」,『별건곤』, 1930.8, 161~162면.

얼거렸던 모양이다. 1924년 6월호 『신여성』에는 '유행가 시비(是非)'와 관련한 특집기사가 마련될 만큼 유행가 곡조는 도시 곳곳을 들쑤셔 놓았다.

레코드 보급과 유행가 인기몰이에 불씨를 당긴 최초의 대박 음반은 1926년 윤심덕의 '사의찬미' 음반이었다. 1920년대의 사회적 유행이자 일종의 병리현상이었던 정사사건들 중에서 성악가 윤심덕과 극작가 김우진의 현해탄 투신은 가장 파장이 컸던 정사사건이었다. 이 사건을 후광삼아 '사의찬미' 음반은 엄청나게 팔려나갔다. 외국곡 '푸른 물결의 다뉴브강'을 개사한 '사의찬미'는 일본 닛도오 레코드에서 취입한 것으로, 수 만 장의 음반이 팔렸고 거리로 향한 유성기에서는 윤심덕의 노래가 쉼 없이 흘러나왔다고 한다. '사의찬미'가 음반시장에서 상업적인 성공을 거둔 이후, 콜럼비아, 빅타, 포리토루와 같은 유명한 외국 음반회사들이 조선에 속속 자회사를 설립하면서, 조선은 새로운 음반 소비 시장이 되었다.

유성기[211]가 어느 정도 보급된 것은 1920년대에 이르러서이며, 1930년대 중반이 되면 유성기 보급 대수가 30만 대에 이르렀다. 1932년 이애리수가 불러 빅히트를 쳤던 빅타 레코드의 〈황성옛터〉[212]가 등장하기 전까지, 1920년대에 대대적인 인기를 끌었던 유행가의 다수는 신파연극의 '막간'에서 불렸던 연극 주제가였다. 이애리수 역시 카츄사 역으로 알려진 신인여배우였으며, 당대 최고의 여가수 반열에 올려준 〈황성옛터〉역시 막간노래였다. 1925년 11월에 발매된 최초의 유행가음반 〈조선 소리판〉에 실려 있는 도월색(都月色)의 〈시들은 방초〉는 일본 유행가 〈센도코우타(船頭小唄)〉의 번안곡이었는데, 토월회의 막간(幕間)에 복혜숙과 석금성이 부르면서 대유행했다.

한편 유성기와 레코드의 등장은 음악의 대중화를 가능하게 했다. 유

---

211 '류성긔'가 유입된 것에 대한 공식적인 기록은 1887년 미국 공사관의 의무관이던 알렌이 납관식 실린더 유성기를 가지고 왔다는 기록이 처음이다.
212 김만수·최동현, 『일제강점기 유성기 음반속의 대중희극』, 태학사, 1997, 43~53면.

성기와 음반을 통한 음악의 대량생산과 소비가 가능해지면서 성별과 계층, 세대에 상관없이 누구나 들을 수 있는 길이 열린 것이다.[213] 전근대적 의미의 상류예술과 하층예술의 범주가 허물어졌고, 고급예술을 향유하는 사람들도 대중음악과 대중문화를 동시에 즐기게 되었다.[214] 유행가 음반은 물론이고, 연극 대사만 취입한 음반도 생산되었다. '조선연극사(朝鮮演劇舍)'의 여배우 이경설은 대사(臺詞) 레코드를 통해 비록 얼굴을 보지 못했어도 목소리를 알아보는 여배우가 되었다. 이경설 역시 '카츄사'역으로 유명해졌는데, 그녀의 모습은 사진으로도 제작되어 팔렸다. 극장의 여배우는 배우이자 가수로서, 구경의 대상이 되면서 동시에 청각의 기억을 주도했다. 이들이야말로 대중의 감각을 형성하는 사회적 동인이었다. 연극관람과 레코드수집, 사진 수집은 대중들의 근대적 문화향유의 한 방식이자 팬덤문화의 초기 형태를 구성했다. 때문에 1920년대 후반이 되면 거대자본을 기반으로 대중문화 산업의 층위가 더욱 다양하게 확산되는데, 이때 영화산업과 더불어 음반시장은 상업주의의 촉수가 예리하게 접근하고자 하는 대상이었다.

지금까지 살펴본 근대 초기 취미의 대중화와 상업화현상은 전통사회에서는 찾아볼 수 없었던 새로운 현상이었다. 자본의 운동논리에 따라 노동이 상품화되고 시간과 공간이 소비되는 사회가 출현하면서 취미는 새로운 관습이자 제도가 되었다. 취미는 지극히 개별적이고 사사화(私事化)된 영역을 대상으로 상업화되었다. 서양의 경우에는 20세기 독점자본주의의 시대에 테일러리즘(Tailorism)과 포디즘(Fordism)등의 영향으로

---

213 장유정, 「일제 강점기 한국 대중가요 연구—유성기 음반 자료를 중심으로」, 서울대 박사논문, 2004, 17면.
214 마샬 맥루한, 육은정 역, 「축음기—국민의 가슴을 위축시킨 장난감」, 『외국문학』 28, 열음사, 1991, 108~116면.

인한 폭발적인 사회적 생산력의 증대로 소비주의가 도래하면서 근대적 취미와 오락이 가속화되었다. 그러나 근대 한국은 제국 일본에 의해 강압적인 자본주의화를 거치면서 새로운 잉여가치 창출을 기반으로 한 근대적 취미문화의 형성이 불가능했다. 식민주의적 근대라는 중층적 현실에서 대중들은 단순하고 자극적이며 소비적인 오락문화와 쉽게 결합하였다. '취미'라는 근대적 문화실천의 주체가 되는 방식 안에서 대중은, 급속하게 오락화되고 통속화된 대중예술과 문화를 선택·소비하면서 피식민적 삶의 자존감을 유지할 수 있었다. 특히 연극장, 레코드음반, 활동사진 등의 확산을 통해 대중문화는 식민지 대중의 욕망을 환기하고 충족하는 역할을 했다.

제5장 결론
일상과 개인, 취미의 정치학

　본 연구는 근대 초기 한국에서 '취미(趣味)'의 가치가 인식되고 취미라는 새로운 문화적 실천이 근대 대중문화의 근간이 되어간 과정을 밝혀내고자 했다. 그중에서도 1900~1920년대 공연문화로서의 다양한 대중연극이 '취미'담론과 결합하면서 시기별로 어떤 특징적인 면모를 드러냈는지 재구(再構)하고자 했다. 이런 연구 작업을 통해 1900년대 연극개량담론을 필두로 세상에 존재를 드러낸 한국 근대의 공연문화가 '취미'라는 새로운 가치와 봉합되면서 자본주의적 근대성과 식민성의 논리 하에 형성되어 가는 과정을 해명할 수 있으리라고 보았다.

　2장에서는 근대 '취미(趣味)' 개념의 기원과 영향관계를 살폈다. 근대 한국의 '취미(趣味)'는 서구 / 일본의 영향과 국내적 배경 맥락을 바탕으로 형성되었다. 서구 취미론의 영향을 받아 메이지 말기에 그 의미가 획정(劃定)된 일본어 '취미(趣味)'와 취미담론의 영향을 받은 것이다. 우선

서구의 근대 미학사상과 그것의 집약적 개념인 'taste'가 메이지 시대 일본에 영향을 주었고, 'taste'의 일본어 번역어로 '취미(趣味, しゅみ)'가 등장했다. '미적 판단력', '대상의 아름다움을 읽어낼 수 있는 미의식', '정신적 미각'으로서의 'taste'가 일본 전통의 미학(美學) 개념인 '취(趣, おもむき)'와 결합하여 '趣味(しゅみ)'라는 말로 번역된 것이었다. 1906년에 일본에서는 근대문학가인 츠보우치 쇼요[坪內逍遙]를 필두로 한 『와세다문학』의 자매잡지 『취미(趣味)』가 발간되었다. 『취미』의 출현을 전후로 해서 일본에서는 '위로부터의 취미개량운동'과 민간 차원에서의 '취미교육', '취미운동'이 활발하게 펼쳐졌다. 이 시기에 이미 조선의 식민화를 추진하던 제국 일본의 다양한 식민지 통치전략을 통해, 식민지 조선을 문명화하려는 일본의 취미사상이 한국에 유입되었음을 확인할 수 있었다. 또한 1900년대 이후 한국에서 발간된 각종 학회지와 신문, 잡지 등의 근대 매체를 통해 일본적 취미담론의 영향관계를 살펴보았다.

한국 근대에 '취미'라는 용어가 출현하고 하나의 개념으로 정착하는 데는 한국 전통의 정신사적·문화사적 맥락이 존재했을 것이라는 전제하에 그 흐름을 추적하고자 『조선왕조실록』의 원문을 검색했다. 그 결과 조선시대에는 '趣味'가 거의 사용되지 않았고, '臭味'가 더 빈번히 사용되었음을 알 수 있었다. 현대어 '취미(趣味)'로 번역할 수 있는 단어의 실록원문은 대부분의 경우 동양의 미학용어인 '치(致)', '아치(雅致)', '취(趣)', '기(嗜)'이거나 '취미(臭味)'였다. 그러던 것이 개화기를 거치면서 '臭味'는 사라져 갔고, '趣味'가 전면에 등장하였다. 이것은 '趣味'라는 개념의 등장과 의미화가 근대 이후에 진행된 것을 보여주는 언어적 현상이라고 하겠다. 한편 근대적 '趣味' 개념이 등장할 수 있었던 전사(前史)로 18세기 후반 신지식인층의 미의식과 취미문화를 살폈다. 경화세족과 연암일파, 경아전층 지식인들이 펼쳤던 '벽(癖)'과 '치(癡)' 예찬론은 '미적(美的) 대상에 몰입하는 순수한 정신', '동기의 무목적성'을 고평(高評)한다는 점에서 근대적 취미론의 등장을 예견하고 있었다.

1900년대에 등장한 낯선 기표 '취미(趣味)'의 구체적인 용법과 활용 양상은 개화기에 발간된 학회지와 신문매체, 잡지, 각종 문서 등을 통해 분석했다. 1900년대 '취미'는 전통적 용법으로 사용되기도 했으나, 개화기적 문명관과 서구어(일본) 번역어의 영향을 받으면서 확장, 전위, 변용되는 역동성을 드러냈다. 전통적 '취미'는 근대화의 과정을 겪었으며, 전통적 '풍류'정신과 이 시기의 주도적인 이념이었던 '계몽성'을 겸유(兼有)하는 용어로 쓰였다. '취미'가 개화기의 문명, 교육, 실업, 구국 담론과 결합하면서 근대적 가치를 보증 받고 있음을 알 수 있었다.

1910년대에는 『청춘』, 『신문계』의 "취미(趣味)와 실익(實益)"담론을 통해, 취미가 내장한 다양한 맥락들을 살폈다. '취미'는 여전히 하나로 수렴되지 않는 개념이었지만, 10년대가 되면 그 자체가 근대적 개인과 일상의 주제로 설정될 만큼 선명해진 가치가 되었다. 인간의 감정과 삶의 쾌락에 대한 논의의 연장선상에서 고상한 쾌락으로서의 '취미'가 설정되었다. 지적(知的)인 능력을 기반으로 한 고상한 쾌락은 학문과 직업의 영역에서도 추구할 수 있는 근대적 가치로 꼽혔다. 친일계 잡지인 『신문계』에서 '취미'는 한일합방 이후 식민지적 사회 개편 하에 새로운 주체 세력으로 설정된 학생과 청년층의 '자질'로 제시되고 있음을 알 수 있었다. 특히 일시적인 재미나 흥미가 아니라, 반복적이고 영속적인 쾌(快)가 '취미'를 보장한다는 관념적 사고방식은, 서구의 'taste'사상과 가까웠다.

3장에서는 '취미'가 구체적으로 발화되기 시작하면서 현실적으로 가치를 보증받고 효과를 발휘하게 되는 근대 극장을 중심으로 살펴보았다. 1902년 한국 최초의 근대식 실내 건축극장인 '협률사'의 등장 이후, 개화기의 극장 공연은 당대 계몽주의자들과 여론의 전면적 비판을 받았다. 전통연희의 봉건적 구습과 악폐가 비난의 대상이 되었고, 국권상실의 위급한 정세에 사치와 유흥을 조장한다는 풍속의 문제가 대두되었다. 그런데 1907년 이후 사설극장과 원각사의 공연물, 신파극 등이 연극개량담론과 풍속담론의 공격을 우회하는 방식으로 새로운 연극의 미덕을 내걸었다. "民智啓發上의 大趣味", "관람자의 취미(趣味)를 돕는" 것, "취미(趣味)와 실익(實益)"이 그것이었다. 음부탕자(淫婦蕩子)로 비난받던 관객들은 '진보한 세인', '고상한' 관객으로 불렸고, 일본연극이 모범으로 설정되었다. 애국계몽기에 민족주의적 언론매체와 개화 지식인들의 계몽담론 안에서 지속적으로 비판받았던 연극의 사회적 위상과 관객의 위상이 1910년을 전후하여 미묘하게 변하기 시작한 것이다. 그 안에서 새롭게 발화된 개념이 바로 '취미(趣味)'였다. 그리고 1900년대 각종 매체의 '취미'가 근대적 지식과 앎, 문명을 향한 계몽의 차원에서 강조되었던 것처럼, 연극의 '취미' 역시 모호하긴 하지만 '개량'의 징표이자 근대적 '신문화'가 가진 가치로 내세워지고 있는 상황을 살펴볼 수 있었다. 협률사가 혁파 이후에도 결국 경영을 계속한 것은 정부 관료의 사욕과 일본의 비호 때문이기도 했지만, 한편에서는 이미 확산의 기운을 타고 있었던 새로운 극장문화에 대한 대중의 호기심과 그것을 향유하고자 하는 열망 때문이었음을 알 수 있었다.

1910년대가 되면 '극장가기', '연극구경하기'라는 새로운 문화실천이 관객에게 취미를 부여하고 관객의 취미를 함양하는 행위로 의미화되었다. 연극 관객들의 경험을 지각하고 판단하는 용어로 '취미(趣味)'가 활용된 것이다. 그러나 한편에서는 '취미'가 일제의 식민지 지배기술로 활용되고 있었음을 살펴보았다. 『신문계』와 경성에서 발간된 일본어 잡지 『조선』, 『조선급만주』를 통해 일본 제국이 식민지 조선을 '취미화(趣味化)'하려는 정책을 펴고 있음을 밝혀냈다. 조선을 미화(美化)하고 경성에 각종 공공적(公共的) 취미오락기관을 설비하고자 했던 것은, 재경(在京) 일본인을 위한 문화행정이면서 제국의 지방으로 포섭된 경성을 통치하려는 식민전략이었다.

4장에서는 극장을 중심으로 분화·교섭되는 양상을 보였던 근대 공연문화와, 그것들이 '취미'라는 문화적 실천으로 통합되는 방식을 살펴보았다. 대중적 감수성을 형성했던 1910년대 신파극의 관극체험과 관객구성의 체험은 1920년대 이후 동시대 군중들이 대중문화의 장에 소비주체(消費主體)로 전면 등장하게 되는 밑거름이 되었다. 공연문화와 더불어 1910년대에 확산된 다양한 관람과 구경의 문화는 민중들이 취미와 오락을 구체적으로 실감할 수 있게 했다. 사람들은 관앵회(觀櫻會), 운동회와 각종 회합에 참여하여 여흥을 즐겼고, 박람회 행사에 국가적으로 동원되었으며, 야시(夜市)에서 거대한 군중의 흐름을 구경했다. 관람이라는 행위는 집합적 신체로서의 관람객로 하여금 도시의 문화를 공유하고 있다는 믿음을 불러일으켰다. 한편 취미가 대중문화의 장에서 상업주의적 유행 풍속으로만 정립된 것은 아니었다. 사사화(私事化)된 영역이라 할 '감각'이나 '개성'으로서의 취미가 일상을 규정하는 하나의 제도로 정착하는 데는, 학교 교육의 영향력이 컸다. '수신(修身)'교과서는 '취미'를 교육내용에 포함시켰다. 학생의 '취미'는 학적부(學籍簿)와 같은 공적 기록 안에 학생 개인의 이력과 특징을 표상하는 항목으로 규정되었다. 교육제도와 결합하면서 '취미'가 공식적인 가치를 인정받은 것이다. 교과과정을 통해 교육된 취미가 개인의 지적(知的) 능력이자 인격(人格)으로 받아들여지고 있음을, 당시 교과서과 교사 지침서 등을 통해 살펴볼 수 있었다. 도회(都會)의 관람문화와 근대적 교육을 경험한 개인들은 취미를 통해서 자신을 드러내고, 사교생활을 유지할 수 있었다. '취미'야말로 개인의 인격과 품성, 정신적 능력의 표상이라는 새로운 가치관 하에서, 취미는 모든 인간관계의 기준이 되었다. 연애와 결혼의 조건으로 취미가 내세워졌고, 개인이 자신의 정체성을 표명하는 수단으로 취미가 거론되었다. 이 절에서는 1920년대 사회에서 '취미'라는 문화적 실천이 결혼과 사교의 기준이 되면서 문화자본으로서의 위상을 획득하고 있음을, 당시 세태담론을 통해 확인할 수 있었다.

담론의 차원에서는 '신문화'와 '개조'라는 시대정신이 현실적으로 현현되는 방식으로서의 '취미성(趣味性)'이 강조되었지만, 현실의 차원에서는 즉흥적이고 감각적인 '오락성(娛樂性)'이 대중의 일상과 취미문화를 장악해 가고 있었다. 1912년부터 14년 사이에 기치를 올리며 문화계를 장악하다가 15년 이후 그 기세가 누그러졌던 신파극은, 1920년대 내내 대중연극계에서 꾸준히 명맥을 이어갔다. 신파연극과 활동사진이 결합된 연쇄극(kino-drama)이 성행했고, 대중연극에 삽입된 연극 주제가가 경성에서 대인기를 끌었다. 관객들은 '극다광(劇多狂)', '씨네마팬'이라는 취미-주체로 명명되었고, 캬츄사와 카르멘 신드롬은 유행가음반 시장의 기저가 되었다. 극장은 배우와 가수들을 통해 시각과 청각의 기억을 주도하면서 대중의 감각을 형성했다. 연극관람과 레코드수집, 사진수집은 대중들의 근대적 문화향유의 한 방식이자 팬덤문화의 초기 형태를 구성하는 것이었다. 1900년대 미적 대상과 예술을 충분히 즐길 수 있는 '미적 감응력'으로 소개된 '취미'는 시간이 흐르면서 특정 대상을 소비하고 즐기는 구체적인 행위의 의미로 수렴되었다. 1920년대 이후로 '취미'는 문명, 교양, 정신적 개조라는 개화기의 시대적 사명을 탈각해 갔다. 이것은 자본주의 시장에서 문화상품이 된 '취미'가 소비와 구체적 실천을 통해 획득할 수 있는 '오락(hobby로서의 취미)'과 '여가(餘暇)'의 의미로 수렴되어 가고 있음을 의미했다.

이상의 과정을 통해 한국 근대에 '취미(趣味)'가 '근대적 개인'의 존재감과 정체성을 구축하는데 중요한 하나의 표상이 되었음을 알 수 있었다. 특히 한일합방과 3·1운동의 실패라는 역사적 사건을 경유하면서 근대 국민국가 형성이라는 근대적 기획에 실패한 한국인은, '국가' 안에서 '개인'으로 자기-정립하는 것이 불가능할 수밖에 없었다. 때문에 개인성의 구축은 비정치적인 부문, 일상의 장으로 축소되었다. 전(前)시기인 개화기의 '개인'담론은 반드시 국가와 사회를 전제로 한 개인이었다. 그러나 1910년대 이후 식민지 조선인은 국민(國民)이 아닌 제국의 신민(臣民)인 한에서 '개인'으로 주체화될 수 있었다. 한편 일제는 조선인들을 '文明社會의 一分子'라는 추상적이고 모호한 이름으로 호명하면서, 조선인에게 제국의 신민에 합당한 문명인이 될 것을 요구했다. 조선인들을 정치적인 장에서 배제하고, 문화의 장(場)에서 주체로 호출하며 자본주의적 대중문화의 소비자가 되게 한 것이다. 일본은 조선을 취미화(趣味化)하고 식민지인들을 취미의 주체로 허명(虛名)했다. 제국의 취미를 훈련하고 교육했으며, 공통취미를 소유한 자와 그렇지 않은 자들을 구별했다. 당시의 지식인과 엘리트들이 '문학'과 '예술'의 장에서 내면세계로 침잠함으로써 근대적 개인성을 구축할 수 있었다면, 다수의 민중들은 일상에서 상품소비와 대중문화를 향유함으로써 타인과 구별되는 개인성과 정체성을 획득할 수 있었다. 그것이 가장 용이하고 현실적으로 가능한 방식이었다. 이렇게 의식적·무의식적 영향관계 안에서 대중들이 문화-주체(cultural subject)로 형성된 데는 근대 자본주의의 대중문화가 근저에 자리잡고 있었다. 그리고 거기에는 일본 제국주의의 식민통치 전략이 결합되었다. 본 논문이 한편으로 근대적 개인, 즉 근대 주체가 구성되는 과정을 해명하는 것이기도 한 것은, 이렇게 근대 공연문화의 장에서 근대적 '취미'를 향유하는 문화주체가 어떤 식으로 상상되고 계몽, 교육되었는지를 연구함으로써, 비정치적 일상의 영역에서 근대 '개인'이 구성되는 맥락을 살펴보았기 때문이다. '극장' 공간 안에서 관객으로 호명(呼名)된 20세기 전반기의 한국인들은, '문명인(文明人)'이라는 시대적 정체성과 '신민'이라는 정치적 정체성, '(개인)관객'이라는 문화적·심미적 정체성을 형성해갔다.

　지금까지 한국 근대 공연문화와 대중연극의 형성과정을 연구함에 있어, '취미(趣味)'라는 근대적 '제도'의 영향관계를 밝히고자 한 연구는 아직 시도된 바가 없었다. 때문에 본 연구는 문학연구와 문화연구의 방법론을 교차하며 한국 근대 공연예술과 근대적 취미(趣味)제도가 성립되는 과정을 연구한 하나의 사례가 될 것이다. 다만 연구범위를 1920년대까지로 한정한 결과, 1930년대 한국 대중문화의 전성과 대중연극의 호황 하에서 취미담론이 분화되는 양상이라든가, 1940년대 전시체제하(戰時體制下) 연극과 오락정책의 변화에 따른 취미의 의미변화까지는 다루지 못했다. 이것은 차후의 연구로 넘기고자 한다.

부록

1. 李王職博物館 編,『李王家博物館所藏品寫眞帖』, 李王職博物館(京城), 1918

2. 朝鮮總督府 編,『高等普通學校修身書』卷3, 朝鮮總督府(京城), 1923

3. 友枝高彦,『(改正) 中學修身』, (合)富山房(東京), 1925

4. 乙黑武雄・關寬之 共著,『(改正)學籍簿精義』, 東洋圖書株式合資會社(東京), 1938

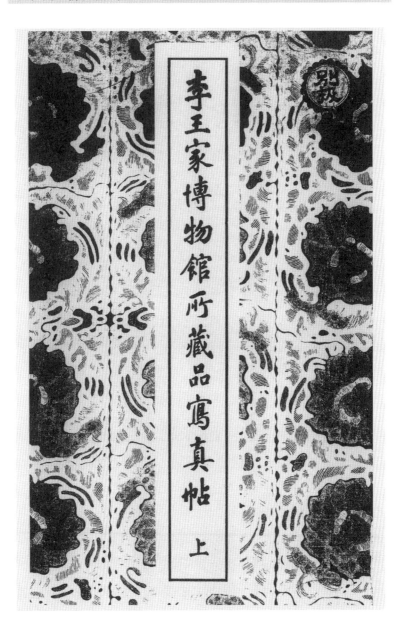

緒　言

明治四十年の冬當時の新韓國皇帝即現今武李王殿下が德壽宮より
昌德宮に別居さる〻準備として昌德宮の修繕工事を行ふこととなり余は
其の工事を監督ちつゝありしが十一月四日晝頃國昌德宮大臣李完用(雪耕)
氏及同宮府大臣李允用(書品)氏お拔の〻て工事場を見廻ひぬりしが
其の際両大丞より余に「新皇帝此度屋敷高になられ付て、其の新

宮中生活を遂げられ〻機的なると設備する所ありし
を以て余は之を承諾ち藝考の上立案せんき旨答へお置き此日を爲
る同月に昌李宮相小動物園捷物苑及附物殿釣設の事を蛋線ち計
畫の概要を説明ちつゝ官おゝ大丞々を賀回をもしつゝより蜀来場所建物の

設計物件の蒐集ふ着手せ志 四十一年九月當寺の都局ぉる御苑事務局な

るその志 新設をぉをふ至りてり 勤物園の第一着をとへぶ 悚甲ふ新立勤物園を

經營せむ始をぅ志 劉漢性の勅物會部を置取せ追っ劉及外一名の當問考試

揆男子揉圍志槌卵苑臻子溫毳の復偏みるふ子府福田田旭頣の搗尋

をふせ悰勅饭の事東ぃ未撘樂ぁぁ不鄹出샵一雨氏を僃ふ云主るる恙髙修電

或る事悋の為奇返全氐弓弟子不藏堀さずてるる寉麗陶碓畚回銅酓敕を徧

又志髙締畫佛偀ぅ相劾獒名楥の藝術乑を冝収せうり 右の狀態ぶて

三纓の事車何らる宿を遳採志的诪甲二年十一日さぶて李王敍下ぃ

一方ふ嘉と儬不樂むの趣意をふて他の一方ふぷ公衆の智識净蔵ふ資せ目的

さふて勅物圍椬粔苑及悰勅饞の存乍ぅる畫苑の一都昌蔶苑をる宷志

時の如き自ら杜撰を免れ難く惟保存等の為める全き

當便使とらきとを得ぃ李三殿下の圖是せられ（つ）旬論余等の欲き未

二ヶ過きき一年刊行畫家の傳記及畫論を付て、鮎貝房之延三君の援助を

更き（る）を以て益々甚事を紀念且つ感謝の意き書き

大正元年十二月下澣

李王職次官小宮三保松識

大正元年十二月二十五日印　　刷

大正元年十二月二十八日發　行　（定價金貳拾五圓）

大正七年一月二十日再版發行

李　王　職　發　行

印刷所　朝鮮總督官房總務局印刷所

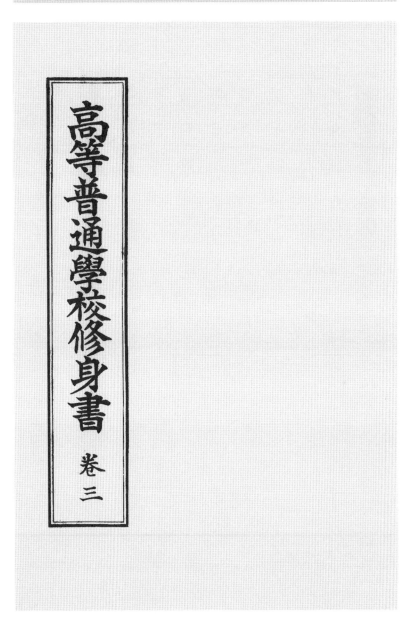

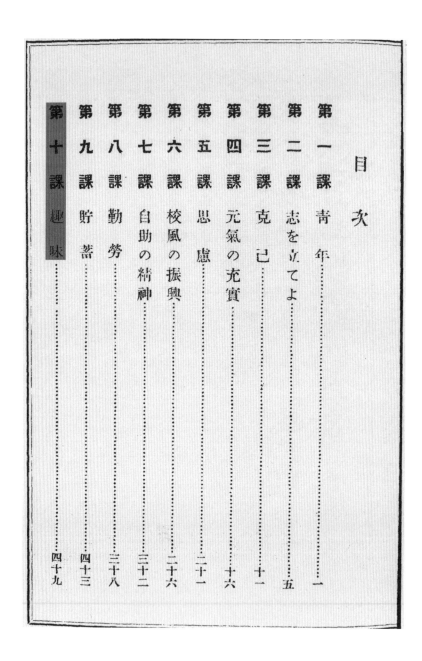

目次

第十課　趣味

勤勞するは尊いことであるが、たゞ勤勞するのみでは、未だ以て高しといふことは出來ぬ。勤勞生活以外に別に悠々自適の境涯があつてはじめて

其の人物にゆとりがあり、又人生を情味あらしめる。この境涯を趣味の境涯といふのである。裏店の細民の破窓の下に一鉢の蘭を眺め、車挽く者が小首を傾け詩を作る所を見たら、我等は如何に奥床しくけだかき感を覺えるであらうか。

社會の複雑に赴くに従ひ、生活は益〻繁劇となり、業務により、社交により、各人の身心に勞苦を加ふることは次第に多くなつてくる。人々は物質的生活に忙しく、損得・利害の談に沒頭するは實に今日の社會生活の現狀である。かゝる間に起臥して

其の他を知らない時は、心も自然に之に捕はれて、現實の物質生活以外の事を考へる餘裕を失ひ、思想が野卑に流れるのみでなく、間斷なき精神の緊張はやがて其の彈力を次第に弱めるに至るであらう。それで大いに事をなさんとする人は、平素よく勤めると共によく憩ひ、忙しい間にも趣味を養ひ、閑日月を作り、活力を消耗せざらんことを期してゐる。實に人が趣味を感ずるのは、人生に取つて樂しいことであり、又これあつて活動力を新たにすることが出來るのである。

趣味は高尚でなくてはならぬ。高尚なる趣味を感ずる力なく、又之を求め得ない時は、自ら野卑の快樂に赴き易いものである。野卑の快樂が身體上精神上に害のあることはいふまでもないことである。

花を觀、月を愛して自然を樂しみ、或は書畫を喜び、詩歌を吟誦し、書を讀み、文を作つて文藝を味ふことは、古來人々の趣味としてもてはやされてゐる。田園に耕し以て樂しむも高尚な趣味である、諸種の運動・競技も亦趣味あるものである　氣質に

より年齢により、境遇により、嗜好は一様なるを得ないが、全く趣味性なきものは、人生の高尚なる部分の一つを缺いたものと言うてよからう。

我等學生は今修學の途中にあって大いに學問を勵むべきであるが、たゞ徒らに終日机にかじりつき、試驗の用意に忙殺され、一切を顧みないのは、其の熱心は喜ぶべきではあるが、時々は文藝を味ひ、或は校庭にラケットを揮ひ、机上一輪の插花に自然の美を觀ずる等の趣味があってほしい。けれども軟文學に溺れ、くだらぬ勝負事を樂しんで眞

面目に勤勞することを厭ふのは、これは道樂といって、深入りしたら一生を誤ることとなるから愼まねばならぬ。

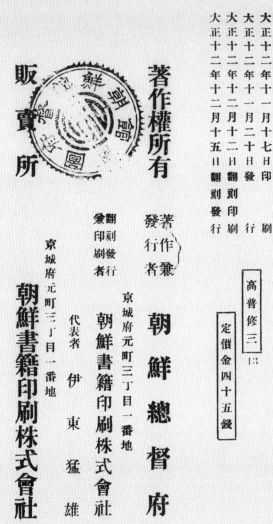

大正十二年十一月十七日印刷
大正十二年十一月二十日發行
大正十二年十二月十二日翻刻印刷
大正十二年十二月十五日翻刻發行

高普修三

定價金四十五錢

著作權所有

販賣所

著作兼
發行者　朝鮮總督府

翻刻發行
兼印刷者　朝鮮書籍印刷株式會社
京城府元町三丁目一番地
代表者　伊東猛雄

京城府元町三丁目一番地
朝鮮書籍印刷株式會社

大正十四年二月二日
文部省檢定濟

改訂
中學修身

東京高等師範學校敎授
兼東京帝國大學助敎授 文學士 友枝高彦著

東京
合資會社冨山房發兌

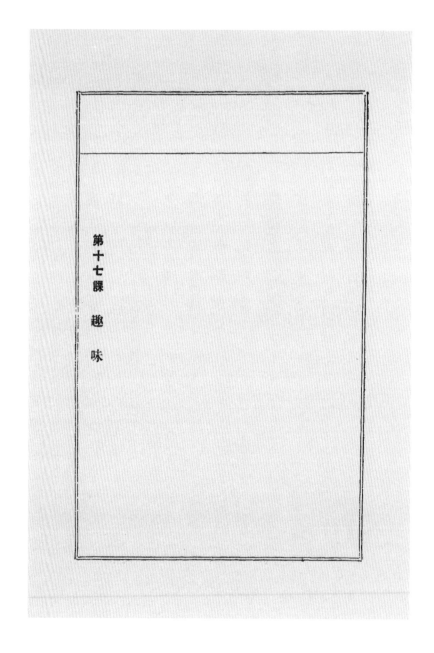

第十七課　趣味

活動をすれば疲が出て來る、この疲が段々増すにつれて體中がだるくなり、終には仕事をするのがいやになる。これをかまはずになほ仕事を續けようとすると、健康を害つて、これからさきの進歩をさまたげることになる。殊に今日のやうに文明の進んだ時代には始終色々なことで心を刺戟されて、ゆつくり休むやうな暇も少くなつてゐる。そこで何とか工夫しなければ仕事の成績をよくすることが出來ないばかりでなく、神經衰弱などにさへおかされるおそれがあるのである。かやうな心配を除き、いつも心持よく仕事に精出さうとするには適當な休養時間を設けると共に、各自の好みに隨つて趣味を養つておくことが必要で

趣味と品性

ある。そして疲れた場合には、一時仕事を中止して自分の趣味の方に心を向け、靜にこれを樂むやうにする。かやうにすれば、自然に心も靜まり元氣も盛んになつて、すがすがしい氣持て再び仕事をつゞけることが出來る。隨つて進みも早く、成績のあがることは確てある。

品性を潔くして、人格を圓く發達させようとするにもまた趣味を養ふことが大切てある。趣味は利害の打算などを忘れしめ、この世の激しい生活からぬけ出たやうな心持にさせるものてある。そこて人柄にゆとりが出來て上品になり、ゆつたりと自然を樂むやうな人となることが出來る。奥ゆかしい人、懷かしい人といはれるのは、かやうな人

ある。そして疲れた場合には、一時仕事を中止して自分の趣味の方に心を向け、靜にこれを樂むやうにする。かやうにすれば、自然に心も靜まり元氣も盛んになつて、すがすがしい氣持て再び仕事をつゞけることが出來る。隨つて進みも早く、成績のあがることは確てある。

品性を潔くして、人格を圓く發達させようとするにもまた趣味を養ふことが大切である。趣味は利害の打算などを忘れしめ、この世の激しい生活からぬけ出たやうな心持にさせるものてある。そこて人柄にゆとりが出來て上品になり、ゆつたりと自然を樂むやうな人となることが出來る。奥ゆかしい人、懷かしい人といはれるのは、かやうな人

趣味と餘裕

である。世間に敬はれる人は多くあつても、慕はれる人は甚だ少い。趣味を養つておけば、自ら慕はれる人となることが出來るのである。

趣味のあるものには餘裕がある、餘裕があれば志も自然大きくなる。隨つて悠々として、よく勉強しよく樂み、一歩と理想を實現して行く。だから普通の人から見ると驚かれるほどの大きな仕事でも、知らぬ間に仕上げることが出來るのである。これに反して趣味のない人は、いつも生活にばかり心を捉へられてゐるからこせ〳〵したあわてものとなり、人柄もどことなく卑しくなる。今日のやうに忙しい時世に生活するもの〳〵、くれ〴〵も注意すべき點

趣味の種類

てあらう。昔の英雄が、生命のとりやりをする戰に臨んで心靜に詩を作り歌を詠じて樂んだゆかしい心根は我等の欣慕に堪へないところである。

趣味の種類は甚だ多い。人によつてもそれ〴〵相違がある。立派な學者にとつては研究することが旣に趣味であり、勤勉な鍛冶屋は槌を振ふことを趣味とするかも知れぬ。併し一般に我等の趣味とするところを考へて見ると、まづ精神の方面のものには讀書・詩歌・繪畫・音樂などがあり、體の方面のものには運動・競技遠足・旅行などがある。その他、この兩方を兼ねるものには工藝品の製作や草花の栽培などがある。

、趣味が低いと、どうしても人柄が卑しくなるものである。
それで我等は、出來るだけ高尚な趣味を養ふやうに心掛け
ねばならぬ。それには飲食や衣服などの趣味はむしろ卑
むべきもので、我等學生としては、それ等のものを避けて、出
來るだけ清新快活高尚なものを選ぶがよい。そして段々
と立派な品性をつくりあげるやうに努めねばならぬ。

、趣味が低いとどうしても人柄が卑しくなるものである。それで我等は出來るだけ高尚な趣味を養ふやうに心掛けねばならぬ。それには飲食や衣服などの趣味はむしろ卑むべきもので、我等學生としては、それ等のものを避けて出來るだけ清新快活高尚なものを選ぶがよい。そして段々と立派な品性をつくりあげるやうに努めねばならぬ。

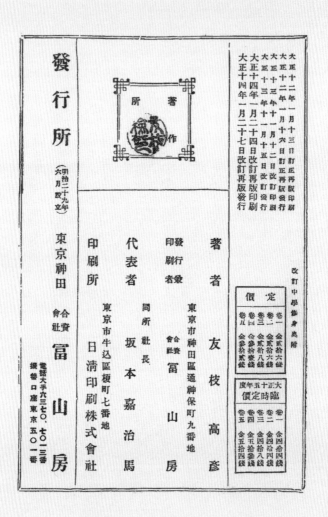

大正十二年一月十三日訂正再版印刷
大正十二年一月十六日訂正再版發行
大正元年十一月十二日改訂印刷
大正十三年十一月十五日改訂發行
大正十四年一月二十四日改訂再版印刷
大正十四年一月二十七日改訂再版發行

改訂中學修身典附

定　價
卷一　金貳拾六錢
卷二　金貳拾六錢
卷三　金貳拾八錢
卷四　金參拾壹錢
卷五　金參拾貳錢

臨時大正十五年度
定　價
卷一　金四拾四錢
卷二　金四拾四錢
卷三　金四拾參錢
卷四　金五拾捌錢
卷五　金五拾四錢

著者　友枝高彦
東京市神田區通神保町九番地

發行者　合資
會社　冨山房

印刷所　東京市牛込區榎町七番地
日淸印刷株式會社

代表者　同所社長
坂本嘉治馬

發行所
（明治二十九年
六月設立）

東京神田

合資會社　冨山房

電話大手六三七〇、七〇一三番
振替口座東京五〇一番

PL 4

改正
學籍簿精義

文部省 普通學務局 學務課長
岩松五良 序

文部省 普通學務局 東洋大學 教授
乙黑武雄　關寬之
合著

東京・大阪
東洋圖書株式合資會社

新舊 學籍簿樣式の比較對照

〔此の用紙は模造紙百斤にて學籍簿に適す〕

舊 第十號表の學籍簿樣式

×印の所は、改正新第十號表には取除かれたる所

氏 名			生年月日	學業成績	學年	第一學年	第二學年	第三學年	第四學年	第五學年	第六學年	備考×	（備考）

右側の縦欄（上から下へ）：

學業成績
- 修身
- 國語
- 算術
- 國史
- 地理
- 理科
- 圖畫
- 唱歌
- 體操
- 裁縫
- ×
- 操行
- 修了ノ年月日

在學中ノ出席及缺席
- 出席日數
- 缺席日數
- 病氣
- 事故

身體ノ狀況
- 身長
- 體重
- 胸圍
- 發育概評
- 榮養
- 脊柱
- ×
- 體恣及屈折ノ狀
- 力視及色眼
- 聽耳
- 齒牙
- 其ノ他ノ疾病
- 神經
- 病力
- 疾牙
- 異常ノ有無
- 其ノ疾病ノ要監察ニ對スル本人ニ注意
- 備考

住所
- 入學ノ年月日
- 入學前ノ經歴
- 卒業ノ年月日
- 退學ノ年月日
- 退學ノ事由

保護者
- 氏名住所
- 職業
- 兒童トノ關係

（備考）學校醫ヲ置カサル學校ニ於テハ身體ノ狀況ハ之ヲ闕クコトヲ得

新 第十號の學籍簿樣式

〇印の所は、改正新十號表に新設されたる所

表

氏 名	
生年月日	年 月 日生
住 所	
入學年月日	年 月 日
入學前ノ經歷	
卒業年月日	年 月 日
退學年月日	年 月 日
退學ノ事由	

保 護 者	
氏 名	〇
住 所	
職 業	
兒童トノ關係	

此の線を加ふ。

學 年	第一學年	第二學年	第三學年	第四學年	第五學年	第六學年
修身						
國語						
算術						
國史						
地理						
理科						
圖畫						
唱歌						
體操						
裁縫						
手工 〇						
操行						
修了ノ年月日						

學業成績

概 評 〇						

在學中ノ出席及缺席

出席日數						
缺席日數 病氣						
事故						
忌引日數						
概 評 〇						

裏面は全部新設さる

家庭・環境	所見	身體ノ狀況及其ノ	性行概評	學年
				第一學年
				第二學年
				第三學年
				第四學年
志望及其ノ所見				第五學年
				第六學年

六　性　行　概　評

上記の一乃至五は、新制の學籍簿の表片面に於ける新設事項の總てである。換言すると片面だけであつた舊制の學籍簿に對して、一項又は一欄づつ附加へられた範圍のものである。

二九

然るに新制の學籍簿に於ては更に裏面の片面を新設して、此處に全然新しい次の四大項目を設けて記入する事にされた。

其の第一に位するのは此の性行概評である。之は普通には個性調査の事であるが、此處に其の個性の文字を用ひず又性格等の文字を避けて、敢て「性行概評」の字句を使はれたのは、當局に於て充分研究考慮の結果であるが要するに所謂個性調査と稱して多くの手數や時間や或は器具器械を要する方法に依らずとも、性行として平易に最も卒直に處理したいといふのが文部當局の本旨である。新制の裏面の四大項目の性行概評、身體の狀況及其の所見、家庭・環境、志望及其の所見は何れも此の精神に據るのであるが、取分け此の性行概評の各項の如きは最も通俗的であり而も最も科學的である。換言すると最も科學的であり最も通俗的によく選擇排列されてゐるのである。之が寄木細工式にならず、羅列式にならず、何處までも生きた相で實在の儘であらしめたい。其のために、イ、ロ、ハ、ニ、

ホ、への六項目も殊更に其の欄を區劃させない事にした點に留意されたい。而して其の本旨は綜合評定の上特記すべきものを可成具體的に記するのであるから、各學年共先づ特記すべき事柄を先きに書く事を方針としたい。そして必ずしも全項目に涉つて必ず丹念に悉

くを記入する必要はない。何處までも、特殊事項、特徴缺陷等を記入する様にするのが本旨である。其の當然の結果としても項目別に區切る事はしない方がよい譯である。

此の性行概評は新制學籍簿中最も重要にして又最も困難なる點であるから、後の第四章の之が關係欄を參照されたい。

二　性行概評の評定法及記入方法

性行概評の評定並に之が記入については「注意事項」三に明記されてゐるが之に基いて更に之を解説詳記すると大體次の通りである。

一、主としてイ、ロ、ハ、ニ、ホ、ヘ等に示されてゐる事項に就さ觀察並に考察するのであつて、此等の外に觀察並に考察すべきことがないといふのではなく、大體此等のものを標準とするのである。此の外に特技を記入して置くことが後の志望との關係上

八一

必要だと稱する説もある。而して之を區劃しない事は前に述べた通りである。

二、此等の事項に關して、兒童の學習及行狀を通して其の實際を観察することが必要である。即ち、單に學習の結果なり、或はそれの表面的な事項のみではなく、其の過程特に動機等に注意し、兒童の實際に活動してゐる状態に就いて観察すべきである。外面的考察のみでなく其の情意の方面までに及ぶ必要がある。

ず過程動機迄
表面に止まら

三、次に各諸事項に互つて観察したる所を綜合評定して、其の中特記すべきものがあれば之を記入するのである。共れ故に別に取り立てゝ見るべき事項のない場合には、態々「平凡」「記事なし」等と形式的に記入して其の形を整へるといふ様なことをするに及ばない。例へば「級長トシテ統率カアル。──言語明瞭、動作機敏デ且容姿端正デ人ヲ惹キツケル。」の如く前の才幹と後の言語動作容姿とが關係して居る事實を具體的に書くのである。

特記

四、共の結果を示すには、成る可く具體的に示すやうに為すべきであって、出來るだけ具體的の事例をも加へたならば一層明かにせられ得るのである。

具體的に

五、最後に、以上の観察を先づ補助簿に記入して置き更に之を學籍簿に記入するのは、

學年末に

毎學年の終に爲すのである。又從來行はれてゐる個性調査の方法をも此の學籍簿記入の注意事項の趣旨に依りて利用する事もよろしい。

第六節　趣味及び嗜好

一六三

性行概評としては、性格・才幹・惡癖・障碍及び異常に次いで趣味及び嗜好に就いて觀察

し記入しなければならない。この點に關して法文は次の如くに要求してゐる。

> ホ、趣味及嗜好ニ就テハ其ノ平素ノ狀況ヲ性格及才幹等ト併セ考察スルコト

趣味及び嗜好といふ語を餘りに嚴密に解してはならない。嚴密に趣味といふ語を解すれ

ば、その中には「美的さび」が含まれてくる。例へば、成人が謠曲や能に趣味をもつてゐ

るといふ場合は、美的情操の發達した結果の澁味が含まれてゐる。併し斯る意味での趣味

は小學兒童には未だ發達してはゐないのである。故に趣味とは斯る成人の趣味の萌芽なり

傾向なりとして解し、又は子供らしい平生の好みといふ程に解すべきである。嗜好は必ず

しも美的意味を含まなくともよいので、例へば、甘黨か酒黨かといふ場合、お菓子好き、

酒好きといふ中には、既に嗜好といふ意味があるのである。故に趣味とは美的意味を含む

味は必ずしも含めなくともよいのである。併しその中には趣味といふ意

好とは單なる好みであり感覺的・物的好みにも用ひられる語である。併し前述の如く、兒

童には美的澁味ある趣味はないから、ここに趣味とは、美的萌芽を含んだ趣味、例へば、

小細工が好きだ、繪が好きだ、土いぢりが好きだといふ程の意味であり、嗜好とはまた、

法文は食物の好惡をも要求してゐる譯ではないから、靜かにしてゐることが好きだとか、

派手好みだとか、賑やかなのが好きだとかいふ意味になると思ふ。斯く解すれば、兒童に

關する限り、趣味と嗜好とは大した區別がなく、強ひて成人に於ける場合から推して區別

をつくれば、趣味には美的感情の背景が強いといふことがいへる。法文の意味は常識的に

解すべきで、趣味と嗜好とは、好みといふことを重複して說いたものである。

法文には、趣味及び嗜好を記入するには、平素の狀況を觀察し、性格や才幹などと照ら

して考へるべきことを要求してゐる。これを見れば、明らかに趣味及び嗜好は精神上のこ

とであつて、嗜好といふことすらも、食物の如き物質上のことではないのである。斯く精

神上に關係した趣味及び嗜好を見るに、此等には起因的に二種類ある。第一は、性格や才

幹などが背景となり原因となつて趣味及び嗜好に一定の傾向を呈現してゐるものである。

例へば、思索的な憂欝質的な性格の者は讀書や考案や工夫を好むが、活動的な外向的な膽

汁質の如き性格の者はスポーツや身體的活動や統率的行動を好むが如きである。また獨創

的才幹を有する者は考案や工夫を好み、社交的才幹を有する者は社交や群集的行動を好む

が如きである。此等は何れも性格及び才幹等の如き素質的基礎を有する趣味及び嗜好であ

第六節　趣味及び嗜好

一六五

るから、恒久性を有するものである。第二は、直接に斯る素質的起因を有すること少く、
主として社會的環境の臨時的又は半永續的影響を受けて決定される趣味及び嗜好である。
これは社會の流行に左右され、從つて生滅し易いものである。遊戯や外形上の好み等には
之が隨分多い。殊に兒童は被暗示性に富むので、斯る一時性の趣味及び嗜好を示し易い。
映畫少年とか、文學少女とか、一時的の流行によるものは之に屬する。

趣味及び嗜好
の記入の範圍

學籍簿に趣味及び嗜好を記入するには、法文の含意では、性格や才幹などと併せ考へて
記入すべしといふのであるから、上述の二種類の中、第一種たる永久的の傾向を主として
觀察し記入すべきことを望んでゐる。併し「性格及才幹等」とて「等」の字を使用してゐ
る所から、後に要求されてゐる環境狀況の觀察とか、惡癖や異常などの觀察とかとも對照
して、第二種たる社會環境的から來た趣味及び嗜好も亦記入を忘れてはならない。何とな
れば、斯る記入は單なる記録ではなく、前述の如く、實際教育を行ふ上の參考資料として
貴重であり、從つて社會的環境の影響から來たものは教育上甚だ重要な參考資料となるも
のであるからである。但し、第二種の中、將來の志望や職業に關する好みは、後に別欄に
記載すること〉なつてゐる。故に第一種として、思索的なことを好む、細工事を好む、人

を統率することを好む、人を世話することを好む等の如き記入と、第二種として、映畫を

好む、音樂を好む、スポーツを好む、園藝を好む等の如き記入とを併用すべきである。

　此等の趣味及び嗜好を觀察するには種々の實際的方法がある。第一は、兒童の學校の內

外に於ける生活行動から觀取するのである。第二は、既に觀取した性格や才能等から併せ

考へるのである。第三は、父兄や本人などに質問紙を配布して應答させるのである。此等

の諸方法は相互に併用すべきことを完全とし、殊に第二の方法は他の第一や第二と併用す

べきで、單獨なる推論に流れてはいけない。第一と第二とは互に獨立して行つてもよいが、

併用しなければ思ひちがひがあることがある。教師にも兒童の裏面の生活の觀察は誤脱が

あり易く、父兄や兒童にも觀察の粗雜未熟から逸脱があり勝である。趣味及び嗜好を學術

的に觀察する方法としては、第三の質問紙法の外に未だ適當な方法が案出されてゐない。

　質問紙法を行ふには、發問を系統的に逸脱のないやう列記すること、幾樣にも解されさう

な文章を用ひないこと、虛飾や虛僞の應答を避けるために十分の注意を與へると共に、な

るべくなら同一の目的の質問を、形をかへて、列舉した條項の方々に伏線し、わなを張つ

ておくことが必要である。

第六節　趣味及び嗜好

一六七

昭和十三年四月十日印刷
昭和十三年四月十八日發行

有所權作著

改正
學籍簿精義
奥付

【定價 金壹圓五拾錢】

著作者　　乙黑武雄
　關寬之

發行者　永田與三郎
東京市牛込區赤城下町六十六番地

印刷者　永田耕作
東京市神田區神保町一丁目六十七番地

發行所
東京
大阪
東洋圖書株式合資會社

東京店　東京市神田區神保町一丁目六十七番地
振替東京一〇三七番・電話神田（25）三七四五番
三七一一番

大阪店　大阪市南區內安堂寺町一丁目二十八番地
振替穴阪三九五五六番・電話東（94）二八六八番

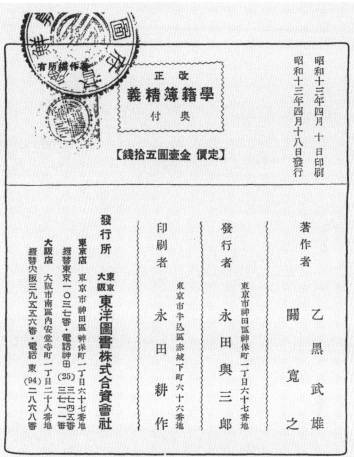

참고문헌

1. 기본 자료
(1) 개화기 학회지

『기호흥학회월보』, 『대동학회월보』, 『대조선독립협회보』, 『대한자강회월보』, 『대한유학생학보』, 『대한협회회보』, 『대한흥학보』, 『서북학회월보』, 『서우』, 『태극학보』, 『호남학보』

(2) 신문

『독립신문』, 『제국신문』, 『만세보』, 『황성신문』, 『대한민보』, 『대한매일신보』, 『매일신보』, 『동아일보』, 『조선일보』, 『시사일보』, 『조선중앙일보』

(3) 잡지

『소년』, 『청춘』, 『조선』, 『조선급만주』, 『신문계』, 『학지광』, 『삼광』, 『태서문예신보』, 『창조』, 『백조』, 『폐허』, 『조선문단』, 『개벽』, 『동광』, 『별건곤』, 『신여성』, 『삼천리』, 『장한』, 『인문평론』, 『극예술』, 『趣味』(復刊本, 不二出版, 1986)

(4) 기타 자료집

김근수 편, 『한국잡지 개관 및 호별 목차집』, 한국학연구소, 1973.
양승국 편, 『한국 근대연극영화비평자료집』, 태동, 1991.
_____, 『한국 근대희곡작품자료집』, 아세아문화사, 1992.

2. 단행본
(1) 국내논저

강명관, 『조선시대 문학 예술의 생성 공간』, 소명출판, 1999.

강심호,『대중적 감수성의 탄생』, 살림, 2005.

강심호 외,『일제식민지 치하 경성부민의 도시적 감수성 형성과정 연구』,『서울학 연구』21, 서울학연구소, 2003.

고미숙,『한국의 근대성, 그 기원을 찾아서-민족, 섹슈얼리티, 병리학』, 책세상, 2001.

고설봉,『증언 연극사』, 보양, 1990.

김문겸,『여가의 사회학』, 한울아카데미, 2004.

김복순,『1910년대 한국문학과 근대성』, 소명출판, 1999.

김윤식,『한일 근대문학의 관련양상 신론』, 서울대 출판부, 2001.

_____,『한국 근대문학 사상사』, 한길사, 1984.

김윤식·김현,『한국문학사』, 민음사, 1971.

김재홍,『현대문학의 이해』, 시학, 2004.

_____,『한국현대시의 사적탐구』, 일지사, 1998

김진균·정근식 편,『근대주체와 식민지 규율권력』, 문화과학사, 2001.

공임순,『우리 역사소설은 이론과 논쟁이 필요하다』, 책세상, 2000.

권도희,『한국 근대음악 사회사』, 민속원, 2004.

권보드래,『연애의 시대』, 현실문화연구, 2003.

_____,『한국 근대소설의 기원』, 소명출판, 2000.

권혁범,『국민으로부터의 탈퇴 : 국민국가, 진보, 개인』, 삼인, 2004.

김경애·김채현·이종호,『우리무용100년』, 현암사, 2002.

김동춘,『근대의 그늘 : 한국의 근대성과 민족주의』, 당대, 2000.

김만수·최동현 편,『일제 강점기 유성기 음반 속의 대중 희극』, 태학사, 1997.

김문환,『한국연극의 위상』, 서울대 출판부, 2000.

김미도,『한국연극의 새로운 패러다임』, 연극과인간, 2006.

_____,『한국 현대극 연구』, 연극과인간, 2001.

_____,『한국 근대극의 재조명』, 현대미학사, 1995.

김미현 편,『한국영화사』, 커뮤니케이션북스, 2006.

김방옥,『한국사실주의 희곡 연구』, 동양공연예술연구소, 1989.

_____,『열린 연극의 미학』, 문예마당, 1997.

김소영,『서울 20세기 생활·문화 변천사』, 서울시정개발연구원, 2001.

김영민,『한국 근대소설사』, 솔, 1997.

김영범,『사회사 연구의 이론과 실제』, 문학과지성사, 1992.

김옥란,『한국연극론 분열과 생성의 목소리』, 연극과인간, 2006.

김용수,『한국 연극 해석의 새로운 지평』, 서강대 출판부, 1998.

김우택,『한국 전통연극과 그 고유 무대』, 성균관대 출판부, 1986.

김익두,『한국희곡문학사의 연구』1, 중앙인문사, 2000.

김재석,『일제 강점기 사회극 연구』, 태학사, 1995.

김재숙 외,『궁중의례와 음악』, 서울대 출판부, 1998.

김재철,『조선연극사』, 동문선, 2003.

김종원, 정중헌,『우리영화 100년』, 현암사, 2001.

김종회,『문화 통합의 시대와 문학』, 문학수첩, 2004.

_____,『문학과 전환기의 시대정신』, 민음사, 1997.

_____,『위기의 시대와 문학』, 세계사, 1996.

김진균, 정근식 편,『근대주체와 식민지 규율권력』, 문화과학사, 1997.

김진송,『서울에 딴스홀을 허하라 : 현대성의 형성』, 현실문화연구, 1999.

김 철,『문학 속의 파시즘』, 삼인, 2001.

_____,『국민이라는 노예-한국문학의 기억과 망각』, 삼인, 2005.

김춘식,『미적 근대성과 동인지 문학』, 소명출판, 2003.

김현주,『판소리와 풍속화, 그 닮은 예술 세계』, 효형출판, 2000.

노형석,『모던의 유혹 모던의 눈물』, 생각의나무, 2004.

문학사와 비평연구회 편,『한국문학과 계몽담론』, 새미, 1999.

미학대계간행회,『미학의 역사1』, 서울대 출판부, 2007.

민족문학사연구소,『근대 계몽기의 학술 문예 사상』, 소명출판, 2000.

_____,『탈식민주의를 넘어서』, 소명출판, 2006.

박명진,『한국희곡의 근대성과 탈식민성』, 연극과인간, 2001.

_____,『한국희곡의 이데올로기』, 보고사, 1999.

박성봉,『대중예술의 미학』, 동연, 1995.

박찬승,『한국 근대정치사상사연구』, 역사비평사, 1991.

백현미,『한국희곡의 지평』, 월인, 2003.

_____,『한국창극사 연구』, 태학사, 1997.

사재동 편,『한국희곡문학사의 연구』1, 중앙인문사, 2000.

사진실,『공연문화의 전통』, 태학사, 2002.

서연호,『한국연극사-근대편』, 연극과인간, 2003.

_____,『한국연극학의 위상』, 태학사, 2002.

_____,『한국연극의 쟁점과 새로운 탐구』, 연극과인간, 2001.

서울사회과학연구소 편,「욕망의 사회이론」,『탈주의 공간을 위하여』, 1997.

서울특별시사편찬위원회,『서울 육백 년사』, 서울특별시, 1979.

서준섭,『한국모더니즘문학연구』, 일지사, 1995.

소래섭,『에로 그로 넌센스-근대적 자극의 탄생』, 살림, 2005.

송석하,『한국민속고』, 일신사, 1960.

손종업,『한국 근대문학연구』, 태학사, 2001.

신아영,『한국 근대극의 이론과 연극성』, 태학사, 1999.

신은경,『풍류-동아시아 미학의 근원』, 보고사, 1999.

신현숙,『희곡의 구조』, 문학과지성사, 1990.

신형기,『민족이야기를 넘어서』, 삼인, 2003.

안종화,『신극사 이야기』, 전문사, 1995.

양승국,『한국현대희곡론』, 연극과인간, 2001.

_____,『한국신연극연구』, 연극과인간, 2001.

_____,『한국 근대연극비평사연구』, 태학사, 1996.

염무웅,『독일문학사조사』, 서울대 출판부, 1989.

유길준,『서유견문』, 한양출판, 1995.

유민영,『한국현대희곡사』, 새미, 1997.

_____,『한국 근대연극사』, 단국대 출판부, 1996.

_____,『한국 극장사』, 한길사, 1982.

_____,『우리 시대 연극운동사』, 단국대 출판부, 1989.

_____,『한국 근대 극장변천사』, 태학사, 1988.

유진월,『한국희곡과 여성주의비평』, 집문당, 1996.

이경훈,『오빠의 탄생』, 문학과지성사, 2003.

이두현,『대담 한국연극이면사』, 국립문화재연구소 피아, 2006.

_____,『한국연극사』, 학연사, 2003.

_____,『한국신극사연구』, 서울대 출판부, 2000.

이미원,『탈중심연극의 모색』, 연극과인간, 2007.

_____,『연극과 인류학』, 연극과인간, 2005.

_____,『한국 근대극연구』, 현대미학사, 1994.

이범경,『한국방송사』, 범우사, 1994.

이상란,『희곡과 연극의 담론』, 연극과인간, 2003.

이상일,『한국 연극의 문화 형성력 : 전통에서 실험으로 실험에서 전통으로』, 눈빛, 2000.

이성시,『만들어진 고대 : 근대 국민 국가의 동아시아 이야기』, 삼인, 2004.

이성욱,『하국 근대문학과 도시문화』, 문화과학, 2004.

이영일,『한국영화전사』, 소도, 2004.

이우성,「실학파의 고동서화론」,『한국의 역사상』, 창작과비평사, 1982.

이은경,『한국 희곡의 사회인식과 공연성』, 연극과인간, 2004.

이재명,『극문학이란 무엇인가』, 평민사, 2004.

_____,『우리 극문학의 흐름』 1, 평민사, 2000.

이종하,『아도르노의 문화철학』, 철학과현실사, 2007.

이진경,『근대적 시공간의 탄생』, 푸른숲, 1997.

이태진,『고종시대의 재조명』, 태학사, 2000.

이화여대 한국문화연구원 편,『근대 계몽기 지식 개념의 수용과 그 변용』, 소명출판, 2004.

임지현,『근대의 국경 역사의 변경 : 변경에 서서 역사를 바라보다』, 휴머니스트, 2004.

장성만,『모더니티란 무엇인가』, 민음사, 1994.

장원재,『한국 근대극 운동과 언론의 역할관계 연구』, 월인, 2005.

장한기,『한국연극사 증보판』, 동국대 출판부, 2000.

정종화,『자료로 본 한국영화사(1905~1945) 1, 열화당, 1997.

정호순,『한국희곡과 연극운동』, 연극과인간, 2003.

정현백,『민족과 페미니즘』, 당대, 2003.

정 민,『조선 지식인의 발견』, 휴머니스트, 2007.

조성면,『한국 근대대중소설비평론』, 태학사, 1997.

조풍연,『서울잡학사전 : 개화기의 서울 풍속도』, 정동, 1989.

조현범,『문명과 야만—타자의 시선으로 본 19세기 조선』, 책세상, 2002.

조희문,『한국영화의 쟁점』, 집문당, 2002.

진재교,「경화세족의 독서성향과 문화비평」,『독서연구』 10, 한국독서학회, 2003.

최기영,『대한제국기 신문 연구』, 일조각, 1991.

최남선,『조선상식문답속편』, 삼성문화재단, 1972.

최혜실,『문학과 대중문화』, 경희대 출판국, 2005.

_____,『신여성들은 무엇을 꿈꾸었는가』, 생각의나무, 2000.

_____,『한국 근대문학의 몇 가지 주제』, 소명출판, 2002.

황호덕,『근대 네이션과 그 표상들』, 소명출판, 2006.

허　규,『민족극와 전통예술』, 문학세계사, 1991.

한국연극학회 편,『탈식민주의와 연극』, 연극과인간, 2003.

(2) 국외 논저 및 번역서

Anderson, B., 윤형숙 역,『상상의 공동체 : 민족주의의 기원과 전파에 대한 성찰』, 나남, 2002.

Robinson, M. E., 김민환,『일제하 문화적 민족주의』, 나남, 1990.

Bhabha, K. H., 나병철 역,『문화의 위치』, 소명출판, 2002.

Benjamin, W., 반성환 편역,『발터 벤야민의 문예이론』, 민음사, 1983.

Burk, P·Porter, R., *The Social History of Language*, Cambridge *et.al*, 1987.

Burk, P., 조한욱 역,『문화사란 무엇인가』, 길, 2004.

Bernstein, R. J., *Habermas and Modernity*, The MIT Press, 1985.

Bourdieu, P., 최종철 역,『구별짓기 : 문화와 취향의 사회학 상하』, 새물결, 1996.

Calinescu, M., 이영욱 외역,『모더니티의 다섯 얼굴』, 시각과언어, 1993.

Carr, E. H., 이원우 역,『민족주의론』, 범조사, 1959.

Chatman, S., 김경수 역,『영화와 소설의 서사구조』, 민음사, 1999.

Eagleton, Terry, 여홍상 역,『미학사상』, 한신문화사, 1995.

Ferry, Luc., 방미경 역,『미학적 인간』, 고려원, 1995.

Foucault, M., 이정우 역,『담론의 질서』, 서강대 출판부, 1998.

_____, 오생근 역,『감시와 처벌 : 감옥의 역사』, 나남, 2003.

Gilbert, H·Tompkin, J., 문경연 역,『포스트콜로니얼 드라마』, 소명출판, 2006.

Harbermas, J., 한승완 역,『공론장의 구조변동』, 나남, 2001.

Hobsbawm, E. J., 박지향·장문석 역,『만들어진 전통』, 휴머니스트, 2004.

Horkheimer, M.·Adorno, T., 김유동 역,『계몽의 변증법』, 문학과지성사, 2001.

Kant, I., 이석윤 역,『판단력비판』, 박영사. 2005.

Manguel, A., 정명진 역, 『독서의 역사』, 세종서적, 2000.

Martini, F., 황형수 역, 『독일문학사』 상·하, 을유문화사, 1989.

Mcluhan, M., 박정규 역, 『미디어의 이해』, 커뮤니케이션북스, 1997.

Rothmann, K., 이동승 역, 『독일문학사』, 탐구당, 1990.

Seidensticker, E., 허호 역, 『도쿄이야기』, 이산, 1997.

Said, E., 박홍규 역, 『오리엔탈리즘』, 교보문고, 1991.

_____, 김성곤·정정호 역, 『문화와 제국주의』, 창, 1995.

Vincent Buffault, A., 이자경 역, 『눈물의 역사』, 동문선, 2000.

Watt, Ian., 이시연·강유나 역, 『근대 개인주의 신화』, 문학동네, 2004.

가라타니 고진, 박유하 역, 『일본근대문학의 기원』, 민음사, 1999.

이효덕, 박성관 역, 『표상공간의 근대』, 소명출판, 2001.

니시카와 나가오, 윤대석 역, 『국민이라는 괴물』, 소명출판, 2002.

미요시 유키오, 정선태 역, 『일본 근대 문학의 근대와 반근대』, 소명출판, 2002.

소련 콤 아카데미 문학부, 김만수 역, 『희곡의 본질과 역사』, 제3문학사, 1990.

우에노 치즈코, 이선이 역, 『내셔널리즘과 젠더』, 박종철출판사, 1999.

이에나가 사부로, 연구공간 수유+너머 일본근대사상팀 역, 『근대일본사상사』, 소
    명출판, 2006.

이효덕, 박성관 역, 『표상공간의 근대』, 소명출판, 2001.

장파, 유중하 외역, 『동양과 서양 그리고 미학』, 푸른숲, 1999.

토미 스즈키, 왕숙영 역, 『창조된 고전』, 소명출판, 2002.

_____, 한일 문학연구회 역, 『이야기된 자기』, 생각의나무, 2004.

효도 히로미, 문경연·김주현 역, 『演技된 근대─국민의 신체와 퍼포먼스』, 연극과
    인간, 2007.

니시무라 세이와, 『現代アートの哲學』, 産業圖書, 1995.

요시미 순야 외, 『擴大するもだにテイ: 1920～30年代』 2, 岩波書店, 2002.

진노 유키, 『趣味の誕生』, 勁草書房, 2000.

『演劇百科大事典』, 平凡社, 1990.

町田等 監修, 『定本 中山晋平 ─ 唄とロマンに生きた全生涯』, 鄕土出版社, 1987.

3. 논문 및 기타 자료

(1) 국내논문 및 기타

강명관, 「근대 계몽기 출판 운동과 그 역사적 의의」, 『민족문학사연구』 14, 민족문학사연구소, 1999.

_____, 「조선 후기 경화세족과 고동서화 취미」, 『동양한문학연구』 12, 동양한문학회, 1998.

_____, 「조선 후기 서적의 유통과 장서가의 출현」, 『민족문학사연구』 9, 민족문학사연구소, 1996.

권보드래, 「1910년대 '新文'의 우상과 「경성유람기」」, 『서울학연구』 18, 서울학연구소, 2002.

_____, 「연애의 형성과 독서」, 『역사문제연구』 7, 역사문제연구소, 2001.

김기란, 「근대계몽기 신연극 형성 과정 연구」, 연세대 박사논문, 2004.

김동식, 「한국의 근대적 문학 개념 형성과정 연구」, 서울대 박사논문, 1999.

_____, 「1900~1910년 신문잡지에 등장하는 '문학'의 용례에 대하여」, 『미학예술학연구』, 한국미학예술학회, 2004.

김동택, 「『독립신문』에 나타난 국가와 국민의 개념」, 『한국의 근대와 근대 경험 자료집』, 연구공간 수유 + 너머 이화여대 심포지움, 2003.

김민정, 「1930년대 문학적 장의 형성에 대한 고찰」, 『한국학보』 111, 일지사, 2003.

김석근, 「19세기 말 'individual(개인)' 개념의 수용과정에 대하여」, 『세계정치』 24, 서울대 국제문제연구소, 2002.

김석봉, 「신소설의 망탈리테 연구를 위한 시론」, 『한국학보』 111, 일지사, 2003.

김소은, 「근대의 기획, 신파 연극의 근대성 조건」, 『어문론총』 39, 한국문학언어학회, 2003.

_____, 「한국 근대 연극과 희곡의 형성과정 및 배경연구」, 숙명여대 박사논문, 2002.

김연순, 「18세기 독일 계몽주의의 문학사회 고찰」, 『首善論集』 17, 성균관대 출판부, 1992.

김윤정, 「김재철의 『조선연극사』를 통해 본 근대적 '연극' 개념의 학문적 정립과정 고찰」, 『한국극예술연구』 18, 한국극예술학회, 2003.

김재석, 「한국 신파극의 형성과 川上音二郎의 관계 연구」, 『어문학』 88, 한국어문학회, 2005.

_____, 「근대극 전환기 한일 신파극의 근대성에 대한 비교연극학적 연구」, 『한국 극예술연구』 17, 한국극예술학회, 2003.

_____, 「개화기 연극 〈은세계〉의 성격과 의미」, 『한국극예술연구』 15, 한국극예 술학회, 2002.

나인호, 「레이먼드 윌리엄스의 'keyword' 연구와 개념사」, 『역사학연구』 29, 호남사 학회, 2007.

_____, 「독일 개념사와 새로운 역사학」, 『역사학보』 174, 역사학회, 2002.

도면회, 「정치사적 측면에서 본 대한제국의 역사적 성격」, 『역사와 현실』 19, 한국 역사연구회, 1996.

류준필, 「'문명' · '문화' 관념의 형성과 '국문학'의 발생 – '국문학'이라는 이데올로기 서설」, 『민족문학사연구』 18, 민족문학사연구소, 2001.

명인서, 「한국연극 및 공연이론 : 한일 신파극과 서구 멜로드라마의 비교연구」, 『한국연극학』 18, 한국연극학회, 2002.

문경연, 「근대 '취미' 개념의 형성과 전유양상 고찰 – 1900년대 매체를 중심으로」, 『어문연구』 35(3), 한국어문교육연구회, 2007.

_____, 「1920년대 초반 현철의 연극론과 근대적 기획」, 『한국연극학』 25, 한국연 극학회, 2005.

_____, 「1930년대 대중문화와 신여성」, 『여성문학연구』 13, 한국여성문학학회, 2004.

박노현, 「극장의 탄생 – 1900~1910년대를 중심으로」, 『한국극예술연구』 19, 한국극 예술학회, 2004.

박명규, 「한말 '사회' 개념의 수용과 그 의미 체계」, 『사회와 역사』 59, 한국사회사학 회, 2001.

박소현, 「제국의 취미 – 이왕가 박물관과 일본의 박물관 정책에 대해」, 『미술사논 단』 18, 한국미술연구소, 2004.

박승희, 「토월회이야기(1) – 한국신극운동을 회고한다」, 『사상계』 121, 1963.

_____, 「토월회이야기(2) – 한국신극운동을 회고한다」, 『사상계』 122, 1963.

박주원, 「근대적 '개인' '사회' 개념의 형성과 변화」, 『역사비평』 67, 한국역사연구회, 2004.

박찬승, 「일제하 '실력양성운동론' 연구」, 서울대 박사논문, 1990.

박태규, 「이인직의 연극개량 의지와 〈은세계〉에 미친 일본연극의 영향에 관한 연구」, 『일본학보』 47, 일본학회, 2001.

박희정, 「동양극장의 대중극 연구」, 단국대 석사논문, 1996.

백순재, 「원각사 극장 연구」, 중앙대 석사논문, 1974.

변기종, 「연극 50년을 말한다」, 『예술원보』 8, 예술원, 1962.

서지영, 「조선 후기 중인층 풍류공간의 문화사적 의미」, 『진단학보』 95, 진단학회, 2003.

송지원, 「조선 후기 중인층 음악의 사회사적 연구」, 『민족음악의 이해』, 민족음악 연구회, 1994.

신수정, 「한국 근대소설의 형성과 여성의 재현 양상 연구」, 서울대 박사논문, 2004.

신아영, 「신파극의 대중성 연구」, 『한국극예술연구』 5, 한국극예술학회, 1995.

신주백, 「박람회-과시, 선전, 계몽, 소비의 체험공간」, 『역사비평』 67, 역사비평사, 2004.

안순태, 「남공철의 문예취향과 한시」, 『한국한시연구』 12, 한국한시학회, 2004.

양승국, 「1910년대 신파극과 전통 연희의 관련 양상」, 『한국극예술연구』 9, 한국극 예술학회, 1999.

_____, 「신연극과 은세계 공연의 의미」, 『한국현대문학연구』 6, 한국현대문학회, 1998.

_____, 「1910년대 한국 신파극의 레퍼터리 연구」, 『한국극예술연구』 8, 한국극예 술학회, 1998.

양진오, 「개화기 소설 형성 연구」, 서강대 박사논문, 1996.

오수경, 「18세기 서울 문인지식층의 성향」, 성균관대 박사논문, 1990.

우수진, 「초기 가정비극 신파극의 여주인공과 센티멘털리티의 근대성」, 『한국 근 대문학연구』 7(1), 한국근대문학회, 2006.

_____, 「개화기 연극개량론의 국민화를 위한 감화기제 연구」, 『한국극예술연구』 19, 한국극예술학회, 2004.

유선영, 「극장구경과 활동사진보기-충격의 근대 그리고 즐거움의 훈육」, 『역사 비평』 64, 한국역사연구회, 2004.

_____, 「초기 영화의 문화적 수용과 관객성-근대적 시각문화의 변조와 재배치」, 『언론과 사회』 12(1), 성곡언론문화재단, 2003.

_____, 「한국 대중문화의 근대적 구성과정에 대한 연구-조선 후기에서 일제시 대까지를 중심으로」, 고려대 박사논문, 1992.

윤도중, 「레싱 : 문학을 통한 계몽—희곡」, 『뷔히너와 현대문학』 23, 한국뷔히너학회, 2004.

윤석진, 「1930년대 멜로드라마 연구」, 서강대 석사논문, 1996.

윤소영, 「일본어 잡지 『朝鮮及滿洲』에 나타난 1910년대 경성」, 『지방사와 지방문화』 9(1), 역사문화학회, 2006.

윤일수, 「'신소설'의 희곡 장르 내포에 관한 일고찰」, 『국어국문학』 128, 국어국문학회, 2001.

이경돈, 「'취미'라는 사적 취향과 문화주체 '대중'」, 『대동문화연구』 57, 성균관대 대동문화연구원, 2007.

_____, 「별건곤과 근대 취미독물」, 『대동문화연구』 46, 성균관대 대동문화연구원, 2004.

이기훈, 「독서의 근대, 근대의 독서—1920년대의 책읽기」, 『역사문제연구』 7, 한국역사연구회, 2001.

이상우, 「양계초의 취미론—생활의 예술화를 위하여」, 『미학』 37, 한국미학회, 2004.

이성철, 「노동자 계급의 문화소비대 관한 이론적 연구」, 『경제와 사회』 60, 한국산업사회학회, 2003.

이순예, 「계몽주의 작가 레싱」, 『독어교육』 20, 한국독어독문교육학회, 2000.

이순진, 「조선 / 한국 영화에서 신파 또는 멜로드라마의 계보학」, 김미현 편, 『한국영화사』, 커뮤니케이션북스, 2006.

이승희, 「기표로서의 신파, 그 역사성의 지형」, 『한국극예술연구』 23, 한국극예술학회, 2006.

_____, 「멜로드라마의 근대적 상상력」, 『한국극예술연구』 15, 한국극예술학회, 2002.

_____, 「한국사실주의 희곡 연구」, 성균관대 박사논문, 2001.

이윤상, 「고종 즉위 40년 및 망육순 기념행사와 기념물」, 『진단학보』 111, 진단학회, 2003.

이은주, 「개화기 사진술의 도입과 그 영향」, 『진단학보』 93, 진단학회, 2003.

이인숙, 「개화기 운동회의 사회체육적 성격」, 『한국체육학회지』 33(1), 한국체육학회, 1994.

이현진, 「근대 초 '취미'의 형성과 의미 분화」, 『현대문학의 연구』 30, 현대문학연구학회, 2006.

_____, 「근대 취미와 한국 근대소설 관련양상 연구」, 경기대 박사논문, 2005.

이황직, 「한국사회의 가족주의─개념 설정 및 개념사 연구」, 『사회이론』, 한국사회이론학회, 2002.

임형택, 「여항문학과 서민문학」, 『한국문학사의 시각』, 창작과비평사, 1984.

장문정, 「딱지본의 출판디자인사적 의의」, 홍익대 석사논문, 2001.

장석만, 「한국 근대성 이해를 위한 몇 가지 검토」, 『현대사상』 여름, 민음사, 1997.

_____, 「개항기 한국 사회의 '종교' 개념 형성에 관한 연구」, 서울대 박사논문, 1992.

장혜전, 「동양극장 연극의 대중성」, 『한국연극학』 19, 한국연극학회, 2001.

장윤정, 「일제 강점기 한국 대중가요 연구」, 서울대 박사논문, 2004.

정선태, 「개화기 신문 논설의 서사 수용 양상에 관한 연구 : 『독립신문』, 『매일신문』, 『뎨국신문』, 『皇城新聞』을 중심으로」, 서울대 박사논문, 1999.

주은우, 「현대성의 시각체제에 대한 연구」, 서울대 박사논문, 1998.

조창오, 「칸트 미학에서 예술의 자율성과 사회적 기능의 관계」, 『원우론집』 37, 연세대 원우회, 2003.

천정환, 「한국 근대 소설 독자와 소설 수용 양상에 대한 연구」, 서울대 박사논문, 2002.

천정환·이용남, 「근대적 대중문화의 발전과 취미」, 『민족문학사연구』 30, 민족문학사연구소, 2006.

최수일, 「『개벽』의 출판과 유통」, 『민족문학사연구』 16, 민족문학사연구소, 2000.

최정운, 「서구 권력의 도입」, 『세계정치』 24, 서울대 국제문제연구소, 2002.

최원식, 「1910년대 친일문학과 근대성」, 『민족문학사연구』 14, 민족문학사연구소, 1999.

최태원, 「번안소설·미디어·대중성」, 사에구사 도시카쓰 외, 『한국 근대문학과 일본』, 소명출판, 2003.

최혜주, 「한말 일제하 샤쿠오[釋尾旭邦]의 내한활동과 조선인식」, 『한국민족운동사연구』 45, 한국민족운동사학회, 2005.

하영선, 「문명의 국제정치학 : 근대 한국의 문명개념 도입사」, 『세계정치』 24, 서울대 국제문제연구소, 2002.

_____, 「역사, 사상, 이론과 동아시아 : 변화하는 세계와 개념사」, 『세계정치』 25, 서울대 국제문제연구소, 2004.

한기형, 「1910년대 신소설에 미친 출판 유통 환경의 영향」, 『한국학보』 22(3), 일지사, 1996.

_____, 「근대잡지와 근대문학 형성의 제도적 연관」, 『대동문화연구』 48, 성균관

대 대동문화연구원, 2004.

_____, 「최남선의 잡지 발간과 초기 근대문학의 재편」, 『대동문화연구』 45, 성균 관대 대동문화연구원, 2004.

_____, 「무단통치기 문화정책의 성격―잡지 『신문계』를 통한 사례분석」, 『민족 문학사연구』 9, 민족문학사연구소, 1996.

홍재범, 『1930년대 한국 대중비극 연구』, 서울대 박사논문, 1998.

홍찬기, 「개화기 한국사회의 신문독자에 과한 연구」, 『한국사회와 언론』 7, 한국사 회언론연구회, 1996.

황현규, 「한국 영화 검열에 관한 연구」, 이화여대 석사논문, 1982.

황혜진, 「「광한루기」에 나타난 '취향'의 문화론적 의미」, 『고전문학과 교육』 2, 태 학사, 2000.

황호덕, 「한국 근대 형성기 문장 배치 국문 담론」, 성균관대 박사논문, 2003.

(2) 국외논문 및 기타

Mcluhan, M., 육은정 역, 「축음기―국민의 가슴을 위축시킨 장난감」, 『외국문학』 28, 열음사, 1991.

國木田獨步, 「趣味に就いて」, 『趣味』 2(5), 明治40(1907). 5. (이하 『趣味』에에 실린 평론은 復刊本, 不二出版, 昭和61年(1986)에 재수록)

南博, 社會心理研究所 편, 『大正文化』, 勁草書房, 昭和40(1965).

米田利昭, 「『趣味』の左千夫」, 『宇都宮大學教育學部紀要』 1(28), 昭和53(1978). 12.

上田敏, 「趣味と道德と社會」, 『趣味』 4(2), 明治42(1909). 2, 易風社.

西本翠蔭, 「趣味教育」, 『趣味』 1(3), 明治39(1906). 8, 易風社.

石井研堂, 「趣味の熟語」, 『明治事物起原』, 楠南堂, 明治41(1908).

小宮豊隆, 「第2章 江戸時代の趣味娛樂」, 『明治文化史10趣味娛樂編』, 洋羊社, 昭和30(1955).

勝山功, 「『趣味』の項」, 『日本近代文學大事典』 5, 講談社, 昭和52(1988). 11.

越智治雄, 「『趣味』」, 『文學』, 昭和30(1956). 12.

塚原澁柿園, 「江戸趣味から東京趣味へ」, 『趣味』 6(4), 趣味社, 大正1(1912). 10.

日本評論社 편, 『明治文化全集 別卷 明治事物起原』, 日本評論社, 昭和44(1969).

坪內逍遙, 「趣味」, 『趣味』 1(1), 彩雲閣, 明治39(1906). 6.

戸川秋骨, 「和洋趣味雜感」, 『趣味』 6(4), 趣味社, 大正1(1912). 11.